संजय सिन्हा हमारे समय में कहानी कहने को एक नया आयाम दे रहे हैं।

किस्सागोई या कहानी कहने और सुनने की लोक परंपरा दुनिया भर में सदियों से एक अमूल्य धरोहर की तरह चलती रही है। यह विरासत और स्मृति एक साथ है।

लेकिन धीरे-धीरे कथा कहने और सुनने की यह परंपरा कहानी लिखने और पढ़ने की रीति में बदल गई। अब कहानी कहनेवाले की जगह कहानी लिखनेवाला है, और कहानी सुननेवालों की जगह कहानी पढ़नेवाले। इस क्रम में कहानी साहित्य की चीज में बदल गई।

उस कहानी को एक बार फिर कहने और सुननेवालों के बीच लाना एक बड़ी चुनौती है। संजय सिन्हा इस कार्य को बखूबी कर रहे हैं, जो साहित्यिक महत्त्व का तो है ही, परंपरा का पुनराविष्कार भी है।

संजय सिन्हा के प्रयास से कहानी एक बार फिर जीवंत हो उठी है।

डॉ. कपिल तिवारी

ट्रस्टी सदस्य, भारत भवन, भोपाल

पूर्व निदेशक, आदिवासी लोक कला परिषद्, मध्य प्रदेश

अंजोरा

संजय सिन्हा

प्रभात प्रकाशन, दिल्ली
ISO 9001:2008 प्रकाशक

प्रकाशक • **प्रभात प्रकाशन**
4/19 आसफ अली रोड,
नई दिल्ली–110002

संस्करण • प्रथम, 2018
मूल्य • तीन सौ रुपए
मुद्रक • आर–टेक ऑफसेट प्रिंटर्स, दिल्ली

ANJORA *by* Sanjay Sinha ₹ 300.00
Published by Prabhat Prakashan, 4/19 Asaf Ali Road, New Delhi-2
e-mail: prabhatbooks@gmail.com ISBN 978-93-5266-424-5

अंजोरा

दादी सुबह उठकर, नहा-धोकर तैयार हो जाती थीं और ठाकुरजी की पूजा की तैयारी शुरू कर देती थीं। मैंने एक भी दिन ऐसा नहीं देखा, जब दादी हम सबसे पहले न उठ गई हों।

दादी पूजा की तैयारी करतीं और फिर मुझे जगातीं। कहतीं, "उठ जा बेटा, अंजोरा हो गया है।"

मैं अंजोरा का मतलब नहीं समझता था। पर इतना समझ में आता था कि दादी सुबह हो जाने को अंजोरा कहती हैं।

अंजोरा सुनने में बड़ा अजीब सा शब्द था। माँ कहती थी, सुबह हो गई है। पिताजी भी सुबह को सुबह ही कहते थे। पर दादी जब जागती थीं, तब अंजोरा होता था।

मैं दादी के जगाने से जाग जाता था। दादी पत्थर के गोल ठाकुरजी को ताँबे की कटोरी में नहलातीं। आँगन से तुलसी के चार पत्ते तोड़ लातीं। उन्हें पीतल की छोटी सी कटोरी में रखकर उसमें कभी मिश्री तो कभी लाची दाना डालतीं और ठाकुरजी के आगे रख देतीं।

मैं दोनों हाथ जोड़कर ठाकुरजी की ओर देखता रहता कि कहीं ठाकुरजी मिश्री या लाची दाना खा तो नहीं रहे हैं। मेरे मन में होता कि ठाकुरजी तुलसी के सारे पत्ते भले खा जाएँ। पर लाची दाना और मिश्री छोड़ दें। दादी मुझसे कहतीं कि अपनी आँखें बंद कर लो। मैं आँखें बंद करता। पर तुरंत खोल लेता। मन में लगता कि अगर ठाकुरजी मिश्री खा गए, तो फिर इस अंजोरा में जगने का मुझे क्या फायदा होगा।

दादी छोटी सी घंटी बजातीं, टिन-टिन-टिन। उसके बाद फिर कोई भजन बुदबुदातीं। मैं करीब दस मिनट दादी के साथ ठाकुरजी की पूजा में खड़ा रहता। दादी की पूजा खत्म और मेरी हथेली पर मिश्री की डली आ जाती। ये रोज का क्रम था। जब माँ मुझे, पिताजी और दादी को छोड़कर चली गई थीं, तब भी। अंजोरा में जगने का फायदा ये

था कि दादी आराम से पूजा कर लेतीं और मुझे आराम से प्रसाद मिल जाता।

दादी ने एक दिन भी ठाकुरजी की पूजा नहीं छोड़ी थी।

खैर, आज मुझे दादी की कहानी नहीं सुनानी। मैं जानता हूँ कि सबकी दादियाँ ठाकुरजी की पूजा करती हैं। सबकी दादियाँ अपने-अपने संजुओं को मिश्री की डली खिलाती हैं। लेकिन मैं ये नहीं जानता कि सबकी दादियाँ अपने अपने संजुओं को अंजोरे में जगाती हैं या नहीं। पर मेरी दादी जगाती थीं।

"उठ जा बेटा, अंजोरा हो गया है।"

बहुत साल बीत गए। दादी पिताजी के पास से कुछ दिनों के लिए कानपुर में ताऊजी के पास रहने चली गई थीं। मैं दादी से मिलने कानपुर गया था।

दादी तय समय पर जागीं। फिर मैं जिस कमरे में सो रहा था, दादी वहाँ आईं और उन्होंने कहा कि "उठो बेटा, अंजोरा हो गया है।"

कई दिनों बाद अंजोरा शब्द कानों में पड़ा था। मैं तुरंत बिस्तर से उठ बैठा। उस दिन मैंने दादी से पूछा कि दादी, अंजोरा क्या होता है ? क्या ये सवेरा होता है ? क्या ये सूर्योदय होता है ?

दादी मुस्कुराने लगीं। फिर उन्होंने धीरे से कहा, "बेटा, अंजोरा होने का मतलब सबेरा होने से नहीं, अंजोरा एक शक्ति है, जिससे आँखों को सबकुछ दिखाई पड़ने लगता है। जब अँधेरा दूर होता है, तब अंजोरा होता है। अंजोरा सूर्य से आगे चलता है। अंजोरा जीवन है। अंजोरा संकेत है, सूर्योदय का। अंजोरा सूर्य के आने का मार्ग प्रशस्त करता है। अंजोरा ही सूर्य को रोशनी देने के लिए उकसाता है। इस अंजोरा को तुम अपने दिल में बसा लेना। जब अंजोरा को दिल में बसा लोगे, तो मन की आँखों से भी देखना सीख जाओगे।"

अंजोरा एक शक्ति है जिससे आँखों को दिखना शुरू होता है। अगर अंजोरा न हो तो आँखें भी कुछ नहीं देख सकतीं।

अनुक्रम

मन में मान

आइए आज आपको एक कहानी सुनाता हूँ। कहानी आपने पहले भी सुनी होगी। मुमकिन है मैंने ही सुनाई हो। पर आज कहानी का संदर्भ अलग है। आज कहानी में संदेश अलग है।

एक राजा था। बहुत ईमानदार, प्रजा का भला चाहने वाला। उसे खुद पर भरोसा था। उसे यकीन था कि प्रजा उसकी भक्त है। प्रजा भी राजा की जय-जयकार करती। राजा के विषय में दूसरे राज्य के लोग फेसबुक पर कुछ कहते तो वो प्रजा उनका मुँह नोचने को तैयार हो जाती।

राजा के मंत्री, कारिंदे, सब राजा से कहते कि आपकी प्रजा आपको भगवान मानती है। सब आपके लिए जान देने को तैयार हैं।

राजा बहुत खुश होता।

एक दिन राजा ने मन में सोचा कि मैं तो अपनी प्रजा के लिए इतना करता हूँ, ये फेसबुक पर मेरे लिए जान देने को तैयार नजर आते हैं, क्यों न मैं इन लोगों की परीक्षा लूँ कि ये सचमुच मुझसे और अपने राज्य से इतना प्यार करते हैं या फिर ये सिर्फ हवा हवाई भक्त हैं।

राजा ने राज्य में मुनादी पिटवा दी कि उसने सपना देखा है कि उसके राज्य में भयंकर सूखा पड़ने वाला है। चारों ओर त्राहिमाम मचने वाला है। पर उसके महल के सामने जो कुआँ सूखा पड़ा है, उसमें अगर राज्य का हर नागरिक रात में एक लोटा दूध डाल दे, तो इस मुसीबत से मुक्ति मिल सकती है।

राजा को उम्मीद थी कि उसे और राज्य को प्यार करनेवाली प्रजा रात में चुपके से उस कुएँ में एक लोटा दूध डाल देगी। आखिर वो प्रजा के लिए इतना करता है, तो क्या प्रजा उसके और राज्य के लिए इतना नहीं करेगी?

मुनादी पिटवाने के बाद उसने अपने मंत्रियों से कहा कि देखना, ये कुआँ कल दूध से भरा होगा।

सब रात होने का इंतजार करने लगे। जैसे-जैसे रात गहराने लगी, सब अपने-अपने घर से एक-एक लोटा लेकर निकल पड़े। पर सबके मन में यही खयाल आ रहा था कि कौन कुएँ में दूध डाले। क्यों न रात के अँधेरे में मैं एक लोटा पानी ही डाल दूँ। कौन देख रहा है। अरे बाकी लोग तो दूध डाल ही रहे हैं। अगर मैं पानी भी डाल दूँ तो क्या फर्क पड़ेगा। राजा को कौन सा पता चल रहा है कि किसने दूध डाला, किसने पानी।

सबने ऐसा ही सोचा।

तड़के राजा की नींद खुली तो दौड़कर वो कुएँ के पास पहुँचा। उसे पूरी उम्मीद थी कि आज उस सूखे कुएँ में लबालब दूध भरा होगा।

पर ये क्या? कुएँ में तो एक भी बूँद दूध नहीं था।

रात के अँधेरे में सबने उसमें पानी डाला था। किसी ने भी एक लोटा दूध नहीं डाला था। सबने यही सोचा कि दूसरा तो दूध डालेगा, मैं क्यों अपने घर से दूध लाकर डालूँ।

राजा समझ गया कि दिन-रात उसकी जय-जय करनेवाली जनता ही बेईमान है।

वो समझ गया कि सिर्फ राजा के ईमानदार होने से राज्य में दूध की नदियाँ नहीं बहतीं। ईमानदार जनता को भी होना पड़ता है। दरबारियों को भी होना पड़ता है। चमचों को भी होना पड़ता है। पर वहाँ तो एक भी ऐसा नहीं था, जो राजा की इच्छा से ईमानदारी से दूध लेकर घर से निकला हो।

राजा वहीं बैठ गया। मन-ही-मन कुछ सोचने लगा।

तभी उसने देखा कि बहुत दूर से संजय सिन्हा हाथ में लोटा लिये चले आ रहे हैं। संजय सिन्हा ने कभी राजा के मान में स्तुति गान नहीं लिखा था। राजा को अपनी जय-जय करनेवाली जनता से चाहे जितनी उम्मीद रही हो, पर संजय सिन्हा, जो दिन-रात कलम घिसते थे, उनसे तो रत्ती भर उम्मीद नहीं थी कि वो दूध लेकर घर से निकलेंगे।

संजय सिन्हा धीरे-धीरे पास आते गए। उन्होंने पास आकर एक लोटा दूध कुएँ में डाल दिया।

राजा हैरान रह गया। जिससे उम्मीद नहीं थी, वो साथ खड़ा था। जिनसे उम्मीद थी, वो पानी डाल गए थे।

राजा उठा। उसने संजय सिन्हा से पूछा कि तुमने दूध क्यों डाला?

संजय सिन्हा ने कहा कि भले वो व्यक्ति विशेष के उपासक नहीं, पर वो राज्य से बहुत प्यार करते हैं। उन्होंने कहा कि राजन, आपने राज्य को अकाल से बचाने के लिए बहुत छोटा त्याग जनता से माँगा था। एक लोटा दूध, बस। जो इतना भी नहीं कर

सकता, जो इतने के लिए भी आपका मान नहीं रख सकता, वो चाहे आपसे जितना प्यार करने का दावा करे, पर वो राज्य से प्यार नहीं करता। वो देश से प्यार नहीं करता। आपने अपनी जिंदगी जिस जनता पर खर्च कर दी, उसका धर्म है कि आपके इस आह्वान में आपके साथ रहे। किसी का आपसे किसी और मत पर भेद हो सकता है। लेकिन जब राज्य सामने हो, देश सामने हो, तो कोई मतभेद नहीं। इसीलिए मैं घर से दूध लेकर आया कुएँ में डालने के लिए।

राजा सत्य समझ गया।

उसी राजा ने बहुत दिनों के बाद देश को काले धन से मुक्त करने के लिए एक दिन हजार और पाँच सौ के नोट बंद करने का ऐलान कर दिया।

उसे पूरी उम्मीद थी कि जनता उसका साथ देगी। पर भ्रष्ट जनता ईमानदार राजा की उम्मीदों पर पानी फेरने के लिए पता नहीं कहाँ से ढाई-ढाई लाख रुपए लेकर लाइन में खड़ी हो गई।

जो कल तक 'खाने के लिए पैसे नहीं हैं' का रोना रो रहे थे, रात में पता नहीं कहाँ से सूटकेस में पैसे लेकर असली-नकली सोना खरीदने निकल पड़े। वो रातोंरात अपनी गाड़ियों में पेट्रोल फुल कराने लगे। जो महीने के अंत में अपने कर्मचारियों को पूरा वेतन नहीं देते थे, वो साल भर की सैलरी एडवांस देने लगे। वो उन्हें हफ्ते भर की छुट्टी देकर अपने पैसे भी उनके खातों में जमा कराने के लिए बैंक की लाइनों में खड़ा कराने लगे।

मीडियावाले खबरें दिखाने लगे कि देखो लोग कितना परेशान हैं। लोग अपने पैसे नहीं जमा करा पा रहे। लोग लाइन में खड़े हैं। देखो इन रिक्शा वालों को, मजदूरों को देखो, कैसे लाइन में खड़े हैं, इनका ढाई लाख जमा नहीं हो रहा।

अड़ोस-पड़ोस के सूबेदार भी त्राहिमाम करने लगे। ऐसे भला नोट बंद किए जाते हैं? इलेक्शन तक नए नोट कैसे आएँगे। जनता को दारू की बोतल, साइकिल, ये सब कैसे बँटेगा? देश को प्यार करनेवाली जनता कैसे बिकेगी? बिकेगी नहीं तो वोट कैसे देगी? कैसे वो इलेक्शन वाले दिन अपनी उँगली पर स्याही लगाकर देश भक्ति का दावा पेश करेगी?

कैसी विडंबना है!

जो कल तक राजा की जय-जय कर रहे थे, आज कोस रहे हैं। देश और राज्य के हित में देखे एक सपने को पूरा करने को तैयार नहीं। जनता भी अजीब होती है, परमुंडे फलाहार तो पसंद है, पर खुद के लिए एक लोटा दूध का त्याग भी नहीं पसंद।

उस जय-जय करनेवाली अंध भक्त जनता से तो अँधेरी कोठरी में लेखनी का दीपक जलाए बैठा वो संजय सिन्हा बेहतर है, जो राजा के फैसले में साथ खड़ा है। तमाम अंध भक्तों से बेहतर है वो। राजा के फैसले का मान है उसके मन में।

□

मेहनत का पैसा

एक आदमी का बेटा निठल्ला था। वो कोई काम नहीं करता था।

उसके पिता ने उसे कई बार समझाया कि तुम्हें मेहनत करनी चाहिए। कोई काम करना चाहिए।

बेटा कामचोर था। उसे काम नहीं करने की लत लगी हुई थी। उसने पिता की बात अनसुनी कर दी। आखिर एक दिन तंग आकर जब उसके पिता ने उससे कह दिया कि अब अगर तुम कोई काम नहीं करोगे तो तुम्हें घर से एक पैसा भी नहीं मिलेगा।

बेटे ने पिता की बात को गंभीरता से नहीं लिया।

पिता ने कहा कि अब चाहे जो हो, मेहनत करोगे, तभी घर में रहने को मिलेगा, खाने को मिलेगा। बिना मेहनत के अब गुजारा संभव नहीं। अब दूसरों की कमाई पर ऐश नहीं संभव।

बेचारा लड़का फँस गया। काम करने की आदत नहीं थी। उसे तो आसानी से रुपए मिल जाते थे। कभी माँ ने दे दिए, कभी बहन ने दिए। कभी इधर से मिल गए, कभी उधर से। हजार-पाँच सौ के नोट तो वो ऐसे उड़ाता था, मानो घर में नोट छापने की फैक्टरी लगी हो।

पर अब पिता ने मना कर दिया तो सब मना हो गया। पिता ने कहा कि पहले मेहनत करके चार पैसे कमाओ, फिर घर में एंट्री मिलेगी।

बेटा माँ के पास गया। माँ के सामने खूब रोया। कहने लगा कि पिताजी ने कहा है कि मेहनत करो। मुझे मेहनत करने की क्या जरूरत है? कुछ पैसे मुझे दे दो, मैं पिताजी से कह दूँगा कि मैंने मेहनत से कमाए हैं।

माँ ने दुलार में बेटे को हजार का एक नोट दे दिया। कह दिया कि जाओ, जाकर अपने पिता से कह दो कि तुमने ये पैसे मेहनत से कमाए हैं।

बेटा हजार का नोट लेकर पिता के पास गया, "पिताजी, ये पैसे मैंने मेहनत से कमाए हैं।"

पिताजी ने नोट को देखा। फिर बेटे से कहा कि इसे जाकर पास की नाली में फेंक दो। बेटे ने ऐसा ही किया।

पिताजी ने बेटे से फिर कहा कि कल भी मेहनत करके पैसे लाना। बेटा अगले दिन अपनी बहन के पास गया। बहन के आगे भी वो बहुत देर तक रोता रहा। बहन ने उसे पाँच सौ का एक नोट दे दिया।

वो अगले दिन खुशी-खुशी पिता के पास गया और उसने कहा कि पिताजी आज मुझे मेहनत के बदले पाँच सौ रुपए मिले हैं। पिता ने कहा कि तुम जाकर इस नोट को भी पास के कुएँ में फेंक आओ। बेटे ने ऐसा ही किया।

पिता ने कहा कि कल भी मेहनत करके पैसे लाना।

अब बेटा किसके पास जाता, कौन उसे पैसे देता? वो संजय सिन्हा के पास आया। संजय सिन्हा ने कहा कि कब तक तुम इधर-उधर से माँग कर पिताजी को झाँसा देते रहोगे, तुम सचमुच मेहनत क्यों नहीं करते? मेहनत की कमाई होगी, सफेद कमाई होगी, तो तुम्हें खुद अच्छा लगेगा।

बेटा किसी सेठ के पास गया। उसने सारा दिन काम किया। सेठ ने उसे शाम को सौ रुपए का एक नोट दिया। बेटा सौ रुपए लेकर पिता के पास गया। पिता ने कहा कि जाओ, इसे तालाब में डाल दो।

बेटा बिफर पड़ा, "नहीं पिताजी, मैं इसे तालाब में नहीं डालूँगा। ये तो मेरी मेहनत की कमाई है।"

पिताजी मुस्कुराने लगे। उन्होंने कहा, "हाँ, तुम इसे तालाब में नहीं डाल सकते, क्योंकि यह सचमुच तुम्हारी मेहनत की कमाई है। जब आदमी मेहनत से पैसे कमाता है तो उसका दुरुपयोग वो नहीं करता। मेहनत के पैसों को बर्बाद करने में तकलीफ होती है। मेहनत से कमाए पैसों को वो बहुत सोच-समझकर खर्च करता है। माँगे हुए और आसानी से मिले पैसों का क्या? आदमी तीस हजार रुपए की जगह साठ हजार रुपए तोला सोना भी खरीद लेता है। दस लीटर की जगह पचास लीटर पेट्रोल भरवा लेता है। पाँच सौ की जगह हजार का खाना खा लेता है। एक की जगह दस कपड़े खरीद लेता है। रहना एक मकान में होता है, पर वो पाँच मकान खरीद लेता है। रहेगा दिल्ली में, पर वो एक बँगला गोवा में बनवा लेता है। कई बार नौकरों के नाम पर भी खरीद लेता है। वो यह सब करता ही इसलिए है। क्योंकि उसके पास ये पैसे मेहनत से नहीं आए होते हैं।"

पिताजी ने बेटे को समझाया, "देखो, हजार का नोट तुमने नाली में फेंक दिया था क्योंकि वो पैसे तुम्हारे पास मेहनत से नहीं आए थे। पाँच सौ का नोट भी तुमने कुएँ में डाल दिया था क्योंकि वो भी तुमने मेहनत से नहीं कमाया था। पर इस सौ के नोट फेंकते हुए तुम बिफर पड़े। क्योंकि यह नोट तुम्हारी मेहनत का है। अब तुम्हें मेहनत के पैसों का मोल समझ में आ गया है। अब कल से मेरा पूरा कारोबार तुम देखोगे।"

मैंने बहुत से लोगों को, जो हजार-पाँच सौ रुपए को सचमुच हाथ का मैल मानते थे, उन्हें अब सौ का नोट सँभाल कर खर्च करते हुए देखा है।

बहुत दिनों बाद किसी की सख्ती ने उन्हें पैसों का मोल समझाया है।

पैसा हाथ का मैल नहीं होता। पैसा हाथ का मैल उनके लिए होता है, जो दलाली, चोरी या रिश्वत के जरिए कमाई करते हैं। जो मेहनत और ईमानदारी से पैसे कमाते हैं, उनके लिए तो पैसा हाथ का गहना होता है।

□

विश्वास अपना-अपना

माँ की कहानियों का संसार असीम था।

पिताजी का ध्यान अंग्रेजी और गणित की पढ़ाई पर रहता, तो माँ का ध्यान जिंदगी की पढ़ाई पर।

पिताजी ने गणित की पढ़ाई के लिए मुझे ओम प्रकाश मास्टर साहब के पास भेजना शुरू किया था। मास्टर साहब मुझे बीजगणित पढ़ाते, मैं समझता, पर अगले दिन भूल जाता। मास्टर साहब ने पिताजी को बताया था कि संजय बीजगणित के सवाल भूल जाता है।

जिन दिनों मैं बड़ा हो रहा था, उन दिनों हॉर्लिक्स का बड़ा क्रेज था। आटा जैसे पाउडर को दूध में डाल कर जिन बच्चों को पीने को दिया जाता, उनके बारे में माना जाता था कि सामान्य बच्चों की तुलना में उनमें अधिक बल और बुद्धि का संचार होगा।

पिताजी बाजार से हॉर्लिक्स ले आए थे। मुझे हॉर्लिक्स का स्वाद अच्छा नहीं लगता था। पिताजी माँ को समझा रहे थे कि हॉर्लिक्स पीने से बच्चों का दिमाग तेज होता है।

माँ हँसने लगी थी।

माँ ने पिताजी से कहा कि आप भी दुकानदार की बातों में आ गए। पिताजी ने माँ के सामने दलील रखी कि ओम प्रकाश मास्टर ने कहलवाया है कि संजू को बीजगणित के पाठ याद नहीं रहते।

"इसका मतलब ये हुआ कि जो इस बोतल में बंद पाउडर को पेट में डाल लेगा, उसे सब याद रहने लगेगा?"

"हाँ। इसमें ढेरों ऐसी चीजें हैं, जिनसे दिमाग तेज होता है। याददाश्त अच्छी होती है।"

माँ को मैं पहली बार पिताजी के तर्कों को काटते हुए सुन रहा था।

माँ कह रही थी, "यह तो पढ़ाने वाले की कमी है। वो विषय को रोचक तरीके से नहीं

पढ़ा रहे। किसी विषय को अगर बच्चों को रोचक तरीके से पढ़ाया जाए, तो वो बच्चा पाठ को कभी भूल ही नहीं सकता। मैं इसे रोज एक कहानी सुनाती हूँ, आप कोई भी कहानी उससे पूछ लीजिए, उसे वो पूरी कहानियाँ याद होंगी। याद क्या होंगी, ताउम्र याद रहेंगी। आदमी को दूसरे की चीजों पर भरोसा करने की जगह अपनी चीजों पर भरोसा करना चाहिए।''

पिताजी माँ की बातें ध्यान से सुन रहे थे।

माँ ने बात-बात में एक कहानी सुनानी शुरू कर दी।

एक बार एक धर्मशाला में दो यात्री ठहरे थे। एक यात्री ने बाजार जाकर एक दीपक खरीदा, ताकि रात में उसका सफर आसान हो सके। दूसरे यात्री ने सोचा कि उसे दीपक खरीदने की क्या जरूरत है। इसी दीपक की रोशनी से उसका भी काम चल जाएगा।

जिस यात्री ने दीपक खरीदा था, वो रात में सफर पर निकल पड़ा। दूसरा यात्री भी उसके साथ ही निकल पड़ा। कुछ दूर चलने के बाद जिसके हाथ में दीपक था, वो दूसरी ओर मुड़ गया। अब बिना दीपक वाले यात्री के सामने मुसीबत आ गई कि वो किधर जाए। रात गहरी थी। बहुत अँधेस था। जाहिर है, उसे रुकना पड़ा। सुबह का इंतजार करना पड़ा। उसे रुकना पड़ा क्योंकि वो दूसरे के दीपक के भरोसे सफर पर निकला था।

बहुत छोटी सी इस कहानी से माँ पिताजी को समझा पाने में कामयाब रही कि भरोसा खुद के दीपक पर करना होता है।

माँ पिताजी को समझा पाई थी कि अगर पढ़ाने वाला विषय को रोचक ढंग से पढ़ाए तो बच्चा पढ़ भी लेगा और समझ भी जाएगा।

माँ को अपने दीपक पर भरोसा था। पिताजी को कुछ देर के लिए ही सही, पर हॉर्लिक्स के विटामिन पर भरोसा हो गया था।

"नित नहावन ते प्रभु मिलें, तो मछली बने संसार।
पाथर पूजन ते हरि मिलें, तो मैं पूजूँ पूरो पहाड़।।"

रोज नहाने से ही अगर प्रभु मिलने लगें तो आदमी मछली बन जाए, जो सारा दिन पानी में रहती है। और अगर पत्थर पूजने से प्रभु मिलते हों, तो मैं तो पूरा पहाड़ ही पूजने को तैयार हूँ।

ओम प्रकाश मास्टर का पढ़ाया मैं भूल गया। पर माँ का पढ़ाया तो मेरी जिंदगी में दीपक बनकर साथ चल रहा है।

□

धन का अँधेरा

मेरे दफ्तर में काम करनेवाली एक लड़की ने मुझे बताया कि उसके पिताजी के पास काफी नकद रुपए थे, जिन्हें नोटबंदी के बाद खपाने में उन्हें पसीना आ गया। लड़की ने बताया कि उसके घर में नौकर, ड्राइवर और यहाँ तक कि खाना बनाने वाले के एकाउंट में ढाई–ढाई लाख रुपए कैश जमा कराने के बाद लड़की को अपने अकाउंट में भी ढाई लाख जमा कराने पड़े। पर इतने से कहाँ काम चलने वाला था। सो कई और लोगों की मदद ली जा रही है।

लड़की बहुत खुश है। उसके एकाउंट में फिलहाल बहुत सारे रुपए जमा हैं। कल अपनी खुशी जताते हुए वो मुझसे कह रही थी कि इस नोटबंदी से उसके पिताजी को भले तकलीफ हुई है, पर उसे बहुत फायदा हुआ है। वो बता रही थी, जब से नोटबंदी हुई है, उसके पैसे कम खर्च हो रहे हैं।

वो कह रही थी कि उसके पास बैंक में काफी रुपए हैं। उसके बैंक एकाउंट में काफी पैसे जमा हो चुके हैं।

मैंने सहज जिज्ञासा में पूछ ही लिया कि बहुत सारे पैसे जमा करके तुम क्या करोगी?

लड़की ने कहा कि ये तो नहीं पता कि पैसों का क्या करूँगी। पर पैसा होना चाहिए।

"पैसा होना चाहिए। पर कितना?"

"संजयजी, पैसा तो कितना भी हो, कम ही है।"

"पर इतना पैसा तो तुम्हारे पिताजी के पास पहले से ही है। फिर और की क्यों चाहत?"

"मेरे पास अपने पैसे होने चाहिए।"

"ये अच्छी सोच है। आदमी के पास अपना ही पैसा होना चाहिए। ईमानदारी से कमाए पैसे होने चाहिए। पर कितने पैसे होने चाहिए, यह भी पता होना चाहिए।"

मैंने बातचीत आगे बढ़ाई। तुम्हें यह भी नहीं पता कि बहुत से पैसों का तुम करोगी क्या,

फिर भी तुम्हारे भीतर और पैसों की चाहत है, ये तुम्हारे लिए ठीक नहीं।

इस पर लड़की ने यूँ ही कह दिया कि बहुत पैसे होने पर वो दुनिया घूमेगी।

मैंने फिर उससे पूछा कि आखिरी बार तुम कहाँ घूमने गई थी? तुम्हें दस साल तो हो गए हमारे साथ काम करते हुए। मैंने तो कभी नहीं सुना कि तुम कहीं घूमने गई।

एक छोटी सी खामोशी के बाद उसने कहा, "हाँ, अब तक नहीं गई। समय ही नहीं मिला। पति-बच्चों में खुद के लिए समय नहीं निकाल पाई।"

"सोचो, तुमने अपना इतना कीमती समय यूँ ही ज़ाया कर दिया। तुम पता नहीं कब से पैसे जमा कर रही हो। पैसे खर्च नहीं करती। तुम्हें उम्मीद है कि एक दिन ये पैसे काम आएँगे। और कुछ नहीं तो घूमने के काम ही आएँगे। पर सोचो, तुम्हारे पिताजी ने भी घर में ऐसे ही बहुत से नोट जमा किए थे, मुमकिन है टैक्स चोरी करके उन्होंने काला धन घर में रखा हो। एक दिन सरकार की ओर से हजार और पाँच सौ के नोटों के बंद होने का फरमान जारी हो गया। पिताजी के सारे पैसे धरे-के-धरे रह गए। वो इधर-उधर करके उन्हें सफेद कर रहे हैं। लाख कोशिशों के बाद भी सारे नोट सफेद नहीं होने वाले। मतलब काफी सारे नोट बर्बाद हो जाएँगे। उन्होंने जरूरत से अधिक नोट जमा कर लिये थे, एक अनजान खुशी की प्राप्ति के लिए। पर वो काम न आए। ऊपर से काला धन रखने से उनके मन में भय अलग है। और अपनी निगाहों में सरकार से इन्हें छिपाने की लज्जा अलग। ड्राइवर के एकाउंट में, नौकर के एकाउंट में जो रुपए जमा हुए, उससे वो उनकी निगाहों में भी गिरे ही होंगे। ड्राइवर और नौकर भी इतना तो समझ ही रहे होंगे कि इनकी कमाई सफेद नहीं, इसीलिए उनके एकाउंट का सहारा लिया गया है। ऐसे में भले कुछ कहें नहीं, लेकिन वो तुम्हारे पिताजी की मन-ही-मन क्या इज्जत करेंगे। नौकर-चाकर उसी मालिक की इज्जत करते हैं, जो मालिक उनकी निगाह में चरित्र से भी बड़े होते हैं।

खैर...

ये तो लंबी बात है। पर आज तुम नोटबंदी को एक आध्यात्मिक नजरिए से देखो तो तुम समझ पाओगी कि यही जिंदगी है। एक झटके में ये नोट बंद हो गए और इतने सारे नोट धरे-के-धरे रह गए।

ऐसी ही हमारी जिंदगी होती है। हम बहुत सी छोटी-छोटी इच्छाओं को मन में दबाए रहते हैं, इस उम्मीद में कि एक दिन हम उन्हें जी लेंगे। पर एक दिन ऊपर से साँसबंदी का फरमान आ जाता है और हमारी इच्छाओं का बैलेंस यूँ ही मन के अकाउंट में पड़ा रह जाता है। नोटबंदी से मुक्ति तो इधर-उधर करके मिल भी गई। लेकिन साँसबंदी से

मुक्ति संभव नहीं।

तुम्हारे पास पहले से ही इतना पैसा है कि तुम जहाँ चाहो, घूम-फिर कर आ सकती हो। इसके लिए इंतजार करना, मतलब उसे कभी पूरा न होते हुए देखने की तरह है।

पैसा उतना ही अच्छा होता है, जितने को हम खर्च कर पाते हैं।

चाहतें उतनी ही अच्छी होती हैं, जिन्हें हम पूरा कर पाते हैं।

जमाखोरी न पैसों की ठीक, न चाहतों की। दोनों की बंदी का फरमान तारीख और घड़ी देखकर नहीं आता।

जीने की तैयारी में खुद को मत गँवाओ। पैसा कमाओ, तबीयत से खर्च भी करो।

अपनी कमाई पर टैक्स दो और शहंशाह की तरह रहो।

काला पैसा अंधकार लेकर आता है। सफेद पैसा उजाला लेकर आता है।

□

भक्ति नहीं शक्ति

महाभारत का युद्ध चरम पर था। अर्जुन और कर्ण दोनों एक-दूसरे के खून के प्यासे थे।

सारा संसार जानता था कि सिर्फ कर्ण के बाण ही अर्जुन के सीने को भेद सकते हैं, किसी और के नहीं।

कर्ण दुर्योधन के खेमे से अर्जुन के विरुद्ध लड़ रहा था।

माँ जब भी महाभारत की कहानी मुझे सुनाती, वो बताती कि यह लड़ाई भी अच्छाई और बुराई के बीच लड़ी गई थी।

किसी भी युद्ध में दोनों खेमे के योद्धा चाहे जितनी शक्ति से लड़ें, पर यह सत्य है कि हर आदमी अच्छाई की जीत चाहता है। वो हर बार बुराई पर अच्छाई की जीत होते हुए देखने का अभिलाषी होता है। जाहिर है, मेरे मन में इस युद्ध का अंत बहुत पहले से तय होता कि चाहे जितने बाण छूटें, जीत पांडवों की ही होगी।

अर्जुन और कर्ण के बीच युद्ध की कहानी माँ जब भी सुनाती, मेरा मन पता नहीं क्यों हर बार यही कहता कि बेशक पांडव पूरा युद्ध जीत जाएँ। लेकिन अर्जुन के साथ लड़ाई में कर्ण की जीत होनी चाहिए।

क्या विडंबना थी। कर्ण कौरवों का सेनापति था। कर्ण कौरवों की ओर से लड़ रहा था। कर्ण दुर्योधन का अहंकार था, फिर भी मैं चाहता था कि कर्ण अर्जुन से युद्ध जीत जाए।

माँ भी कहानी सुनाते हुए मुझसे यही कहती थी कर्ण दुर्योधन के साथ था। लेकिन युद्ध को देखने, सुनने और समझने वाला कोई भी व्यक्ति कर्ण के खिलाफ नहीं था।

मैं माँ से पूछता, “क्यों माँ? कर्ण में ऐसी क्या खास बात थी?”

माँ मुस्कुराती। फिर धीरे से कहती, “बेशक कर्ण दुर्योधन के खेमे में था, पर कर्ण ने कभी अपनी नैतिकता नहीं छोड़ी। किसी खेमे में होना उसकी राजनैतिक मजबूरी भले

थी, पर उसने कभी अपनी ईमानदारी और नैतिकता से समझौता नहीं किया। बाहरी शक्ति चाहे जितनी भी अनैतिक रही हो, कर्ण भले उनके साथ खड़ा नजर आता हो, पर वो कभी अनैतिक नहीं हुआ।"

"माँ मुझे विस्तार से बताओ, कर्ण की नैतिक शक्ति के बारे में।"

"संजू बेटा, एक बार जब कर्ण और अर्जुन युद्ध में एकदम आमने-सामने हो गए तो कर्ण के पास एक आसान मौका था जब वो अर्जुन को मार सकता था। हालाँकि ऐसा मौका बार-बार नहीं आया क्योंकि कृष्ण ने हर बार यह कोशिश की थी कि युद्ध के मैदान में ये दोनों आस-पास भी न हों। लेकिन उस दिन अर्जुन और कर्ण आमने-सामने थे। कर्ण ने अपने तरकश से एक बाण निकाला और अर्जुन पर छोड़ा। कृष्ण अर्जुन के सारथी थे, उन्होंने बाण के छूटते ही अर्जुन के रथ को नीचे कर लिया। बाण अर्जुन के मुकुट से टकराया और अर्जुन का मुकुट गिर पड़ा। पर वो बाण मुकुट से टकराकर वापस कर्ण के तरकश में लौट आया।

बाण ने वापस आकर कर्ण से कहा, "कर्ण, आप एक बार फिर मुझे ही अपनी प्रत्यंचा पर चढ़ाएँ और अर्जुन पर निशाना साधें। इस बार अर्जुन नहीं बचेगा।"

कर्ण ने हैरान होकर तरकश की ओर देखा। ये कौन बाण है, जो वापस लौटकर आया है और फिर आग्रह कर रहा है दुबारा अर्जुन पर निशाना साधने का। कर्ण ने बाण से पूछा, "आप कौन हैं प्रभु और मेरे तरकश तक कैसे पहुँचे ?"

बाण अपने असली स्वरूप में आ गया। उसने कर्ण को बताया, "मैं, दरअसल बाण नहीं, बल्कि महासर्प अश्वसेन हूँ। बहुत साल पहले अर्जुन ने खांडव वन में प्रवास के दौरान आग लगा दी थी। वहाँ मैं अपने पूरे परिवार के साथ रहता था। मेरा पूरा परिवार उस आग में जल गया था। लेकिन मैं बच गया। तभी मैंने अर्जुन को मारने की प्रतिज्ञा कर ली थी।"

कर्ण के तरकश में बाण बनकर घुसे अश्वसेन ने कर्ण को बताया कि आपके सिवा किसी और का बाण अर्जुन तक पहुँच ही नहीं सकता। इसीलिए मैं छुपकर आपके तरकश में बाण बनकर चला आया। आप जैसे ही मुझे प्रत्यंचा पर कसेंगे, मैं इस बार अर्जुन से जाकर लिपट जाऊँगा और उसे डस लूँगा। भले मैं मारा जाऊँगा, पर मेरा बदला पूरा होगा।

कर्ण ने अश्वसेन सर्प की पूरी बात सुनी। फिर कहा, "महासर्प देवता, मैं अर्जुन को मारना तो चाहता हूँ, पर मैं अनैतिक नहीं हो सकता। उसे मैं छल से नहीं मार सकता। मैं किसी छल का सहारा इस कार्य के लिए नहीं ले सकता। ये युद्ध है। यहाँ चाहे जितने

छल-प्रपंच हों, लेकिन कर्ण इसे पुरुषार्थ से ही जीतेगा या हारेगा। यह सत्य है कि इस युद्ध में मैं दुर्योधन के पक्ष में खड़ा हूँ, फिर भी मैं अपनी नैतिकता नहीं छोड़ूँगा। मैं जानता हूँ कि आपने लंबा इंतजार किया है। पर मुझसे यह संभव नहीं।"

अश्वसेन ने कर्ण की पूरी बात सुनी। फिर उसने दोनों हाथ जोड़कर कहा, "कर्ण, युद्ध की बाजी चाहे जिसके पक्ष में हो, पर संसार हमेशा आपकी इस नैतिकता को याद रखेगा। अब आप हार और जीत से ऊपर हैं। कुछ लोग इसे भक्ति कह सकते हैं। पर नैतिकता के साथ खड़ा होना भक्ति नहीं, शक्ति का प्रतीक होता है।"

□

ज्ञान चाहे जहाँ मिले

मुझे नहीं पता कि माँ के पास इतनी कहानियों का खजाना कहाँ से आया था। माँ ने इतनी कहानियाँ कब पढ़ीं, कहाँ पढ़ीं, ये मेरी समझ के परे था। पर इतना तय है कि माँ के पास एक-दो नहीं, हजारों कहानियों का भंडार था। पता नहीं माँ ने जिंदगी के किस विद्यालय में इतनी कहानियाँ पढ़ी थीं।

माँ मुझे हमेशा समझाती थी कि अच्छी बातें चाहे जहाँ से सीखने को मिलें, सीख लेनी चाहिए। और इसी कड़ी में माँ ने मुझे एक साधु, चोर और कुत्ते की कहानी सुनाई थी।

एक साधु न जाने कब से ईश्वर के दर्शन पाने के लिए तपस्या कर रहा था। लेकिन ईश्वर के दर्शन नहीं हुए। बहुत बार कोशिश करने के बाद उसे लगने लगा कि ईश्वर के दर्शन अब नहीं होंगे। वो धीरे-धीरे निराश हो गया। उसे लगने लगा कि उसने बेकार ही अपना इतना वक्त गँवाया। इतने गुरुओं के संपर्क में वो आया। पर किसी की कोई विद्या काम न आई।

थक-हार कर वो एक दिन जान देने निकल पड़ा। वो अब पूरी तरह निराश हो गया था। इतने समय तक लगातार कोशिश करते-करते वो न सिर्फ निराश हो गया था, बल्कि घबरा भी गया था। क्या किया इतने सालों तक ?

ऐसे ही थका-हारा एक दिन वो सब छोड़कर निकल पड़ा, एक अनजान राह पर।

रास्ते में उसने देखा कि एक चोर किसी के घर में सेंध लगा रहा है। साधु चुपचाप उसे देखता रहा। चोर घर के भीतर गया, फिर कुछ देर में वो खाली हाथ बाहर निकल आया। जैसे ही वो बाहर निकला, साधु ने उससे पूछा कि क्या तुम्हारे पास कुछ खाने के लिए है ?

चोर ने साधु की ओर देखा। पूछा कि आप कौन हैं ?

"मैं एक साधु हूँ और कई दिनों से भूखा हूँ। मैं बहुत दिनों तक तपस्या में रहा, पर मैंने पाया कि ईश्वर नहीं हैं। अब मैं सबकुछ छोड़कर निकल पड़ा हूँ। मेरे पास न रहने के

लिए कोई ठिकाना है, न कुछ और।"

"ओह! बाबा, मैं एक चोर हूँ। पिछले कई दिनों से मैं रोज रात में अलग-अलग घरों में सेंध लगा रहा हूँ। पर कहीं कुछ मिल नहीं रहा। पर आप परेशान न हों, आप मेरे साथ मेरे घर चलें। आप कुछ दिन वहीं रहें। जब तक आपका मन लगे, तब तक। वहाँ मेरे पास कुछ-न-कुछ खाने को तो होगा ही।"

साधु चोर के साथ चल पड़ा।

रास्ते में एक नदी के किनारे रुक कर उसने पानी पिया और चल पड़ा चोर के घर।

साधु कई दिनों तक चोर के साथ रहा। फिर एक दिन पता नहीं क्या हुआ, वो चुपचाप उठा और फिर निकल पड़ा जंगल की ओर।

बहुत दिनों बाद वो एक महान् साधु बन गया। पूरी दुनिया में लोग उसके गुण गाने लगे। सब मानते थे कि साधु को ईश्वर के दर्शन हो चुके हैं।

"पर माँ, साधु अचानक चोर के घर से निकलकर जंगल की ओर क्यों चला गया? वो तो जंगल और तपस्या छोड़कर आया था।"

"हाँ संजू बेटा, तुम्हारा सवाल बिल्कुल सही है। दरअसल पहले वो अपनी तपस्या से थक गया था। थक कर उसने अपनी कोशिश छोड़ दी थी। पर जिस दिन वो चोर के साथ उसके घर के लिए निकला था, रास्ते में एक नदी के किनारे वो पानी पीने के लिए रुका था। वहाँ उसने देखा था कि एक कुत्ता नदी के किनारे पानी पीने आया है। पर जैसे ही कुत्ता नदी के किनारे जाता, पानी में उसे अपनी परछाईं दिखती। उसे लगता कि पानी में कोई और कुत्ता है। उसे देखकर वो भौंकता और डर कर पीछे हट जाता। उसने कई बार ऐसा किया। फिर वो पानी में कूद पड़ा।

जब वो पानी में कूद पड़ा, तो कुत्ते की परछाईं दिखनी बंद हो गई। फिर उसने जी भर कर पानी पिया। इस घटना को देखकर साधु चुपचाप चोर के घर रहने के लिए चला आया।

वहाँ उसने देखा कि चोर हर रात चोरी करने निकलता। लेकिन हर रात वो खाली हाथ ही घर लौटता। साधु रोज चोर से पूछता कि आज कुछ मिला?

चोर मुस्कुरा कर जवाब देता, आज तो कुछ नहीं मिला, पर कभी-न-कभी मिलेगा।

साधु ने देखा कि रोज-रोज की कोशिशों के बाद भी चोर कभी हताश नहीं हुआ। निराशा ने उसे कभी नहीं घेरा।

चोर की इस बात से साधु बहुत प्रभावित हुआ। और वो एक दिन फिर निकल पड़ा जंगल, तपस्या करने।"

"पर माँ, कहानी में सबक क्या है?"

"आदमी को अपनी कोशिश नहीं छोड़नी चाहिए। उस दिन नदी किनारे उस कुत्ते से साधु ने सीखा कि हमें घबराना नहीं चाहिए। हमें परिस्थिति का सामना करना चाहिए। कुत्ता पहले तो डर रहा था, पर एक समय आया, जब वो अपनी परछाईं से सामना करने के लिए नदी में ही कूद पड़ा।

इसी तरह जब साधु चोर के घर रहा, तो उसने देखा कि चोर हर रोज की अपनी नाकामी से निराश नहीं है। जब एक चोर अपना काम नहीं छोड़ रहा, निराश नहीं हो रहा, तो मैं क्यों इतनी जल्दी निराश हो गया? मैंने अपनी कोशिशें क्यों छोड़ दीं?

बस उस कुत्ते और चोर से ज्ञान लेकर साधु फिर से निकल पड़ा अपनी तपस्या पर।"

"ज्ञान चाहे जहाँ मिले, ले लेना बेटा।"

□

भीष्म का ज्ञान

ओम प्रकाश मास्टर साहब मुझे गणित पढ़ाते थे। पलकधारी मास्टर साहब फिजिक्स। उपेंद्र मास्टरजी हिंदी पढ़ाया करते थे।

मुझे अपने स्कूल के सारे मास्टरों के नाम याद हैं, जो अलग-अलग विषय पढ़ाया करते थे।

कमाल है, स्कूल और कॉलेज में जितने लोगों ने मुझे अलग-अलग विषय पढ़ाए, सबके नाम याद हैं, साथ ही ये भी याद है कि इन मास्टरों ने मुझे चाहे जो कुछ पढ़ाया हो, पर इनमें से किसी ने जिंदगी जीना नहीं सिखाया। सबने एक कुशल कामगार बनने का पाठ पढ़ाया। किसी मास्टर ने शानदार आदमी बनने का पाठ नहीं पढ़ाया। सबने जिंदगी को युद्ध बताया और उस युद्ध से लड़ने का पाठ सिखाया। पर किसी ने जिंदगी को जीने का पाठ नहीं पढ़ाया।

ऐसा नहीं है कि सिर्फ मेरे मास्टरों ने मुझे जिंदगी जीने का पाठ नहीं पढ़ाया। मैं जानता हूँ कि किसी के मास्टर ने भी उन्हें यह पाठ नहीं पढ़ाया, यहाँ तक कि अर्जुन, दुर्योधन और कर्ण के मास्टरों ने भी। सोचिए, उस काल से मास्टर सिर्फ युद्ध का पाठ पढ़ा रहे हैं, जिंदगी का पाठ कोई नहीं।

लेकिन जो बच्चे माँ की गोद में पलते हैं, उन्हें उनकी माँएँ जिंदगी का पाठ पढ़ाती हैं। जो बच्चे अपने पिता के कंधों पर खेलते हैं, उन बच्चों को पिता भी जिंदगी का पाठ पढ़ाते हैं।

अब आप सोच रहे होंगे कि अगर किसी ने जिंदगी की कहानी नहीं सुनी, तो इसमें कौन सा पहाड़ टूट पड़ा। यहाँ पूरा देश हजार-पाँच सौ रुपयों के नोट बंद होने का रोना रो रहा है और संजय सिन्हा जिंदगी की कहानी लेकर बैठे हैं।

आप सही सोच रहे हैं। पूरा देश नोटबंदी का रोना रो रहा है। लेकिन मेरे एक परिजन ने मुझसे गुहार लगाई है कि आज मैं एक ऐसी कहानी सुनाऊँ, जिससे उनका घर टूटने

से बच जाए। उनका परिवार बिखरने से बच जाए। उनकी पत्नी ने पूरे घर को सिर पर उठाया हुआ है और उन्हें लग रहा है कि अब सब तबाह हो जाएगा।

घर में पैसों की कमी नहीं। घर में किसी चीज की तकलीफ नहीं। कमी है तो बस रिश्तों की। उन्होंने मुझसे पूछा है कि ऐसा क्या किया जाए कि सब ठीक हो जाए।

मेरे परिजन पेशे से इंजीनियर हैं। वो सड़कों पर पुल बनाना जानते हैं। सीमेंट में रेत और पानी मिलाना जानते हैं। लेकिन जिंदगी को जीने के लिए किन चीजों की जरूरत होती है, वो ये नहीं जानते। इसमें उनका कसूर नहीं है। उन्हें किसी ने न सिखाया, न पढ़ाया। नर्सरी कक्षा से लेकर इंजीनियरिंग की पढ़ाई में उन्होंने बहुत कुछ सीखा। पर जिंदगी को जीना नहीं सीखा।

कोई मास्टर था ही नहीं जो उन्हें ये सिखा पाता। सबने यही कहा, "जिंदगी एक जंग है।"

चाहे वो द्रोणाचार्य रहे हों या परशुराम। किसी ने जिंदगी जीने की कला नहीं सिखाई। पर क्योंकि संजय सिन्हा माँ की गोद में पले और बढ़े, इसलिए माँ ने उन्हें जिंदगी की कहानियाँ सुनाईं। जब सब अर्जुन और कर्ण के युद्ध कौशल की कहानियाँ सुनते थे, माँ मुझे भीष्म की कहानियाँ सुनाती थी। माँ ने मुझे बताया था कि जब भीष्म पितामह बाणों की शैय्या पर पड़े थे और मृत्यु का इंतजार कर रहे थे, तब उन्होंने युधिष्ठिर को जीवन का ज्ञान दिया था।

माँ हैरान होती थी कि महाभारत की कहानियाँ सुनाते हुए पता नहीं क्यों जिंदगी का पाठ पढ़ाने वाली ये कहानियाँ पीछे धकेल दी गईं।

माँ ने मुझे जो कहानी सुनाई थी, आज मैं सड़कों पर पुल बनाने वाले अपने परिजन को वही कहानी सुनाने जा रहा हूँ और समझाने जा रहा हूँ कि रिश्तों के भी पुल बनते हैं। उनमें प्यार, स्नेह और मान के सीमेंट, रेत और पानी की दरकार होती है।

हाँ, तो जब भीष्म आखिरी साँसें ले रहे थे, तब युधिष्ठिर उनसे मिलने गए थे।

भीष्म ने युधिष्ठिर को समझाया था कि जिस घर में स्त्रियों की इज्जत नहीं होती, वहाँ कोई काम सफल नहीं होता। जिस कुल में बहू-बेटियों को दुःख मिलता है, उस कुल का नाश हो जाता है।

उन्होंने युधिष्ठिर से कहा था कि घर की शोभा, समृद्धि और संपत्ति स्त्रियों के मान से बढ़ती है। जहाँ उनके मान की रक्षा नहीं होती, ये तीनों चीजें खत्म हो जाती हैं। आखिरी ज्ञान भीष्म ने जो युधिष्ठिर को दिया था, वो यही था कि जहाँ स्त्रियों का आदर होता है, वहाँ देवता प्रसन्न होकर निवास करते हैं। स्त्रियाँ ही घर की लक्ष्मी हैं। पुरुषों को उनका सत्कार करना चाहिए।

युधिष्ठिर इतना ज्ञान प्राप्त कर वहाँ से लौट आए थे।

ऐसा नहीं है कि सबको इस ज्ञान की जानकारी नहीं। ज्ञान की जानकारी होना और बात है, उसका पालन करना और बात।

जिसने इसे समझा, वो प्रसन्न है। जिसने नहीं, वो मेरे परिजन की तरह दु:खी और परेशान।

आज का संदेश इतना ही है कि भीष्म के इस ज्ञान को जो आज भी आत्मसात् कर लेगा, वो जिंदगी जीने लगेगा। वो रिश्तों के पुल से दु:खों की नदियों को पार करने लगेगा।

□

कम खाना, गम खाना

मेरे एक मित्र को कल एक जन्मदिन की पार्टी में आना था। लेकिन वो नहीं आया। हम सब वहाँ पहुँच गए थे। हमने काफी देर तक अपने मित्र का इंतजार किया और उसके नहीं आने पर मुझे थोड़ी चिंता हुई। आखिर मुझसे नहीं रहा गया और मैंने उसे फोन कर दिया।

फोन की घंटी बहुत देर तक बजती रही। काफी देर बाद मेरे मित्र ने फोन उठाया। उसके हैलो कहने के अंदाज से ही मुझे लग गया था कि कुछ गड़बड़ है। फिर भी मैंने पूछ ही लिया कि सब यहाँ आ गए हैं, तुम क्यों नहीं पहुँचे?

मेरा मित्र पहले तो इधर-उधर की बातें करता रहा, फिर उसने धीरे से कहा, "यार, बीवी से झगड़ा हो गया है। सुबह ही झगड़ा हो गया, तब से मूड ऑफ है। वो अलग कमरे में सो रही है। मैं अपने कमरे में हूँ। बच्चे भी हमारे झगड़े में डाँट खा चुके हैं, वो सहमे से अपने-अपने कमरे में हैं।"

महानगरों में छुट्टी का दिन पति-पत्नी की लड़ाई के लिए सबसे मुफीद होता है।

हालाँकि मेरे जिस मित्र की अपनी पत्नी से लड़ाई हुई थी, उसके बारे में मुझे अंदाजा था कि उनके संबंध बहुत मधुर हैं। फिर झगड़ा क्यों?

मैंने अपने मित्र से अनुमति लेकर उसकी पत्नी को भी फोन किया। उसके मोबाइल की घंटी भी बहुत देर तक बजती रही और बहुत देर बाद उसने फोन उठाया।

मेरे मित्र ने तो मुझे बता ही दिया था कि झगड़ा हुआ है। लेकिन पत्नी ने नहीं बताया। उसने बहुत अनमने मन से इतना ही कहा कि भैया, सुबह से ही तबीयत ठीक नहीं। सिर में दर्द है।

मैंने मित्र की पत्नी को नहीं बताया कि मेरी बात उसके पति से हो चुकी है। हाँ, इतना जरूर कहा कि तुम दोनों को आज पार्टी में आना था। तुम्हारा पति भी फोन नहीं उठा रहा, तुम भी नहीं उठा रही थी। मुझे तो चिंता हुई कि सब खैरियत तो है न!

अब मेरे मित्र की पत्नी से नहीं रहा गया। वो फोन पर ही सुबक पड़ी।

"भैया, आपसे क्या छुपा है ? सुबह-सुबह ही हमारा झगड़ा हो गया।"

मैं सारी बात जानकर भी अनजान था। मैंने इतना ही कहा कि हम लोग यहाँ पार्टी में इंतजार कर रहे हैं। दफ्तर के सारे लोग आए हैं। तुम भी उठो, फटाफट तैयार हो जाओ। मैं अपना ड्राइवर तुम्हारे घर भेज रहा हूँ।

मित्र की पत्नी ने कहा कि भैया, जरा भी मूड नहीं है।

मैंने कहा कि मूड बनाने से बनता है, बिगाड़ने से बिगड़ता है। मैं गाड़ी भेज रहा हूँ।

अब उसने कहा, "ठीक है। लेकिन उनको आप फोन कीजिए। मैं नहीं कहूँगी। मैं कहूँगी तो वो कहेंगे कि मैंने झगड़ेवाली बात बता दी है।"

मैंने कहा कि तुम खुद अपने पति के पास जाओ, अपना फोन उसे दो और कहो कि संजय सिन्हा का फोन है।

काफी मुश्किल से वो कमरे से निकली, पति के पास गई और उसने फोन पति को दिया।

पति ने फोन पर कहा कि ठीक है, गाड़ी भेज दो।

करीब एक घंटे में दोनों बच्चे, पापा और मम्मी मेरे सामने थे। बच्चे खुश थे कि संजय अंकल ने उन्हें पार्टी में बुला लिया।

माँ भी खुश थी कि चलो किसी बहाने बर्फ तो पिघली। पति भी प्रसन्न था कि जाता हुआ रविवार अंत में पार्टी में तब्दील हो गया। अब सोमवार से कोई झगड़ा नहीं।

आमतौर पर काम वाले दिन किसी के पास झगड़ा करने का समय नहीं होता। पति-पत्नी में ऐसे वाले मुँह-फुलव्वल छुट्टी वाले दिन ही होते हैं। पर इस झगड़े में छुट्टी बर्बाद हो जाती है, बच्चे रुँआसे हो जाते हैं। लेकिन क्योंकि हम एकल परिवार में हैं, इसलिए रिश्तों के बीच आए अहंकार की बर्फ को पिघलने का कोई मौका नहीं मिलता। ऐसे में हफ्ते-दर-हफ्ते अहंकार की बर्फ की सिल्ली और मजबूत होती जाती है।

पार्टी में अपने दोस्त की पत्नी से मैंने अलग से पूछा कि तुम्हारे बीच आमतौर पर झगड़ा किस बात पर होता है ?

दोस्त की पत्नी ने बताया कि झगड़े की कोई वजह नहीं होती। बस बात से बात निकलती है और फिर वो बहस में बदल जाती है। वैसे झगड़ा होने को तो किसी भी बात पर हो सकता है। नाश्ता अच्छा नहीं बना, इससे शुरू होकर बात शादी तक पहुँच जाती है।

"भैया, मेरे घर में आज तक किसी ने मुझसे ऊँची आवाज में बात नहीं की। मैं पढ़ाई में अच्छी थी, सुंदर थी। मेरे दोस्त, मेरे टीचर, मेरे अपने घर वाले, सबकी निगाहों में मैं एक परफेक्ट लड़की थी। पर इन्हें मेरी छोटी-छोटी बातों से भी शिकायत होती है। ये ठीक नहीं, वो ठीक नहीं। बस इससे मेरा मन उदास हो जाता है। और यहीं से बात बिगड़ने लगती है।"

मैं थोड़ी देर तक सुनता रहा। फिर सोचता रहा।

आजकल माँ-बाप बच्चों को महँगे स्कूलों में पढ़ाते हैं। उनकी सारी सुविधाओं का ध्यान रखते हैं। धीरे-धीरे बच्चे बड़े होते हैं। एक दिन उनकी शादी हो जाती है। फिर वो अपनी-अपनी नौकरी पर माँ-बाप से अलग हो जाते हैं।

ऐसे में वो खुद ही प्यार से रहते हैं, खुद ही झगड़ भी पड़ते हैं।

समस्या कहाँ है?

समस्या पूरे लालन-पालन में है। यह सही है कि एक लड़की, जिसे घर में कभी किसी बात पर किसी ने टोका ही नहीं, जिसके मन में यही बैठा कर उसे बड़ा किया गया कि तुम सर्वश्रेष्ठ हो, उसे उसका पति कई बार उसी रूप में स्वीकार नहीं करता, तो लड़की के अहंकार को ठेस पहुँचती है। ठीक उसी तरह एक लड़का, जो अपने घर में माँ-बाप, भाई-बहनों के बीच आजादी में पला और बड़ा होता है, जिसे उसके घर में कभी किसी ने किसी बात पर नहीं टोका, उसकी पत्नी उसे कहीं रोकती या टोकती है तो उससे यह सहन नहीं होता।

बस यहीं से शुरुआत होती है झगड़े की।

मतलब कसूर दोनों में से किसी पक्ष का नहीं, पर कोई बात अटक जाती है और मुँह लटक जाता है।

मुझे लगता है कि अधिकतर घरों की कहानी ऐसी ही होगी।

कल तो मैंने सुलह करा दी। पर हर रविवार मैं ऐसा कैसे कर पाऊँगा?

दरअसल ये माँ-बाप की जिम्मेदारी है कि अपने बच्चों को सिर्फ स्कूल-कॉलेज की ऊँची तालिम ही न दिलाएँ, उन्हें जिंदगी का पाठ भी पढ़ाएँ। उन्हें रिश्तों का पाठ पढ़ाएँ। उन्हें शादी के लिए तैयार करें। उन्हें नए रिश्तों में जीने का सलीका समझाएँ। डॉक्टर, इंजीनियर या किसी और नौकरी के लिए तो हम बच्चों को तैयार करते हैं। पर रिश्तों को जीने के लिए तैयार नहीं करते।

पहले की माँएँ अपनी बेटियों को पति, सास-ससुर के साथ रहने का सलीका समझाती

थीं। बताती थीं कि तुम नए घर में जा रही हो, वहाँ तुम्हें ऐसे रहना होगा, वैसे रहना होगा।

पर अब माँएँ ऐसा कुछ नहीं सिखातीं। महानगरों में तो बिल्कुल नहीं।

ठीक इसी तरह पहले पिता भी बेटों को जिंदगी का पाठ पढ़ाते थे।

मुझे याद आ रहा है कि शादी के कुछ ही दिनों के बाद सुबह के नाश्ते को लेकर पत्नी से मेरी बहस हो गई थी। उसने उपमा बनाया था, जो मुझे बिल्कुल पंसद नहीं था। मैंने उपमा खाने से मना कर दिया था। मेरी पत्नी को मेरा व्यवहार बहुत बुरा लगा था। वो रोने लगी थी। पिताजी मेरे साथ ही रहते थे। उन्होंने मुझे अपने पास बुलाया और पूरी बात पूछी। फिर उन्होंने मुझे समझाया कि एक दिन उपमा खाने से तुम्हारा कुछ नहीं बिगड़ेगा। आज खा लो, फिर तुम उसे बताना कि तुम्हें क्या पसंद है, क्या नहीं। उन्होंने मुझे समझाया था कि रोज नाश्ता तुम्हारी पसंद का बने, यह जरूरी नहीं। अगर कभी नाश्ता-खाना तुम्हारी पसंद का न मिले, तो भी तुम्हें उसके बनाने का मान रखते हुए उसे खाना चाहिए। फिर हँसते हुए उन्होंने मुझे समझाया था कि बेटा, नाश्ता-खाना तो तुम बाहर जाकर भी अपनी पसंद का खा सकते हो, पर बिगड़े रिश्ते बाहर नहीं बनेंगे। उन्हें तो यहीं ठीक करना होगा।

पिताजी आज नहीं हैं। आज कभी हमारा झगड़ा होता है तो कोई समझाने वाला नहीं होता। लेकिन पिताजी की एक बात मेरे मन में आज भी बैठी है। वो कहते थे, "कम खाना, गम खाना।"

□

रिश्तों का कुंदन

जब मेरी शादी हुई थी, तब मेरी पत्नी के पास सोने का एक भी गहना नहीं था। शादी से पहले मैंने उससे कह दिया था कि वो अपने घर से कुछ भी लेकर नहीं आएगी। मेरी होनेवाली पत्नी थी तो सुघड़। सुघड़ लड़कियों की खासियत होती है कि वो बिना किसी गहने के भी सजना जानती हैं। उसने एक रास्ता निकाला। उसने मुझसे कहा कि सोने के गहने वो बेशक नहीं पहनेगी। लेकिन वो गुजरात इम्पोरियम से लाख और मिट्टी के बने कुछ गहने खरीदना चाहती है। मैं इसके लिए तैयार हो गया। गुजरात इम्पोरियम से वो मिट्टी का माँगटीका, लाख की चूड़ियाँ खरीद कर लाई और उन्हें ही पहनकर तैयार हो गई।

खैर, मुझे आज आपको अपनी शादी की कहानी नहीं सुनानी।

आज मुझे कहानी सुनानी है सोने के गहनों की।

शादी के समय भले हमारे पास एक ग्राम सोने का गहना भी नहीं था। लेकिन शादी के बाद हमने धीरे-धीरे सोने के गहने खरीदने शुरू किए। दिल्ली के एक बहुत बड़े ज्वेलर के पास हम जाते। वो हमें चाय-कॉफी पिलाते, खूब आवभगत करते और इस तरह हमें कंगन, अँगूठी, कान के बुंदे आदि बेच देते।

वैसे मेरी पत्नी को सजने का जितना शौक हो, पर सोने के गहनों का शौक नहीं। ऐसे में हमने अपनी गाढ़ी कमाई से जो गहने खरीदे थे, लॉकर की शान बनकर रह गए।

हमें लगता था कि इस तरह हमारी छोटी-मोटी बचत हो रही है। बचपन से सुनता आया था कि सोना एक बढ़िया निवेश है।

कई साल बीत गए। हमारे पास थोड़े-बहुत गहने हो गए थे।

मैंने जनसत्ता छोड़कर जी न्यूज ज्वॉइन कर लिया था। मुझे उन्हीं दिनों पता चला कि दिल्ली में गहनों की एक दुकान टाटा कंपनी ने खोली है और वहाँ सोने की शुद्धता की

जाँच कंप्यूटर वाली मशीन से मुफ्त में करवा सकते हैं।

आप जानते हैं कि संजय सिन्हा को नई तकनीक बहुत आकर्षित करती है। ऐसे में मैं एक दिन अपनी पत्नी के साथ पहुँच गया उस दुकान में। मैंने पत्नी के कान के बुंदों को वहाँ मशीन पर चेक करवाया, तो जो रिपोर्ट सामने आई, उसमें सोने की शुद्धता 22 की जगह 17 कैरेट निकली। मैं बहुत हैरान हुआ।

फिर मैंने अगले दिन पत्नी के कंगन, गले का हार और जितने सोने के गहने थे, सबकी जाँच कराई तो पता चला कि सारे गहने, जिन्हें हमें 22 कैरेट बताकर बेचा गया था, उनमें से कोई भी गहना 22 कैरेट का नहीं था। मतलब सब कम कैरेट के थे।

मेरी मेहनत की कमाई के साथ धोखा हो गया था। मैं भागा-भागा कनाट प्लेस की उस बड़ी सी दुकान में पहुँचा, जिनके कई शो रूम दिल्ली में थे। मैंने उन्हें बताया कि आपके सारे गहने 17-18-19 कैरेट के हैं। आपने मुझसे 22 कैरेट के पैसे लिये हैं। दुकानदार ने आसपास झाँका। फिर उसका मैनेजर मेरे पास आ गया और कहने लगा, सिन्हा साहब आपको किसी ने बरगला दिया है। ये सारे गहने 22 कैरेट के ही हैं।

मैंने कहा कि पर उस शोरूम में मैंने सोने की शुद्धता की जाँच कराई है, कोई भी 22 कैरेट का नहीं निकला।

दुकानदार ने कहा कि उनके कहने से कुछ नहीं होता। हमने आपको लिखकर दिया है कि ये 22 कैरेट है, तो मतलब ये 22 कैरेट है।

मैंने कहा कि आप इन्हें वापस ले लीजिए। थोड़ा मुरझाए चेहरे के साथ उसने कहा, बिल्कुल वापस लेंगे। लेकिन इसमें गहनों को बनाने का चार्ज कट जाएगा।

मैंने पूछा कि कितना होगा?

"करीब दस प्रतिशत।"

लीजिए साहब, सोने की कीमत तब तक दस फीसदी बढ़ चुकी थी। पर मुझे बढ़ी हुई कीमत का लाभ वो नहीं दे रहा था। हमने पहली बार महसूस किया कि सोने को धातु के रूप में खरीदना महिलाओं के सजने-सँवरने के लिए जितना अच्छा हो, लेकिन यह निवेश के लिए बुरा है।

खैर, मुझे ये बात तब तक समझ में नहीं आई थी कि जब उस सुनार ने मुझे 22 कैरेट के पैसे वापस ही कर दिए, तो फिर वो चाहे 17 कैरेट हो या 19, हमें क्या फर्क पड़ता है।

पड़ता है। बहुत फर्क पड़ता है।

मैंने बाद में कई सुनारों से बात की। मैंने टी.वी. न्यूज के लिए एक रिपोर्ट बनाई। इस जाँच में मुझे पता चला कि हिंदुस्तान में जिनके घरों में भी सोने के गहने हैं, उनमें से अधिकतर, जिन्हें वो असली सोना मान कर छाती से चिपकाए बैठे हैं, दरअसल 22 कैरेट के हैं ही नहीं।

कई लोगों ने टी.वी. पर इस रिपोर्ट के आने के बाद अपने-अपने गहनों की जाँच कराई और अधिकतर ने यही पाया कि उन्होंने खोटे सोने को ही सीने से लगा रखा था।

मुझे कुछ अच्छे सुनारों ने बताया कि सोने के काम में ये आम बात है। सरकार की ओर से हॉलमार्क होने के बावजूद इसकी गुणवत्ता पर ऐसा नियंत्रण नहीं है कि दूसरा सुनार किसी और के सोने को वही मान्यता दे। मतलब सभी सुनार सिर्फ अपने वादे का खेल खेलते हैं।

बड़े से बड़ा सुनार अपनी दुकान से बेचे सोने की पूरी कीमत आपको लौटा देगा और उसकी यही गारंटी आपको उस पर भरोसा करने पर मजबूर करती है।

लेकिन मेरा कहना ये है कि जब उसे दूसरा सुनार उसी भाव पर नहीं लेता, तो फिर तो ये गारंटी सिर्फ धातु की हुंडी भर बनकर रह गई न! सुनार आपको पीतल बेच दे और जब आप शिकायत करें, आपको 22 कैरेट के हिसाब से पैसे देने को तैयार हो तो बेशक आपको लगे कि आपके साथ धोखा नहीं हुआ है। पर असल में आपके साथ धोखा हो चुका होता है।

हिंदुस्तान में लोग गहनों को बुरे दिनों के लिए सँभाल कर रखते हैं। मतलब अधिकतर गहने वापसी के लिए नहीं जाते। हिंदुस्तान में गहने भावनाओं से भी जुड़े होते हैं, इसलिए भी लोग उन्हें बाजार में चेक नहीं करवाते, न बेचते हैं। ऐसे में सोने में मिलावट का खेल खुलेआम चलता है। पकड़े जाने पर वही दलील कि किसी और के कहने से क्या होगा, हम तो पूरे पैसे लौटाने को तैयार हैं।

खैर, मैंने तो अपनी पत्नी के सारे गहने उसी दुकान पर लौटा दिए।

जब हम उसके यहाँ सोना खरीदने जाते थे तो वो हमें चाय-कॉफी और कोल्ड ड्रिंक पूछता था। जब उसे वापस लौटाने गए तो उसने हमें पानी भी नहीं पूछा। जाहिर है अपनी चोरी पकड़े जाने से वो शर्मिंदा तो था, पर हम पर नाराज भी था।

हमने दुबारा उस बड़ी सी दुकान से कभी सोना नहीं खरीदा।

पर मैंने सुना है कि नोटबंदी वाले दिन मेरे बहुत से जानने वाले दुगुने दाम पर किसी-किसी सुनार के यहाँ से पीले रंग की कोई धातु खरीद लाए हैं। पकड़े न जाएँ, इसलिए उनमें से काफी लोगों ने पक्की रसीद भी नहीं ली है। जाहिर है कुछ समय बाद वो पूछे

जाने पर साबित करेंगे कि ये तो उनकी परनानी ने और ये वाला परदादी ने दिया था।

इनकम टैक्स वाले मुमकिन है मान भी लें।

पर मेरा अनुरोध है पीले रंग की उस धातु को बिना बिल खरीदने वाले उन सभी परिचितों से कि वो एक बार उस धातु की जाँच करा लें, जिसे खरीद कर उन्होंने अपनी समझदारी दिखाई है। मुझे यकीन है कि अधिकतर को पता चलेगा कि जिसे उन्होंने सात ताले में छुपा कर रखा है, वो एक ताले के लायक भी नहीं। अगर बिल नहीं है, तो बिल्कुल नहीं।

मुमकिन है मेरी आज की कहानी को पढ़कर कई लोगों को लगे कि इससे तो बेहतर होता कि लाल और हरे रंग के उन कागज के टुकड़ों को टैक्स चुका कर ही सफेद कर लेते।

पर किस्मत की मार देखिए, उन्होंने हरे और लाल नोटों को पीला कर लिया है।

काश ये पीला रंग सचमुच कुंदन होता!

सोना तप कर भले कुंदन कहलाता हो। लेकिन सोने में निवेश कुंदन नहीं कहलाता। असली कुंदन तो रिश्तों के निवेश में है।

□

दादी के बैल

मेरी दादी की कहानी के पात्र दो बैल थे।

एक का नाम था हीरा और दूसरे का मोती। मेरे प्यारे परिजनो! अगर आपने प्रेमचंद की कहानी 'दो बैलों की कथा' पढ़ी हो तो मैं आपको बताना चाहता हूँ कि मेरी दादी की कहानी के दोनों पात्रों का प्रेमचंद की कहानी के दोनों पात्रों से कुछ लेना-देना नहीं है। यह महज एक इत्तेफाक है कि प्रेमचंद के दोनों बैलों के नाम भी हीरा और मोती थे, मेरी दादी की कहानी के दोनों बैलों के नाम भी हीरा और मोती हैं।

हीरा बहुत मेहनती था। बैल का मालिक हीरा से अपने खेतों की जुताई कराता था। उसे बैलगाड़ी में बाँध कर उस पर ढेर सारा बोझा लाद कर वो गाँव से मंडी तक चला जाता था। हीरा को इतना काम करने में और ढेर सारा बोझा उठाने में तकलीफ तो होती थी, लेकिन वो चुपचाप सह जाता था।

दूसरी ओर मोती महाकामचोर था। मालिक जब भी उसे हल में जोतने की कोशिश करता, वो वहीं ठसक कर बैठ जाता। बैलगाड़ी में बाँधता तो वो हांय-हांय करने लगता। मालिक जानता था कि वो रत्ती भर बोझ उठाने के लिए तैयार नहीं था। काम न रुके, इसलिए मालिक सारे काम हीरा से ही कराता। अब मोती मालिक के पास था तो, लेकिन सिर्फ खाने के लिए। काम से उसका कोई रिश्ता नहीं था।

दादी मुझे जब भी ये कहानी सुनाती, वो कहती, "लादल बैला लदले जाए, कांखल बैला कंखले जाए।" मतलब जो बैल अपनी पीठ पर बोझ उठाने को तैयार होता है, मालिक उसी की पीठ पर और बोझ लादते हैं। जो बैल बोझ उठाने के नाम पर हांय-हांय करने लगे, यानी कांखने लगे, उस पर कोई बोझ नहीं डालता।

पर खाना दोनों खाते हैं।

मेरी दादी जब भी मुझे ये कहानी सुनाती, मैं सोचता कि भला ऐसा कैसे हो सकता है कि घर में खाने वाले दो बैल हों, पर काम एक ही बैल करे। मैं दादी से पूछता भी

था, तो दादी कहती कि संजू बेटा, जब तुम बड़े हो जाओगे तो तुम्हारा पाला ऐसे बहुत से बैलों से पड़ेगा, जो सिर्फ खाना खाएँगे। पर उनके हिस्से का काम भी तुम्हें करना पड़ेगा।

धीरे-धीरे मैं बड़ा होता गया।

स्कूल, कॉलेज से होते हुए नौकरी में आया। नौकरी में आकर श्रम के कई लुटेरों से पाला पड़ा। कई लोगों से मिलकर समझ में आया कि काम हीरा करता है, खाना मोती खाता है। पर मैंने कभी इसका विरोध नहीं किया। यही सोचकर नहीं किया कि आखिर मोती भी तो हमारी बिरादरी का ही है। मेरी किस्मत में न सही, कोई तो आराम कर पा रहा है।

पर पिछले दिनों जब अचानक हजार-पाँच सौ के नोट बंद कर दिए गए तो मेरा पाला कई मोतियों से पड़ने लगा। मुझे मोतियों से कोई शिकायत नहीं। पर मोती इतनी तादाद में आपका हिस्सा मारने लगें, तो दुःख तो होगा ही।

अब आप कहेंगे कि संजय सिन्हा कहानी सुनाने तक तो ठीक है, पर ये पहेली बुझाना समझ में नहीं आया।

देखिए साहब, मैं पहेली नहीं बुझा रहा।

मैं तो सिर्फ आँकड़ों को समझने की कोशिश कर रहा हूँ।

सरकारी आँकड़ों के हिसाब से देश में कुल तीन फीसदी लोग ही आयकर देते हैं। अगर देश की आबादी सवा सौ करोड़ मान लें, तो हद से हद साढ़े तीन करोड़ लोग ही आयकर देते हैं। मैं इस आँकड़े को बढ़ाकर पाँच करोड़ भी मान लूँ तो इसका अर्थ यही हुआ कि करीब एक सौ बीस करोड़ लोगों की आमदनी इस देश में आयकर देने लायक नहीं है। मतलब ये कि उनकी आमदनी ढाई लाख रुपए सलाना से कम है। क्योंकि अगर उनकी आमदनी ढाई लाख रुपए से अधिक होती, तो उन्हें कुछ-न-कुछ टैक्स देना ही पड़ता।

आप गूगल पर जाकर अगर टैक्स देने वालों के आँकड़े देखेंगे तो पता चलेगा कि आयकर देने वाले लोगों में से भी करीब 89 फीसदी लोग अपनी सालाना आमदनी पाँच लाख रुपए ही दिखाते हैं। किसानों पर कोई आयकर नहीं लगता। तमाम बिजनेसमैन हर पंद्रह दिनों पर विदेश जाते हैं, लंबी-लंबी गाड़ियों में घूमते हैं, पर उनका बिजनेस कागजों में घाटा दिखलाता है, इसलिए उनमें से भी कई 'सीए' की सिलाई से टैक्स के दायरे से बचे रह जाते हैं। खैर, मेरी कहानी के पात्र आज किसान और वो बिजनेसमैन नहीं हैं। आज मेरी कहानी के पात्र वो लोग हैं, जो एक सौ बीस करोड़ की गिनती में

आते हैं, जिन्हें हम आम आदमी कहते हैं, जिनके लिए हम मुफ्त बिजली, पानी और वाई-फाई लाने की घोषणा करते हैं, जिनके लिए हमारे कई नेताओं का दिल धड़कता है।

आज मैं एक बहुत छोटा सा सवाल पूछना चाह रहा हूँ कि जिन एक सौ बीस करोड़ लोगों की सालाना आमदनी ढाई लाख रुपए से भी कम है, जिन्हें कोई इनकम टैक्स देना ही नहीं पड़ता, वो हर रोज एटीएम की लाइन में लग कर दो हजार रुपए कहाँ से निकाल रहे हैं। वो हफ्ते में 24 हजार रुपए निकलने की सीमा से आहत क्यों हैं?

जिसकी आमदनी ही सालाना कुल ढाई लाख से कम है, वो इतने पैसे कहाँ से ला रहे हैं, कहाँ ले जा रहे हैं, कहीं ये मोती तो नहीं?

टैक्स का बोझ कुल मिलाकर चार-पाँच करोड़ हीराओं की पीठ पर है और पैसा निकालने और जमा करने पहुँच रहे हैं 120 करोड़ मोती।

आप भी अपने आसपास के मोतियों से पूछिए तो सही, जब सालाना आमदनी ढाई लाख से कम है, तो इतना जमा और इतनी निकासी कहाँ से, भाई?

□

दो दोस्त

दो दोस्त थे। एक ने सब्जी बेचने का कारोबार शुरू किया, दूसरे ने मिट्टी के बर्तन बनाने का। दोनों ने मिलकर तय किया कि अगली बार वे एक ही ऊँट पर अपना-अपना सामान लाद कर मंडी में बेचने जाएँगे।

जाहिर है, एक ही ऊँट पर माल ले जाने पर दोनों का खर्चा बचता।

तय समय पर दोनों दोस्त एक ही ऊँट पर अपने-अपने माल को लाद कर निकल पड़े मंडी की ओर।

चलते हुए ऊँट ने जब अपनी गर्दन पीछे की तो उसे पीठ पर ढेर सारी सब्जियाँ नजर आईं। उसने गर्दन मोड़ी और साग का एक गुच्छा मुँह में लेकर चबा गया। मिट्टी के बर्तन वाले ने ऊँट की इस हरकत को देखा तो मन-ही-मन हँस रहा था।

"अच्छा है ऊँट इसकी सारी सब्जियाँ खा जाएगा तो इसका मुनाफा कम होगा। ये गरीब रह जाएगा, जबकि मैं अपने बर्तन बेचकर बहुत अमीर हो जाऊँगा।"

सब्जी वाला बेचारा काफी रोकने की कोशिश करता, पर ऊँट बार-बार अपनी गर्दन पीछे करता और जो उसके मुँह में आता, वो खा जाता।

सब्जी वाला ऊँट की इस हरकत से दुःखी था। पर कुछ कर नहीं पा रहा था। मिट्टी के बर्तन वाला ऊँट की इस हरकत से मन-ही-मन खुश था, ऊपर से भले वो दोस्त को सांत्वना देता कि कोई बात नहीं, थोड़ी सब्जियाँ कम होने से कोई बड़ा नुकसान नहीं होगा।

धीरे-धीरे चलते हुए आखिर वो मंडी पहुँच ही गए।

मंडी पहुँचते-पहुँचते सब्जी वाले की काफी सब्जियाँ कम हो गई थीं।

खैर, जो हुआ, सो हुआ। अब ऊँट को बैठना था और दोनों को अपना-अपना माल उतारना था। जिस तरफ सब्जी रखी थी, उधर बोझ कम हो गया था और जिस तरफ

मिट्टी के बर्तन रखे थे, उधर बोझ अधिक था। ऊँट बार–बार उसी ओर झुक रहा था, इसलिए ऊँट उसी करवट बैठ गया। इधर ऊँट बैठा, उधर मिट्टी के सारे बर्तन भरभरा कर टूट गए।

सब्जी वाले की थोड़ी सब्जी तो बची थी, पर मिट्टी के बर्तन वाले का एक भी बर्तन सुरक्षित नहीं बचा।

संजय सिन्हा वहाँ खड़े होकर ऊँट का बैठना देख रहे थे। उन्होंने देखा कि पूरे रास्ते सब्जी वाले के नुकसान को देखकर मिट्टी के बर्तन वाला जो बहुत खुश था, अब उसे बहुत तकलीफ हो रही थी। सारा रास्ता वो सब्जी वाले के नुकसान का मन–ही–मन जश्न मनाता हुआ मंडी तक पहुँचा था, पर अब वो मातम मना रहा था।

देश में बहुत से लोग जो दिन–रात मेहनत करते हैं, जो सारा दिन खून–पसीना एक कर के पैसा कमाते और टैक्स चुकाते हैं, वो बहुत दिनों से तकलीफ में थे। पर जो लोग दूसरों को ठग कर खुश होते रहे, औरों की मेहनत की कमाई पर ऐश करते रहे, ऐंठ–ऐंठ कर घर में अपना धन बढ़ाते रहे, उन पर नोटबंदी के एक फैसले से गाज गिर पड़ी। अब वो बौखलाए फिर रहे हैं। अब वो ऊँट को कोस रहे हैं।

पर ऊँट का क्या कसूर?

कल तक सब्जी वाला दुःखी था। आज उसके दुःख में खुश होनेवाला दुःखी है।

खैर, ऊँट किस करवट बैठेगा, किसे पता?

□

मुस्कुराने की वजह

किसी ने कल मेरे पास एक संदेश भेजा। एक ऐसा संदेश, जिसे पढ़कर मैं बहुत देर तक मुस्कुराता रहा।

इस संदेश को पढ़ते हुए मैं कई साल पीछे अपने बचपन में लौट गया था।

घर पर अखबार के साथ-साथ कई पत्रिकाएँ भी आती थीं। दीदी के लिए चंदामामा, पराग और मेरे लिए नंदन, चंपक। जब मैं बहुत छोटा था, तब मुझे चंदामामा और पराग की कहानियाँ उतनी अच्छी नहीं लगती थीं, जितनी अच्छी मुझे नंदन और चंपक की कहानियाँ लगती थीं। आज मैं आपको बताऊँगा तो आप मुझ पर हँसेंगे। लेकिन सत्य यही है कि मुझे चंपक पढ़ना बहुत दिनों तक अच्छा लगता रहा।

मुझे उम्मीद है कि आप लोगों का बचपन भी कुछ-कुछ ऐसे ही गुजरा होगा। आपने भी सोनू खरगोश, मोनू लोमड़ी और टीनू हाथी की कहानियाँ पढ़ी होंगी। इन कहानियों को मैं पढ़ता और देर रात तक इनके बारे में सोचता। मुझे हर कहानी से एक संदेश मिलता।

देखिए, मेरी बात सुनकर आप प्लीज मुझ पर हँसिएगा मत। क्योंकि मुझे ये बताते हुए थोड़ी झिझक सी हो रही है कि मैं हाई स्कूल तक चंपक पढ़ता रहा। दीदी मुझ पर हँसती थी। कहती थी कि संजू बड़ा ही नहीं हो रहा। अरे चंपक में तो छोटे बच्चों की कहानियाँ होती हैं।

ऐसे में एक ऐसा वक्त भी आया था, जब दीदी से छिप कर मैं चंपक पढ़ने लगा था। दीदी बड़ी हो रही थी। मैं रुक गया था।

दीदी माधुरी, वामा और मुक्ता जैसी पत्रिकाओं तक चली गई थी और मैं चंपक में अटका था।

खैर, कल जब किसी ने मेरे पास एक संदेश भेजा तो मुझे चंपक की एक कहानी याद आ गई। आज मैं आपको चंपक की एक कहानी सुनाऊँगा, फिर वो संदेश सुनाऊँगा और उम्मीद करूँगा कि आप दोनों को जोड़कर संदेश खुद ही आत्मसात् कर लेंगे।

कहानी कुछ इस तरह है—

जंगल के सभी खरगोशों ने एक दिन सभा बुलाई। बैठक में सभी को अपनी समस्याएँ बतानी थीं। सभी खरगोश बहुत दु:खी थे। सबसे पहले सोनू खरगोश ने बोलना शुरू किया कि जंगल में जितने भी जानवर रहते हैं, उनमें खरगोश सबसे कमजोर है।

सोनू बोल रहा था, "शेर, बाघ, चीता, भेड़िया, हाथी सब हमसे अधिक शक्तिशाली हैं। सबसे कोई-न-कोई डरता है। लेकिन हमसे कोई नहीं डरता।"

सोनू की बात सुनकर चीकू खरगोश तो रोने ही लगा। उसने रोते हुए कहा कि खरगोशों की ऐसी दुर्दशा देखकर तो अब जीने का मन ही नहीं करता।

बात सही थी। खरगोश से कोई नहीं डरता था। उन्हें लगने लगा था कि संसार में उनसे कमजोर कोई और नहीं। ऐसे में तय हुआ कि कल सुबह सारे खरगोश एक साथ नदी के किनारे तक जाएँगे और सारे के सारे नदी में डूब कर जान दे देंगे। ऐसी जिंदगी भी कोई जिंदगी है।

सुबह सारे खरगोश इकट्ठा हुए और पहुँच गए नदी के किनारे।

जैसे ही वो नदी के किनारे पहुँचे, उन्होंने देखा कि वहाँ बैठे मेंढक खरगोशों को देखकर डर के मारे फटाफट नदी में कूदने लगे।

उन्हें ऐसा करते देख खरगोश वहीं रुक गए। वो समझ गए कि मेंढक उनसे डर रहे हैं। बस फिर क्या था, मरना कैंसिल हो गया। सोनू खरगोश ने वहीं एक सभा की और सभी खरगोशों को बताया कि भाइयों हमें हिम्मत से काम लेना चाहिए। इस संसार में कोई ऐसा भी है, जो हमसे भी कमजोर है। ऐसे में अगर हमारे पास दु:खी होने की कई वजहें हैं, तो खुश होने की भी एक वजह तो है ही।

चीकू खरगोश ने भी कहा कि हाँ, हमें हिम्मत नहीं छोड़नी चाहिए। हम कमजोर हैं, ये सोचकर हमें दु:खी होने की जगह ये सोचकर खुश होना चाहिए कि हम सबसे अधिक खूबसूरत हैं और हम जंगल में किसी भी जानवर की तुलना में अधिक तेज गति से दौड़ सकते हैं।

सारे खरगोश खुशी-खुशी जंगल में लौट आए।

संजय सिन्हा की कहानी आपने पढ़ ली है, अब पढ़िए वो संदेश और मन-ही-मन मुस्कुराइए।

"जिंदगी में बेशक आपके सामने हजार-पाँच सौ मुश्किलें होंगी, लेकिन आप दुनिया को दिखा दीजिए कि अब आपके पास मुस्कुराने की दो हजार वजहें हैं।"

□

जितने सवाल, उतने जवाब

आज मैं आपको सत्रह साल पीछे की यादों में ले चलता हूँ।

उन यादों को कुरेदने के लिए मुझे खुद को दिल्ली के ताज पैलेस होटल तक ले जाना होगा।

दिल्ली में तब राजनैतिक हलचल बहुत तेज थी। भारतीय जनता पार्टी, कांग्रेस, तीसरा मोर्चा सब में बहुत सुगबुगाहट थी। ऐसे में चेन्नई से जयललिता का दिल्ली आना भी देश की तब की राजनैतिक स्थिति में बहुत कुछ कहता था। उनका किसी पार्टी के साथ होना और नहीं होना; एक अलग संदेश देता था। ऐसी ही किसी राजनैतिक हलचल के दिनों में एक सुबह मैं दिल्ली के होटल ताज पैलेस में जे. जयललिता के कमरे के सामने था। कमरे के बाहर जयललिता के कई लोग खड़े थे। मैं उनसे जिद कर रहा था कि मुझे एक बार जयललिताजी से मिलवा दें। वो मुझे समझा रहे थे कि मैडम अभी तैयार हो रही हैं। तैयार हो लेंगी, फिर आपका संदेश उन तक पहुँचा दिया जाएगा और अगर वो मिलना चाहेंगी तो जरूर मुलाकात हो जाएगी। पर अभी आप नीचे लॉबी में जाकर इंतजार कीजिए।

मैं लॉबी में नहीं जाना चाहता था। मुझे पता था कि नीचे बहुत से रिपोर्टर जयललिता का इंतजार कर रहे हैं और सबकी कोशिश यही है कि किसी तरह चुपके से उनका इंटरव्यू ले लिया जाए। उन दिनों रिपोर्टर एक्सक्लुसिव बाइट और इंटरव्यू के चक्कर में सबसे छुप-छुपा कर नेताओं से मिलते थे। कोई किसी को नहीं बताता था कि वो किस जुगाड़ से किस नेता से मिला।

तब ज्यादा टी.वी. चैनल नहीं थे।

एक जी न्यूज था, जो 24 घंटे का न्यूज चैनल था, दूसरा स्टार न्यूज। तब 24 घंटे के एन.डी.टी.वी. का जन्म भी नहीं हुआ था, आजतक भी दिनभर का चैनल नहीं बना था। रजत शर्मा का तब सिर्फ एक प्रोग्राम हुआ करता था—'आज की बात'। इसके अलावा

दूरदर्शन, ई.टी.वी. और इक्का-दुक्का न्यूज चैनल हुआ करते थे। अखबार तो थे ही। रिपोर्टरों की बहुत भीड़ नहीं हुआ करती थी, तब भी पंद्रह से बीस रिपोर्टर हर मौके पर होते ही थे।

एक्सक्लुसिव इंटरव्यू तो छोड़िए, तब एक्सक्लुसिव बाइट की भी बड़ी भूमिका हुआ करती थी।

और रात नौ बजे के बुलेटिन में ये प्रतिस्पर्धा नजर आती थी।

एक ही नेता के अलग-अलग बयान अलग-अलग चैनल पर चला करते थे। एक चैनल को पता होता था कि वो ये बाइट चला रहा है, दूसरे के पास ये वाली बाइट नहीं। यही रिपोर्टर की उपलब्धि हुआ करती थी कि नेता ने उसके कैमरे पर ये बोल दिया, दूसरे के कैमरे पर नहीं बोला।

अब क्योंकि सब अलग-अलग इंटरव्यू लिया करते थे, सबके मन में अपने-अपने सवाल हुआ करते थे, तो कई बार दूसरा रिपोर्टर उस सवाल को पूछने से चूक जाता, जिसे कोई और रिपोर्टर पूछ लेता। जिस रिपोर्टर के पास एक्सक्लुसिव बाइट हो गई, वो चुप्पी साधे रहता और हलचल मचती रात के प्राइम टाइम बुलेटिन में।

खैर, मैं बात कर रहा हूँ जयललिता के बारे में।

मैं उनके कमरे के बाहर से हिला नहीं। मुझे पता था कि एक बार नीचे चला गया, फिर मुझे यहाँ तक पहुँचने का मौका नहीं मिलेगा।

मैं आश्वस्त था कि जयललिता कमरे से बाहर निकलेंगी, मैं कैमरा ऑन करके उनसे अपने वो सवाल पूछ लूँगा, जिसे बाकी लोग नहीं पूछ पाएँगे।

कुछ देर बाद मैंने देखा कि उनके कमरे के पास हलचल हो रही है। मैंने कैमरा- मैन को अलर्ट किया।

तब तक सूट-बूट पहने एक आदमी मेरे पास आया और उसने मुझसे कहा कि मैडम आपको अंदर बुला रही हैं। आप कैमरे के बिना उनसे मिल सकते हैं।

मैंने सोचा कि भीतर चलते हैं। वहाँ जयललिता से मिलकर अनुरोध करूँगा कि वो एक छोटा सा इंटरव्यू दे दें।

अंदर गया।

एकदम सजी-धजी सुघड़ सी जयललिता मेरे सामने सोफे पर बैठी थीं। उन्होंने मुझसे हैलो कहा और बैठने का इशारा किया।

जयललिता की उम्र तब 50-52 साल रही होगी और वो थोड़ी सी मोटी भी हो चुकी

थीं, पर उनके चेहरे से वो ग्लैमर टपक रहा था, जो आमतौर पर फिल्मी हीरोइनों के चेहरे पर ही होता है। नेताओं के चेहरे पर तो मुझे अधिकतर काइंयापन ही नजर आता था, लेकिन जयललित्ता एकदम लकदक चमक रही थीं। लाल रंग की लिप्स्टिक, बड़ी सी बिंदी और गहरे रंग की साड़ी में वो एकदम सजी-सँवरी सी थीं।

मुझे उम्मीद थी कि हिंदी बोलने में उन्हें कठिनाई होगी, लेकिन मैं हतप्रभ था ये देखकर वो अपनी ओर से हिंदी बोलने की कोशिश कर रही थीं।

उन्होंने मुझसे कहा कि आप काफी देर से मुझसे मिलना चाह रहे हैं।

मैंने अपना परिचय दिया, "मेरा नाम संजय सिन्हा है और मैं जी न्यूज का रिपोर्टर हूँ। आपका छोटा सा इंटरव्यू करना चाहता हूँ।"

जयललिता ने सामने टेबल पर पड़े फल के टोकरे को मेरे सामने करते हुए कहा, "लीजिए, कुछ खाइए।"

मैंने कहा, "मैडम, कैमरामैन बाहर खड़ा है।"

जयललिता मुस्कुरा रही थीं। कहने लगीं, "क्या पूछेंगे? यही न कि मेरे पास दस हजार साड़ियाँ क्यों हैं? मेरे पास सैकड़ों जोड़ी सैंडिल क्यों हैं? मैं कहीं भी आती-जाती हूँ, तो मेरे साथ दस-बीस सूटकेस क्यों होते हैं?

"नहीं मैडम। इस बारे में कोई सवाल नहीं। मुझे तो सरकार के बारे में, देश के बारे में कुछ पूछना है।"

जयललिता ने कहा कि ठीक है, "लेकिन मुझे बताया गया है कि नीचे और बहुत से रिपोर्टर मेरा इंतजार कर रहे हैं।"

"जी, मैडम।"

"तो ऐसा कीजिए आप भी नीचे पहुँचिए। मैं सबको एक साथ इंटरव्यू दे दूँगी।"

"पर मैडम, एक साथ कैसे?"

"आप लोग ऐसा कीजिएगा कि सभी लोग किसी एक व्यक्ति को अपने-अपने माइक पकड़ा कर खुद सामने खड़े होकर अपने-अपने सवाल पूछ लीजिएगा। सबके कैमरों में सारे जवाब रिकॉर्ड हो जाएँगे।"

"पर मैडम, वो एक्सक्लुसिव तो नहीं होगा।"

जब आपका सवाल सरकार और देश के बारे में है, तो फिर उसमें एक्सक्लुसिव होने की क्या जरूरत है? ऐसे सवाल और जवाब तो सबके सामने होने चाहिए। उन्होंने

मुस्कुराते हुए कहा कि एक्सक्लुसिव तो साड़ियों की गिनती और सैंडिलों की गिनती वाले सवाल होते हैं। वो सवाल और उनके जवाब आपको पहले से पता हैं। तो आप नीचे पहुँचिए, अपना कैमरा सेट कीजिए, बाकी साथियों से कहिए कि वो भी अफरा-तफरी न करें, सब लोग एक साथ खड़े होकर एक ही बार में जितने भी सवाल हों, पूछ लीजिए। मैं सबके जवाब एक साथ दे दूँगी। फिर आपको जितना ठीक लगे, अपने-अपने चैनल पर दिखा दीजिएगा।

मैं नीचे आया। मैंने सबको बताया कि मैं जयललिता से मिलकर आया हूँ। उन्होंने सलाह दी है कि सारे कैमरामैन सामने खड़े हो जाएँ और अपने-अपने माइक किसी एक के हाथ में देकर बारी-बारी से सवाल पूछ लें। शुरू में सबको ये थोड़ा अटपटा सा लगा, पर सब मान गए; क्योंकि सब जानते थे कि जयललिता अभी कमरे से नीचे उतरेंगी और अधिक भीड़ देखकर बिना किसी से कुछ भी कहे, निकल जाएँगी।

टेलीविजन न्यूज के इतिहास में ये पहला मौका था, जब सभी रिपोर्टर बिना प्रेस कॉन्फ्रेंस के एक साथ किसी नेता की बाइट लेने जा रहे थे। प्रेस कॉन्फ्रेंस में तो ऐसा बहुत पहले से हो रहा था, पर यहाँ से शुरू होने जा रहा था टेलीविजन न्यूज चैनल का नया दौर।

इसके बाद तो संसद् में बाकायदा एक स्टैंड बन गया, जहाँ सभी चैनलों के माइक लगा दिए जाते थे और एक रिपोर्टर सवाल पूछता, सबके कैमरों में जवाब रिकॉर्ड हो जाता। प्रधानमंत्री आवास के बाहर सभी रिपोर्टर एक साथ एक आदमी के हाथ में माइक पकड़ा कर अपने-अपने सवाल पूछ लेते और उसी हिसाब से अपनी रिपोर्ट तैयार कर लेते।

यहीं से शुरू हुआ सार्वजनिक बयान से भी एक्सक्लुसिव रिपोर्ट बनाने का सिलसिला। यहीं से शुरू हुआ बड़ी खबर और बड़े नेताओं के बयानों पर एक अनुशासन के साथ रिपोर्टिंग करना। इसके इतर अगर किसी के हाथ कभी पूरा एक्सक्लुसिव इंटरव्यू लग गया, तो ये उसकी किस्मत।

यहीं से शुरू हुआ एक कैमरामैन का दूसरे कैमरामैन से सेटिंग का सिलसिला। मतलब कोई कैमरामैन अगर मौके पर देर से पहुँचा तो उसका साथी कैमरामैन उसके लिए वो बाइट उसकी टेप पर ट्रांसफर करके दे देता। और यहीं से शुरू हुए बहुत सारे 24 घंटे वाले न्यूज चैनल, क्योंकि कम रिपोर्टर में भी सबके पास सारी खबरें पहुँचने लगी थीं।

जयललिता नहीं रहीं, इस खबर के साथ कल पहली बार मुझे लगा कि सचमुच दक्षिण ही नहीं, पूरे देश में राजनीति के एक युग का अंत हुआ है। जयललिता एक करिश्माई

महिला थीं। अगर उन्हें मैं लेडी दबंग कहूँ तो हैरानी की कोई बात नहीं। छात्र जीवन में मैं इंदिरा गांधी से भी मिल चुका था, मुझे उनमें वही अंदाज नजर आता था। जयललिता शौकीन और शालीन महिला थीं।

वो सिनेमा के संसार से ही बहुत अमीर हो चुकी थीं। अच्छा पहनना और अच्छे से मिलना सिनेमा वालों का शौक होता है। उन्होंने राजनीति में आने के बाद भी कभी खुद को बेतरतीब तरीके से लोगों के सामने पेश नहीं किया। मुझे नहीं पता कि वो सचमुच भ्रष्ट थीं या नहीं, क्योंकि वो कोर्ट से पाक-साफ साबित होकर निकली थीं, इसलिए मैं उन्हें भ्रष्ट नहीं कह सकता। लेकिन इतना तय है कि वो एक सुघड़ नेता थीं। वो खुशमिजाज नेता थीं। उन्हें अनुशासन पसंद था और वो हमेशा चमकती रहती थीं।

जयललिता से फिर कई मौकों पर कई बार मिला। वो जब इंटरव्यू देती थीं तो ये नहीं कहती थीं कि इस सवाल का जवाब नहीं दूँगी।

वो हर सवाल और हर परिस्थिति का सामना करती थीं, बेलाग और बिंदास।

मेरी ओर से उन्हें ढेर सारी श्रद्धांजलि।

□

गुरु ज्ञान

गुरुनानक ने दो गाँवों के लोगों को दो तरह के ज्ञान दिए थे।

जिस गाँव के लोग दुष्ट स्वभाव के थे, झगड़ालू थे, उनसे कहा था कि तुम लोग आपस में मिलकर एक साथ रहना। अपनी एकता बनाए रखना। गाँव छोड़कर कहीं मत जाना।

जिस गाँव के लोग अच्छे थे, लोगों की मदद करते थे, दयालु थे, उनसे कहा था कि जाओ तुम लोग बिखर जाओ। तुम अपने-अपने गाँव को छोड़कर इधर-उधर दूसरे गाँवों में जाकर बस जाओ।

गुरुनानक के एक शिष्य के मन में सवाल उठा था कि ऐसा क्यों? उसके मन में सहज जिज्ञासा थी कि आखिर नानक ने दोनों गाँवों के लोगों को अलग-अलग ज्ञान क्यों दिए। एक से कहा कि तुम मिल-जुलकर साथ रहना, दूसरे से कहा कि तुम बिखर जाओ। तुम अलग-अलग हो जाओ।

नानक ने शिष्य के सवाल का जवाब दिया था। उसे समझाया था कि जिस गाँव के लोग दुष्ट हैं, वो एक ही जगह रहें तो बुराई वहीं थम जाएगी। जहाँ है, वहीं रुक जाएगी। लेकिन अच्छाई को पनपने देना है। उसे फैलाना है। इसीलिए जिस गाँव के लोग भले हैं, दयालु हैं, उनसे कह दिया कि जाओ तुम इधर-उधर फैल जाओ। और बुरे लोगों से कह दिया कि जहाँ हो, वहीं रहो।

ज्ञान का अर्थ योग्यता और जरूरत के हिसाब से बदल जाता है।

मुझे पूरी उम्मीद है कि आपने गुरुनानक वाली ये कहानी कम-से-कम दस बार तो संजय सिन्हा से ही सुनी होगी। अगर संजय सिन्हा से नहीं सुनी होगी, तो दादी-नानी से सुनी होगी। लेकिन आज जिस ज्ञान की कहानी मैं आपको सुनाने जा रहा हूँ, उसे कल मुझे राजीव चतुर्वेदीजी ने सुनाई। सुनाई क्या, ये उन्हीं का ज्ञान है। वो मुझे कुछ बता रहे

रहे थे और मेरे मन में आपके लिए कहानी का ताना-बाना बुना जा रहा था।

कल बात ही बात में मैं उन्हें बता रहा था कि पिछले दिनों मैं नई मर्सडीज कार के टेस्ट ड्राइव पर निकला था और एक ऐसा भी वक्त आया था, जब मैं 220 किलोमीटर प्रति घंटा या उससे भी अधिक रफ्तार से कार को दौड़ा रहा था। मैं उन्हें बता रहा था कि जब मैं बहुत तेज गति से कार चलाता हूँ, तो मेरी आँखों के पिछले हिस्से में काफी कुछ बहुत दूर से नजर आने लगता है।

मैं जब उन्हें अपनी ये खूबी बता रहा था, तब मुझे ही नहीं पता था कि मैं क्या बताना चाह रहा हूँ। मैंने जितने लोगों को ये बात बताई है कि कभी-कभी मैं बहुत अधिक रफ्तार से गाड़ी चलाता हूँ, उन लोगों ने दाँतों तले उँगलियाँ दबाई हैं, लेकिन राजीव चतुर्वेदी मुझे समझा रहे थे कि आप गाड़ी ड्राइव करना छोड़ दीजिए।

मैंने पूछा क्यों ?

उन्होंने कहा कि आपकी जिंदगी ज्यादा कीमती है। सौ किलोमीटर से ऊपर की गति पर ड्राइव करनेवाले पूरी तरह मशीन पर निर्भर हो जाते हैं और मशीन का क्या है ? मशीन तो कभी भी धोखा दे सकती है। इसलिए आप ड्राइव करना ही छोड़ दीजिए, क्योंकि बहुत से लोगों को आपकी जरूरत है।

मैं उनकी बातें सुन रहा था।

वो मुझे बता रहे थे कि उनके साथ काम करनेवाले जो लोग उनसे जुड़ते हैं, उन्हें वो समझाते हैं कि तुम्हें जब भी कहीं यात्रा करनी हो तो रात में निकलना। तुम अगर दिन में यात्रा करोगे तो अपना दिन बर्बाद करोगे। रात में यात्रा करने से तुम दिन का पूरा समय बचा सकते हो। इस तरह तुम अधिक काम कर पाओगे।

पर जब वो लोग काम करते-करते काफी सीनियर पोस्ट पर पहुँच जाते हैं, अपनी एक अलग वैल्यू बना लेते हैं तो राजीव चतुर्वेदी उन्हें समझाते हैं कि अब आप कहीं भी जाएँ, तो दिन में ट्रैवेल करें। रात में यात्रा बंद कर दें।

कोई भी पूछेगा ही आखिर ऐसा क्यों ? समय के साथ ज्ञान बदल क्यों गया ?

इस पर उन्होंने कहा कि जो लोग शुरू में काम करने आते हैं, उन्हें अधिक मेहनत करने की जरूरत होती है। पर जब वही बड़े हो जाते हैं, कंपनी के कई लोग उन पर निर्भर करने लगते हैं, तो हमारे लिए उनकी अहमियत बढ़ जाती है। ऐसे में हम उनके साथ कोई जोखिम उठाने को तैयार नहीं होते। बस यहीं से सोच बदल जाती है। हम उनसे कहते हैं कि आप अपना ध्यान पहले रखें।

हम उन्हें समझाते हैं कि रात में यात्रा करना सुरक्षित नहीं।

मतलब समय के साथ ज्ञान बदल जाता है।

जो राजीव चतुर्वेदी मेरे जबलपुर जाने पर खुद गाड़ी ड्राइव करके मुझे पूरा शहर घुमाते हैं, वही मुझसे कह रहे थे कि मैं गाड़ी ड्राइव करना बंद कर दूँ। मैं बंद कर दूँ, क्योंकि मैं कभी–कभी ही सही, पर बहुत तेज गति से ड्राइव करता हूँ।

यही है जीवन का ज्ञान। समय, काल, परिस्थिति और व्यक्ति से ज्ञान का ज्ञान भी बदल जाता है।

□

सत्य ही जीतेगा

आज की कहानी आपने बचपन से अब तक दो-तीन हजार बार पढ़ी और सुनी होगी। आप सोचेंगे कि इतनी बार पढ़ी और सुनी कहानी मैं आपको आज क्यों सुना रहा हूँ।

जब कभी हमारे घर में सत्यनारायण भगवान की पूजा होती थी तो उसमें पंडितजी कलावती की कहानी सुनाते थे। उन्होंने कभी ये नहीं बताया कि सत्यनारायण की पूजा होती ही क्यों थी, बस कलावती की कहानी सुनाते थे। हर बार वो यही प्रमाणित करते कि एक बार कलावती ने सत्यनारायण की पूजा नहीं की, तो उसका सबकुछ लुट गया।

कलावती की कथा से मैं बचपन में ही समझ गया था कि जो सत्य के पुजारी नहीं होते, उनका सबकुछ लुट जाता है। लेकिन जब मैंने स्कूल में हरिश्चंद्र की कहानी सुनी तो समझ में आया कि अगर कोई सत्य पर टिका रहे, तो उसका खोया राज्य भी लौट कर आ सकता है।

आज मैं हजार बार सुनी कहानी आपको सिर्फ इसलिए सुना रहा हूँ, ताकि आप इसे अपनी वॉल पर साझा कर सकें और अपने बच्चों, अपने पड़ोस के बच्चों को सुना सकें कि सत्य की जीत कैसे होती है।

क्या कीजिएगा, अब दादी-नानी तो किसी बच्चे के साथ रहती नहीं और माँओं के पास कहानी सुनाने का समय नहीं रहा, तो संजय सिन्हा ही ऐसी कहानियाँ सुना सकते हैं, जिन्हें सुनने और समझने की जरूरत नई पीढ़ी को भी है।

अब सुनिए कहानी।

एक थे राजा हरिश्चंद्र। वे बहुत दयालु थे। सच्चाई और ईमानदारी ही उनकी जिंदगी का एकमात्र व्रत था। उनके सत्य का आलम ये था कि उन्हें पूरे संसार में सत्यवादी हरिश्चंद्र के नाम से जाना जाने लगा था। सभी देवता और ऋषि उनकी सच्चाई और ईमानदारी के लिए उन्हें पूजने लगे थे।

लेकिन विश्वामित्र ने मन–ही–मन ठान लिया कि इस बात को परखना चाहिए कि राजा हरिश्चंद्र सचमुच सत्यवादी और ईमानदार हैं या फिर विपत्ति की घड़ी में वे भी औरों की तरह ईमानदारी और सच्चाई का साथ छोड़ देंगे।

बस फिर क्या था। सभी देवताओं से परामर्श करके उन्होंने राजा हरिश्चंद्र की सच्चाई और ईमानदारी को परखने की ठान ली।

विश्वामित्र एक दिन हरिश्चंद्र के सपने में आए और उन्होंने उनसे उनका सारा राज–पाट माँग लिया। राजा हरिश्चंद्र ने सपने में ही सबकुछ देने का वचन दे दिया।

अगली सुबह विश्वामित्र राजा हरिश्चंद्र के दरबार में पहुँच गए कि राजन आपने सपने में अपना सबकुछ दान कर दिया था, इस पर आपको क्या कहना है?

राजा ने कहा कि मुझे सपना पूरी तरह याद है, मैं सपने में किए अपने वादे को भी पूरा करने को तत्पर हूँ।

विश्वामित्र ने कहा कि फिर आप सबकुछ छोड़ दीजिए और कहीं और चले जाइए। ध्यान रहे, आप राज्य की सीमा में भी नहीं रह सकते। संजय सिन्हा ने खुद देखा कि राजा हरिश्चंद्र एकदम फकीर भाव से अपना परिवार और सबकुछ त्याग कर खुशी–खुशी वहाँ से चल पड़े।

जिसने देखा, उसी ने कहा वचन के पक्के, सत्य के पुजारी राजा हरिश्चंद्र की जय। हरिश्चंद्र निकल पड़े ऐसी जगह की तलाश में, जो राज्य का हिस्सा न हो। आखिर वो पहुँचे गंगा किनारे काशी के श्मशान घाट पर। श्मशान घाट किसी का नहीं होता। वहाँ सिर्फ डोम राजा का शासन चलता है। हरिश्चंद्र वहीं घाट पर काम करने लगे। शवों का अंतिम संस्कार कराने लगे।

एक दिन हरिश्चंद्र के पुत्र की साँप के काटने से मृत्यु हो गई। हरिश्चंद्र की पत्नी अपने पुत्र के शव को गोद में लेकर श्मशान घाट पहुँचीं। जिस वक्त वो पुत्र के अंतिम संस्कार के लिए वहाँ पहुँचीं, हरिश्चंद्र वहीं काम कर रहे थे।

पुत्र के शव को गोद में लिए हरिश्चंद्र की पत्नी ने बिलखते हुए कहा कि अंतिम संस्कार के लिए लकड़ी खरीदने के पैसे भी नहीं।

हरिश्चंद्र अपने पुत्र के शव को देखकर जोर–जोर से रोने लगे। उनकी पत्नी ने उनसे पूछा कि अब इसका अंतिम संस्कार कैसे होगा। पत्नी को बहुत उम्मीद थी कि हरिश्चंद्र वहाँ से कुछ लकड़ी उठाकर पुत्र के अंतिम संस्कार में मदद करेंगे। लेकिन रोते हुए हरिश्चंद्र ने पत्नी से कहा कि इन लकड़ियों पर उनका कोई हक नहीं और उनके पास भी पैसे नहीं, जो इन्हें खरीद सकें। उन्होंने कहा, "तुम इसे कहीं और ले जाओ। मैं

अंतिम संस्कार भी नहीं कर सकता।"

ये दृश्य देखकर देवता भी रो पड़े। सचमुच हरिश्चंद्र सत्यवादी हैं। ईमानदार हैं। इतने दुःख की घड़ी में भी उन्होंने सत्य का साथ नहीं छोड़ा।

आखिर विश्वामित्र को उसी पल हरिश्चंद्र के पास आना पड़ा और उन्होंने उनके पुत्र को जीवित करते हुए कहा कि राजा, तुम से अधिक इस संसार में कोई सत्यवादी नहीं और इसके साथ ही उन्होंने राज-पाट और सबकुछ उन्हें लौटा दिया।

सत्यमेव जयते।

सत्य की हमेशा जीत होती है। ध्यान रहे, जो सत्य पर अटल रहता है, उसी का खोया राज-पाट उसे दुबारा मिलता है, अन्यथा एक बार राज चला जाए, तो दुबारा मिलना बहुत मुश्किल होता है।

□

योग्यता और उम्मीद

जब मैं छोटा था तो सड़क पर तेजी से दौड़ती एक सीट वाली लंबी सी गाड़ी को देखकर हैरान हो जाता था। आखिर इतनी बड़ी गाड़ी में सिर्फ एक ही सीट क्यों? अकेला ड्राइवर इतनी बड़ी गाड़ी लेकर कहाँ जा रहा है?

जब कभी मैं अपने गाँव जाता तो ग्रांड ट्रंक रोड पर मुझे ऐसी गाड़ियाँ खूब दिखतीं।

एक बार मैंने पिताजी से पूछा था कि ये किस तरह की गाड़ी होती है। पिताजी ने मुझे समझाया था कि इसे चेसिस कहते हैं। ये चेसिस जमशेदपुर में बनते हैं। अभी सिर्फ बेस तैयार हुई है और ये ड्राइवर इसे जमशेदपुर से दिल्ली, कोलकाता, मुंबई, कानपुर और दूसरे शहरों में ले जा रहे हैं। वहाँ इन्हीं चेसिस पर ट्रक या बस का ढाँचा खड़ा किया जाएगा। वही बस, जिसमें तुम बैठकर गाँव आए हो।

मेरे पास हैरान होने के ढेरों कारण थे। यह चेसिस उनमें से एक था।

जब मैं बड़ा हो गया और भोपाल से दिल्ली जनसत्ता में नौकरी करने चला आया तो यहाँ मेरा पाला फिर उस चेसिस से पड़ा। और यकीन कीजिए बचपन में देखे उस चेसिस की कहानी को सुनकर मैं फिर हैरान हुआ। जनसत्ता में हमारे साथ जमशेदपुर के ही संजय कुमार सिंह थे। उन्होंने मुझे एक बार बताया कि इस चेसिस के ड्राइवर रास्ते में रुक कर इसमें से दस-बीस लीटर डीजल निकाल कर बेच देते हैं। इससे उन्हें जो पैसे मिलते हैं, उससे उन्हें बहुत खुशी मिलती है। ये उनकी ऊपरी आमदनी होती है।

मैंने पूछा था कि ऐसे कैसे वो डीजल चुरा सकते हैं। जब ये गाड़ी जमशेदपुर से बनकर निकली, तो सबको पता होता होगा कि दिल्ली तक कितना डीजल लगेगा, तो फिर ये उसमें से चोरी कैसे कर सकते हैं?

संजय सिंह हँसने लगे। उन्होंने मुझे बताया कि कंपनी जानती है कि ड्राइवर डीजल की चोरी करते हैं और वो इस चोरी का प्रावधान रखती है।

उन्होंने मुझे बताया कि एक बार कंपनी ऐसी पॉलिसी लेकर आई थी कि चेसिस को चलाकर ले जानेवाले ड्राइवरों से उन्होंने कहा था कि आप रास्ते में रुक कर डीजल न चुराया करें, हम आपकी सैलरी बढ़ा देते हैं। पर ड्राइवर इससे बहुत दुःखी हुए थे। उनका कहना था कि बेशक सैलरी थोड़ी कम मिले, लेकिन डीजल चुराने पर रोक नहीं होनी चाहिए। तब से कंपनी ने अघोषित रूप में मान लिया है कि जहाँ सौ लीटर डीजल की खपत होनी है, वहाँ सवा सौ लीटर डीजल खर्च हो जाए तो कोई इसकी जाँच न करे।

ड्राइवर डीजल चुरा कर, उसे ब्लैक में बेच कर खुश होता है और मालिक उतनी सैलरी कम देकर खुश होता है। दोनों को दोनों के राज पता हैं। दोनों संतुष्ट हैं। अब इस चोरी को कंपनी चोरी नहीं मानती, बल्कि ड्राइवर की सैलरी का हिस्सा मानती है।

चोरी एक लत है। जिसे लग जाती है, वो चोरी छोड़ भी दे तो हेरा-फेरी नहीं छोड़ सकता।

हमारे देश में जितने कानून बनते हैं, हम उसमें कोई-न-कोई ऐसी खामी ढूँढ़ ही लेते हैं, जिनसे हम चोरी कर पाएँ। चाहे वो 'हीरा' की नहीं, 'खीरा' की चोरी ही हो, पर हमें उस चोरी से खुशी मिलती है। मैंने न सिर्फ सुना है, बल्कि देखा भी है कि बड़े-बड़े नेता, अफसर, बिजनेसमैन अपने-अपने हिसाब से अपने-अपने हिस्से की चोरी करते हैं। नेता बिजनेसमैन को काम देने के बदले उसकी आमदनी से पहले ही अपना कमीशन माँग लेता है। अफसर काम होने पर उसके बिल को पास करने के बदले अपना कमीशन माँग लेता है। और बिजनेसमैन काम करने में अपना मुनाफा पहले ही इतना रखता है कि वो सबको पूरा कमीशन दे सके। इसके लिए वो अपने काम से भी समझौता करता है। मतलब नेता, व्यापारी, अफसर और ठेकेदार—ये चार कौम अपने-अपने हिस्से का डीजल घोषित रूप में चेसिस से निकालते रहे हैं। संजय सिन्हा जैसे रिपोर्टर हैरान होते रहे हैं, पर चुपचाप देखते रहे हैं।

मैंने संजय सिंह से पूछा था कि चेसिस से डीजल निकाल कर ये ड्राइवर किसे बेचते हैं और कोई इनसे क्यों खरीदता है?

संजय सिंह मेरे भोलेपन पर ठठा कर हँसे थे। उन्होंने बताया था कि ये ड्राइवर जनता को डीजल बेचते हैं। बाजार से कम दाम पर बेचते हैं। जनता को भी इसमें फायदा होता है। यहाँ भी दोनों खुश।

मैंने संजय सिंह से कहा था कि इसका मतलब ये हुआ कि जनता भी चोर होती है। उन्होंने कहा था कि हाँ, जनता अगर चोर नहीं होती, इनका डीजल कोई नहीं खरीदता

तो ये चोरी क्यों करते?

उसी चोर जनता से मेरा पाला मेरी शादी के बाद ट्रेन में पड़ा था। अपनी शादी के बाद मैं अपनी पत्नी के साथ पूर्वा एक्सप्रेस से एसी चेयरकार में दिल्ली से पटना जा रहा था। हमारा टिकट वेटिंग लिस्ट में था, जिसमें से एक सीट कनफर्म हो गई थी, दूसरी नहीं। मेरा वेटिंग लिस्ट नंबर एक था, पर टीटीई ने मुझे सीट न देकर दूसरे को दे दी थी, जिसने बेईमानी से टीटीई को पैसे दिए थे। मुझे शादी के दो दिन बाद टॉयलेट के पास सूटकेस पर बैठना पड़ा था, वो बेईमान आदमी मेरे हिस्से की सीट पर बैठा था।

उन दिनों कंप्यूटर वगैरह थे नहीं, सबकुछ टीटीई की मर्जी पर चलता था। अगर जनता बेईमान नहीं होती, तो टीटीई पैसे लेकर दूसरे को टिकट कैसे देता?

देश में जब से नोटबंदी हुई है, जनता की बेईमानी भी खुल कर सामने आई है। मीडिया में खबरें आ रही हैं कि जनता परेशान है। लेकिन बैंक, पेट्रोल पंप, आभूषण की दुकान, रेलवे टिकट काउंटर, अस्पताल और तमाम और जगहों पर जो लोग अपने-अपने नोट लेकर बदलने के लिए पहुँच गए, क्या वो चोर नहीं थे?

मीडिया में खूब खबरें आ रही हैं कि फलाँ ने बेईमानी की। बेचारी जनता परेशान है। मैं मानता हूँ कि जनता परेशान है, पर ये मत भूलिएगा कि ये वही जनता है, जो बेईमानी से संजय सिन्हा के हिस्से की सीट टीटीई को पैसे देकर खरीद लेती है। ये वही जनता है, जो चोरी का डीजल एक रुपया सस्ता मिलने पर चुपके से खरीद लेती है। ये वही जनता है, जो नोटबंदी वाली रात बिना जरूरत के सोने के गहने खरीदने निकल पड़ी थी। ये वही जनता है, जो दूसरों के ढाई लाख रुपए चंद रुपयों के लालच में अपने अकाउंट में डलवा आई। ये वही जनता है, जिसने अपने काले पाँच सौ के नोट को बैंक में जमा करवाने की जगह तीन सौ रुपए में पेट्रोल पंप से बदलवाए। और यही जनता लाइन में खड़ी होकर सरकार को कोस भी रही है।

मैंने ऐसा सुना है कि नोटबंदी के इस फैसले की जानकारी पाँच या छह लोगों को ही थी। मुझे यकीन है कि ये पाँच या छह लोग अगर चेसिस से डीजल निकालने की कहानी देख और सुन चुके होते तो यह समझते कि असल में जनता ही इस योजना को फेल करने के लिए पहले खड़ी होगी।

ये जनता ही है, जो चोरी और सीनाजोरी दोनों करती है।

अगर जनता ने तय किया होता कि वो चुपचाप सिर्फ बैंक में ही पैसे जमा कराएगी, तो उसे किसी हड़बड़ी की जरूरत नहीं थी। लेकिन सोचिए कि जिस रात नोटबंदी की

घोषणा हुई थी, सुनारों के यहाँ लाइन किसने लगाई थी और पेट्रोल पंप पर मारामारी किसने मचाई थी?

केवल विलाप करना एक बात है, चोर-चोर चिल्लाना और बात है। अपने गिरेबाँ में भी जनता को झाँकना चाहिए। संजय सिन्हा का क्या है, वो तो टॉयलेट के पास सूटकेस पर बैठकर चले जाएँगे, लेकिन टीटीई को पचास रुपए रिश्वत के देने को तैयार नहीं होंगे।

अंग्रेजी में एक कहावत है, "First deserve, then desire."

पहले योग्य बनें, फिर उम्मीद करें।

□

कोई अलग नहीं

आज शायद पहला मौका है, जब मैं सचमुच बहुत छोटी सी कहानी आपको सुनाने जा रहा हूँ। वैसे मुझे ठीक से याद है कि ये कहानी मैं आपको पहले भी सुना चुका हूँ। अगर आज आपको लगे कि संजय सिन्हा सुबह-सुबह बहुत छोटी सी कहानी सुनाकर निकल चले, तो मैं आपसे अनुरोध करूँगा कि आप मेरी कल की पोस्ट को एक बार फिर से पढ़ें। उस पोस्ट पर की गई लोगों की टिप्पणियों को भी फिर से पढ़ें। फिर इस कहानी को उसी में आगे जोड़कर पढ़ें। मुझे उम्मीद है कि अगर आप ऐसा करेंगे तो आपको मेरी आज की कहानी उतनी छोटी नहीं लगेगी, जितनी छोटी ये है।

नाम कुछ भी हो सकता है—टुन्ना, मुन्ना, पप्पू या फिर अप्पू।

क्योंकि पप्पू अब राजनैतिक नाम भी है, इसलिए मैं मुन्ना की कहानी आपको सुना रहा हूँ।

मुन्ना स्कूल की परीक्षा में फेल हो गया था।

बहुत झेंपते हुए वो घर आया। पिताजी ने पूछा कि रिजल्ट क्या रहा, बेटा?

मुन्ना ने कहा, "पिताजी, सामने वाले शर्मा अंकल का बेटा फेल हो गया है।"

"शर्माजी का बेटा तो बिल्कुल आवारा है। वो भला कैसे पास हो सकता था?"

"हाँ पिताजी, और हमारे घर के ऊपर जो चिंकू है न, वो भी फेल हो गया है।"

"बिल्कुल सही बेटा। चिंकू भी दिनभर पतंग उड़ाता रहता है। वो भी भला कैसे पास होता? पर तुम बताओ तुम्हारा रिजल्ट कैसा रहा।"

"पिताजी, मोनू भी फेल हो गया।"

"अरे बेटा, मुझे पता है कि जमाना ही खराब है। पर तुम अपना रिजल्ट तो बताओ।"

"मैं जमाने से अलग थोड़े ही हूँ, पिताजी।"

* * *

असल में कल मैंने लिखा था कि नोटबंदी में नेता, अफसर, व्यापारी का चरित्र तो खुल कर सामने आया ही, पहली बार जनता भी जमाने से बाहर नहीं दिखी। दिन-रात सरकार, अफसर और व्यापारियों को भ्रष्ट कहनेवाली जनता ने भी अपनी तरफ से पुराने नोटों को दाएँ-बाएँ करने में कोई कमी नहीं दिखाई।

मैंने कल लिखा था कि पच्चीस साल पहले रेलगाड़ी में टीटीई ने सीट के बदले मुझसे पैसे माँगे थे, तो कई लोगों ने मुझे समझाया कि ये कोई भ्रष्टाचार नहीं है। इतना तो चलता है। मैंने कल लिखा था कि तमाम लोगों को मैं जानता हूँ, जो अपने हजार और पाँच-पाँच सौ के नोट बैंक में जमा कराने की जगह पेट्रोल पंप पर तीस फीसदी कम पर बदलवा आए, तो मेरे ही लोगों ने मुझे समझाया कि ये भी भ्रष्टाचार नहीं है।

लोगों ने दलील दी कि जमाना ही खराब है तो बेचारी जनता क्या करे?

नेता चोर हैं। अफसर चोर हैं। बिजनेसमैन चोर हैं। क्योंकि ये चोर हैं, इसलिए जनता भी चोर है।

आज मैं चलते-चलते आपको नोटबंदी पर जनता की चोरी की एक नायाब कहानी सुनाता चलता हूँ। मोदीजी अगर कहीं से संजय सिन्हा की ये कहानी पढ़ लें, तो सिर पीट लेंगे कि जनता इतनी चालाक भी हो सकती है, कोई सोच भी नहीं सकता।

मेरे एक जानने वाले के पास कुछ लाख रुपए नोटबंदी से पहले घर की आलमारी में कहीं से आ गए थे। बेचारे बहुत परेशान थे कि बैंक में जमा किया तो नोटिस ही न आ जाए। उन्होंने एकदम नायाब तरीका निकाला उन नोटों को काला से सफेद करने का।

वो बैंक गए और उन्होंने पर्सनल लोन लिया। लोन भी ज्यादा ब्याज पर।

हफ्ता भर बाद वो फिर बैंक गए और उन्होंने ब्याज सहित अपना पूरा लोन पुराने नोट से लौटा दिया। मैंने पूछा कि पकड़े गए तो? कहने लगे कि लोन लिया था, लौटा दिया। अब ये कौन चेक करने जा रहा है कि नए नोट की जगह पुराने नोट से लौटा दिया। इतनी जाँच तो कोई नहीं कर पाएगा। फिलहाल तो अपने काले नोटों को मैंने 'फेयर ऐंड लवली' क्रीम लगाकर गोरा कर लिया है। आगे की आगे देखेंगे। जरूरत थी तो लोन लिया, जरूरत खत्म हो गई तो जुर्माना के साथ लोन लौटा दिया। बस।

सचमुच जमाना ही खराब है तो बेचारी जनता क्या करे?

□

लोभ चक्र

जब 12 साल का था, तब माँ भौतिक रूप में मुझे छोड़कर चली गई थी। उससे पहले एक साल तक वो बहुत बीमार रही थी। ऐसे में मैं जब आठ या दस साल का रहा होऊँगा, माँ ने मुझे ये वाली कहानी तभी सुनाई होगी। आठ या दस साल किसी बच्चे के लिए ऐसी उम्र नहीं होती, जब ऐसी कहानी सुनने की या समझने की दरकार हो। लेकिन माँ शायद जानती थी कि वो अपने संजू बेटे को छोड़कर इस संसार से चली जानेवाली है, इसलिए जितना संभव हो, जिंदगी का पाठ पढ़ा देना चाहती थी।

माँ की सुनाई ये कहानी मेरी समझ में तब उस रूप में नहीं आई थी, जिस रूप में मैं आज उसे समझ पा रहा हूँ। आज आप भी पहले माँ की सुनाई उस कहानी को मुझसे सुन लीजिए, फिर खुद ही निष्कर्ष निकालिए कि क्या मैं गलत कर रहा हूँ।

एक आदमी धन की तलाश में घर से निकला। वो बहुत दूर तक चलता रहा। उसे लग रहा था कि चलते-चलते एक दिन उसे बहुत बड़ा खजाना मिल जाएगा। कई महीनों तक खजाने की तलाश में निकले उस आदमी को आखिर एक दिन सामने चाँदी का पूरा पहाड़ दिख गया। वो बहुत खुश हुआ। उसने अपने हाथों से छूकर देखा, ये सचमुच चाँदी का पहाड़ ही है।

इतनी चाँदी? वाह! अगर यहीं रुक जाऊँ तो शायद पीढ़ियों की दरिद्रता दूर हो जाए। लेकिन नहीं। उसने मन-ही-मन सोचा, ये तो मुझे मिल ही गया है। क्यों न थोड़ा और आगे बढ़ूँ, क्या पता सोने का पहाड़ ही मिल जाए।

वो आगे बढ़ा। कई महीनों तक बढ़ता चला गया।

एक सुबह अचानक उसकी आँखें चौंधियाने लगीं। ऐसा लग रहा था मानो सूरज ही धरती पर उतर आया हो। वाह! ये तो सोने का पहाड़ है।

आदमी दौड़ा उसे छूने के लिए। हे भगवान, इतना सोना! उसने सोच लिया था कि वो चुपचाप यहाँ से सोना उठाकर वापस चल पड़ेगा और वो संसार का सबसे अमीर आदमी

बन जाएगा। वो किसी को नहीं बताएगा कि इतना सोना उसे कहाँ से मिला।

वो वहीं बैठ गया। पर उसके मन ने कहा कि पगले, यहीं रुक जाएगा क्या? आगे बढ़। क्या पता आगे हीरे की खान ही मिल जाए।

हीरा? वाह! अगर हीरा मिल गया, फिर तो कुछ कहना ही नहीं।

वो फिर आगे बढ़ चला। कई महीनों तक बढ़ता चला गया। और फिर एक सुबह उसकी आँखें चौंधियाने लगीं। सामने कुछ था। चमचम–चमचम।

अरे, ये तो हीरे की चमक है। इतना सारा हीरा? आदमी हैरान रह गया।

उसे लगा कि अब उसे उसकी मंजिल मिल गई है। यही तो उसे चाहिए था। इतने हीरे से तो संसार क्या, वो ब्रह्मांड में सबसे शक्तिशाली बन जाएगा। वो बहुत देर तक यूँ ही बैठा रहा। वो सोचता रहा, पहले चाँदी का पहाड़ मिला, फिर सोने का पहाड़, अब सामने हीरे की खान है। लगता है आजतक कोई यहाँ पहुँचा ही नहीं। किसी को इस दौलत के बारे में पता ही नहीं।

बैठे–बैठे उसके मन में आया कि क्या हीरे की खान के आगे भी कुछ है।

क्या हीरे से भी ऊपर हो सकता है? हालाँकि तब बहुत दूर बैठे हुए उसे अपने दोस्त संजय सिन्हा की वो बात याद आई थी कि लालच का अंत नहीं होता। लेकिन अब उसके मन में सवाल उठ चुका था तो फिर उठ चुका था। अब उसने सोच लिया कि इसके आगे भी बढ़ना चाहिए। इसके आगे भी देखना चाहिए कि कहीं कुछ और भी है, जो हीरे से भी अधिक कीमती हो।

वो कुछ दूर ही चला होगा कि सामने पहाड़ी पर एक आदमी अकेला बैठा दिखा।

आदमी, यहाँ? तो क्या मुझसे पहले भी कोई यहाँ आ चुका है? वो बहुत हैरान हुआ। वो उस आदमी के पास पहुँचा। उसने उसके पास जाकर देखा कि उसके सिर पर एक चक्र घूम रहा है। वो बहुत आश्चर्य में था। ये क्या है? ये आदमी यहाँ अकेला क्यों पड़ा है और इसके सिर पर ये चक्र कैसा?

उसने उस आदमी से पूछा, "भाई, आप कौन हैं? और आपके सिर के ऊपर ये चक्र कैसा?"

उस आदमी ने उसकी ओर देखा और कहा, "सबकुछ बताऊँगा। लेकिन पहले तुम्हें मेरे सिर पर घूम रहे इस चक्र को अपने सिर पर लेना होगा। तुम इसे अपने सिर पर लोगे, तभी मैं कुछ बता पाऊँगा।"

आश्चर्य में डूबे इस आदमी ने कहा, "हाँ–हाँ, क्यों नहीं। लाओ ये चक्र तुम मेरे सिर

पर दे दो। और बताओ कि तुम यहाँ तक कैसे पहुँचे? ये चक्र क्या है?"

आदमी ने अपने सिर का चक्र उसे दे दिया और जोर-जोर से हँसने लगा। वो बताने लगा, "कई साल पहले वो धन की तलाश में निकला था। उसे रास्ते में चाँदी का पहाड़ दिखा। वो नहीं रुका। उसे सोने का पहाड़ दिखा। वो वहाँ भी नहीं रुका। फिर उसे हीरे की खान दिखी। लेकिन वो वहाँ भी नहीं रुका। उसे कुछ और चाहिए था। ऐसा कुछ, जो किसी के पास न हो। ऐसे ही आगे बढ़ते-बढ़ते वो यहाँ पहुँचा। यहाँ एक आदमी बैठा था, जिसके सिर पर यही चक्र घूम रहा था। मैंने उससे यही सवाल पूछा था कि तुम कौन हो और ये चक्र कैसा?

तब उसने मुझे ये चक्र सौंपते हुए कहा था कि ये लालच का चक्र है। संसार के सबसे लालची आदमी के सिर पर ये चक्र घूमता है। उसने बताया था कि वो भी सबकुछ छोड़कर यहाँ तक पहुँचा था। फिर बहुत वर्षों के बाद जब मैं यहाँ पहुँचा, तो वो इस चक्र से मुक्त हुआ था। आज मैं मुक्त हुआ। अब कोई और बहुत लाचली तुम्हारे पास अगर पहुँच पाया, तभी तुम इस चक्र से मुक्त होगे। लेकिन तब तक तुम यहाँ से कहीं नहीं जा सकते। ये चक्र तुम्हारे सिर पर घूमता रहेगा। तुम्हें इंतजार करना होगा, सबसे लाचली आदमी का। तब तक तुम अपने लालच के चक्कर में फँसे रहोगे। मैं चला, मित्र। धन्यवाद।"

इस कहानी को सुनाकर माँ मेरी ओर देखती और कहती कि बेटा, लालची आदमी एक दिन फँस ही जाता है। वो इस चक्र के चक्कर में फँस ही जाता है।

मैं इस कहानी को कई तरह से समझने की कोशिश करता था।

पर नोटबंदी के बाद जब मैंने देखा कि बहुत से अमीर लोग, जो चुपचाप आराम से जी रहे थे, जो आराम से जीते रह सकते थे, पता नहीं क्यों दो-दो हजार के गुलाबी-गुलाबी नोटों के चक्र में फँसते नजर आ रहे हैं। मेरे पास रोज खबरें आ रही हैं कि फलाँ के पास सौ करोड़ के नए नोट मिले। तीस किलो सोना मिला। मुझे लगता है कि इन नए नोटों में लालच का वही चक्र छिपा है। जो इसके चक्कर में पड़ रहा है, वो फँस जा रहा है।

आदमी चाहे जो हो, इससे तो किसी को इंकार नहीं होगा कि लालच बुरी बला होती है।

□

99 सिक्के

आपको पहले ही बता चुका हूँ कि बहुत साल पहले इंडियन एक्सप्रेस अखबार के दफ्तर में मेरी मुलाकात पीले लहँगे वाली लड़की से हुई थी और फिर उसी से मेरी शादी हो गई थी। शादी के साल भर बाद कई हफ्ते पहले से मुझे उसके जन्मदिन का इंतजार था। ठीक जन्मदिन वाली सुबह मैं भाग कर बाजार गया था और उसके लिए बहुत सारे उपहार खरीद कर ले आया था। फिर उसके बाद मुझे अपनी शादी की सालगिरह की तारीख का भी इंतजार था और उस दिन भी मैं उसके लिए उपहार खरीद कर ले आया था।

उसने मुझसे कभी कुछ माँगा नहीं, लेकिन मुझे खुद ही ऐसे मौकों का इंतजार रहता था, जब मैं उसे सरप्राइज दे सकूँ।

तब मेरी सैलरी बहुत अधिक नहीं थी। मेरे पास कैनरा बैंक का एक क्रेडिट कार्ड था और वो मेरे सभी सपनों को पूरा करने का बहुत बड़ा जरिया था। महीने की कोई भी तारीख हो, मुझ पर कोई फर्क नहीं पड़ता था। अपने दफ्तर में मैं लोगों से सुनता था कि आज दस तारीख है, पूरी सैलरी खत्म हो चुकी है। पर संजय सिन्हा के लिए उस छोटे से क्रेडिट कार्ड ने पहली तारीख की अहमियत को मिटा दिया था।

मुझे एकदम ठीक से याद है कि जब मेरा बेटा दो साल का भी नहीं हुआ था, एक सुबह मैंने स्कूटर स्टार्ट किया और कनाट प्लेस पहुँच गया। तब इंडियन एयर लाइंस का दफ्तर वहाँ था और टिकट की बुकिंग वहीं होती थी। मैंने टिकट काउंटर खुलने का इंतजार किया और जैसे ही काउंटर खुला, मैंने काठमांडू के तीन टिकट ले लिये। न कोई मौका था, न कोई मौसम, न ही छुट्टी। लेकिन मैंने पत्नी को सरप्राइज देने के लिए दिल्ली से काठमांडू का प्रोग्राम बना लिया, वो भी दस दिनों के लिए।

ऐसा ही था हमारा जीवन।

धीरे-धीरे हमारी सैलरी बढ़ने लगी। जैसे-जैसे सैलरी बढ़ने लगी, हमारा साथ घूमना-

फिरना कम होने लगा। मेरा सरप्राइज देने का अंदाज खोने लगा। ऐसा नहीं है कि मैंने कपड़े खरीदने बंद कर दिए, गाड़ियाँ खरीदनी छोड़ दीं और विदेश जाना बंद हो गया। पर अब सोच-समझकर खर्च करने लगे। पीले लहँगे वाली लड़की ने मुझसे कभी कुछ नहीं कहा, लेकिन मैंने उसकी आँखों में कई बार पढ़ा है कि क्या हुआ संजय, कहाँ गया तुम्हारा वो बिंदास अंदाज ?

क्योंकि उसने मुझसे कभी सीधे-सीधे कुछ पूछा नहीं, इसलिए मैंने कभी उससे कुछ कहा भी नहीं। पर ये सच है कि अब हम शादी की सालगिरह, जन्मदिन की तारीख का इंतजार नहीं करते। अब मैं सुबह-सुबह उठकर बाजार नहीं दौड़ता, न ही कभी सरप्राइज के बारे में सोचता हूँ। अब सबकुछ रूटीन का हिस्सा है। अब हमें कहीं जाना होता है तो महीनों पहले प्रोग्राम बनता है, बजट तय होता है और फिर उसी हिसाब से सबकुछ चलता है।

सब ठीक चल रहा है। पर मैं आज आपको बताना चाहता हूँ कि मुझे पता है कि पीले लहँगे वाली वो लड़की आज भी मुझसे सरप्राइज की उम्मीद करती है। वो कहती नहीं, लेकिन वो आज भी सोचती है कि एक दिन मैं दफ्तर से आऊँगा और अचानक कह बैठूँगा कि चलो, चलो रात में ही कहीं घूमने चल रहे हैं। ऐसा नहीं है कि वो दुनिया नहीं घूमी है। ऐसा भी नहीं कि उसे किसी चीज की कमी है। पर लड़कियाँ पूरी जिंदगी थोड़ा हैरान होना चाहती हैं। वो चाहती हैं कि कोई यूँ ही उन्हें समय-समय पर अपने दुलार से चौंका दे। लड़कियाँ चौका-चूल्हा के बीच भी प्यार को जीना चाहती हैं, जीना जानती हैं।

पर ऐसा नहीं हो पाता।

जानते हैं क्यों ?

आइए आज आपको एक कहानी सुनाता हूँ।

दो दोस्त थे। एक-दोस्त कमाता, खाता और मस्त रहता। दूसरा दोस्त भी कमाता, वो खूब पैसे बचाता, लेकिन मस्त नहीं रहता। वो हमेशा उदास, परेशान और दुःखी रहता था।

दुःखी वाले दोस्त ने बहुत सोचा कि आखिर उसका दोस्त इतना खुश कैसे रहता है। वो कमाता है, खाता है और बिंदास जीता है। उसके पास पैसे भी नहीं है, क्योंकि वो कुछ बचाता ही नहीं। उसने मन-ही-मन बहुत सोचा कि इसके पास पैसे नहीं, फिर भी ये खुश है, क्यों ?

एक दिन उसने एक थैले में 99 सिक्के भर कर अपने मस्त वाले दोस्त के घर के लॉन में फेंक दिया।

सुबह-सुबह उसका मस्त वाला दोस्त उठा, उसे लॉन में थैला मिला। उसने थैले को खोला, उसमें 99 सिक्के थे। इतने सारे सिक्के? वो मन-ही-मन खुश हो गया। उसके पास 99 सिक्के हैं। उसने पहली बार इतने सिक्के एक साथ देखे थे। 99 सिक्के, सौ से बस एक कम। उसने उन सिक्कों को सँभाल कर आलमारी में रख लिया। अब उसे इंतजार था पहली तारीख का। पहली तारीख आएगी, तो वो उन सिक्कों में एक और मिलाकर उन्हें सौ कर लेगा। सौ सिक्के हो जाएँगे, फिर वो उन्हें भविष्य के लिए बचाकर रख लेगा।

पहली तारीख आई। खुद संजय सिन्हा ने अपनी आँखों से देखा कि उसने निन्यानबे को सौ कर दिया था। वो सारा दिन सिक्कों की उस थैली को लेकर खनकाता रहा। फिर उसे लगा कि एक और ऐसी थैली जमा कर ली जाए तो जिंदगी बन जाएगी। तब से उसने न जाने कितनी थैलियाँ जमा कर लीं। लेकिन उसने खुश रहना छोड़ दिया। उसकी जिंदगी का बिंदासपन मिट गया। वो भी 99 के फेर में पड़ गया और अपने दोस्त की तरह उदास, परेशान और दुःखी रहने लगा।

हम में से जो भी 99 के फेर में पड़ा, उसकी जिंदगी में ऐसा ही हुआ।

मेरी जिंदगी में भी मुझे लगता है, ऐसा ही हुआ है। जब कम सैलरी थी, हम उठते, छुट्टी लेते और चल देते। हम बाहर खाना खाते, जन्मदिन, शादी की सालगिरह पर कम पैसों में ऐसे-ऐसे प्रयोग करते कि मानो जिंदगी की चिंता ही नहीं। तब हम जीते थे।

पर पता नहीं किस पड़ोसी ने 99 सिक्के घर के बाहर रख दिए थे कि अब हम जीने की तैयारी करते हैं। जीना तो बहुत पहले छूट चुका है। अब हम जमा करते हैं।

मुझे पता है, जिन-जिन के पास 99 सिक्कों की वो थैली है, वो सब जीने की तैयारी करते हैं और उनकी जिंदगी की पीले लहँगे वाली लड़की कुछ कहती भले न हो, पर उसे इंतजार रहता होगा एक दिन हैरान होने का, रसोई में दुलार पाने का और बहुत सारे सरप्राइज का।

मैं तो कुछ सोच रहा हूँ, आप भी सोचिए।

□

सास की आस

मेरी सास से बहुत साल पहले एक पंडित ने कह दिया था कि एक दिन आपके घर के दरवाजे की घंटी बजेगी और सामने आपका दामाद खड़ा होगा। मेरी सास ने पंडित की बात को ब्रह्मा का संदेश मान लिया और वो निर्विकार भाव से उस दिन का इंतजार करने लगीं।

जब पंडित ने ये भविष्यवाणी की थी, तब उनकी बेटी प्राइमरी स्कूल में पढ़ती थी और कोई भी इसे यूँ ही एक चलताऊ बात मान कर भूल जा सकता था। लेकिन मेरी सास पंडित की इस भविष्यवाणी को नहीं भूलीं। उनके मन में ये बात बैठ गई थी कि उन्हें अपनी बेटी की शादी की चिंता नहीं करनी। ईश्वर ने पूरी व्यवस्था कर रखी है। पंडित बिल्कुल सही कह रहा है कि जब उनकी बेटी की उम्र शादी के लायक हो जाएगी, तो एक दिन दरवाजे की घंटी बजेगी और सामने दामाद खड़ा होगा।

आप संजय सिन्हा की आज की कहानी को बहुत गौर से सुनिए और उसे आत्मसात् कीजिए। आज की कहानी भी आप बहुत से लोगों को सुनाइएगा और साझा कीजिएगा। ये कहानी है विश्वास की, भरोसे की और त्याग की।

मैंने अपनी शादी के बाद एक दिन यूँ ही अपनी सास से पूछ लिया था कि क्या आपने कभी अपनी बेटी की शादी की तैयारी की थी?

मेरी सास ने मुस्कुराते हुए कहा था कि उन्हें बहुत साल पहले ये पता था कि एक दिन उनके घर के दरवाजे की घंटी बजेगी और सामने उनका दामाद खड़ा होगा। उनके दृढ विश्वास और ईश्वर पर उनकी आस्था का आलम ये था कि जो उनसे पंडित ने कहा था, वही हुआ।

पंडित की भविष्यवाणी के कोई पंद्रह साल बाद एक शाम उनके घर के दरवाजे की घंटी बजी और उनके सामने एक हैंडसम लड़का खड़ा था, जो उनका दामाद था।

आज ज्यादा विस्तार में नहीं जा रहा, क्योंकि आपको मेरी शादी की पूरी कहानी पता है।

आपको पता है कि कैसे एक दिन इंडियन एक्सप्रेस में काम करने आई एक दुबली-पतली सुंदर सी लड़की और जनसत्ता में काम कर रहे दुबले-पतले हैंडसम से लड़के की आपस में शादी हो गई। आपको ये भी पता है कि 26 साल पहले हुई इस शादी की कहानी का सबसे हैरान करनेवाला पहलू ये है कि लड़का और लड़की ने कुल 20 दिनों की जान-पहचान में आपस में शादी कर ली थी।

उस साल ढेर सारे इत्तफाक हुए थे।

मैं तय कर चुका था कि मेरी शादी में लड़की वालों की तरफ से कुछ भी खर्च नहीं होना चाहिए। मेरे पिताजी मेरी शादी में दहेज नहीं लेने की मेरी इच्छा को मान गए थे। मैंने तय किया था कि शादी रात की जगह दिन में करूँगा और लड़की इस बात के लिए मान गई थी। 20 दिनों में हुई इस शादी की सारी तैयारी इस तरह हुई थी मानो ईश्वर स्वयं हड़बड़ी में थे कि इतने साल पहले मैंने ये भविष्यवाणी करवाई थी और अब तक इसे अमल में लाने की कोई कोशिश हुई ही नहीं। चलो-चलो बच्चो फटाफट तैयार हो जाओ। अपना-अपना मन बनाओ और फटाफट शादी करो।

सबकुछ जल्दी में वैसे ही हुआ था, जैसे होना था।

इसी कड़ी में मेरी सास के घर के दरवाजे की घंटी बजी थी और सामने दामाद खड़ा था।

आप सोच रहे होंगे कि आज मैं आपको ये कहानी क्यों सुना रहा हूँ।

दरअसल कल किसी ने मेरे पास एक साधु और उसके चेले की कहानी भेजी। कहानी पढ़कर मुझे अपनी कहानी याद आ गई।

पहले आप साधु और चेले की छोटी सी कहानी सुन लीजिए, फिर मैं आगे की बात करूँगा।

एक बार एक साधु अपने चेले के साथ किसी गाँव में कुछ दिन रहने आए। कई दिनों तक साधु और चेला उस गाँव में रहे। एक दिन साधु चलने लगे तो गाँव के लोगों ने उन्हें ढेर सारे उपहार दिए।

साधु ने गाँव वालों को खूब धन्यवाद कहा, लेकिन एक भी उपहार उसने नहीं लिया। गाँव वाले कहते रहे कि बाबा कुछ ले लीजिए, आगे सफर में आपको जरूरत पड़ सकती है। लेकिन साधु ने कुछ नहीं लिया। वो कहते रहे कि उन्हें ईश्वर पर भरोसा है। उनकी हर जरूरत वही पूरी करते रहे हैं, वही करेंगे। साधु ने कहा कि जो आदमी जिस चीज को ये सोचकर अपने पास रखता है कि उसे कभी इसकी जरूरत पड़ सकती, उसे ही उस चीज की जरूरत पड़ती है। अपनी खुशी तो त्याग में है।

लोगों के बहुत कहने पर भी साधु ने कुछ भी नहीं लिया और चल पड़ा नए पड़ाव की ओर। साधु तो चल पड़ा, पर चेले के मन में थोड़ा लोभ आ गया। उसने चलते हुए चुपचाप दो पैसे उठाकर अपनी धोती में बाँध लिये।

संजय सिन्हा ने अपनी आँखों से चेले की इस चोरी को देखा था। पर वो समझना चाह रहे थे कि चेले ने ऐसी गलती की ही क्यों? खैर, साधु और चेला दोनों चल पड़े थे अगले गाँव की ओर। काफी दूर पैदल चलने के बाद सामने एक नदी पड़ गई। दोनों को नदी पार करनी थी, पर दोनों तैरना नहीं जानते थे। वहाँ उन्होंने एक नाव वाले से बात की कि वो उन्हें उस पार पहुँचा दे। नाव वाले ने कहा कि वो पहुँचा तो देगा, लेकिन दो यात्रियों के लिए वो चार पैसे लेगा। प्रति यात्री दो पैसे।

साधु ने कहा कि उनके पास तो कुछ भी नहीं है।

पर नाव वाला अड़ गया कि बिना पैसे लिये वो नहीं ले जाएगा। साधु ने कहा कि जैसी ईश्वर की मर्जी और वो वहीं नदी के किनारे बैठ गए। चेले के पास दो पैसे थे, पर वो साधु से कह नहीं पा रहा था कि उसने दो पैसे चुपके से अपने पास रख लिये थे।

नाव वाला लोगों को पार लगाता रहा, साधु बैठे रहे।

देर शाम नाव वाला साधु के पास आया और उसने उनसे कहा कि महाराज यहाँ आप सुरक्षित नहीं हैं। यहाँ जंगली जानवरों का खतरा है। आप नदी के उस पार चले ही जाइए।

साधु ने कहा कि पर उनके पास एक भी पैसा नहीं है, कैसे जाएँगे?

नाव वाले ने कहा कि बाबा बात ये है कि मेरा पूरा परिवार है। अगर मैं ऐसे ही मुफ्त में ले जाऊँगा तो मेरा घर-परिवार कैसे पलेगा? आप कुछ तो निकालिए। बाकियों से प्रति यात्री दो पैसे लेता हूँ, आप एक पैसा दे दीजिएगा।

"लेकिन बच्चा, मेरे पास कुछ भी नहीं है। मैं पैसे रखता ही नहीं। मुझे आजतक जरूरत ही नहीं पड़ी।"

इतना सुनकर चेले से नहीं रहा गया। उनसे साधु से कहा कि उसके पास दो पैसे हैं, जिसे उसने वहाँ उठा लिये थे। नाविक दो पैसे में ले जाने को तैयार है, तो वो उन दो पैसों को उसे देने को तैयार है।

नाविक ने दो पैसे लिये और दोनों को नाव पर उस पार ले चला।

बीच नदी में चेले ने साधु से कहा कि महाराज, आज ये दो पैसे मैंने उठा लिये थे, तभी हम नदी पार कर पा रहे हैं, वरना आज तो हम अटक ही गए थे।

साधु मुस्कुराए। उन्होंने कहा कि मैं सोच ही रहा था कि मैं भला आज क्यों फँसा? क्योंकि तुमने दो पैसे छिपा लिये थे, इसीलिए आज हमें इन दो पैसों की जरूरत आ पड़ी। और जब तक तुम्हारे पास ये दो पैसे रहे, हम मुसीबत में रहे। जैसे ही तुमने इन दो पैसों का त्याग कर दिया, हमारी यात्रा आगे बढ़ चली।

ये तो कहानी है। पर हकीकत भी यही है कि हम जिस-जिस मुसीबत की कल्पना करते हैं और उसकी तैयारी करते हैं, वही हमारी जिंदगी में होता है। मैंने ढेरों माँ-बाप को बेटियों की शादी के लिए चिंता करते देखा है। बचपन से उनके लिए दहेज जुटाते देखा है। मैंने देखा है कि उन्हें उसकी जरूरत पड़ती है।

मेरी सास ने अपनी बेटी की शादी के लिए कोई तैयारी नहीं की थी। उन्हें परम यकीन था कि एक दिन दरवाजे की घंटी बजेगी और सामने दामाद खड़ा होगा। उनका यकीन सच में बदला।

मैं बहुत से लोगों को जानता हूँ, जो अपनी आनेवाली पीढ़ियों के लिए धन जमा करते हैं, मेरा यकीन कीजिए, जो ऐसा करते हैं, उनकी आनेवाली पीढ़ियों को उस धन की जरूरत पड़ती है। जो नहीं जमा करते, उन्हें जरूरत भी नहीं पड़ती।

जो ये सोचकर खूब सारा धन जमा करते हैं कि उन्हें बीमारी में, बुढ़ापे में इसकी जरूरत पड़ेगी, उन्हें सचमुच उसकी जरूरत पड़ती है। जो इस विश्वास में जीते हैं कि ईश्वर उनका ध्यान रखेगा, ईश्वर सचमुच उनका ध्यान रखते हैं। बात भरोसे की है।

आप दिल से एक बार उस भरोसे को जी कर देखिए, आपका भरोसा पूरा होगा। पर याद रहे, भरोसा पूरा होना चाहिए। आधे-अधूरे की कोई बिसात नहीं होती।

□

ईश्वर की मर्जी

आज मैं आपको जो कहानी सुनाने जा रहा हूँ, उसे आप कभी अमल में मत लाइएगा। यह कहानी बहुत गूढ़ अर्थ अपने भीतर समेटे हुए हैं।

अब आप कहेंगे कि संजय सिन्हा, ऐसी कहानी सुनाने का फायदा ही क्या, जिसे हम अमल में नहीं ला सकते।

दरअसल, जिंदगी की कुछ कहानियाँ ऐसी होती हैं, जिन्हें अमल में लाने के लिए शिद्दत से उस सत्य को समझना पड़ता है। लेकिन समझने से भी पहले उस पर संपूर्ण विश्वास करना होता है।

ठीक वैसे ही, जैसे बचपन में हम अपनी माँ के आँचल में छुप कर खुद को दुनिया में सबसे महफूज मानते थे। ठीक वैसे ही जैसे हम बचपन में पिताजी की उँगली पकड़कर सड़क पार करते हुए खुद को पूरी तरह सुरक्षित मानते थे।

माँ का आँचल और पिता की उँगली दोनों की शक्ति सिर्फ विश्वास है। जैसे-जैसे हम बड़े होते जाते हैं, हम खुद पर यकीन करने लगते हैं। जब हम खुद पर यकीन करने लगते हैं, तो हमें माँ के आँचल और पिता की उँगली दोनों का सहारा हमारे बाल मन का आसरा भर लगने लगता है। क्योंकि हम बड़े हो जाते हैं, तो हम खुद को सत्य मानने लगते हैं और जब खुद को सत्य मान बैठते हैं तो फिर इस या ऐसी कहानियों का मर्म हम सुन चाहे जितनी बार लें, लेकिन उसे समझ कभी नहीं पाते।

मेरी आज की कहानी बहुत से लोगों के लिए सिर्फ सुनने भर के काम आएगी। लेकिन अगर एक ने भी आत्मसात् कर लिया, तो मेरा यकीन कीजिए, उसकी जिंदगी बहुत आसान हो जाएगी। वो गीता के उस ज्ञान को जीने लगेगा, जिसमें जीवन के संपूर्ण ज्ञान के बाद कृष्ण अर्जुन से कहते हैं कि छोड़ो सबकुछ, तुम मेरी शरण में आ जाओ, तुम मेरी शरण में आ जाओगे, फिर तुम्हारा भय खत्म हो जाएगा।

असल में मेरी आज की कहानी, जिसे पहले भी यकीनन आपने सुनी ही होगी, उसे सुनाने के पीछे मेरे ही मन में एक दर्शन छिपा है। उस दर्शन की चर्चा फिर कभी करूँगा, लेकिन आज तो इतना ही कि उस छोटी सी कहानी को आप सुनिए और फिर उस एहसास से गुजरिए, जब एक बूँद को सागर होने का एहसास होता है।

एक साधु एक बार नाव में नदी पार कर रहे थे। नाव में बहुत से लोग बैठे थे, सभी प्रसन्न भाव से उस पार पहुँचने का इंतजार कर रहे थे।

अचानक बहुत तेज तूफान आ गया।

इतना तेज कि लगा कि अब नाव बीच नदी में डूब जाएगी। नाविक भी डर गया और उसने सभी यात्रियों से कहा कि ये बहुत बुरा तूफान है। अब हम नहीं बचेंगे। ये नाव डूब जाएगी और हम सब भी डूब जाएँगे। लोग बहुत घबरा गए। सबको लगने लगा कि अब अंत समय आ गया है।

पर साधु संयत भाव से नाव में बैठा था। जैसे ही उसने सुना कि नाव डूबने वाली है, उसने अपने हाथ को पानी में डाला और हथेली से पानी भर कर नाव में उड़ेलने लगा। सब देख रहे थे। डूबती नाव में साधु ये क्या कर रहा है?

पर किसी ने कुछ कहा नहीं। साधु नाव में पानी डालता रहा। लोग चीख–पुकार करते रहे।

कुछ देर बात तूफान थम गया। लहरें शांत पड़ गईं। नाविक ने खुश होते हुए कहा, "लगता है तूफान चला गया। अब हम बच जाएँगे।"

साधु ने जैसे ही सुना कि तूफान थम गया है, अब हम बच जाएँगे, उसने फटाफट नाव से पानी निकाल कर नदी में डालना शुरू कर दिया। वो हथेली से नाव का पानी नदी में डालता चला गया।

नाव जब किनारे पहुँची तो नाविक साधु के पास आया और उसने पूछा, "बाबा, मेरी समझ में नहीं आया कि आपने पहले नदी से पानी लेकर नाव में क्यों डाला। फिर उसी पानी को आपने बाहर नदी में क्यों डाला?"

साधु ने बिल्कुल शांत स्वर में कहा, "जब तुम चिल्लाए थे कि अब हम नहीं बचेंगे, डूब जाएँगे तो मुझे लगा कि ईश्वर नहीं चाहता कि हम बचें। ऐसे में मैं नदी का पानी नाव में डाल रहा था। मैं ईश्वर की मर्जी में उसकी मदद कर रहा था। पर जब तुमने कहा कि तूफान थम गया है, अब हम बच जाएँगे। तो मैंने नाव का पानी वापस नदी में डाल दिया, मैं फिर उसकी मर्जी में उसकी मदद कर रहा था।"

कहानी के अर्थ को पूरी तरह समझे बिना आप इस तरह का प्रयोग मत कीजिएगा। पर जब आप समझ जाएँगे कि उसी की मर्जी में जीवन का सत्य छिपा है, तो फिर आप उसके साथ जी सकते हैं। यह होगा, जब हम खुद के बड़े होने के अहंकार से बाहर निकल पाएँगे, तब। यह तभी होगा, जब हम माँ के आँचल के उस भरोसे का मतलब समझ पाएँगे, जिसे हम बड़ा होने पर छोटा समझने लगते हैं। ये होगा, जब हम पिता की छोटी सी उँगली के भरोसे को फिर से जीने लगेंगे, जिसे पकड़कर हम खुद को दुनिया में सबसे महफूज मानते थे।

□

हाथ न छूटे, साथ न छूटे

मेरे पास चीन के सबसे बड़े शहर शंघाई से एक रिपोर्ट आई कि वहाँ फर्नीचर रिटेल आईकिया के एक कैफे ने शिकायत की है कि वहाँ बहुत से बुजुर्ग आकर घंटों बैठे रहते हैं। एक कप चाय या कॉफी का आर्डर करके वो चुपचाप अकेले बैठे रहते हैं और कभी-कभी तो यूँ ही पूरा दिन काट देते हैं। अब रेस्तराँ में किसी को बैठने से रोका नहीं जा सकता, पर कैफे ने अपनी शिकायत में कहा है कि शहर के ढेरों बुजुर्ग वहाँ इस इंतजार में आते हैं कि शायद उन्हें कोई पार्टनर मिल जाए। शायद उन्हें कोई ऐसा मिल जाए, जिसके साथ वो अपना अकेलेपन साझा कर सकें। होटल वाले की शिकायत है कि इस तरह अकेले बुजुर्गों के आकर बैठ जाने से वहाँ नौजवान जोड़ियाँ आने से कतराने लगी हैं और होटल के बिजनेस पर इसका असर पड़ रहा है।

ये ऐसी रिपोर्ट नहीं थी कि इसे टी.वी. पर मैं हैडलाइन बना देता, लेकिन इस छोटी सी रिपोर्ट को पढ़कर मेरी आँखों के आगे बहुत सी कहानियाँ घूमने लगीं।

मेरी आँखों के आगे मेरे पिता घूमने लगे।

माँ की मृत्यु के बाद मैं अपने पिता के साथ था। लेकिन जब मैं आगे की पढ़ाई के लिए पटना से भोपाल चला गया तो स्टेशन पर मुझे छोड़ने आए पिता की आँखों में मैंने आँसू के दो कतरे देखे थे। मैंने उनसे पूछा था कि क्या आपको अकेलापन लगेगा? पिताजी ने कहा था, "अरे नहीं, यहाँ सब ठीक से चलेगा, तुम आराम से अपनी पढ़ाई पर ध्यान देना। मेरा क्या है, मैं तो जी चुका हूँ, तुम्हें अभी बहुत कुछ करना है।"

तब मैं बच्चा था। इतना तो समझ में आ रहा था कि पिताजी को मेरा जाना थोड़ा आहत कर रहा है। पर पूरी तरह कुछ समझ नहीं पा रहा था।

मैं पटना से भोपाल चला गया, मामा के पास।

साल भर बाद पिताजी मुझसे मिलने के लिए भोपाल आए। मैंने बहुत गौर से देखा था कि पिताजी के बाल उस एक साल में पूरी तरह सफेद हो चुके थे। उनकी आँखों के

नीचे काले घेरे बन गए थे। और मैंने पहली बार ही महसूस किया था कि माँ की चर्चा छिड़ते ही उनकी आँखें छलछला आती थीं।

मुझे पहली बार एहसास हुआ था कि पिताजी को अब अकेलापन सालता है।

मैंने तब तो कुछ नहीं कहा था। लेकिन जैसे ही मेरी नौकरी लगी, मैंने पिताजी से अनुरोध किया कि अब आप अपनी नौकरी छोड़कर दिल्ली मेरे पास चले आइए। पिताजी ने कहा कि जब तुम्हारी शादी हो जाएगी, तब आऊँगा। अभी तो तुम्हें सेटल होना है।

नौकरी के साल भर बाद ही मेरी शादी हो गई और मुझे याद है कि मैंने अपनी पत्नी से कहा था कि मैं पिताजी को साथ लाना चाहता हूँ। पिताजी सरकारी अफसर थे और उनके रिटायर होने में अभी वक्त था। पर अपनी शादी के साल भर बाद ही मैंने पिताजी पर दबाव डाला कि आप अब हमारे साथ दिल्ली चलिए। पिताजी ने समय से पहले रिटायरमेंट के लिए आवेदन दिया और वो हमारे साथ पटना से दिल्ली चले आए।

फिर कभी मैंने पिताजी को अकेला नहीं छोड़ा। वो या तो हमारे साथ रहे या फिर तब तक बड़ौदा में सेटल हो चुके मेरे छोटे भाई के साथ।

पिताजी हम दोनों भाइयों, हम दोनों की पत्नियों के साथ दोस्त की तरह घुल-मिल गए थे। वो हमारे साथ वीडियो गेम खेलते, सिनेमा देखते, शॉपिंग करते और खूब खुश रहते। मैंने और मेरी पत्नी ने पिताजी के साथ सिनेमा हॉल में एकदम आगे की लाइन में बैठकर 'रंगीला' फिल्म देखी थी।

कभी-कभी हम पति-पत्नी को दफ्तर से आने में देर हो जाती तो वो हमारी पसंद का खाना बनाने की कोशिश करते और हमारे घर आने पर हमें सरप्राइज देते।

ये तो मेरे पिता की कहानी है। लेकिन मैंने अपने ही पिता के कई दोस्तों को, जिनकी पत्नी उनसे पहले संसार से चली गईं, बुढ़ापे में अपने अकेलेपन के दंश से जूझते हुए देखा है। मैंने ऐसे कई लोग देखे हैं, जिन्होंने अपने अकेलेपन से तंग आकर आत्महत्या तक कर ली। ऐसा नहीं कि उनके बच्चे नहीं थे, बहू नहीं थी, नाती-पोते नहीं थे। सब थे। पर किसी ने अकेले बुजुर्ग के दर्द को महसूस करने की कोशिश ही नहीं की।

मैं जानता हूँ कि आज मैं आपको जो कुछ सुना रहा हूँ, उसमें कुछ भी नया नहीं है। आप सब इस सत्य को जानते हैं। समझते हैं। पर क्योंकि कहानी की शुरुआत शंघाई के आईकिया कैफे से हुई है, जहाँ के प्रबंधन ने शिकायत की है ढेरों बुजुर्ग किसी एक पार्टनर की तलाश में सारा-सारा दिन कैफे में काट देते हैं, इससे उनके बिजनेस पर असर पड़ रहा है, तो मैं आपको फिर लिये चलता हूँ चीन।

चीन में कुछ साल पहले एक बच्चा पैदा करने की पॉलिसी बनी थी। अब वहाँ बुजुर्गों

की आबादी काफी बढ़ गई है। ऐसा माना जा रहा है कि 2050 तक चीन की पूरी आबादी में हर चौथा आदमी 65 साल से अधिक उम्र का होगा। अभी के आँकड़ों पर ध्यान दें तो चीन में 30 फीसदी से अधिक लोग 80 साल से ऊपर के हैं। इनमें से जिनकी पत्नी या पति की मृत्यु हो गई है, वो पूरी तरह तन्हा हो गए हैं। बच्चे अपने घर-संसार में व्यस्त हो गए हैं। ऐसे में तमाम बुजुर्ग अपने लिए ऐसे जीवन साथी की तलाश करते हैं, जिससे साथ बातचीत करते हुए उनका बाकी का जीवन कट जाए। और इसी इंतजार में वो कैफे में आते हैं कि कोई उनकी तरह तन्हा यहाँ आए तो वो उससे दोस्ती कर लें, रिश्ते बना लें।

ये चीन की रिपोर्ट है।

हमारे यहाँ के बुजुर्ग बुढ़ापे में अपने लिए पार्टनर नहीं तलाशते। वो अपना बुढ़ापा अपने बच्चों के साथ ही काटते हैं। जिनकी कोई संतान नहीं, उनकी कहानी बिल्कुल अलग है, उनका दु:ख भी अलग है। लेकिन जिनकी संतान हैं, उनमें से भी कइयों की कहानियाँ बहुत अलग हैं।

सारी कहानियाँ सामने नहीं आतीं। सभी लोग सत्य को कह नहीं पाते। पर मैं ऐसे तमाम बुजुर्गों को जानता हूँ, जो अपने बेटे-बहू के घर में रहकर भी तन्हाई में जिंदगी गुजार रहे हैं। संजय सिन्हा की कहानी आज आपके लिए नहीं, उनके लिए भी नहीं, जो इस दंश को सह रहे हैं। रिश्ते वाले बाबा की कहानी आज उस पीढ़ी के लिए है, जिनके माँ-बाप कुछ वर्षों के बाद तन्हा होंगे। मैं अपनी कहानी से उन्हें संदेश देना चाहता हूँ कि अपने माता-पिता का ख्याल रखिएगा। ये याद रखिएगा कि वो आपके भविष्य के लिए अपना सबकुछ लुटा देते हैं। उन्हें तन्हा मत छोड़िएगा। उन्हें उनके पार्टनर की कमी मत खलने दीजिएगा। उनका बुढ़ापा किसी रेस्तराँ में एक अनजान आस के साथ गुजरने देने के लिए मत छोड़िएगा।

आपको बनना है अपने पिता और अपनी माँ की उम्मीद। उनका पार्टनर। आप बेटा हों या बेटी, अपने बुजुर्गों का दोस्त आपको बनना है। चीन और अमेरिका में सोशल सिक्योरिटी सरकार की ओर से दी जाती है। पर भारत जैसे देश में आप ही उनकी सोशल सिक्योरिटी हैं। ध्यान रखिएगा, पैसे से तन्हाई नहीं दूर होती। तन्हाई दूर होती है आदमी के साथ से। ये साथ बनाए रखिएगा। आज आप जो देंगे, वही पाएँगे। हो सकता है आपके माता-पिता ने ये गलती भी की हो कि उन्होंने अपने बुजुर्गों का ध्यान न रखा हो, पर आप इस कुचक्र को तोड़ दीजिएगा। इसके टूट जाने में ही जीवन 'रंगीला' है, अन्यथा एक समय के बाद ये शाप बन जाता है।

□

पंडित ने कहा है

मेरे दफ्तर में बहुत से पंडित आते हैं। कल मैं भोपाल के लिए निकलने वाला था, इसलिए परसो रात जल्दी घर के लिए निकलना चाह रहा था। दफ्तर से निकलने की तैयारी कर ही रहा था कि रिसेप्शन से फोन आया कि फलाँ पंडित मुझसे मिलने आए हैं।

अब कोई बिना पूर्व सूचना के मिलने चला आए तो मैं क्या करता?

मेरे पास एक उपाय तो यही था कि मैं कहलवा देता कि आज मुलाकात संभव नहीं है। आप समय लेकर मिलने आइए। दूसरा उपाय ये था कि मैं उनसे दो मिनट के लिए मिल लेता और फिर कह देता कि कभी और आइएगा।

मैं पल भर को रुका। पहले तो सोचा कि सीधे मना ही कर दूँ। बेकार में आधा घंटा खराब होगा। सुबह निकलना है, थोड़ी तैयारी तो करनी ही पड़ेगी।

फिर लगा कि पंडित हैं, पता नहीं क्यों मिलने आए हैं। कोई किसी के पास किसी उम्मीद से मिलने चला ही आए तो मना नहीं करना चाहिए। उहापोह के बीच मैंने कह दिया कि ठीक है, मिल लूँगा। पर पाँच मिनट से अधिक नहीं।

पंडितजी मेरे पास चले आए। गंजा सिर, ललाट पर तिलक और गेरुआ वस्त्र।

मैंने उन्हें पहचान लिया। ये तो फलाँ चैनल पर लोगों के भविष्य बताया करते हैं। वैसे ही जैसे हमारे चैनल पर पंडित लोगों के भविष्य बताया करते हैं।

मैंने पंडितजी को नमस्कार किया और मिलने का प्रयोजन पूछा।

क्योंकि रिसेप्शन पर उन्हें बता दिया गया था कि संजय सिन्हा बहुत व्यस्त हैं और सिर्फ पाँच मिनट ही मिल पाएँगे तो पंडितजी ने बिना लाग-लपेट के मुझसे कहा कि आपके चैनल से जुड़ना चाहता हूँ।

मैं हैरान था। जिस चैनल पर वो हैं, वहाँ उनके शो की अच्छी टी.आर.पी. आती है।

मुझे पूरी उम्मीद थी कि उन्हें वहाँ ठीक-ठाक पैसे भी मिलते होंगे। फिर उस चैनल को छोड़कर हमारे पास आने का प्रयोजन क्या है।

मैं भारी दुविधा में था।

मेरे पास बहुत से पंडित आते हैं। पर इनका आना जरा अलग था। क्योंकि वो किसी चैनल पर भविष्य बताते हैं, कुंडली वाचन करते हैं, इसलिए मुझे अधिक हैरानी हो रही थी। मैं उनकी पूरी बात सुनता रहा। फिर मैंने यूँ ही उनसे पूछ लिया कि आप जिस चैनल में हैं, वो तो अच्छा कर रहा है। आप चले जाएँगे तो उन्हें टी.आर.पी. का नुकसान होगा। क्या आपने उस चैनल की कुंडली देखी है?

पंडितजी मेरी ओर देखने लगे। मेरी आँखों में झाँकते हुए उन्होंने कहा कि नहीं उस चैनल की कुंडली नहीं देखी है।

"क्यों? आपको तो उनकी कुंडली भी देखनी चाहिए। आप तो भविष्यवक्ता हैं। आप जान सकते हैं कि चैनल का क्या होगा, आपका खुद का क्या होगा।"

मैंने सिर्फ कहने के लिए ये कह दिया था। मेरा कोई इरादा नहीं था ऐसा कुछ कहने का। और फिर इस तरह के सवालों का कोई अर्थ नहीं होता। ये तो आदमी बात से बात में बोल देता है। पर पंडितजी मेरे सवाल पर गंभीर हो गए। बहुत गंभीरता से उन्होंने कहा कि वो तब तक किसी के भविष्य में नहीं झाँकते, जब तक उनसे उसमें झाँकने को कहा न जाए। उन्होंने कहा कि संजयजी, पहली बात तो ये कि अभी मैं जिस चैनल में काम करता हूँ, उसके मालिक ने मुझसे कभी पूछा ही नहीं कि उनके चैनल का भविष्य मैं पंडित के नजरिए से बताऊँ। दूसरी बात ये कि अपनी कुंडली खुद कभी नहीं बाँचनी चाहिए, इससे विद्या का क्षय होता है।

मैं चौंका।

मेरे पास ऐसे ढेरों पंडित आते हैं, जो बिना पूछे ही बता देते हैं कि संजय सिन्हा का भविष्य बड़ा उज्ज्वल है। आगे मेरा ये होगा, वो होगा। मैं उनकी ओर से की गई अच्छी भविष्यवाणी पर खुश होता हूँ। मुझे नहीं पता कि वो सच होती हैं, या कल्पना। सिर्फ मुझे खुश करने के लिए कही गई बातें होती हैं, या उनके पीछे कोई आधार होता है?

पर ये पंडितजी कह रहे थे कि जब तक पूछा नहीं जाता, वो किसी की कुंडली या उसकी किस्मत में झाँकते भी नहीं।

मुझसे रुका नहीं गया। मैंने पूछ लिया कि ऐसा क्यों?

"क्योंकि बिना पूछे किसी की जिंदगी में झाँकना, उसके अधिकार क्षेत्र में घुसना

होता है। बिना किसी को जाने उसके बारे में कोई टिप्पणी करने की तरह। किसी की कुंडली को पढ़ने का मतलब होता है, उसके घर में झाँकना। बिना उसके कहे आपको कोई हक नहीं होता, उसकी जिंदगी में समाने का। हम अक्सर किसी के बार में कोई भविष्यवाणी कर देते हैं, उसके बारे में यूँ ही कोई कमेंट कर देते हैं। किसी को अच्छा और किसी को बुरा कह देते हैं, ये ठीक नहीं होता।"

उनके साथ बातचीत में मुझे ध्यान ही नहीं रहा कि कब पाँच मिनट को बीते हुए एक घंटा हो चुका है।

मैं सोचता रहा। सचमुच हम किसी से एक बार मिलते हैं, कभी-कभी नहीं भी मिलते हैं, बस उनके बारे में सुना होता है और हम उनके बारे में अपनी राय को फरमान बनाकर सुना देते हैं। हम कह बैठते हैं कि फलाँ तो फालतू है। वो तो चोर है। अरे उसके चरित्र की तो बात ही मत कीजिए।

और तो और हम बिना पंडित हुए भी भविष्यवाणी करते हैं कि देखो, उनका तो बहुत बुरा होनेवाला है।

पर कल पंडितजी ने मुझे एक ज्ञान दिया। कल मेरी समझ में ये आया कि बिना अनुमति के किसी की जिंदगी में झाँकना नहीं चाहिए। बिना किसी मुलाकात या बात के कोई राय किसी के बारे में कायम नहीं करनी चाहिए। किसी की निजी जिंदगी में बिना उसकी अनुमति के नहीं घुसना चाहिए। अपनी राय, अपने फरमान का इजहार नहीं करना चाहिए।

बहुत छोटी सी बात थी, पर मेरे लिए बहुत बड़ा ज्ञान था।

आज गुरुपर्व के मौके पर मैं खुद को रोक नहीं पाया उस ज्ञान को आपसे साझा करने से, जिसकी असल में हम सबको बहुत जरूरत है।

आज का ज्ञान इतना ही कि बिना अनुमति के किसी की जिंदगी में नहीं झाँकना चाहिए।

□

पिता के आँसू

तन्हाई से बढ़कर आदमी के लिए कोई सजा नहीं होती।

मेरे पिता मेरी माँ की असमय मृत्यु के बाद अचानक तन्हा हो गए थे और उन्होंने अपनी ये तन्हाई किसी और पार्टनर की तलाश कर नहीं, बल्कि खुद हम बच्चों की माँ बनकर दूर की।

ऐसे में जब मैं बड़ा हुआ तो पिता के साथ मेरे रिश्ते और प्रगाढ़ हो गए थे। हम दोनों एक-दूसरे से अपने मन की बातें साझा करने लगे थे। आमतौर पर जो बातें बच्चे माँ से साझा कर लेते हैं, मैं पिता से करने लगा था। और पिता के साथ मेरा यह रिश्ता तब तक रहा, जब तक वो जीवित रहे।

मैंने ऐसा सुना था कि शादी के बाद बहुत सी महिलाएँ नहीं चाहतीं कि उन्हें सास-ससुर के साथ रहना पड़े। ऐसे में अपनी शादी के तुरंत बाद जब मैंने अपनी पत्नी को अपनी पूरी कहानी सुनाई, तो एक रात वो कहने लगी कि पिताजी को हम लोग पटना से दिल्ली बुला लेते हैं।

पिताजी के रिटायर होने में अभी वक्त था। पर मैंने पिताजी से कहा कि आप समय से पूर्व रिटायरमेंट ले लीजिए और अब हमारे साथ रहने दिल्ली चले आइए।

पिताजी मेरी बात मान गए थे। वो दिल्ली चले आए थे।

बहुत निजी बात है, पर आपसे साझा करने में क्या संकोच करना?

एक सुबह पिताजी ने अपने पलंग की चादर को खुद बदल लिया। मेरी पत्नी अपने काम से मुक्त होकर पिताजी के कमरे में गई और उनके बिस्तर पर एक ऐसी चादर को देखा, जो तकिया और कमरे से मैच नहीं कर रही थी, तो उसने उस चादर को हटा दिया। वो आलमारी से दूसरी चादर निकाल लाई और उनके पलंग पर बिछा दी।

थोड़ी देर बाद पिताजी कमरे में आए। चादर बदली देखकर उन्होंने मुझसे पूछा कि

चादर किसने बदली?

मैं समझ नहीं पाया कि पिताजी चादर बदले जाने को लेकर इतना परेशान क्यों हैं। चादर बदल भी गई तो ऐसी क्या बड़ी बात हो गई? पर पिताजी पहली बार थोड़ा आहत से थे।

मैंने पत्नी को बुलाया और पूछा कि पिताजी के कमरे की चादर क्यों बदली?

पत्नी ने धीरे से कहा कि चादर इस कमरे से मैच नहीं कर रही थी, इसीलिए उसे हटा कर ये वाली चादर बिछा दी।

अब ये ऐसी घटना नहीं थी, जिस पर चर्चा हो। लेकिन पता नहीं क्यों पहली बार पिताजी एकदम से खीझ उठे थे। फिर वो अचानक बहुत जोर-जोर से रोने लगे। मेरी तो समझ में ही नहीं आया कि ये क्या हुआ।

मैंने कभी पिताजी को ऐसे रोते हुए नहीं देखा था। माँ के निधन के बाद भी नहीं। वो खामोश भले हो गए थे। लेकिन रोए नहीं थे।

पर आज पिताजी एक चादर को लेकर अपनी बहू पर बरस पड़े थे। फिर वो जोर-जोर से रोने भी लगे थे।

पत्नी तो एकदम घबरा गई थी।

मैंने पिताजी को समझाने की कोशिश की। वो कुछ देर रोते रहे, फिर चुप हो गए। फिर उन्होंने मुझसे कहा कि मुझे कुछ देर अकेला छोड़ दो।

मैं और मेरी पत्नी हम दोनों कमरे से निकल आए। पूरे घर में अजीब सा माहौल हो गया था। मेरी समझ में नहीं आ रहा था कि चादर बदलने की घटना इतनी बड़ी क्यों हो गई?

मैं पत्नी पर थोड़ा नाराज भी हुआ।

पत्नी ने बताया कि वो चादर कमरे से मैच नहीं कर रही थी। इतना कहकर वो खुद रोने लगी। अब पूरा घर गमगीन हो गया।

थोड़ी देर में पिताजी अपने कमरे से निकले। वो मेरे पास आए और उन्होंने मुझसे कहा बेटा, छोड़ो इस बात को। फिर उन्होंने पत्नी को भी समझाने की कोशिश की।

पत्नी कह रही थी कि बाबूजी मुझसे गलती हो गई। मुझे आपकी चादर नहीं बदलनी चाहिए थी। आप नई चादर लाए थे, तो मुझे लगा कि आपको मेरी बिछाई चादर पसंद नहीं आ रही। इसीलिए मैंने सबसे अच्छी चादर आपके बिस्तर पर बिछा दी।

पिताजी कह रहे थे, "नहीं बेटा, मुझे माफ कर दो। मुझसे गलती हो गई कि मैं तुम पर इतना नाराज हो गया। मुझे ऐसा नहीं करना चाहिए था।"

बहुत देर तक माहौल बहुत गमगीन सा रहा। अब सवाल था कि पिताजी ने नई चादर चुपचाप खरीदी ही क्यों? उन्हें अचानक नई चादर की जरूरत ही क्यों आ पड़ी? वो कभी मुझसे बताए बिना बाजार नहीं जाते थे। चादर, तौलिया और इस तरह की चीजें खरीदने तो कभी नहीं।

फिर आज क्या हो गया?

मैंने धीरे से पिताजी से पूछा कि आपने नई चादर खरीदी ही क्यों? पिताजी ने बहुत धीरे से कहा, "आज के दिन ही तुम्हारी माँ से मेरी शादी हुई थी। मेरा मन किया कि मैं आज नई चादर बिछा कर सोऊँ। इसीलिए मैं नई चादर खरीद लाया था। बस आज की बात थी, कल तो फिर तुम जो चादर चाहते बिछा देते।"

इतना कहकर उन्होंने अपनी आँखों को पोंछा और कमरे में चले गए।

मुझे बहुत सालों के बाद लग रहा था कि पिताजी अपनी पार्टनर के चले जाने के बाद इतने सालों तक किस तन्हाई से गुजरते रहे। ये सत्य है कि वो हमारे साथ थे, लेकिन जीवन साथी की याद के साथ भी वो पूरी जिंदगी लिपटे रहे।

लेकिन आज इतना फिर से कहूँगा कि तन्हाई सचमुच बहुत बुरी होती है। न किसी को तन्हा छोड़िए, न खुद तन्हा रहिए। अपनों को अपने साथ रखिए, खुद को अपनों के साथ रखिए।

हर रिश्ते की चादर की अपनी खुशबू होती है। उसे बनाए रखिए। ठीक वैसे ही, जैसे मेरे पिता अपनी संगिनी के चले जाने के पंद्रह साल बाद भी नई चादर की खुशबू में उन पलों को जीते रहे। साल दर साल।

□

कितना ? और कितना ?

परसों रात मैं पत्नी के साथ गुड़गाँव के क्राउन प्लाजा होटल में रुका था। सुबह दस बजे मैं नाश्ता करने गया। क्योंकि नाश्ते का समय साढ़े दस बजे तक ही होता है, इसलिए होटल वालों ने बताया कि जिसे जो कुछ लेना है, वो साढ़े दस बजे तक ले ले। इसके बाद बुफे बंद कर दिया जाएगा।

कोई भी आदमी नाश्ते में क्या और कितना खा सकता है ? पर क्योंकि नाश्ताबंदी का फरमान आ चुका था, इसलिए मैंने देखा कि लोग फटाफट अपनी कुरसी से उठे और कोई पूरी प्लेट फल भर कर ला रहा है, कोई चार ऑमलेट का ऑर्डर कर रहा है। कोई इडली, डोसा उठा लाया तो एक आदमी दो-तीन गिलास जूस उठा लाया। कोई बहुत से टोस्ट प्लेट में भर लाया और साथ में शहद, मक्खन और सरसों की सॉस भी।

मैं चुपचाप अपनी जगह पर बैठकर ये सब देखता रहा। मैं दूध और कॉर्नफ्लेक्स खा रहा था। मुझसे एक बार में बहुत सी चीजें नहीं खाई जातीं। वैसे भी मुझे लगता है कि चाहे जितनी अच्छी चीज भी खाने की हो, ये कल भी मिलेगी, इसलिए आदमी को इतना नहीं खाना चाहिए कि वो कल खाने के योग्य ही न रहे। खैर, आज मैं संजय सिन्हा की कहानी नहीं, उस रेस्तराँ में मौजूद लोगों की कहानी आपको सुनाने आया हूँ।

एक-दो माँएँ अपने बच्चों के मुँह में खाना ठूँस रही थीं। कह रही थीं कि फटाफट खा लो, थोड़ी देर में ये रेस्तराँ बंद हो जाएगा।

जो लोग होटल में ठहरते हैं, आमतौर पर उनके लिए नाश्ता मुफ्त होता है। मतलब होटल के किराए में सुबह का नाश्ता शामिल होता है। मैंने बहुत बार बहुत से लोगों को देखा है कि वो कोशिश करते हैं कि सुबह देर से नाश्ता करने पहुँचें और थोड़ा अधिक खा लें, ताकि दोपहर के खाने का काम भी इसी से चल जाए। कई लोग इसलिए भी अधिक खा लेते हैं, क्योंकि उन्हें लगता है कि मुफ्त का है, तो अधिक ले लेने में कोई बुराई नहीं।

कई लोग तो जानते हैं कि वो इतना नहीं खा सकते, लेकिन वो सिर्फ इसलिए जुटा लेते हैं कि कहीं कम न पड़ जाए।

दरअसल हर व्यक्ति अपनी खुराक पहचानता है। वो जानता है कि वो इतना ही खा सकता है। पर वो लालच में फँस कर जरूरत से अधिक जुटा लेता है।

मैं चुपचाप अपनी कुरसी से सब देखता रहा।

साढ़े दस बज गए थे। रेस्तराँ बंद हो चुका था। लोग बैठे थे। टेबल पर खूब सारी चीजें उन्होंने जमा कर ली थीं।

पर अब उनसे खाया नहीं जा रहा था। कोई भला दो-तीन गिलास जूस कैसे पी सकता है? ऊपर से चार ऑमलेट। बहुत सारे टोस्ट। कई बच्चे माँ से झगड़ रहे थे कि उन्हें अब नहीं खाना। माँएँ भी खाकर और खिलाकर थक चुकी थीं।

और अंत में एक-एक कर सभी लोग टेबल पर जमा नाश्ता छोड़कर धीरे-धीरे बाहर निकलते चले गए। मतलब इतना सारा जूस, फल, अंडा, ब्रेड सब बेकार हो गया।

यही है जिंदगी। हम सब अपनी भूख से अधिक जुटाने में लगे हैं। हम सभी जानते हैं कि हम इसका इस्तेमाल नहीं कर पाएँगे। हम जानते हैं कि हमारे बच्चे भी इसे नहीं भोग पाएँगे। पर हम अपनी-अपनी टेबल पर जरूरत से अधिक जुटाते हैं। जब हम जुटाते हैं तो हम इतने अज्ञानी नहीं होते कि हम नहीं जानते कि हम इन्हें पूरी तरह नहीं खा पाएँगे। हम जानते हैं कि हम इन्हें छोड़कर दबे पाँव शर्माते हुए रेस्तराँ से बाहर निकल जाएँगे, सबकुछ टेबल पर छोड़कर।

उतना ही जमा कीजिए, जितने की आपको सचमुच जरूरत है। ये दुनिया एक रेस्तराँ है। कोई इस रेस्तराँ में सदा के लिए नहीं बैठ सकता। कोई इस रेस्तराँ में लगातार नहीं खा सकता। सबके खाने की सीमा होती है। रेस्तराँ में सबके रहने की भी अवधि तय होती है।

उतना ही लीजिए, जिसमें आपको आनंद आए। उतना ही जुटाइए जितने से आपकी जरूरत पूरी हो सके। बाकी सब यहीं छूट जाता है। चाहे नाश्ता हो या कुछ और।

हम में से बहुत से लोग संसाररूपी रेस्तराँ से बहुत से लोगों को टेबल पर ढेर सारी चीजें छोड़कर जाते हुए देखते हैं। पर फिर भी नहीं समझते कि हमें कितने की जरूरत है। हम जानते हैं कि हम भी सब छोड़ जाएँगे। लेकिन जुटाने के चक्कर में जो है, हम उसका स्वाद लेना भी छोड़ देते हैं।

□

कुछ तो बाकी है

कल मेरे पास एक खबर आई कि हफ्ता भर पहले नोएडा में किसी अफसर के घर आयकर वालों ने छापा मारा। उन्हें संदेह था कि उनके पास काफी अघोषित संपत्ति और नए नोट हैं। जैसे ही छापा पड़ा, घर की महिला ने दो हजार की दो नई गड्डियाँ बॉलकनी से नीचे फेंक दीं। गड्डियाँ नीचे गिरीं और उधर से गुजर रही एक नौकरानी की नजर उन गड्डियों पर पड़ गई। उसने ये देख लिया था कि किस बॉलकनी से ये नोट फेंके गए हैं। खैर, उसने उन्हें उठा लिया। वो उन नोटों को छिपा ही रही थी कि एक और नौकरानी की निगाह उस पर पड़ गई। उसने देख लिया कि वो नोट छिपा रही है। जाहिर है, उसने उस नौकरानी से कहा कि इसमें मेरा भी हिस्सा होना चाहिए। कोई चारा नहीं था। दोनों ने तय किया कि हम आपस में बाँट लेंगे। चलो, यहाँ से भाग चलें। उन्हें बात करते एक तीसरी नौकरानी ने सुन लिया। उसने कहा कि अगर उसे इसमें से हिस्सा नहीं मिला तो वो जाकर सबको बता देगी कि तुम्हें रुपए मिले हैं।

चलो बहन, तुम्हारा भी एक हिस्सा हुआ।

तीनों ने मिलकर चार लाख के नए नोटों का बँटवारा कर लिया।

तीनों अपने-अपने हिस्से के नोट लेकर अपने-अपने घर चली गईं। तीसरी नौकरानी ने अपने घर जाकर पति को बताया कि उसे ढेर सारे दो हजार के नए नोट मिले हैं। पति ने नोट देखे तो हैरान रह गया। उसने उससे सारे नोट ले लिये। उसने इस बात की चर्चा अपने एक और दोस्त से की। उसके दोस्त ने यूँ ही उसे बताया कि नए नोट जहाँ भी होते हैं, पुलिस को पता चल जाता है और पुलिस पकड़ लेती है। इसकी स्याही में कुछ है, जिससे पुलिस वालों को सब पता चल जाता है।

जिसके पास नोट थे, वो डर गया। उसे लगा कि कहीं वो पकड़ा ही न जाए। सारी रात वो सो नहीं पाया। आखिर उसने तय किया कि ये नोट जी का जंजाल हैं। वो पास के थाने में अपनी पत्नी के साथ गया और उसने पुलिस वाले को सारे नोट दे दिए, साथ

ही पूरी कहानी भी सुना दी। पुलिस वाले ने बाकी दोनों नौकरानियों को भी बुला लिया। जिसने उस बॉलकनी से नोट गिरते देखे थे, उसने पुलिस वाले को उस बॉलकनी का पता बता दिया। पुलिस ने तीनों के पास से सारे नोट अपने पास मँगा लिये और आयकर विभाग वालों को पूरे मामले की जानकारी दे दी।

इस कहानी को मैं अभी यहीं रोक कर आपको उस गरीब पंडित की कहानी सुनाना चाहता हूँ, जिसे मैं पहले भी आपको सुना चुका हूँ। लेकिन आज वो कहानी बार-बार मुझे याद आ रही है। पहले ये कहानी सुनिए, फिर नए नोटों की कहानी भी सुनाऊँगा।

एक पंडितजी थे। बहुत गरीब। लेकिन भविष्य पढ़ लेने में माहिर। भीख माँग कर जीवन काट रहे थे। एक दिन उन्हें रास्ते में मनुष्य की खोपड़ी मिली। पंडित ने खोपड़ी को उठा लिया और उसके मस्तक की लकीरों को पढ़ा, उसमें लिखा था, "अभी कुछ बाकी है।"

पंडितजी बहुत हैरान हुए। उन्होंने अनुमान लगाया कि इसे मरे हुए पचास साल तो हो चुके हैं, फिर अब इसका क्या बाकी है।

यही सोचकर पंडितजी ने उस खोपड़ी को अपने थैले में रख लिया और आगे बढ़ चले भीख माँगने। लेकिन उस दिन उन्हें कहीं कुछ नहीं मिला।

रात में पंडितजी थके-हारे घर आए, अपने थैले को खूँटी पर टाँगा और चल पड़े गंगा में स्नान करने। पंडितजी की पत्नी ने खूँटी पर टँगे थैले को उठाया और अँधेरे में ये जानने की कोशिश की कि आखिर आज पंडितजी को भीख में क्या मिला। और जो मिला उससे आज का खाना पकाया जाए। अँधेरे में उन्हें कुछ ज्यादा पता नहीं चला, उन्हें थैले में कोई गोल सी चीज मिली। पंडित की पत्नी ने बहुत अनुमान लगाने की कोशिश की कि आखिर आज पंडितजी लाए क्या हैं, पर पता नहीं चल सका। उन्होंने सोचा कि चलो जो भी है, उसे कूट कर उसका आटा बनाने लगीं, ताकि पंडितजी जब स्नान करके आएँ तो दो रोटियाँ परोस सकें। बड़ी मुश्किल से उसे उन्होंने कूटना शुरू किया। तब तक पंडितजी घर आ गए। आते ही पंडित की पत्नी ने उलाहना भरे स्वर में कहा, "अजी पंडितजी, आज क्या लेकर आए थे थैले में? बहुत देर से कूट रही हूँ, आटा बन ही नहीं रहा।" पंडित चौंका। उसने कहा, "अरे, आज तो कुछ मिला ही नहीं, थैले में से तुमने क्या निकाला?" पंडित की पत्नी ने कहा कि कुछ गोल-सा था, अँधेरे में दिखा नहीं। पर जो था, उसे ही कूट रही हूँ। पंडित को अचानक याद आया, खोपड़ी के मस्तक पर लिखा था, "अभी कुछ बाकी है" और वो मुस्कुराने लगा। उसकी समझ में आ गया कि यही बाकी था।

हाँ, तो अब आगे सुनिए कि उस अधिकारी के घर क्या हुआ था। हफ्ता भर पहले जब उनके घर छापा पड़ा था, तब आयकर अधिकारियों को उनके यहाँ से कुछ मिला नहीं था। वही दो हजार की दो नई गड्डियाँ थीं, जिसे घर की मालकिन ने बॉलकनी से नीचे फेंक दिया था। कुल चार लाख रुपए का नुकसान हुआ था, बस।

पर उस दिन पुलिस वाले ने जब आयकर वालों को खबर दी तो दुबारा फिर आयकर अधिकारियों ने उस फ्लैट पर छापा डाला।

इस बार वहाँ से काफी नए नोट, पुराने नोट और सोने की बरामदगी हो गई।

अब आप कहेंगे कि संजय सिन्हा, ये कैसे हुआ?

असल में जिस दिन उनके घर छापा पड़ा था, उन्हें पहले से थोड़ी भनक मिल गई थी। ऐसे में उन्होंने सारा माल ठिकाने लगा दिया था। बची थीं तो बस दो हजार की वही दो गड्डियाँ। उनकी पत्नी ने उन्हें फेंक दिया, तो फिर कुछ मिला ही नहीं। पर जब एक बार छापा पड़ चुका, सब पाक-साफ साबित हो चुका, तो वो उस माल को दुबारा अपने घर उठा लाए थे।

पर हाय री किस्मत! हफ्ता बाद नोट की स्याही के डर ने नौकरानी के पति को डरा दिया और फिर जो-जो बाकी था, सब हुआ।

मुझे लग रहा है कि नोटबंदी के खेल में बहुत सी खोपड़ियों की कहानी में अभी कुछ बाकी है।

□

लाल डायरी

हिंदी फिल्मों में विलेन का काला चिट्ठा अक्सर एक लाल डायरी में दर्ज होता है।

दिमाग पर ज्यादा जोर क्यों डाला जाए, अमिताभ बच्चन की फिल्म डॉन को ही याद कर लीजिए, जिसमें डॉन का सारा हिसाब-किताब एक लाल डायरी में छिपा था। जब असली डॉन पुलिस की गोली से मारा गया, तो पुलिस उस लाल डायरी को पाने के लिए एक नकली डॉन को खड़ा कर देती है। खैर, आज मैं फिल्म की कहानी नहीं सुनाने जा रहा। आज मैं आपको एक सच्ची कहानी सुनाने जा रहा हूँ।

मेरे एक परिचित डॉक्टर ने मुझे अपनी ही कहानी एक दिन सुनाई और बताया कि कैसे उनकी जिंदगी एक लाल डायरी के खो जाने के बाद पूरी तरह बदल गई।

डॉक्टर साहब कभी एक बड़े सरकारी अस्पताल में सर्जन थे। वो अस्पताल में डॉक्टरी के साथ-साथ, अपनी प्रैक्टिस भी करते थे। जाने-माने डॉक्टर थे, तो दूर-दूर से लोग उनके पास इलाज के लिए आते। डॉक्टर साहब मरीज के साथ किसी तरह की मुरव्वत नहीं करते। पहले फीस जमा कराते, फिर इलाज।

इस तरह उनके पास सरकारी नौकरी से मिलने वाली सैलरी के अलावा रोज की हजारों रुपए की प्रैक्टिस थी। डॉक्टर साहब के पास खूब पैसा था। लेकिन वो इतना व्यस्त थे कि उनके पास ठीक से उसे गिनने का समय भी नहीं था।

डॉक्टर साहब की दोस्ती एक बैंक मैनेजर से थी, जिसने उन्हें समझा दिया था कि प्राइवेट रूप से कमाए इन पैसों को न तो घर में रख सकते हैं, न बैंक के एकाउंट में डाल सकते हैं। ऐसे में आप संपत्ति खरीद लीजिए। डॉक्टर साहब ने खूब जमीन खरीदी, किसी-किसी के नाम। उन्होंने खूब सोना खरीदा और बैंक मैनेजर ने उस सोने को लॉकर में रख दिया। मैनेजर डॉक्टर साहब का सारा हिसाब एक लाल डायरी में लिखकर रखता था।

सोने के साथ-साथ जमीन के कागज, लॉकर की चाबी और वो डायरी बैंक मैनेजर

के पास ही थी। डॉक्टर साहब के कैश का हिसाब भी मैनेजर के पास ही था। डॉक्टर साहब मुझे बता रहे थे कि संजयजी, मेरी पूरी ऊपरी कमाई का हिसाब-किताब मैनेजर ने उसी डायरी में लिखकर रखा था। वो मुझसे कहता था कि इस डायरी को सँभाल कर रखना है, बस।

मैनेजर इतना ईमानदार था कि उसने डॉक्टर साहब की काली कमाई के इस हिसाब के बारे में अपनी पत्नी तक से कभी चर्चा नहीं की थी।

डॉक्टर साहब की योजना थी कि कुछ साल और नौकरी करके वो अपना बड़ा सा अस्पताल खोलेंगे। तब वो कैश, सोना और जमीन काम आएगी।

जब डॉक्टर साहब मुझे अपनी काली कमाई के बारे में बता रहे थे, तो मैं बड़ा हैरान था कि कोई कैसे इतना सब किसी को खुल कर बता सकता है। लेकिन वो बता रहे थे। बताते हुए उनकी आँखें कई बार चमकतीं। मुझे पूरी कहानी का सस्पेंस समझ में आ रहा था। मैंने मन में कहानी गुन ली थी कि एक दिन बैंक मैनेजर के घर छापा पड़ा होगा और लाल डायरी पुलिस के हाथ लग गई होगी। आम तौर पर ऐसा ही होता है।

पर डॉक्टर साहब ने अधूरी कहानी सुनाकर लंबी साँस ली और एक गिलास पानी पी गए। फिर उन्होंने हौले से कहा कि एक रात उनके पास खबर आई कि उस बैंक मैनेजर का हार्ट फेल हो गया।

बैंक मैनेजर मर गया?

डॉक्टर को काटो तो खून नहीं। वो भागे-भागे बैंक मैनेजर के घर गए। सामने मैनेजर का शव पड़ा था। सभी लोग रो रहे थे। पत्नी दहाड़ें मार रही थी। पर डॉक्टर साहब को तो जैसे काठ मार गया था।

मैनेजर की अंत्येष्टि हुई। श्राद्ध हुआ। फिर डॉक्टर साहब मैनेजर के घर गए। उन्होंने उनकी पत्नी से पूछा कि उन्हें किसी लॉकर की चाबी के विषय में पता है?

मैनेजर की पत्नी हैरान हो गई। लॉकर, कैसा लॉकर? हमारे पास तो इतनी ज्वेलरी नहीं थी कि हम लॉकर में रखते।

"अच्छा, कोई लाल डायरी?"

पत्नी उदास थी। उसने डॉक्टर साहब से कहा कि आप खुद ही ढूँढ़ लीजिए। मुझे कुछ भी नहीं पता। वो मुझसे कभी बैंक की बातें नहीं करते थे।

डॉक्टर साहब ने सारा घर छान मारा। लाल डायरी नहीं मिली। न डायरी मिली, न लॉकर का पता। जाहिर है, कैश, सोना, जमीन पेपर किसी चीज का पता नहीं चला।

कई साल डॉक्टर साहब लगे रहे। पर कुछ पता नहीं चला।

इसके बाद डॉक्टर साहब को ईश्वरीय विधान पर यकीन होने लगा। वो समझने लगे कि विधाता ने जितना लिखा है, उससे एक अधिक कुछ नहीं मिल सकता। जब किस्मत से ज्यादा कुछ मिल ही नहीं सकता, तो फिर मारामारी क्यों?

और तब से डॉक्टर साहब ने प्राइवेट प्रैक्टिस छोड़ दी। कोई मरीज अगर घर चला ही आया तो मुफ्त में उसका इलाज कर देते। आज वो अपनी सैलरी से खुश हैं। जितना है, उतने में खुश हैं। एक लाल डायरी ने उनकी सोच बदल दी।

जो लोग ईश्वरीय हिसाब-किताब से परे अपना हिसाब-किताब किसी और डायरी में दर्ज करते हैं, उनकी डायरी कभी-कभी खो जाती है। जब खो जाती है तो आदमी बुद्ध बन जाता है। लेकिन कभी-कभी वो डायरी पकड़ी जाती है। पकड़े जाने पर आदमी अपराधी बन जाता है।

हर आदमी के पास एक मौका होता है कि अगर डायरी न खोए, तो वो खुद ही उसका खुलासा कर दे और बुद्ध बन जाए।

अन्यथा काली कमाई की लाल डायरी जब पकड़ी जाती है, तो अपराधियों की सूची में ही नाम दर्ज होता है।

□

अगला जन्म

यह तो मैं आपको पहले भी बता चुका हूँ कि मेरे पिताजी मुझे समझाया करते थे कि आदमी को किसी से उधार नहीं लेना चाहिए। पिताजी का कहना था कि आदमी को जब उधार माँगने की जरूरत पड़ जाए, तो उसे समझना चाहिए कि उसकी जिंदगी में अब मुश्किल दिन आ रहे हैं। और उससे भी बड़ी बात ये कि जब उसे कोई उधार देने वाला मिल जाए, तो मान लेना चाहिए कि बुरे दिन आ गए हैं। वो कहते थे कि उधार लेना जितना आसान होता है, उसे चुकाना उतना ही मुश्किल।

खैर, तुलसीदास तो बहुत पहले कह गए हैं कि इस संसार में भाँति-भाँति के लोग होते हैं।

भाँति-भाँति के इन लोगों में कुछ ऐसे लोग भी होते हैं, जो उधार माँग कर ही जीते हैं। वो ये मान कर जीते हैं कि वो जो उधार ले रहे हैं, उसे वो कभी चुकाएँगे ही नहीं। किस्मत से उन्हें ऐसे लोग मिल भी जाते हैं, जो दिल खोल कर उधार देते हैं, बिना ये सोचे हुए कि वापस मिलेगा या नहीं। वो ईश्वर पर भरोसा करते हैं और माँगने वाले को दे देते हैं।

कल मेरे एक मित्र ने मुझे बताया कि उनके एक जानने वाले उनसे कई बार उधार माँग कर ले जाते हैं और फिर देने के वक्त भूल जाते हैं। मैंने उनसे कहा कि आप उन्हें देने से मना कर दिया कीजिए। तो मेरे मित्र ने कहा कि वो हर बार कुछ ऐसी कहानी सुनाते हैं कि दिल पसीज जाता है। कभी बच्ची की फीस नहीं दे पाने की कहानी सुनाते हैं तो कभी पत्नी को हार्ट अटैक की। अब हजार दो हजार रुपए के लिए न कहते भी नहीं बनता। पर बुरा तो लगता है। लेकिन हमीं शर्म के मारे कुछ कह नहीं पाते और वो बिना संकोच के फिर माँगने पहुँच जाते हैं। मेरे मित्र ने मुझे बताया कि वो अकेले नहीं हैं, जिनसे वो उधार लेते हैं, कई और मित्र हैं, जिनसे उधार लेकर वो घी पी रहे हैं और मस्त हैं। मतलब उनकी जिंदगी के प्लान में इनकमिंग तो फ्री है, लेकिन आउटगोइंग बंद है।

मैं समझ नहीं पा रहा था कि अपने मित्र को क्या सलाह दूँ। ये सच है कि ऐसे लोग होते हैं, जो गाहे-बेगाहे पैसे माँग बैठते हैं। ये ठीक है कि किसी को जरूरत आ पड़े तो आदमी उसे पैसे देगा ही, लेकिन लेने वाला ईमानदारी से वापस नहीं करता तो बुरा तो लगता ही है।

किसी ने मेरे पास एक सेठ और उसकी भैंसों की कहानी व्हाट्सऐप पर भेजी है। यकीनन ये कहानी आपके पास भी पहुँची ही होगी। कहानी किसने लिखी है, उसका नाम उसमें नहीं है, पर उस कहानी को आज मैं आपसे साझा कर रहा हूँ। कहानी जिसने भी लिखी होगी, उसे मैं दिल से धन्यवाद कहते हुए ये कहानी अपने मित्र के पास भेज रहा हूँ, ताकि वो इसे अपने उधार माँगने वाले मित्र को भी भेज सके।

आज की इस कहानी को आप भी अपने मित्रों से साझा कीजिएगा और उन्हें बताइएगा कि उधार लेकर नहीं चुकाने वालों का क्या हश्र होता है।

तो सुनिए अब वो कहानी।

एक सेठजी थे। बहुत दयालु थे, धरम-करम में यकीन करते थे। उनके पास कोई भी व्यक्ति उधार माँगने आ जाता तो वो उसे मना नहीं करते थे। वो मुनीम को बुलाते और जो उधार माँगने वाला होता, उससे पूछते कि तुम उधार कब लौटाओगे, इस जन्म में या अगले जन्म में?

जो लोग ईमानदार होते, वो कहते इसी जन्म में। कुछ लोग चतरे भी होते हैं। तो कई चतरे मन-ही-मन खुश होते कि अच्छा सेठ है, अगले जन्म में उधार वापसी की उम्मीद लगाए बैठा है। ऐसे लोग मुनीम से कहते कि वो अगले जन्म में लौटाएँगे। मुनीम कभी किसी से कुछ पूछता नहीं था। जो जिस जन्म की बात कह देता, मुनीम लिख लेता।

एक दिन एक चोर सेठ के पास उधार माँगने पहुँचा। उसे मालूम था कि सेठ अगले जन्म तक के लिए उधार देता है। हालाँकि उसका मकसद उधार लेने से अधिक सेठ की तिजोरी को देखना भी था। चोर ने सेठ से कुछ पैसे उधार माँगे, सेठ ने मुनीम को बुलाकर उधार देने को कह दिया। मुनीम ने चोर से पूछा कि इस जन्म में लौटाओगे या अगले जन्म में? चोर ने कहा अगले जन्म में।

मुनीम ने तिजोरी खोल कर पैसे उसे दे दिए। चोर ने तिजोरी देख ली।

अब चोर ने तय कर लिया कि इस मूर्ख सेठ की तिजोरी रात में उड़ा दी जाए। वो रात में सेठ के घर पहुँच गया और वो वहीं भैंसों के तबेले में छिपकर सेठ के सोने का इंतजार करने लगा।

अचानक चोर ने सुना कि भैंसें आपस में बातें कर रही हैं। चोर भैंसों की भाषा ठीक से समझ पा रहा था। एक भैंस ने दूसरी से पूछा कि तुम तो आज ही आई हो न, बहन? भैंस ने जवाब दिया, "हाँ, आज ही सेठ के तबेले में आई हूँ। तुम कब से यहाँ हो?"

"मुझे तो तीन साल हो गए। मैंने सेठ से उधार लिया था, यह कहकर कि अगले जन्म में लौटाऊँगी। सेठ से उधार लेने के बाद जब मेरी मृत्यु हो गई तो मैं भैंस बन गई और सेठ के तबेले में चली आई। अब दूध देकर उसका कर्ज उतार रही हूँ। जब तक कर्ज की रकम पूरी नहीं हो जाएगी, तब तक यहीं रहना होगा।"

चोर ने पूरी बात सुनी और वहाँ बँधी भैंसों की ओर देखा। वो समझ गया कि उधार चुकाना ही पड़ता है। इस जन्म में या अगले जन्म में। उसे चुकाना ही होगा।

वो उल्टे पाँव सेठ के घर की ओर भागा और जो कर्ज उसने लिया था, उसे फटाफट मुनीम को लौटा कर रजिस्टर से अपना नाम कटवा लिया।

ध्यान रहे, जो लोग धोखे के रजिस्टर में से अपना नाम नहीं कटवाते, उन्हें ब्याज सहित अपने कर्म का हिसाब चुकाना ही पड़ता है।

□

सफेद कागज

जबलपुर में विश्व रामायण सम्मेलन में राम और राम की प्रासंगिकता पर कुछ बोलना था। दुनिया भर से आए तमाम वक्ताओं के बीच मुझे भी कुछ बोलने के लिए बुलाया गया था।

एक से बढ़कर एक सूरज जैसे विद्वानों के बीच मुझे बोलना था, दीपक बनकर नहीं, जुगनू बनकर।

मैं भला राम के विषय में क्या बोलता? कौन है, जो राम के विषय में नहीं जानता। रामकथा तो सबके जीवन की कथा है। राम रोम-रोम में बसा नाम है। लेकिन मुझे कुछ कहना था, तो मैंने एक प्रोफेसर की कहानी सुना दी, जिसे किसी ने मुझे सुनाई थी।

पहले आप वो कहानी सुन लीजिए, फिर मैं कहानी का प्रसंग भी बता दूँगा।

एक प्रोफेसर ने कॉलेज के विद्यार्थियों को एक सफेद पन्ना दिया और कहा कि इसमें जो सवाल है, उसका जवाब दो। सभी विद्यार्थियों ने कागज को देखा। उसमें कहीं कुछ नहीं लिखा था। विद्यार्थी परेशान हो गए कि जब कागज में कुछ लिखा ही नहीं तो फिर प्रोफेसर कौन सा जवाब पूछ रहे हैं। प्रोफेसर ने विद्यार्थियों की दुविधा भाँप ली। उन्होंने कहा कि कागज को पलट कर देखो। विद्यार्थियों ने ऐसा ही किया।

कागज के पीछे एक छोटा बिंदु बना था।

सारे विद्यार्थी हैरान रह गए। आखिर प्रोफेसर चाहते क्या हैं? पूरा पेज सफेद है, सिर्फ एक बिंदु बना है और कह रहे हैं कि सवाल का जवाब दो।

प्रोफेसर समझ गए कि छात्र अभी भी दुविधा में हैं। प्रोफेसर ने विद्यार्थियों से कहा कि तुम्हें जो दिख रहा है, तुम उसी पर कुछ लिखो। सारे विद्यार्थी लिखने लगे। सबने काफी देर तक लिखा। फिर उन्होंने प्रोफेसर को कागज दिया। प्रोफेसर सभी विद्यार्थियों से पेपर लेकर उसे जाँचने लगे।

प्रोफेसर ये देखकर हैरान रह गए कि सभी विद्यार्थियों ने उस छोटे से काले रंग के बिंदु के विषय में लिखा है। सबने बढ़-चढ़कर लिखा है। सबने जिंदगी के फलसफे को बिंदु से जोड़ा है। कमाल की बात थी।

लेकिन प्रोफसर खुश नहीं थे। उनके चेहरे पर चिंता की लकीरें थीं।

विद्यार्थियों ने प्रोफेसर से पूछा कि क्या हुआ सर?

प्रोफेसर ने कहा कि तुम सबने एक बिंदु पर इतना लिख दिया। एक काले से निशान पर इतना लिख दिया। पर किसी को कागज का इतना बड़ा सफेद हिस्सा नजर नहीं आया, ये कमाल की बात है। सबने एक छोटे से काले निशान पर लिखा। सबने अँधेरे पर लिखा। किसी ने उजाले की कहानी नहीं लिखी। यही सत्य है कि हम बहुत छोटी सी बुराई तो देख लेते हैं, लेकिन बहुत बड़ी अच्छाई नहीं देख पाते। सचमुच कमाल है।

आप डॉक्टर अखिलेश गुमाश्ता का नाम जानते हैं। वो जबलपुर में हड्डी रोग विशेषज्ञ हैं।

मैंने पहले भी आपको उनकी कहानी सुनाई है कि उनके छोटे से बेटे ने जब एक बार राम की कहानी उनसे सुनते हुए 'चौदह' साल के वनवास की घटना पर उनसे पूछ लिया था कि पिताजी चौदह का मतलब क्या होता है, तो डॉक्टर साहब ने कागज के टुकड़े पर उकेरे गए एक स्याह पक्ष को देखने की जगह उसके उजले पक्ष को देखा। वो समझ गए कि आजकल अंग्रेजी स्कूल में पढ़ने वाले बच्चे एक, दो, तीन, चार की गिनती नहीं जानते। वो वन, टू, थ्री, फोर को समझते हैं।

बस फिर क्या था, उन्होंने सोच लिया कि अंग्रेजी स्कूल में पढ़ने वाले ये बच्चे शायद कभी संस्कृत, हिंदी या अवधि में राम की कहानी को न समझ पाएँ। लेकिन राम को समझना जरूरी है। सबके लिए जरूरी है। फिर उन्होंने रामायण को अंग्रेजी में लिखना शुरू कर दिया।

बाकी लोगों की तरह उन्होंने आज की पीढ़ी को कोसना शुरू नहीं किया। उन्होंने अंग्रेजी स्कूलों में पढ़ने को बुरा बताना नहीं शुरू कर दिया। उन्होंने एक बार भी नहीं कहा कि आज के बच्चे अपने संस्कार से भटक रहे हैं। उन्होंने राम की कथा अंग्रेजी में लिखनी शुरू कर दी। और इस तरह जन्म हुआ एक और रामायण का। साढ़े आठ सौ पन्नों में इंग्लिश रामायण।

प्यासे को कुएँ के पास आने में परेशानी न हो, इसलिए कुआँ ही प्यासे के पास चला गया।

□

हम सब गधे

हम सब गधे हैं।

ये मैं नहीं कह रहा, पिछले दिनों जबलपुर में चल रहे विश्व रामायण सम्मेलन में एक साधु बाबा ने ऐसा कहा। जब से बाबा ने ऐसा कहा है, मुझे लगने लगा है कि सचमुच हम सब गधे हैं।

बाबा ने रामकथा सुनाई और साथ में गधे की कहानी भी। कहने लगे कि एक आदमी के पास एक गधा था और वो रोज उससे दिनभर काम लेता और रात में एक रस्सी से उसे बाँध देता था। एक दिन आदमी ने गधे से दिनभर काम लिया और रात में उसे रस्सी से बाँधने चला तो रस्सी मिली ही नहीं। मतलब रस्सी खो गई थी। आदमी बहुत परेशान हुआ। रस्सी खो गई, अब गधा बँधेगा कैसे? गधा बँधेगा नहीं तो वो मुक्त रहेगा और मुक्त रहेगा तो कहीं भी भाग सकता है। आदमी ये सोचकर डर गया कि कहीं गधे को अगर आजादी की साँस लेने की आदत पड़ गई तो फिर 'गधा' कौन बनेगा?

वो चुपचाप गधे के एक कान को पकड़कर खड़ा था।

तभी उधर से एक महात्मा निकले। महात्मा ने देखा कि आदमी गधे के कान को पकड़कर खड़ा है। उन्होंने हैरानी से आदमी से पूछा कि तुम गधे को ऐसे पकड़कर क्यों खड़े हो?

आदमी ने कहा, "महाराज, रस्सी खो गई है। समझ में नहीं आ रहा कि गधे को बाँधूँ कैसे? गधा बँधा नहीं तो भाग जाएगा। आजाद हो जाएगा।

महात्मा ने कहा, "बच्चा, तुम घबराओ मत। ये गधा है। इसे बाँधने के लिए रस्सी की जरूरत ही नहीं। तुम रोज की तरह इसके गले के चारों ओर अपने हाथ ऐसे घुमाओ, मानो तुम इसके गले में रस्सी बाँध रहे हो। फिर देखना गधा बिन रस्सी के भी बँध जाएगा।

आदमी ने हैरान होते हुए ऐसा ही किया।

उसने देखा कि गधा बिना रस्सी के सचमुच बँध गया था। गधा ऐसे खड़ा हो गया था,

जैसे उसे बाँध दिया गया हो।

आदमी आराम से सो गया। गधा सारी रात खड़ा रहा। उसने मान लिया था कि वो बँधा हुआ है। अगली सुबह आदमी ने गधे को लेकर काम पर निकलने की कोशिश की तो गधा अपनी जगह से टस-से-मस नहीं हुआ।

आदमी हैरान हो गया। गधा असल में तो बँधा नहीं है, फिर भी टस-से-मस क्यों नहीं हो रहा।

आदमी भागा-भागा महात्मा के पास पहुँचा। "बाबा, गधा अपनी जगह से हिल ही नहीं रहा।"

"क्या तुमने गधे को खोल दिया?"

"बाबा, जब गधा बँधा ही नहीं था, तो खोलूँ क्या?"

"ओह! भोले मनुष्य, तुम जानते हो कि गधा नहीं बँधा। गधा नहीं जानता कि वो नहीं बँधा। तुम उसके पास जाओ, उसके गले के चारों ओर हाथ ऐसे घुमाओ, मानो तुमने रस्सी खोल दी है। ऐसा करो, फिर गधा चल पड़ेगा।"

आदमी ने ऐसा ही किया। उसने गधे के गले के आगे अपनी उँगलियाँ ऐसे घुमाईं मानो वो उसे खोल रहा हो। गधा आजाद हो गया। वो चल पड़ा।

इतनी कहानी सुनाकर बाबाजी ने कहा कि हम भी ऐसे ही काल्पनिक बंधन में बँधे हैं।

बाबाजी ने तो इशारा किया कि सब माया रूपी, स्वार्थरूपी, लालचरूपी और अहंकाररूपी रस्सी से बँधे हुए हैं।

पर मैं सोच में पड़ गया। हम सचमुच लालच और स्वार्थरूपी रस्सी से बँधे हुए गधे हैं। कोई भी आता है, हमसे बड़ी-बड़ी बातें करता है और हमें बाँध लेता है, पाँच सालों के लिए।

कोई भी आता है और कहता है कि तुम हमें वोट दो, हम तुम्हें आजादी देंगे और वो हमें अपने वादों की रस्सी में बाँध कर चल देता है।

हमारे ही शहर से कोई उठता है, कहता है तुम हमें दिल्ली भेजो, हम तुम्हे सुंदर शहर देंगे, महफूज गाँव देंगे, साफ हवा देंगे, पीने को पानी देंगे, शौच की जगह देंगे, बच्चों को शिक्षा देंगे, बीमार को इलाज देंगे और भी वो सबकुछ देंगे, जिसकी तुम्हें चाहत है। हम उसके वादों की रस्सी में बँध कर गधा बन जाते हैं।

उस महात्मा से आदमी ने पूछा था कि बाबा क्या ये गधा कल भी ऐसी ही काल्पनिक रस्सी से बँध जाएगा?

बाबा ने कहा था, "हाँ बेटा, ये हर रोज ऐसी काल्पनिक रस्सी से बँधता रहेगा। तुम इसकी चिंता न करो, ये गधा है। ईश्वर ने इसे गधा बनाया है। तुम तो बस हर रात इसके गले के चारों ओर रस्सी बाँधने का उपक्रम करना, ये गधा हर रात 'गधा' बनेगा।

जबलपुर आकर मेरा ज्ञान बढ़ जाता है। मैं एक साल में न जाने कितनी बार जबलपुर आता हूँ। मैं हैरान रह जाता हूँ कि कोई यहाँ के लोगों को कोई साल दर साल अपने वादों की रस्सी से बाँध कर खुद दिल्ली चला जाता है। शहर वहीं रह जाता है, गाँव वहीं छूट जाते हैं। शौच की व्यवस्था पंद्रह साल के वादों के बाद भी पूरी नहीं होती, इलाज तब भी नहीं होता था, अब भी नहीं होता। सड़कों पर गड्ढे तब भी थे, अब भी हैं। स्कूल तब भी नहीं थे, अब भी नहीं हैं। गरीब तब भी गरीब था, अब भी गरीब है, बढ़ गया तो बस वो आदमी, जिसने महात्मा के ज्ञान से लोगों के गले में काल्पनिक रस्सी बाँधनी सीख ली।

दो हजार साल पहले आज के ही दिन एक मसीहा आया था, हमें आजाद कराने।

अब कहाँ है मसीहा?

बुलाओ एक मसीहा को बुलाओ। कोई तो आओ, अपनी हथेली घुमाओ, ताकि मैं आजाद हो सकूँ उन झूठे वादों से, जिनमें बँध कर मैंने अपनी पूरी जिंदगी व्यर्थ गँवा दी। बचे हुए दो पल चैन से जीने के लिए ही सही, कोई तो आओ, मसीहा बनकर अपनी हथेली घुमाओ और हमें मुक्त करो, इस 'गदह जनम' से।

□

फुल स्टॉप

यही है महानगर का संताप। अब तो मुझे दिल्ली, मुंबई जैसे शहरों से 'गुड न्यूज' मिलनी बंद ही हो गई हैं। यहाँ आदमी आता है खुशी की तलाश में और शोक में लिपटा हुआ चला जाता है।

आज मैं बड़ी-बड़ी बातों को छोड़कर आपको सीधे-सीधे उस कहानी को सुनाना चाहता हूँ, जिसे सुनकर मैं अब तक शोक में हूँ। मेरी कोशिश यही होती है कि मैं आपके पास सुबह-सुबह गुड न्यूज लेकर ही आऊँ, लेकिन आज मैं आपको जो सुनाने जा रहा हूँ, उसे सुनना और समझना बहुत जरूरी है।

कहानी है दिल्ली के एक सरकारी इंजीनियर की। कभी रक्षा अनुसंधान एवं विकास संगठन में बहुत सीनियर पोस्ट पर नौकरी करनेवाले इस आदमी का नाम मैं जान-बूझकर नहीं लिख रहा, क्योंकि मैं जानता हूँ कि हम सब में वो इंजीनियर कहीं-न-कहीं छिपा है।

कभी अपनी कामयाबी की कहानी से दूसरों के लिए मिसाल बनने वाला मेरी कहानी का आज का पात्र दो दिन पहले पंखे से लटक गया।

मुझे नहीं पता कि मैंने या बाकी चैनल वालों ने इस खबर को तरजीह क्यों नहीं दी। बहुत से अखबारों तक भी ये खबर नहीं पहुँची। एक-दो अखबारों तक खबर पहुँची और फिर जिसने भी इसे पढ़ा होगा, वो सिहर उठा होगा।

इंजीनियर साहब ने पूरी जिंदगी बहुत काम किया। जैसे सबका घर-परिवार होता है, वैसे ही इंजीनियर साहब का भी भरा-पूरा परिवार बना। पत्नी और तीन बेटे। जब तक नौकरी में रहे, जिंदगी की गाड़ी फुल रफ्तार से दौड़ती रही। फिर एक दिन रिटायर हो गए।

यहीं से समस्या शुरू हो गई। अब लगने लगा कि जिंदगी कब शुरू हुई, कब खत्म हो गई, पता ही नहीं चला।

जब जिंदगी शुरू हुई थी, तब दफ्तर, गाड़ी, बँगला इन सब में पता ही नहीं चला कि कब तीन बच्चे हो गए। कब बच्चे बड़े हो गए। कब बच्चों ने अंग्रेजी स्कूल में अंग्रेजी सीख ली। जिंदगी हर ओर से कामयाबी के झंडे गाड़ती हुई आँखों के सामने से गुजर गई।

और ऐसे ही नौकरी करते हुए एक दिन रिटायरमेंट का वक्त आ गया। इंजीनियर साहब रिटायर हो गए।

पर तब तक दो बेटे विदेश में सेटल हो चुके थे। तीसरा दिल्ली में सेटल हो चुका था। रह गए थे तो इंजीनियर साहब और उनकी सफलता की यादें।

रोज-रोज की भागा-भागी में पहले 'समय' ही नहीं मिला रिश्तों से जुड़ने का। ऐसे में रिटायर होने के बाद पहले 'रिश्तों' का साथ छूटा, फिर 'उम्मीद' का और अब 'जिंदगी' का।

इंजीनियर साहब की मौत की खबर कहीं छपती ही नहीं अगर उन्होंने अपने आखिरी पत्र में हमारे प्रधानमंत्री को आज का विश्वकर्मा बताते हुए उनकी तारीफ न की होती। मुझे उनके पत्र में प्रधानमंत्री के तारीफ की चर्चा का अर्थ नहीं समझ में आया, लेकिन पत्र में उनकी लिखी कुछ पंक्तियाँ मन को सिहर जाने पर मजबूर जरूर कर गईं। उन्होंने पत्र में लिखा है कि खुदकुशी उनकी जिंदगी की 'सर्जिकल स्ट्राइक' है। अपने मर जाने का कारण उन्होंने तनाव को बताया है। उन्होंने मृत्यु के बाद अपने शरीर के अंगों को दान करने की बात भी लिखी है और लिखा है कि ये 'हैप्पी एंडिंग' है।

क्या ये हैप्पी एंडिंग है ? नहीं। कतई नहीं।

ये महानगर का अभिशाप है। ये कंक्रीट से निकला अवसाद है। यह बड़े-बड़े शहरों की गति का विराम है। शोकमय विराम।

जिस आदमी की कहानी मैंने आपको सुनाई है, वो आदमी बीमार नहीं था। उसे पैसे की तंगी भी नहीं थी। वो पूरी तरह ठीक था, लेकिन तन्हा था। जब तक वो नौकरी में रहा, उसे अपने बारे में सोचने की जरूरत ही नहीं महसूस हुई। लोग उसे सलाम करते थे। लोग उसे वैल्यू देते थे। उसकी एक कीमत थी। लेकिन रिटायर होने के बाद उसका दफ्तर छूट गया। सलामी छूट गई। उसे लगने लगा कि अब उसकी कोई कीमत नहीं। उसने खुद को इसके लिए तैयार ही नहीं किया था। वो समझ नहीं पाया कि इतनी जल्दी वो साठ साल का कैसे हो गया। वो यह भी नहीं समझ पाया कि कल तो उसके बच्चे स्कूल जाते थे, विदेश कब चले गए। उसने खुशियाँ पाने के लिए बहुत सारा धन इकट्ठा किया था। पर उससे खुशी नहीं मिली।

और वो पंखे से लटक गया, हैप्पी एंडिंग बताते हुए।

आप इस कहानी को आज पढ़कर उसकी मौत पर रत्ती भर अफसोस मत कीजिएगा। आज आप सिर्फ अपने दामन में झाँकिएगा कि कहीं आप के भीतर भी तो कोई तन्हाई जन्म नहीं ले रही। अगर ले रही है तो आप आज ही लौट जाइए अपने उन रिश्तों के बीच, जिन्हें तेज गति से भागते हुए आपने कहीं बहुत पीछे छोड़ दिया है।

खुद को लोगों से जोड़िए। समाज से जोड़िए। रिश्तों से जोड़िए। तन्हा आदमी पंखे से लटकने को हैप्पी एंडिंग भले लिख जाए, पर ये हैप्पी एंडिंग है नहीं।

□

पर्दे के पीछे का हीरो

अपने दफ्तर में मैंने देखा है कि कई लोग दिन-रात मेहनत करके एक शो की तैयारी करते हैं और दस मिनट के लिए एक सुंदर सी लड़की या लड़का आता है, कैमरे के सामने एंकरिंग करके ढेर सारे लोगों की तालियों को लूट कर चलता बनता है। लोग एंकर को पहचानते हैं, वाह-वाह करते हैं! ऐसा लगता है मानो संसार का सारा ज्ञान उसी के पास था।

हम दफ्तर में बैठकर उन तालियों के सत्य को भले जानते हों। लेकिन हमारा दर्शक तो सिर्फ उसे ही पहचानता है, जिसे वो कैमरे के सामने देखता है। ठीक वैसे ही, जैसे सिनेमा के हीरो कई सौ लोगों के किए के बदले सारी तालियाँ अपने नाम लूट ले जाते हैं। डॉयलाग कादर खान के होते थे, सीटियाँ अमिताभ बच्चन बटोर लेते थे। आवाज सोनू निगम की होती है, लड़कियाँ शाहरुख खान पर मर मिटती हैं।

ऐसा ही होता है। जो सामने होता है, वही बिकता है।

ऐसे में कैमरे के पीछे की ढेरों कहानियाँ अनसुनी रह जाती हैं। पर संजय सिन्हा का धर्म है कि वो इन अनसुनी कहानियों को भी आपके सामने लाएँ। आज मैं आपको एक ऐसे ही हीरो से मिलवाने के लिए जबलपुर लिये चलता हूँ, जो सारी दुनिया की कहानियाँ हम सबको सुनाता है, पर खुद हमेशा कैमरे के पीछे रह जाता है। आज मैं आपको एक ऐसे नायक से मिलवाने जा रहा हूँ, जिसे किसी को भी अपना मॉडल मान लेना चाहिए।

तो शुरू करता हूँ आज की कहानी।

पिछले हफ्ते बहुत सारे लोगों ने मिलकर तय किया कि हम सुबह-सुबह जबलपुर के डुमना नेचर पार्क में साइकिल चलाने जाएँगे। वहाँ 11 किलोमीटर का ट्रैक साइकिल चलाने के लिए बना है। एकदम प्रकृति के बीच से गुजरते उस अनुभव से रूबरू होने का यह मेरा पहला मौका था। इसमें यह तय था कि अगर कोई 11 किलोमीटर साइकिल नहीं चला पाएगा तो वो जहाँ चाहे, साइकिल छोड़कर पीछे चल रही गाड़ी

में बैठ सकता है। इसके बाद हमें वहीं नाश्ता करना था। जब हम अपने इस कार्यक्रम को मूर्त रूप दे रहे थे, हमारे साथ कई लोग थे—कमल ग्रोवर, राजीव चतुर्वेदी, अमित चतुर्वेदी, योगेश भालेराव, राजेश द्विवेदी, शाश्वत पांडेय, प्रमोद चौहान, प्रणव रावल, अजय शर्मा और रवींद्र वाजपेयी।

रवींद्र वाजपेयी शहर के जाने-माने पत्रकार हैं। साठ साल से अधिक उनकी उम्र है। पर उनकी कलम की धार उनके चेहरे से नूर बनकर आज भी टपकती नजर आती है। बेहद गंभीर, एक शांत और सौम्य व्यक्ति हैं रवींद्र वाजपेयी। वो अपना अखबार निकालते हैं। किसी की धौंस से नहीं डरते और उनकी कलम की दबंगई दूर-दूर तक फैली हुई है। शासन-प्रशासन में उनकी गहरी पैठ है।

उनके पिता श्री भगवतीधर वाजपेयीजी स्वतंत्रता सेनानी और पत्रकार रहे हैं और देश के सभी बड़े नेताओं के बेहद करीबी। करीबी कहना शायद उचित नहीं होगा, क्योंकि सच्चाई ये है कि आज की भारत की राजनीति के कई किरदारों का जन्म ही भगवतीधर वाजपेयीजी के कंधों पर झूलते हुए हुआ है। पूर्व प्रधानमंत्री अटल बिहारी वाजपेयी भगवतीजी के बचपन के दोस्त हैं। अटलजी अगर कभी जबलपुर जाते तो सीधे भगवतीजी के घर पहुँच जाते। अपने आज के प्रधानमंत्री नरेंद्र मोदीजी भी भगवतीधर वाजपेयी से आशीर्वाद लेते रहे हैं।

ओह! मैं भी अजीब हूँ। आज की कहानी के नायक से आपका परिचय कराया ही नहीं और सुनाने लगा कहानी।

तो जब हम डुमना नेचर पार्क में पिकनिक मनाने की तैयारी कर रहे थे, सभी बहुत उत्साहित थे पिकनिक के नाम पर। रविवार का दिन था, इसलिए किसी को जल्दी नहीं थी। मैंने अपने बगल में बैठे रवींद्र वाजपेयीजी से कहा कि सर, आप भी सुबह तैयार हो जाइएगा। हम डुमना पार्क में खूब मौज करेंगे।

रवींद्र वाजपेयीजो मेरी ओर देखकर मुस्कुराने लगे। उन्होंने धीरे से कहा कि सुबह वो कहीं नहीं जाते।

"सुबह कहीं नहीं जाते? क्यों भला? क्या आप रात में देर से सोते हैं, सुबह आपकी नींद नहीं खुलती, इसलिए?"

"नहीं ये बात नहीं है। सुबह मैं अपनी माँ और पिता की सेवा में लग जाता हूँ, इसलिए। मेरे पिता की उम्र 91 साल है। माँ की भी काफी उम्र हो चुकी है। होने को तो मैं ही 60 साल से ऊपर का हूँ, पर मैं अभी सक्षम हूँ। लेकिन मेरे पिता के पाँव में तकलीफ है।

उन्हें सुबह तैयार होने में किसी की मदद की जरूरत पड़ती है। मैंने और मेरी पत्नी ने दिन बाँध लिये हैं कि इस दिन वो सुबह पिता की सेवा करेगी, इस दिन मैं। तो कल मेरा दिन है पिता की सेवा का। कल का दिन मेरे सौभाग्य का दिन है। ऐसे में मैं सुबह कहीं नहीं निकल सकता।"

रवींद्र वाजपेयीजी ने इतना ही कहा था। मेरी-उनकी बात कोई और नहीं सुन पाया था। पर संजय सिन्हा की आँखों ने रवींद्र वाजपेयी की आँखों की चमक को पढ़ लिया था। मैंने वहीं बैठे-बैठे उन्हें मन-ही-मन सलाम किया।

ऐसा नहीं है कि अपने बूढ़े माता-पिता की सेवा के लिए वो चार नौकर नहीं रख सकते। पर पति-पत्नी दोनों का मानना है कि माँ-बाप की सेवा करना तो किस्मत की बात है। ये सौभाग्य की बात है। नौकर तो नौकरी करेगा, उसके मन में सेवा भाव भला कैसे आएगा?

अब तक संसार की कहानियाँ आप तक पहुँचाने वाले कहानीकार की कहानी मेरे मन में तैरने लगी थी। रवींद्र वाजपेयीजी की एक बेटी है, जिसकी शादी चंडीगढ़ में हुई है। अब परिवार में दो लोग 90 साल के हैं और दो लोग 60 साल के।

साठ साल वाले दोनों लोग 90 साल वालों की भरपूर सेवा करते हैं।

इसमें अब ज्यादा लिखने की क्या जरूरत है?

संसार के सभी पुत्रों और सभी बहुओं के लिए मिसाल हैं ये वाजपेयी दंपती। आप इन दोनों से जब भी मिलेंगे, ये मुस्कुराते हुए आपका स्वागत करेंगे। ये सारा दिन आपके साथ रहने को तैयार हो जाएँगे, पर सुबह पिता की सेवा से ये खुद को दूर नहीं करते। इनका मानना है कि ईश्वर की सच्ची पूजा माँ-पिता के चरणों में ही है।

मैं उस दिन डुमना में साइकिल चला रहा था। लेकिन मेरा मन अटका था उस पुत्र में। मैंने वहीं तय कर लिया था कि एक कहानी मैं आपको उस हीरो की भी सुनाऊँगा, जो कैमरे के पीछे रहता है। कैमरे के आगे वाले की कहानियाँ तो हम रोज सुनते हैं।

आप कभी जबलपुर जाएँ, तो एक बार हमारे इस हीरो से जरूर मिलिएगा, जो सिर्फ शब्दों से ही नहीं, अपने आचरण से भी हमारा प्रेरणास्रोत बन बैठा है। आज के समय में जब मानवीय मूल्यों की अहमियत आर्थिक मूल्यों के आगे खत्म होती जा रही है, तो प्रणाम है ऐसे पुत्र को। धन्य है वो पिता, जिसने ऐसे संस्कार अपनी संतान को दिए।

आज की तालियाँ उसके लिए जो पर्दे के पीछे से अपने काम को अंजाम देता है। जो पर्दे के पीछे का हीरो है।

□

बनना पिता का

मादा बाज़ आसमान में बहुत ऊँचा उड़ते हुए तेजी से नीचे की ओर आती है और छोटी सी टहनी को चोंच में पकड़कर ऊपर उड़ जाती है। फिर धीरे से वो उस टहनी को हवा में छोड़ देती है और इंतजार करती है कि पुरुष बाज़ उसे जमीन पर गिरने से पहले हवा में ही पकड़कर उसके सामने ले आए। मादा बाज़ कई बार ऐसा करती है। पुरुष बाज़ जब उसे यकीन दिला देता है कि वो बहुत शक्तिशाली है, उसके डैनों में बहुत दम है, तब मादा बाज़ उसके साथ रिश्ता कायम करती है और अंडे देती है।

अंडे देने से पहले शुरू होता है ऊँची पहाड़ी पर कहीं दूर एक घोसला बनाने का काम।

संजय सिन्हा ने सुना है कि बाज़ का घोसला बाकी पक्षियों से बिल्कुल जुदा होता है। कई परतों में ये घोसला बनता है और माँ बाज़ उसमें अंडे देती है तो उसकी देख-रेख की जिम्मेदारी वो खुद सँभालती है, लेकिन भोजन की जिम्मेदारी पिता बाज़ की होती है।

और जब अंडे से बच्चे निकल आते हैं, तो फिर शुरू होती है बच्चे बाज़ की ट्रेनिंग। ट्रेनिंग आत्मनिर्भर होने की। ट्रेनिंग खुद के डैनों पर भरोसा करने की।

माँ बाज़ अपने बच्चे को चोंच में पकड़कर हवा में उड़ती है और उन्हें बीच हवा में छोड़ देती है। बच्चा बाज़ डर जाता है। पर पिता बाज़ गिरने से पहले हवा में ही उसे अपनी चोंच में पकड़कर माँ बाज़ के पास पहुँचा देता है। धीरे-धीरे बच्चे का डर खत्म हो जाता है और फिर तैयार होता है, एक शक्तिशाली बाज़, जिसे अपने डैनों पर भरोसा होता है और फिर वो ऊँचे आसमान में उड़ने लगता है।

यही है बाज़ों का संसार। मादा बाज़ जब आश्वस्त हो जाती है कि पुरुष बाज़ पिता बनने की योग्यता रखता है, तभी वो उसके साथ रिश्ता कायम करती है।

बाज़ों के संसार में पिता बनने का हक उसे ही हासिल होता है, जो अपने बच्चों को

'बाज़' बनने की ट्रेनिंग देने का माद्दा रखते हैं। बाज़ यानी बाकी पक्षियों की तुलना में अधिक मजबूत डैने। बाज़ मतलब आसमान की ऊँचाई पर उड़ने का दम रखनेवाले। बाज़ यानी तूफान में भी हवा को चीर कर उड़ने का दम दिखाने वाले।

मादा बाज़ इन परीक्षणों से गुजरे बिना पुरुष बाज़ से रिश्ता नहीं बनाती, अंडे नहीं देती।

कल मुझे दिल्ली से पटना आना था।

मेरी फ्लाइट के चार घंटे बाद बेटे की फ्लाइट थी। उसे पहली नौकरी पर निकलना था। उसे अपना संसार शुरू करना था।

मैं भावुक हो रहा था। बेटा अलग शहर चला जाएगा। धीरे-धीरे उसका अपना संसार बनेगा।

मैं याद कर रहा था कि जब उसका जन्म हुआ था, पत्नी ने सबसे पहले उसे मेरी गोद में दे दिया था। पत्नी को मेरी बाँहों पर भरोसा था।

जब पहली बार वो स्कूल गया था और बस में अकेला बैठा था, तो पत्नी ने कहा था, "संजय, तुम गाड़ी से पीछे-पीछे स्कूल तक जाओ। वो पहली बार अकेला निकला है। उसे पता नहीं चलना चाहिए कि तुम पीछे-पीछे साथ चल रहे हो। उसे तैयार होने दो खुद चलने के लिए, पर हर कदम पर उसके साथ रहना। यही काम वापसी पर भी हुआ था। दोपहर में मैं स्कूल के बाहर खड़ा था। मेरा काम था, उसे निकलते देखना और फिर बस के पीछे-पीछे लौटना।"

बेटे को कभी पता नहीं चला, माँ पिता को भेज कर उसे पुरुष बनने की ट्रेनिंग दे रही थी।

बेटा बड़ा होता गया। स्कूल से कॉलेज और कॉलेज से कल नौकरी पर निकल गया।

पढ़ाई के दौरान उसे नौकरी मिल गई थी। जब ऑफर मिला था, मैं बहुत खुश हुआ था। पर मैं भावुक भी बहुत हुआ था कि अब बच्चा मुझसे दूर चला जाएगा। फिर हम कभी-कभी मिलेंगे। मैं कई बार कमजोर भी पड़ा।

यकीनन माँ भी भावुक हुई होगी। पर वो मेरी तरह कभी कमजोर नहीं हुई। उसने कदम-कदम पर मुझे पिता होने का पाठ पढ़ाया और बेटे को पुरुष बनने का।

कल मेरी फ्लाइट के चार घंटे बाद बेटे की फ्लाइट थी, तो मैंने पत्नी से कहा कि मैं अपनी फ्लाइट भी चेंज कर लेता हूँ। हम साथ ही निकलें तो ठीक रहेगा। पर पत्नी ने पूरी मजबूती से कहा कि बेटे को अब उड़ने दो। उसे अपना संसार बनाने दो। कमजोर मत बनो, कमजोर मत बनाओ। तुमने उसे उड़ना सिखा दिया है। अब तुम अपने काम

पर जाओ, मैं उसे एयरपोर्ट तक छोड़ आऊँगी।

जिस पत्नी ने पहले दिन मुझे स्कूल तक बस के पीछे-पीछे भेजा था, आज वो अकेले उसे एयरपोर्ट तक छोड़ने जा रही थी।

मैं फ्लाइट में बैठकर सोच रहा था कि पुरुष मन-ही-मन ये सोचकर कितना खुश होता है कि उसके भीतर पिता बनने का गुण है। पर अब मुझे लग रहा है कि पिता बनना भी पुरुषों का गुण नहीं। असल में एक महिला ही पुरुष को पिता बनना भी सिखाती है।

माँ बाज़ अपने नन्हे बच्चे को बीच हवा में छोड़ देती है कि वो उड़ना सीख जाए। पर साथ ही पिता बाज़ को वो इस काम में लगा देती है कि ध्यान रहे, बच्चा नीचे न गिर जाए।

माँ बाज़ ही बच्चा बाज़ को बड़ा बाज़ बनना सिखाती है। पत्नी बाज़ ही पति बाज़ को पिता बनना सिखाती है।

"तू हीं जगदाता, विश्वविधाता
तू ही सुबह, तू ही शाम
हे राम, हे राम
हे राम, हे राम।"

□

मुश्किल स्वांग

बाबा राजेश्वरानंदजी मुझे बता रहे थे कि स्वांग करना आसान होता है, निभाना मुश्किल।

किसी ड्रामा में एक आदमी को मरने की एक्टिंग करनी थी, वो मंच पर बहुत ही शानदार तरीके से गिरा। दर्शक वाह-वाह कर उठे और उन्होंने एक स्वर में आवाज लगाई, 'वन्स मोर, वन्स मोर'।

जो आदमी मंच पर गिरा था, मरने की एक्टिंग कर रहा था, वो उठ खड़ा हुआ और एक बार फिर मरने के लिए मंच पर गिरा।

बाबाजी कह रहे थे कि उस आदमी ने मरने का स्वांग किया था, पर वो उसे निभा नहीं पाया।

बाबाजी ने पूरी कहानी सुनाई थी। कह रहे थे कि एक बार किसी रामलीला में रावण की भूमिका करनेवाले व्यक्ति की तबीयत अचानक खराब हो गई। अब सबके सामने बड़ा संकट आया कि नया रावण कहाँ से लाएँ।

बहुत ढूँढ़ा गया। आखिर में बुद्धू हलवाई के पास रामलीला वाले गए और हाथ-पाँव जोड़ने लगे कि महाराज रावण की तबीयत खराब हो गई है, प्लीज एक शाम आप रावण बन जाएँ। बुद्धू हलवाई ने कहा कि मैं रावण कैसे बन सकता हूँ, मैंने तो कभी एक्टिंग की ही नहीं। मेरा काम मिठाई बनाना और बेचना है, आप मुझे इसमें न फँसाएँ।

रामलीला वालों ने बुद्धू हलवाई को समझाया कि तुम मोटे-तगड़े हो। तुम्हें कुछ न करना है, न कहना। बस तुम बार-बार इतना ही कहना कि तुम दशानन हो, तुम रावण हो। हमारा काम चल जाएगा।

बहुत कहने पर बुद्धू मान गया। उसे लगा कि चलो इसी बहाने एक्टिंग का मौका मिल जाएगा।

वो मंच पर पहुँचा। दर्शकों ने रावण को देखकर खूब तालियाँ बजाईं। सामने अंगद आया। अंगद ने जमीं पर पाँव पटके और रावण से पूछा कि तू कौन है ?

"मैं रावण। दशानन।"

"झूठ मत बोल। सच-सच बता तू कौन है, नहीं तो अभी मेरी गदा तेरे सिर को धड़ से अलग कर देगी।"

बुद्धू जो रावण के स्वांग में था, एकदम घबरा गया और मंच पर ही हाथ-पाँव जोड़ने लगा।

"भैया, मुझे माफ करना मैं रावण नहीं हूँ। मैं तो बुद्धू हलवाई हूँ। ये लोग मुझे जबरन यहाँ पकड़ लाए हैं। मैं तो स्वांग कर रहा था। मैं चला।"

दर्शक हँस पड़े।

जो आदमी जो नहीं होता है, वो अगर उसका स्वांग करता है, तो ऐसा ही होता है। वो जग हँसाई का पात्र बनता है। आदमी को स्वांग वही करना चाहिए, जिसे वो निभा सकता है। हमारे नेता जब चुनाव के वक्त हमसे वोट माँगने आते हैं, तब वो विनम्र होने का स्वांग करते हैं। पर जैसे ही चुनाव खत्म होता है, वो अपने स्वांग को निभा नहीं पाते।

आज साल की पहली तारीख है। आप भी सोच रहे होंगे कि संजय सिन्हा कहाँ सुबह-सुबह ज्ञान बघारने लगे। पर आज मैं आपसे सिर्फ इतना ही कहना चाहता हूँ कि आप अपनी जिंदगी में किसी तरह का स्वांग मत कीजिएगा। नए साल में आप जो सत्य है, उसे ही जीने की कोशिश कीजिएगा।

आज आप खुद से जो वादा कीजिएगा, उसे साल भर निभाने की कोशिश कीजिएगा। साल भर अपने वादे को निभाएँगे तो वो आपकी जिंदगी का हिस्सा बन जाएगा। फिर आप सचमुच उसे जीने लगेंगे।

आज आप सचमुच खुद से कोई वादा कीजिए। ऐसा वादा जिसे आप निभा पाएँ। आज आप एक काम तो ऐसा करने की ठान ही लीजिएगा, जिसे आप बहुत दिनों से सिर्फ करने की सोचते रहे, कर नहीं पाए। आज आप उसे करना शुरू कर दीजिए। आज आप खुद से ये वादा कर लीजिए कि आप जिंदगी जीने लगेंगे, सिर्फ जीने की तैयारी नहीं करेंगे।

□

आपके शकुनि

उन दिनों मारुति कार का बोलबाला था।

मैंने भी अपनी फिएट कार बेच कर मारुति खरीद ली थी। एक रात मैं दिल्ली में इंडियन एक्सप्रेस बिल्डिंग से अपनी पत्नी के साथ आई.टी.ओ. चौराहे से होता हुआ अपने घर को लौट रहा था कि अचानक मेरी कार बंद हो गई। मुझे बहुत हैरानी हुई कि नई कार आखिर चलते-चलते बंद कैसे हो गई।

अब रात में हम क्या करते? तभी साइकिल पर दो लड़के मेरे पास आए और उन्होंने पूछा कि कोई परेशानी है क्या? रात के उस अँधेरे में कोई मदद को आगे आया, ये सोचकर हमें बहुत राहत मिली। मैंने कहा कि देखिए न, ये नई गाड़ी अचानक चलते-चलते बंद हो गई है।

उन्होंने कहा कि सर, हम कार मेकैनिक हैं। अगर आप कहें तो हम आपकी कार देख सकते हैं।

मेरे लिए तो ये सोने पर सुहागा वाली बात हो गई। ऐसा लगा जैसे ईश्वर ने उन्हें मेरे लिए ही वहाँ भेजा हो। मैंने कहा, "देख लीजिए।"

उसने कहा कि सर, दो सौ रुपए लगेंगे, लेकिन गाड़ी स्टार्ट हो जाएगी, ये तय है।

मेरे पास कोई विकल्प नहीं था। मुझे पता ही नहीं था कि गाड़ी में समस्या क्या है। लेकिन उन लड़कों ने जिस तरह दो सौ रुपए में गारंटी से ठीक होने की बात कही, उससे मेरे मन में खटका-सा हुआ। पर उस रात पत्नी के साथ था, इसलिए मैंने हामी भर दी।

एक लड़के ने बोनट खोला। कुछ दाएँ-बाएँ देखता रहा। फिर दूसरे लड़के ने नीचे झुक कर कुछ किया और दो मिनट में गाड़ी स्टार्ट हो गई। मैंने दो सौ रुपए दिए और घर चला गया।

अगले दिन मैंने इस बारे में अपने एक साथी से बात की तो उसने ने बताया कि उसके साथ भी ऐसा हो चुका है। गाड़ी लाल बत्ती पर रुकी थी, जैसे ही वो लाल बत्ती से आगे बढ़ी, सौ मीटर की दूरी पर ये मारुति कार बंद हो गई। लेकिन तब तक दो लड़के आए और उन्होंने खुद को मेकैनिक बताया और सौ रुपए में गाड़ी ठीक कर दी।

मेरी गाड़ी भी लाल बत्ती पर रुकी थी। पचास मीटर आगे जाकर रुक गई थी।

हमने तय किया कि इसकी पड़ताल करेंगे।

अगले दिन मैं अपनी गाड़ी लेकर रात में उसी लाल बत्ती पर रुका। मैं चौकस था। अचानक मुझे लगा कि कोई पीछे से गाड़ी के नीचे घुस रहा है। मैंने कोई हलचल नहीं दिखाई। जैसे ही हरी बत्ती हुई मैं गाड़ी लेकर आई.पी. इस्टेट थाने की ओर मुड़ गया। थाने से कुछ दूर पहले मेरी गाड़ी रुक गई। मैंने अपने दोस्त से कहा कि अब वो मेकैनिक पीछे से आएँगे, तुम उन्हें बातचीत में उलझाए रखना, मैं थाने से आ रहा हूँ।

वही हुआ, जो होना था। दो लड़के पीछे से साइकिल पर आए और वही कहानी दुहराने लगे। तब तक मैं एस.एच.ओ. से मिलकर पैदल ही दो सिपाही लेकर वहाँ पहुँच गया। सिपाहियों ने दोनों को पकड़ा तो पता चला कि मारुति कार में नीचे से एक पतला सी पाइप इंजन तक जाता है, जिसका कनेक्शन पेट्रोल टैंक से है। ये लड़के रेड लाइट पर वो पाइप धीरे से खोल देते थे। ऐसे में जितना पेट्रोल इंजन तक होता, उतनी गाड़ी चलती और फिर बंद हो जाती। और ये लड़के मददगार बनकर सामने आते। लोगों से दो–चार–पाँच सौ रुपए ऐंठ लेते।

खैर, उन्हें पुलिस के हवाले करके मैं वहाँ से चल पड़ा। अगले दिन अपने अखबार में मैंने खबर भी छापी। मुझे नहीं याद कि मारुति ने इस समस्या को दूर किया या नहीं। पर मैंने उस दिन एक सबक सीखा।

सबक ये कि हर बार जब कोई आपकी मदद के लिए आगे आए, तो इसका अर्थ ये नहीं होता कि वो आपकी मदद कर रहा है। मुमकिन है कि समस्या भी उसी ने खड़ी की हो।

समय बीतता गया।

एक दिन मेरे एक जानने वाले ने मुझे बताया कि वो अपनी सरकारी नौकरी छोड़कर प्राइवेट कंपनी में नौकरी करने चले गए हैं। मैंने पूछा कि आपका काम क्या है? वो कहने लगे कि उनकी कंपनी में अगर कोई समस्या आती है, तो मैं सरकारी संबंधों का फायदा उठाते हुए उनकी उस समस्या को दूर करवाता हूँ। मैंने पूछा कि अगर कंपनी में समस्या आई ही नहीं तो?

वो कहने लगे कि समस्या तो हम ही पैदा करवाते हैं। अपने सरकारी संबंधों का फायदा उठाकर पहले हम उन्हें किसी मुसीबत में फँसाते हैं, फिर हम उससे निजात दिलवाने के बदले कंपनी से पैसे वसूलते हैं। इस तरह कंपनी में वाहवाही भी मिलती है और ऊपर से पैसे भी।

मैं हैरान होकर उनका चेहरा देखता रहा।

वैसे तो माँ मुझे महाभारत की कहानी कई बार सुना चुकी थी। लेकिन बाद में महाभारत पढ़ते हुए अचानक मुझे लगा कि शकुनि अपने भांजों से प्यार नहीं करता था, दरअसल वो उनसे नफरत करता था। वो अपने जीजा से नफरत करता था। वो हस्तिनापुर से नफरत करता था। दुनिया को पता है कि उसने पांडवों के विनाश का षड्यंत्र रचा, लेकिन मुझे यकीन होता गया कि शकुनि दरअसल अपनी बहन की शादी एक अंधे के साथ होने से इतना आहत था कि उसने हस्तिनापुर के लिए इतना बड़ा षड्यंत्र रच दिया। जीजा और उनके बच्चों को लगता रहा कि शकुनि उनका फायदा चाहता है। पर ऐसा था नहीं। वो जानता था कि युद्ध में कौरव हार जाएँगे। पर उसने युद्ध की पृष्ठभूमि रच दी।

खैर, उसके बाद जिंदगी में कई लोग मुझे मिले, जो समस्या खड़ी करके उसे सुलझाते हैं और उसके बदले वसूली करते हैं।

आज मैं विस्तार में नहीं जा रहा। आज मैं आपको सिर्फ संदेश दे रहा हूँ कि अपने आसपास ऐसे मदद करनेवालों पर नजर रखिएगा। मुमकिन है कि मारुति कार का पाइप खोल कर ठीक करनेवाले लोग आपके आसपास भी हों।

संजय सिन्हा का क्या है, वो तो पत्रकार हैं।

उन्होंने तब भी लोगों को अगाह किया था ऐसे लोगों से, आज भी कर रहे हैं।

अपने आसपास के शकुनियों से बचिएगा। अपने आसपास के उन मेकैनिकों से बचिएगा जो मदद के लिए पीछे-पीछे आते हैं।

□

रिश्तों की गर्मी

दिल्ली में कड़ाके की ठंड पड़ रही है। ऐसे में दोपहर का खाना खाने के बाद जिसे मौका मिलता है, पाँच मिनट की धूप बिल्डिंग कैंपस में ही सेंकता नजर आता है। कल मैं भी खाने के बाद कुछ देर के लिए कैंटीन से बाहर निकलकर खड़ा हो गया।

जिन दिनों मैं इंडियन एक्सप्रेस बिल्डिंग में नौकरी करता था, लोग अपनी सीट पर बैठकर ही सिगरेट-चाय पी लेते थे। लेकिन जब से स्मोकिंग के नुकसान को लेकर लोगों में जागरूकता बढ़ी है, सार्वजनिक रूप से दफ्तरों में सिगरेट पीने पर प्रतिबंध लग गया है। अब हर दफ्तर में एक स्मोकिंग जोन अलग से बनाया जाने लगा है। लंच के बाद सबसे ज्यादा भीड़ उसी इलाके में नजर आती है।

कल मैं लंच के बाद वहीं खड़ा होकर थोड़ी धूप सेंकने की कोशिश कर रहा था कि हमारे एक पुराने परिचित सिगरेट सुलगाते हुए मेरे सामने आकर खड़े हो गए। मैंने यूँ ही पूछ लिया कि कई दिनों से आप नजर नहीं आ रहे थे, सब खैरियत तो है न!

मेरा इतना पूछना भर था कि वो एकदम उदास हो गए। कहने लगे, "कुछ ठीक नहीं है, संजयजी। बड़ी मुसीबत में हूँ। आज किसी तरह समय निकाल कर दफ्तर आ पाया हूँ। कब तक छुट्टी लेता?"

मैंने तो यूँ ही औपचारिकता में पूछ लिया था, पर वो तो जैसे भरे पड़े थे। मानो कोई पूछे और पूरी रामकथा सुना दें।

पर जितनी उदासी उनके चेहरे पर थी, उसमें बात बीच में रुक नहीं सकती थी। कहानी आगे बढ़नी ही थी। मुझे पता था कि वो अपनी पत्नी और दो बच्चों के साथ दिल्ली-नोएडा बॉर्डर पर बने नए अपार्टमेंट में साल भर पहले ही शिफ्ट हुए हैं। नया फ्लैट लिया है। नई गाड़ी ली है। पत्नी भी नौकरी में हैं और दोनों बच्चे बढ़िया इंग्लिश मीडियम स्कूल में पढ़ते हैं। माँ-बाप दिल्ली में ही कहीं रहते हैं। पर मैंने कभी उनकी

चर्चा अपने परिचित के मुँह से नहीं सुनी। मैंने कल से पहले जितनी बार उनसे बात की थी, उन्होंने अपनी तरक्की, पत्नी की सैलरी और बच्चों की अंग्रेजी की ही चर्चा की थी। कल से पहले मैंने उन्हें ऐसे बिलखते भी नहीं देखा था। पर कल क्या हो गया?

"बड़े बेटे को बुखार हुआ। डॉक्टर को दिखलाया तो उसने बताया कि डेंगू है। उसे अस्पताल में भर्ती कराया। फिर पता चला कि डेंगू नहीं है। डॉक्टर अब तरह-तरह के टेस्ट करने लगे। बीमारी का पता ही नहीं चल रहा। दो-तीन दिन तो जैसे-तैसे निकल गए, फिर मुश्किल शुरू हो गई।"

"मुश्किल? क्या हुआ?"

"अब बीमारी जो है, वो है ही, पर मुश्किल शुरू हुई दफ्तर और छुट्टी की। बेटा बीमार हुआ तो हम दोनों को एक साथ दफ्तर से छुट्टी लेनी पड़ गई। एक को अस्पताल में रुकना पड़ता, दूसरे को छोटे बच्चे के साथ घर पर। बड़ा बेटा अस्पताल में माँ को ढूँढ़ता तो पत्नी को अस्पताल में रुकना पड़ता। छोटे वाले को अस्पताल में जाने की मनाही है, तो उसे लेकर मैं घर में बैठता। अब बच्चे सँभालना कोई आसान काम तो है नहीं, बड़ी मुश्किल में फँस गया हूँ। आज जरूरी मीटिंग थी, सो दफ्तर चला आया, वो भी बच्चा स्कूल गया है, तब। अब फिर घर भाग रहा हूँ। सबकुछ बिगड़ गया है। पत्नी उधर परेशान है, मैं इधर।"

"ओह! आप घर से किसी को बुला क्यों नहीं लेते?"

मेरे परिचित ने सिगरेट का लंबा सा कश लिया। फिर धीरे से कहा, "किस मुँह से बुला लूँ? पहले पिताजी के साथ रहता था, पर माँ और पत्नी की बनी नहीं। अलग घर लिया। कई दिनों से उनसे मिलने भी नहीं गया। बीच में पिताजी की तबीयत थोड़ी खराब थी तो पत्नी से कहा था कि एक-दो दिन के लिए चलते हैं। पर उसका कहना था कि उसके पास छुट्टी नहीं। अब किस मुँह से बुलाऊँ?" इतना कहकर वो रोने लगे।

मेरे वो परिचित मेरे ही दफ्तर के एकाउंट विभाग में काम करते हैं। कभी-कभी टैक्स वगैरह के बारे में आई मुश्किलों को समझने के लिए मैं उसके पास चला जाता हूँ। इसीलिए मेरा इतना परिचय उनके साथ है। मैंने हमेशा उन्हें खुश देखा है। लेकिन उस समय वो मेरे सामने बच्चों की तरह फूट-फूटकर रो रहे थे। मेरी तो समझ में नहीं आया कि क्या कहूँ, क्या करूँ। बहुत मुश्किल से मैंने उन्हें चुप कराया।

फिर मैंने उनसे कहा कि बच्चा तो ठीक हो जाएगा। आजकल अस्पताल में कई आधुनिक मशीनें आ गई हैं, वो बच्चे की बीमारी पकड़ लेंगी। जैसे ही बीमारी पकड़ में

आई, बच्चा एकदम ठीक हो जाएगा। पर आपके दु:ख की बीमारी तो आपके सामने है। आपने अपनी व्यस्तता में अपने रिश्तों के दामन को छोड़ दिया है। आपने माँ–बाप से मुँह मोड़ने से पहले सोचा ही नहीं कि कभी आपके सामने ऐसी मुश्किल भी आ सकती है। आपने कभी सोचा ही नहीं कि इस संसार में जिनके पास रिश्ते नहीं होते, उन्हें कितनी उदासी से गुजरना पड़ता है। आपने अपनी माँ के लिए नहीं सोचा, पिता के लिए नहीं सोचा। अब भी वक्त है। एक बार अपने पिता के घर हो आइए। मेरा यकीन कीजिए सब ठीक हो जाएगा।"

मेरे परिचित ने मेरी ओर देखा और कहा कि आज ही शाम को पापा से मिलने जाऊँगा।

बात वहीं रुक गई।

कल देर रात मेरे फोन की घंटी बजी।

"संजयजी, मैं मल्होत्रा।"

"जी मल्होत्रा साहब, कैसे हैं?"

"कल मैं आपसे बात करने के बाद पापा के घर गया। दोनों मेरे साथ घर चले आए। माँ को लेकर मैं बेटे से मिलाने अस्पताल गया था। बेटा दादी से मिलकर बहुत खुश हुआ। कल बहुत दिनों के बाद वो थोड़ा मुस्कुराया। डॉक्टर ने भी कहा है कि चिंता की कोई बात नहीं। लगता है अब सब ठीक हो जाएगा। आपका धन्यवाद!"

मैं जानता हूँ कि आज वो खुश होकर दफ्तर आएँगे। उनका छोटा बेटा खुश होकर स्कूल गया होगा। पत्नी भी आज कई दिनों के बाद घर आ पाएगी। और बीमार बेटे का बुखार आज ही उतर जाएगा। ये सब होगा। ये सब होना ही है। जहाँ रिश्तों की गर्मी होती है, वहाँ बुखार की गर्मी को उतरना ही होता है।

□

राह और मंजिल

मैं रोज रिश्तों की कहानियाँ सुनाता हूँ। मैं रोज सबको जीने के लिए उकसाता हूँ। मैं रोज ही कहता हूँ कि अकेलेपन से बढ़कर संसार में कोई दूसरी सजा नहीं। अलग-अलग कहानियाँ सुनाता हूँ, रोज नए उदाहरण ढूँढ़ लाता हूँ और चाहता हूँ कि यह संसार एक दिन प्रेममय हो जाए।

मेरी कहानियों को पढ़कर कई लोग मुझसे सीधे संवाद भी करते हैं। कुछ लोग कमेंट में ही मुझसे सवाल कर बैठते हैं। मेरे पास जब जितना समय होता है, मैं कोशिश करता हूँ कि लोगों से सीधे संवाद कायम कर पाऊँ। अधिकतर सवालों के जवाब में मैं एक स्माइली भेज कर खुश रहने का संदेश दुहरा देता हूँ। लेकिन दो दिन पहले जब हमारे परिजन वेद प्रकाश यादव ने मुझे अग्रिम धन्यवाद देते हुए एक सवाल मुझसे किया तो मैंने सोचा था कि कभी इस सवाल पर एक कहानी जरूर लिखूँगा।

पहले कभी उन्होंने मुझसे सवाल नहीं किया है। लेकिन दो दिन पहले मेरी पोस्ट पर उन्होंने जो लिखा, उसे मैं जस-का-तस आपके सामने रख रहा हूँ, "नमस्ते संजय सिन्हा सर। आपकी रिश्तों की अहमियत के ऊपर अनेक सफलतापूर्वक क्रियान्वित कहानियाँ पढ़ी हैं। आपकी सभी कहानियाँ रिश्तों को प्रगाढ़ बनाने को प्रेरित करती हैं। इन सबसे प्रभावित होकर मैंने खुद में भी बहुत बदलाव किया है। जहाँ बातचीत वर्षों से बंद कर रखी थी, फिर से करने का प्रयास करना शुरू किया। खुद को उस रिश्ते को बनाए रखने के लिए उत्साहित दिखाया। लेकिन इन सबमें उधर से जो प्रतिक्रिया दिखी, वो काफी ठंडी थी। ऐसा लगा जैसे मैं उन पर रिश्ते थोप रहा हूँ, या इसमें मेरा कोई स्वार्थ है। ऐसा मैंने कई बार महसूस किया है। मेरा सवाल ये है कि क्या मुझे इसके बाद भी कोशिश जारी रखनी चाहिए?"

मुझसे कई लोग इस तरह के सवाल करते हैं। लोग कहते हैं कि वे अपने टूटे रिश्ते जोड़ने के लिए कोशिश करते हैं। लेकिन सामने वाला उस तरह से प्रतिक्रिया नहीं जताता, तो अब क्या करें?

मैं सोच ही रहा था कि इस सवाल का क्या जवाब दूँ कि मेरी निगाह अखबार में छपी छोटी सी खबर पर चली गई। खबर ये थी कि एक दिन का बच्चा भी जिंदगी से लड़ता है। एक बच्चे को जन्म के बाद साँस लेने में मुश्किल आ रही थी। डॉक्टरों ने उसकी नाक में ऑक्सीजन का एक मास्क लगा दिया। थोड़ी देर में डॉक्टर ये देखकर हैरान रह गए कि एक दिन का वो बच्चा अपनी नन्ही हथेलियों से उस मास्क को पकड़े हुए था कि कहीं वो नाक से निकल न जाए। डॉक्टरों ने इस घटना का हैरानी से अध्ययन किया और पाया कि जन्म के साथ ही आदमी में जीने की चाहत भी पैदा हो जाती है।

खबर चाहे थोड़ी बड़ी भी रही हो, लेकिन मेरे लिए इतना समझना और जानना ही महत्त्वपूर्ण है कि जिंदगी सचमुच बहुत बड़ी नेमत होती है। मुमकिन है कि एक दिन विज्ञान जीवन-मरण के रहस्य को भेद पाए। मुमकिन है विज्ञान साँसों की गिनती को बढ़ाने का कोई सॉलिड तरीक ढूँढ़ ले। क्योंकि जीने की जद्दोजेहद जन्म के साथ शुरू हो जाती है, इसलिए जीने का प्रयास आदमी अंतिम घड़ी तक करता है। विज्ञान इस पर तरह-तरह के प्रयोग भी कर रहा है।

लेकिन जहाँ जिंदगी को बचाने की इतनी कोशिशें चल रही हैं, वहाँ कई ऐसे लोगों को भी मैं जानता हूँ, जो जिंदगी को किसी अवसाद या उदासी में खत्म कर लेते हैं। कितनी बड़ी विडंबना है। एक दिन का बच्चा जीने की जद्दोजेहद करता है और तमाम बड़े लोग जिंदगी से तंग आकर उसे मिटा देते हैं।

मैं ठीक से अपनी बात कह नहीं पा रहा, लेकिन मैं इतना ही कहना चाहता हूँ कि रिश्तों का पाठ मैं इसीलिए पढ़ाता हूँ, ताकि आपके जीवन का अवसाद मिट सके। रिश्ते आपकी जिंदगी में ऑक्सीजन का काम करते हैं। आपको उसके मास्क को बस पकड़े रहना है। रही बात कि कोई आपकी कोशिशों को तवज्जो नहीं देता तो क्या करें? इस पर इतना ही कहना है कि आप अपने लिए नित नए रिश्ते ढूँढ़िए। जो आपके मन लायक हो, उससे नाता जोड़िए। मैंने ये जरूर कहा है कि अपने हर रिश्तों को आप खँगालिए। पर मैंने ये नहीं कहा कि आप उन्ही रिश्तों में जीवन ढूँढ़िए, जहाँ रिश्तों की आग बुझ चुकी हो।

अपनी तरफ से कोशिश ईमानदारी से कीजिए, बार-बार कीजिए। कई बार कोपलें फिर फूट पड़ती हैं।

फिर भी...

एक सिलेंडर से अगर रिश्तों का ऑक्सीजन खत्म ही हो गया हो तो नए सिलेंडर से ऑसीजन लीजिए।

राह से अधिक महत्त्वपूर्ण मंजिल है।

□

रिश्तों की बैटरी

बहुत पुरानी बात नहीं है, रेखा दीदी की जब अमेरिका शादी हुई थी, तब उन्होंने मुझे बताया था कि वहाँ कोई किसी के घर बिना फोन किए नहीं जाता। मैं सुनकर दंग रह गया था कि किसी के घर जाने के लिए पहले फोन करने की क्या जरूरत है।

उन दिनों मैं पटना में था और रेखा दीदी की शादी अमेरिका वाले लड़के से हो गई थी। उनको भी ठीक से नहीं पता था कि अमेरिका पटना से कितनी दूर है। पर हम दोनों को पता था कि अमेरिका हवाई जहाज से जाते हैं। खैर, जब रेखा दीदी ने पहली बार अमेरिका से आने के बाद मुझे बताया कि वहाँ किसी के घर बिना बताए नहीं जाते तो मुझे सचमुच आश्चर्य हुआ था।

हम तो जिसके घर चाहते हैं, चले जाते हैं। जो हमारे घर आना चाहता है, वो भी चला आता है। हम तो जब चाहते हैं, बुआ के घर बस से चले जाते हैं। ऐसा एक बार भी नहीं हुआ है कि हम बुआ के घर गए हों और बुआ न मिली हों। कमाल की बात थी, ऐसा भी कभी नहीं हुआ कि कोई हमारे घर आया हो और हम न मिले हों। हम से मेरा मतलब माँ या पिताजी।

हम तो पटना से एक बार मामा के घर ट्रेन से भिलाई चले गए थे। पिताजी ने मामा को चिट्ठी लिखी थी कि वो भिलाई आ रहे हैं। लेकिन वो चिट्ठी हमारे पहुँचने के बाद पहुँची थी। फिर भी मामा घर पर ही मिल गए थे। दो दिनों के सफर के बाद हम थककर वहाँ पहुँचे थे और आज मैं सोचकर सिहर उठता हूँ कि अगर मामा सपरिवार कहीं बाहर गए होते, तो हम क्या करते?

उन दिनों तो होटल में रुकने का रिवाज भी नहीं था। फिर हम क्या करते? पर तब हमने ऐसा नहीं सोचा था। हम मान कर चलते थे कि हर आदमी अपने-अपने घर पर मिल ही जाता है। हर आदमी एक-दूसरे से मिलना भी चाहता है। हम भिलाई में दस दिन रह

गए थे। पिताजी ने मामा से ये तक पूछने की जहमत नहीं उठाई थी कि आपका कोई प्रोग्राम तो नहीं। हम आ गए थे, बस हम साथ रहेंगे। जहाँ आप जाएँगे, हम भी साथ चलेंगे।

पटना वाले हमारे घर में दरवाजे पर घंटी नहीं लगी थी। मेन गेट पर लोहे की ग्रिल लगी थी। जो भी आता, वो ग्रिल को हिलाकर खटखट कर देता और भीतर चला आता।

माँ जमुना चाची और विंध्याचल बुआ के घर दोपहर में जब चाहती, चली जाती।

जाने के बाद चाय, नाश्ता और खाने का इंतजाम होता। हम जिसके घर जाते, वो खुश होता। कोई हमारे घर आता, तो हम खुश होते।

मेरी इस खुशी पर पहली बार हैरानी की परत तब चढ़ी थी, जब रेखा दीदी मुझे बता रही थीं, "संजय, अमेरिका में कोई किसी के घर बिना बताए नहीं जाता।"

मुझे तब लगता था कि अमेरिका इस संसार से परे कोई जगह है। ऐसी जगह, जहाँ हर आदमी अंग्रेजी बोलता है। वो हम जैसे मानव नहीं। वो बहुत पढ़े-लिखे लोग हैं और मुमकिन है बहुत पढ़े-लिखे लोग एक-दूसरे से बिना पहले अनुमति के न मिलते हों।

फिर मैं दिल्ली चला आया। ये भी बहुत पुरानी घटना नहीं है। यहाँ भी लोग बिना फोन किए एक-दूसरे के घर आते-जाते रहते थे।

तब फोन नहीं थे। पर दिल्ली में मुझे दरवाजों पर घंटी मिल गई। लोग आते, कॉल-बेल बजाते, दरवाजा खुलता, फिर लोग भीतर आते। लेकिन बीस साल पहले थोड़ा-थोड़ा अमेरिका हमारे भीतर समाने लगा था।

कल दफ्तर में खबर आई कि किसी अपार्टमेंट में एक आंटीजी के फ्लैट से बदबू आने लगी थो। दरवाजा तोड़ा गया तो उसमें उनकी लाश बिस्तर पर मिली। मतलब आंटीजी हफ्ता भर पहले मर गई थीं और किसी को पता ही नहीं चला। कोई उनके घर आता था या नहीं, ये मुझे नहीं पता। लेकिन पुलिस ने पूछा तो एक-दो रिश्तेदारों ने बताया कि उनके फोन पर घंटी तो बजाई थी। लेकिन फोन स्विच ऑफ आया तो लगा कि वो यहाँ हैं ही नहीं।

मतलब दिल्ली में आंटीजी के रिश्तेदार थे। आंटीजी अकेली रहती थीं। अंकलजी थे नहीं, बेटा विदेश में था। आंटीजी के घर में काम वाली भी आती थी, लेकिन जब घंटी बजने पर दरवाजा नहीं खुला, फोन स्विच ऑफ आया तो उसने भी मान लिया कि आंटीजी कहीं बाहर गई हैं, बताना भूल गईं।

पहले हम कहीं जाते तो दरवाजे पर बाहर ताला लगा देते थे। वो ताला इस बात का प्रमाण होता कि हम घर में नहीं। अगर ताला नहीं लगा, मतलब हम घर पर हैं। ताले का लटका होना आदमी के होने और नहीं होने की कहानी सुना देता। लेकिन अब तो

दरवाजे से पता ही नहीं चलता कि आदमी भीतर है या बाहर। जो चाहे, अपनी सुविधा से सोच ले।

खैर, आंटीजी का रात में हार्ट फेल हो गया और वो बिना बताए इस संसार से चली गईं। पता नहीं उन्होंने फोन चार्ज किया भी था या नहीं। उनका फोन स्विच ऑफ था। आंटीजी ने पूरी जिंदगी शानदार गुजारी होगी। लेकिन उनका अंत बड़ा अजीब हुआ। खबर पढ़कर मेरा तो मन ही खराब हो गया। सोचता रहा कि पहले जब हम छोटे थे, तब मृत्यु कितनी बड़ी घटना हुआ करती थी। मुहल्ले में किसी की भी मौत पर कई दिनों तक हम लोग इस बात पर चर्चा करते कि ओह! ये क्या हुआ, कैसे हुआ। तब सबके पास अपने-अपने ढंग की कहानियाँ हुआ करती थीं। पर हमने एक भी बार ऐसा नहीं सुना था कि आदमी घर में अकेला था, मर गया और कई दिनों तक किसी को पता ही नहीं चला।

मैं जानता हूँ कि ओपन इकोनॉमी आने के बाद पूरा अमेरिका भारत चला आया है। बीच में मैं भी अमेरिका घूम आया हूँ। मैंने अपनी आँखों से देखा है कि वहाँ सचमुच कोई किसी के घर बिना फोन किए नहीं जाता। लोग बुरा मानते हैं बिना बताए आने को। अब यहाँ भी लोग बुरा मानने लगे हैं। अब अगर एक बार फोन की घंटी बजने के बाद भी कोई फोन न उठाए, तो दुबारा फोन करने को भी लोग बुरा मानने लगे हैं। एक बार दरवाजे की घंटी बजने पर भी कोई दरवाजा न खोले, तो दुबारा घंटी बजाने को भी लोग बुरा मानने लगे हैं।

आज मुझे कुछ कहना नहीं, सिर्फ ये बताना है कि किसी अखबार के कोने में छपी ये खबर आज भले किसी अनजान आंटीजी की होगी, लेकिन जिस तरह हमने अपने रिश्तों की बैट्री चार्ज करनी छोड़ दी है, उसमें ये कल हम में से भी किसी की खबर हो सकती है।

मौत के साथ सबसे बड़ा आश्चर्य यही होता है कि हम सोचते हैं कि ऐसा हमारे साथ कभी नहीं होगा। ऐसा मैं नहीं कह रहा, महाभारत में युधिष्ठिर ने यक्ष से कहा था।

□

हार की हार

सिनेमा के संसार में मेरी पहली मुलाकात कश्मीर में अमिताभ बच्चन से हुई थी। पहली बार मैंने रील में दौड़ते-भागते आदमी को रीयल में देखा था। तब मैं बहुत छोटा था। मुझे सिनेमा और सच के बीच फासला समझ नहीं आता था। सिनेमा में अमिताभ बच्चन की मरती हुई माँ को देखकर मैं अपनी आँखें पोंछा करता था।

अमिताभ बच्चन के बाद जिस दूसरे फिल्मी कलाकार से मेरी मुलाकात हुई, वो ओम पुरी थे।

ओम पुरी की 'अर्ध-सत्य' फिल्म मैंने भोपाल में कॉलेज के दिनों में देखी थी। भोपाल में मैं पुलिस अफसर के घर में पल रहा था और सारा दिन पुलिस वालों के बीच ही उठना-बैठना होता था। ऐसे में ओम पुरी को देखकर मुझे लगता था कि इनमें से ही कोई-न-कोई ओम पुरी होगा।

खैर, जब मैं नौकरी में आया तो जनसत्ता के मेरे साथी आलोक तोमर ने मुझे ओम पुरी से मिलवाया। ओम पुरी आलोक तोमर के मित्र थे। आलोक तोमर के अजीबो गरीब मित्र हुआ करते थे। कभी वो चंद्रास्वामी से मिला लाते, कभी अर्जुन सिंह से। एक बार तो उन्होंने मुझे और संजय सिंह को अपने स्कूटर से प्रधानमंत्री के घर कोई किताब लेकर भेज दिया था। राजीव गांधी तब प्रधानमंत्री थे और हम टूटे-फूटे स्कूटर से वहाँ पहुँच गए थे। आज ये सब सोचकर भी हैरानी होती है।

ऐसे में ओम पुरी को उनके घर पर देखकर तब मुझे रत्ती भर हैरानी नहीं हुई थी।

जब मैं पहली बार ओम पुरी से मिला था, तब वो बहुत खुश हुए थे। मैंने उनका अभिवादन किया, तो उन्होंने मुझे मिर्जा गालिब का एक शेर सुनाया था। तब मैं बहुत छोटा था। मेरे लिए ओम पुरी अलग संसार के व्यक्ति थे। वो जैसे भी थे, लगता था कि कुछ दिव्य है उनमें। उनके खुरदुरे चेहरे पर एक आत्मविश्वास झलकता था।

फिर ओम पुरी से दो-तीन बार और मुलाकात हुई। पर हर नई मुलाकात में ओम पुरी

का आत्मविश्वास मुझे पहले से टूटता हुआ सा नजर आता। मैंने उनसे कभी कुछ कहा नहीं, लेकिन मुझे लगता कि कुछ है, जो उन्हें भीतर से कमजोर कर रहा है।

खैर, ओम पुरी के विषय में मैं चाहे जितना लिखूँ, उसकी कोई अहमियत नहीं। क्योंकि किसी भी फिल्मी सितारे की पूरी कहानी हर आदमी जानता है। सबको उनकी निजी जिंदगी की कहानियाँ भी पता होती हैं। पत्नी से खराब संबंध, किसी और से संबंध की कहानियाँ भी कई बार फिल्मी कलाकारों से पहले उनके चाहने वालों तक पहुँच चुकी होती हैं। ऐसे में मैं आपको ओम पुरी के विषय में कुछ भी नया नहीं बता पाऊँगा।

लेकिन पिछले साल सितंबर के महीने में मेरी उनसे मुलाकात हुई थी। वो हमारे दफ्तर आए थे। मैंने किसी को भेज कर उन्हें गेस्ट रूम में बिठाया था। मुझे उनके पास पहुँचने में कुछ देर हो गई थी। लेकिन जैसे ही मैं उनके पास पहुँचा, वो मुझे देखते ही एकदम उखड़ से गए। मैं उनके सामने खड़ा था। और वो जोर-जोर से मुझे डाँट रहे थे। मेरी समझ में नहीं आया कि आखिर मुझसे गलती क्या हुई है। फिर अचानक वो हँसने लगे। सोफे से उठकर उन्होंने मुझे गले लगाया और कहने लगे कि डर गए थे न?

मैं हतप्रभ था। समझ में नहीं आ रहा था कि क्या कहूँ। फिर उन्होंने कहा कि इसे ही एक्टिंग कहते हैं। मैं उनकी बातें सुनकर थोड़ा सामान्य हुआ। पर जब वो मेरे सामने बैठे थे, मैंने महसूस किया कि पूरे कमरे में शराब की भभक थी। मतलब, उन्होंने दिन में ही खूब शराब पी हुई थी। मुझे उनका इंटरव्यू कराना था। उन्हें लिफ्ट तक ले जाने की कोशिश में ही मैंने देख लिया था कि उनके कदम लड़खड़ा रहे हैं। खैर, खुद पर नियंत्रण करते हुए वो स्टूडियो तक गए। वहाँ उनका इंटरव्यू हुआ। फिर वो चले गए।

जाते हुए मैंने उनके चेहरे को पढ़ने की कोशिश की थी। मैंने महसूस किया था कि ये इनसान अब खुद से प्यार नहीं करता।

थोड़ी बहुत, जितनी भी उनकी निजी जिंदगी की कहानी मैंने इधर-उधर से सुनी थी, उससे मुझे ये अंदाजा हो गया था कि वो अब राख में जिंदगी की तलाश कर रहे हैं। पता नहीं किस गम में, लेकिन उन्होंने खुद को पूरी तरह शराब के हवाले कर दिया था।

मैंने इसी शराब की वजह से सुपर स्टार राजेश खन्ना को पूरी तरह बर्बाद होते देखा था। राजेश खन्ना को मैंने अपने एक पत्रकार मित्र के घर शराब पीकर उल्टी करते देखा था। मुझे हैरानी थी, जिसकी दीवानी पूरी दुनिया है, वो इस कदर टूटा हुआ है।

ठीक राजेश खन्ना की तरह ही ओम पुरी की हालत थी।

मेरे लिए ओम पुरी उसी दिन मर गए थे, जिस दिन वो शराब के नशे में झूमते हुए हमारे दफ्तर आए थे। अपने दो साथियों के साथ मैं उनसे मिल रहा था और मैंने अपने

साथियों से कहा भी था कि ये अब जीवित ही नहीं। अर्ध सत्य का नशा पूर्ण सत्य बनकर कल भले आपके पास आया हो, पर मुझे ऐसे लोगों की कहानियाँ लिखते हुए अफसोस होता है, जो खुद को नशे की गर्त में झोंक देते हैं।

मर जाना संसार का सबसे बड़ा सत्य है। लेकिन आदमी को जीना चाहिए। यही सोचकर जीना चाहिए कि आत्मा को आदमी का शरीर 84 लाख योनियों के बाद मिलता है।

"हे अर्जुन! हम दोनों ने कई जन्म लिये हैं। मुझे याद हैं। लेकिन तुम्हें नहीं। हे अर्जुन! मैं ही ऊष्मा देता हूँ, मैं ही शीतलता। मैं सूखा हूँ, मैं ही बारिश। मैं अमरत्व भी हूँ और मृत्यु भी। अर्जुन, तुम ये याद रखना कि मैं भूत, वर्तमान और भविष्य के सभी प्राणियों को जानता हूँ। किंतु वास्तविकता में कोई मुझे नहीं जानता। आज जो बात मैं तुम्हें तुम्हें विशेष तौर पर बताना चाह रहा हूँ, वो ये है कि केवल मन ही किसी का मित्र और शत्रु होता है।"

अफसोस कि आदमी हर बार अपने ही मन से हार जाता है।

□

भोले पिंटूजी

पिंटूजी गाँव में किसान हैं। जैसा कि माना जाता है किसान भोले होते हैं, पिंटूजी भी भोले हैं। पिंटूजी की तीन बेटियाँ हैं।

पिंटूजी पढ़े-लिखे नहीं हैं। ऐसा नहीं है कि गाँव में स्कूल नहीं थे या आसपास कॉलेज नहीं थे, लेकिन तालाब में छप-छपकर नहाने और खेतों में छुपन-छुपाई खेलने में उन्होंने स्कूल को तरजीह नहीं दी। अब पढ़े नहीं, तो भोले हो गए।

भोलेपन में आदमी जल्दी शादी कर लेता है। पिंटूजी की भी शादी जल्दी हो गई। एक-एक कर तीन बेटियाँ पैदा हो गईं।

पिंटूजी मुझसे कई साल छोटे हैं।

पिंटूजी अपनी पत्नी से अब बिल्कुल बातचीत नहीं करते। उसे अभागन मानते हैं। कहते हैं कि पता नहीं कहाँ से उनके गले ऐसी महिला पड़ गई है, जो सिर्फ बेटियों को जन्म देती है। पिंटूजी उदास रहते हैं। हालाँकि आज की तारीख में दंगल जैसी फिल्म देखकर उनके मन से बेटा-बेटी का भेद मिट जाना चाहिए था, लेकिन पिंटूजी की उदासी खत्म ही नहीं हो रही।

अभी मैं जबलपुर से दिल्ली लौट रहा हूँ। कायदे से मुझे वहाँ की कहानी लिखनी चाहिए। लेकिन कल रात ट्रेन में ही उन्होंने मुझे फोन किया। कहा, "पहले मेरी कहानी सुनाइए।"

वो मुझे कभी भी फोन कर सकते हैं और कोई नई खबर दे सकते हैं। कह सकते हैं कि उनकी खबर सबसे बड़ी है।

सच में कल मुझे उन्होंने वो नई खबर सुनाई, जिस पर मैंने कभी गौर ही नहीं किया था।

पिंटूजी मुझे मध्य प्रदेश के गाँव में आए अखबार से पढ़कर खबर सुना रहे थे कि राज्य की सरकार ने बाहर से कुछ ऐसी तकनीक मँगा ली है, जिससे अब गाय को बछड़ा

नहीं होगा, सिर्फ बछिया होगी। मतलब अब गाय के पेट से सिर्फ मादा बच्चे का जन्म होगा। राज्य में दूध का कारोबार बढ़ाने के लिए सरकार ऐसी तकनीक ले आई है, जिससे गारंटी के साथ गाय के पेट से सिर्फ गाय का ही जन्म होगा। अब बैलों की कहीं पूछ नहीं। न तो बैलगाड़ी की जरूरत है, न हल की। ऐसे में बैल बिल्कुल बेकार हो गए हैं।

पिंटूजी इस खबर को अखबार में पढ़ते हुए मुझे कोस रहे थे कि मेरा पत्रकार होना ही बेकार है। वो मुझे बता रहे थे कि पंजाब और हरियाणा में तो पहले से सरकार ने ऐसी तकनीक ढूँढ़ ली है, जिससे गाय के पेट से मादा का ही जन्म होगा। वहाँ बैलों की जरूरत खत्म हो चुकी है। अब मध्य प्रदेश की सरकार भी सौ परसेंट गारंटी के साथ गाय पैदा करनेवाले सीमन को अमेरिका से ले आई है।

मैंने पिंटूजी से कहा कि ये तो प्रकृति के साथ छेड़छाड़ है। आदमी हो या जानवर, किसके पेट से कौन पैदा होगा, इसे ईश्वरीय विधान ही रहने देना चाहिए। पिंटूजी बिफर गए। कहने लगे, "आप लोगों के चलते ही डॉक्टरों पर पेट में संतान का पता लगाने पर रोक लग गई है। अब तीन-तीन बेटियाँ आ गई हैं, ले जाओ, पालो इनको। दे दो सरकार को।"

मैं उनकी खीझ को समझकर चुप रह गया। मैंने कहा कि अच्छा है, अब आपके यहाँ बैल नहीं होंगे। सिर्फ गाय होंगी। बहुत दूध होगा, आपके पास पैसा भी होगा। अब तो आपको खुश रहना चाहिए।

मेरी बात पर पिंटूजी थोड़ा उदास हो गए। फिर भी उन्हें मेरे दिल्ली में रहने और अमेरिका-वमेरिका जाने से थोड़ी उम्मीद सी है।

उन्होंने मुझसे धीरे से जो पूछा, उसे सुनकर तो मेरा सिर ही चकरा गया। वो कहने लगे कि मैंने सुना है कि कोई एक्स और वाई क्रोमोजोम होता है, जिससे तय होता है कि नर पैदा होगा या मादा। जब मवेशी के साथ ये प्रयोग हो चुका है, तो आदमी के लिए भी हो चुका होगा। ऐसी कोई दवाई जरूर होगी, जिसे मैं खा लूँ तो बेटे वाला क्रोमोजोम ही जन्म लेगा। संजय भाई, आप मेरे लिए इतना कर दीजिए। सिर्फ पता कर लीजिए कि जो पशुओं के लिए हो सकता है, सौ परसेंट गारंटी के साथ, वो इनसानों के साथ क्यों नहीं हो सकता ?

पिंटूजी भोले हैं। गाँव के लोग भोले होते हैं। किसान भोले होते हैं। वो ऐसा सोच सकते हैं।

सरकारें भी भोली हैं। वैज्ञानिक भी भोले हैं।

मूर्ख तो हम जैसे शहरी लोग होते हैं, जो कुछ नहीं जानते, कुछ नहीं समझते। रात से सिर भन्ना रहा है। मैंने गूगल पर जाकर गायों के पेट से मादा के जन्म होनेवाली खबर पढ़ ली है। सचमुच मध्य प्रदेश में ऐसा हो रहा है। कमाल है।

पिंटूजी को गाय के पेट से सिर्फ मादा चाहिए। पर अपनी पत्नी के पेट से मादा नहीं चाहिए। वो खुश हैं कि एक दिन देश में सिर्फ गाय होंगी, बैल नहीं। मैं दुःखी हूँ कि पिंटूजी जैसों की चले तो देश में महिलाएँ होंगी ही नहीं, सिर्फ पुरुष होंगे।

पर होंगे कैसे? सौ दो सौ साल के बाद जब सारी मादाएँ खत्म हो जाएँगी, तो फिर पिंटूजी उन्हें खेत में उगाएँगे क्या?

मेरी और पिंटूजी की चिंता छोड़िए। चिंता कीजिए उस दिन की जब सचमुच ऐसी तकनीक आ जाएगी। फिर क्या होगा, इसकी कल्पना कर सकें तो कर लीजिए, क्योंकि तकनीक तो आकर रहेगी और पिंटूजी जैसे लोग उसका इस्तेमाल भी कर लेंगे, क्योंकि अखबार अब वही पढ़ते हैं, हमसे तो ऐसी खबरें छूट जाती हैं। आप भी ऐसी खबरें भले पढ़ते होंगे, लेकिन आप उन पर प्रतिक्रिया नहीं जताते।

□

पहला पाठ

अपने नए मकान में शिफ्ट होने से पहले मैं दिल्ली के जिस मुहल्ले में रहता था, वहाँ कई अपार्टमेंट हैं। मैं जब कभी देर रात दफ्तर से घर के लिए निकलता तो प्रिंस अपार्टमेंट, नीति अपार्टमेंट, विधि अपार्टमेंट और न जाने कितने अपार्टमेंट के नाम पढ़ता हुआ घर तक पहुँचता। इन्हीं कई नामों में से एक था अजंता अपार्टमेंट।

मैं जानता हूँ कि आपने दिल्ली के मधु विहार इलाके में अजंता अपार्टमेंट की खबर टी.वी. पर देख ली होगी, अखबार में पढ़ ली होगी। खबर पढ़कर आपके दिल में एक सनसनी सी मची होगी, आपने एक ठंडी साँस ली होगी और वर्तमान समय को घोर कलयुग कहते हुए अपने काम में व्यस्त हो गए होंगे।

लेकिन आज आपको एक मिनट के लिए रुकना होगा। संजय सिन्हा की कहानी पर सुप्रभात कहने से पहले आपको अपने मन में झाँकना होगा, अपने आसपास की घटनाओं पर बारीक निगाह रखनी होगी।

तो शुरुआत करता हूँ उस खबर से, जिसे आप देख-सुन चुके होंगे।

दिल्ली के मधु विहार इलाके के अजंता अपार्टमेंट में रहनेवाले एक युवक ने चाकू घोंप कर अपने बुजुर्ग पिता को मार दिया। पड़ोस की एक महिला बुजुर्ग को बचाने आई तो उसने उसे भी चाकू घोंप दिया। फिर चाकू लहराता हुआ एक घर में घुस गया और वहाँ उसने घर वालों को एक कमरे में बंद करके रसोई में गैस सिलेंडर खोल कर सिलेंडर ब्लास्ट कर दिया।

ये तो हुई हैड लाइन। अब सुनिए पूरी कहानी।

राहुल माटा नामक ये युवक पहले मर्चेंट नेवी में नौकरी करता था। उसके पिता आर.पी. माटा कैनेडा में रहते थे। माँ सरकारी नौकरी में थीं और वो दिल्ली में इसी अजंता अपार्टमेंट में रहती थीं। सबकुछ ठीक चल रहा था। मर्चेंट नेवी की नौकरी, कैनेडा में पिता, माँ की सरकारी नौकरी, दिल्ली में मकान।

किसी को और क्या चाहिए?

राहुल को किसी वजह से नौकरी से निकाल दिया गया।

वो दिल्ली चला आया। यकीनन उसने नई नौकरी की कोशिश की होगी, पर नौकरी नहीं मिली। धीरे-धीरे वो हताशा में घिरने लगा। ऐसे में उसके मन में कुछ आया होगा, वो माँ से घर अपने नाम करने की जिद करने लगा। मुझे नहीं पता, पर जितनी खबर मैंने पढ़ी, उसके मुताबिक वो दिनभर खाली बैठा शराब पीता, दोस्तों के साथ घूमता और हुल्लड़बाजी करता था। इसी क्रम में ये खबर भी आई कि एक बार किसी लड़की के साथ छेड़खानी के आरोप में उसे पुलिस ने पकड़ भी लिया था। खाली दिमाग में शैतान घर करने लगा था।

माँ-बेटे के बीच तनातनी बढ़ने लगी थी। फिर पिता को कैनेडा से बुलाया गया।

पिता बेटे की हरकतों से तंग आ चुके थे। उन्हें लगने लगा था कि मकान इसके नाम किया तो ये इसे भी बेच कर खा-पी जाएगा। जाहिर है आपस में झगड़ा होने लगा।

खबर की तह में जाने लगूँगा तो पता नहीं कितनी परतों तक जाना पड़ेगा, इसलिए कम में अपनी बात आगे बढ़ाता हुआ आपको बताता हूँ कि बेटा हाथ में चाकू लेकर अपने ही अपार्टमेंट में घुसा। गेट पर खड़े सुरक्षा कर्मचारियों ने उसे रोकने की कोशिश की। उसके पिता को खबर की गई। पिता फ्लैट से नीचे आए तो उसने उनके सीने में चाकू घोंप दिया। एक, दो, तीन, चार कई बार उसने चाकू घोंपा। पिता जमीन पर गिर पड़े। रेंग कर किसी तरह जान बचाने की गुहार लगाने लगे। तभी उसी सोसाइटी में रहनेवाली रेणु नामक महिला ने अपने पड़ोसी को इस हाल में देखा तो सामने आ गई और राहुल को रोकने की कोशिश की। राहुल ने उस महिला को भी चाकू घोंप दिया।

पिता की तो मौके पर ही मौत हो गई।

राहुल अपने फ्लैट की ओर दौड़ा कि अब माँ को मार दूँगा। इस बीच किसी ने पुलिस को फोन कर दिया। इत्तेफाक से माँ घर पर नहीं थी। वो फिर भाग कर बगल वाले फ्लैट में घुस गया। उसने वहाँ रह रहे लोगों को चाकू दिखलाते हुए कहा कि आप बाहर बॉलकनी में जाएँ। डर कर पड़ोसी परिवार बालकनी में चला गया।

इस बीच पुलिस वहाँ आ चुकी थी। पुलिस ने दरवाजा खुलवाने-तोड़ने की कोशिश की तो राहुल ने रसोई में जाकर गैस सिलेंडर को खोल दिया और माचिस जला कर आग लगा ली।

माचिस जलते ही पूरा फ्लैट धड़ाम कर उठा। सात-आठ पुलिस वाले भी आग की चपेट में आ गए। राहुल खुद भी बुरी तरह झुलस गया। जिन पड़ोसियों को उसने

बॉलकनी में बंद किया था, वो भी झुलस गए।

महाभारत में युधिष्ठिर ने भीष्म पितामह से पूछा था कि धर्म क्या है, तो उन्होंने जवाब दिया था कि जिससे लौकिक और परलौकिक उन्नति सिद्ध होती हो, वही धर्म है। धर्म अधोगति में जाने से रोकता है और जीवन की रक्षा करता है।

फिर युधिष्ठिर ने पितामह से पूछा था कि हम सब किस लौकिक या परलौकिक उन्नति को सिद्ध करने के लिए इतने बड़े युद्ध में उतर पड़े?

इस पर पितामह ने कहा कि ये हमारी शिक्षा की कमी थी, जो हमने अपनी नई नस्लों को तीर और गदा समेत संसार की सभी विद्याओं से सीखने में झोंक दिया, पर उन्हें लौकिक और परलौकिक उन्नति के धर्म का पाठ नहीं पढ़ाया। काश हमने धर्म का भी पाठ पढ़ाया होता, तो आज इस अधोगति में न होते।

अजंता अपार्टमेंट में रहनेवाले माटा साहब ने भी आज के तमाम पिताओं की तरह अपने बेटे को अंग्रेजी स्कूल में पढ़ाया, विदेश भेजा, खूब पैसे कमाने वाली नौकरी में जाने के लिए प्रेरित किया, पर मानव धर्म का पाठ नहीं पढ़ाया।

उन्होंने उसे नौकरी के लिए तैयार किया, पर जिंदगी जीने के लिए नहीं तैयार किया। वो उसे समझाते रहे कि धन कैसे कमाया जाता है, पर जीवन कैसे जिया जाता है, वो उसे नहीं बता पाए। वो उसे फिजिक्स, केमेस्ट्री, अंग्रेजी पढ़ाते रहे, लेकिन रिश्तों का पाठ नहीं पढ़ा पाए। वो खुद बाप बन गए, लेकिन बेटे को बेटा होने का पाठ नहीं पढ़ा पाए।

नतीजा?

बेटे ने जरा से अवसाद में, जरा से नशे में, जरा से गुस्से में सबकुछ तबाह कर लिया।

मैंने पहले भी कहा है, फिर से कह रहा हूँ कि विज्ञान भले शरीर को संचालित कर ले, पर मन का संचालन सिर्फ और सिर्फ धर्म से होता है। अपने बच्चों को डॉक्टर, इंजीनियर या जो मर्जी हो बनाइए, लेकिन सबसे पहले मनुष्य बनने का पाठ पढ़ाइए। उसे बताइए कि तीर चलाना, गदा चलाना सीखना जरूरी है, लेकिन सबसे पहले जरूरत है मन को संचालित करनेवाला पाठ पढ़ने की। उसे रिश्तों का पाठ पढ़ाइए। उसे ये सब आप नहीं बताएँगे, तो कोई और नहीं बताएगा। आपका बताया ही उसे अधोगति में जाने से रोकेगा, किसी और का बताया नहीं।

□

किराए का सहारा

कल मेरे एक साथी ने बहुत दिलचस्प वाकया सुनाया।

वो कल दफ्तर देर से आया तो मैंने पूछा कि कहाँ देर हो गई ? वो कहने लगा कि पुलिस थाने के चक्कर लगा रहा था।

"पुलिस थाना ? सब खैरियत तो है न ?"

"हाँ सब खैरियत ही है। बस कल मैंने एक चोरनी को पकड़ लिया।"

"पहेली मत बुझाओ, पूरी बात बताओ।"

"आपको तो पता ही है कि मेरा बच्चा अभी बहुत छोटा है और हम पति-पत्नी दोनों नौकरी करते हैं। ऐसे में घर पर एक लड़की को हमने रखा है, छोटे-मोटे काम के लिए। वो सुबह आ जाती है, शाम को अपने घर चली जाती है। मेरी पत्नी की ड्यूटी सुबह की है, मेरी दोपहर की। ऐसे में मेरा बच्चा कुछ देर उसके साथ अकेला रह जाता है।"

"हाँ, हाँ ये सब मुझे पता है। पर पुलिस थाने का चक्कर क्या है, ये बताओ। इतनो लंबी कहानी सुनाने का क्या फायदा ?"

"संजय सर, आप पूरी कहानी नहीं सुनेंगे, तो पूरी बात समझेंगे कैसे ? बात ये है कि कुछ दिन पहले मुझे लगा कि मेरी जेब से चार हजार रुपए गायब हो गए हैं। पहले तो मुझे लगा कि मैं जब गाड़ी में पेट्रोल भराने गया था, तो मेरे पैसे वहीं गिर गए होंगे। मैं भाग कर पेट्रोल पंप गया, वहाँ मैंने पूरी सी.सी.टी.वी. खँगलवाई, तो कहीं कुछ नहीं दिखा। नोटबंदी के इस दौर में चार हजार का खो जाना मुझे बहुत खल गया। मैंने बहुत याद करने की कोशिश की कि आखिर पैसे कहाँ जा सकते हैं। मेरा तो दिमाग ही काम नहीं कर रहा था। फिर पता नहीं क्यों मुझे लगा कि कहीं मेरे घर काम करनेवाली लड़की ने तो नहीं रख लिये।

लेकिन वो इतने समय से मेरे घर में काम कर रही है। कभी उसने ऐसा मौका नहीं दिया। पर पता नहीं क्यों नोट का गुम जाना मुझे बहुत खल गया था। मैंने यूँ ही बातचीत में नौकरानी से पूछा कि तुमने कहीं मेरे पैसे देखे हैं क्या? इस पर वो एकदम हड़बड़ा सी गई। मैंने पहली बार उससे इस तरह कुछ पूछा था। उसके चेहरे को देखकर मुझे लगा कि कहीं कुछ गड़बड़ी है। फिर मैंने उसे अपने पास बुलाया, बहुत प्यार से पूछा कि अगर तुमने रुपए देखे हैं, तो बता दो, नहीं तो पुलिस आ रही है। वो सबसे पूछेगी।

लड़की थोड़ी ही देर में टूट गई और उसने बताया कि एक दिन आपकी पतलून ठीक कर रही थी तो मुझे जेब में कई नोट दिखे। मैंने दो नोट निकाल लिये।

मैं तो सिर पकड़कर बैठ गया।

मैंने पत्नी को फोन किया तो पत्नी भी घर आ गई। मैंने नौकरानी की माँ को भी फोन किया कि तुम मेरे घर आ जाओ। उसकी माँ भी किसी के घर काम करती है। उसकी माँ जैसे ही हमारे घर आई, मेरी पत्नी बिफर पड़ी, अरे इसने तो मेरी साड़ी पहन रखी है। मैं कई दिनों से इसे ढूँढ़ रही थी।

इसका मतलब ये कि सिर्फ रुपए नहीं गए थे, साड़ी भी गई थी।

अब हमने पुलिस को फोन कर दिया। पुलिस आ गई तो हमने पूरी बात बताई। पुलिस वाले लड़की को उसके घर लेकर गए। हम भी साथ गए कि पैसा मिल जाए। हम जब उसके घर गए तो हैरान रह गए। उसके घर मेरी पत्नी की सात साड़ियाँ मिलीं। मेरे बच्चे के ढेरों खिलौने मिले। बच्चे के नए कपड़े भी मिले। मेरे घर से गायब हुए कई कप, गिलास, प्लेट, चम्मच सब मिले। और तो और, दो सोने की अँगूठियाँ भी मिलीं। ये सारी चीजें गायब होती रहीं, हमने ध्यान नहीं दिया। कप-प्लेट के लिए तो मेरी पत्नी ने एक-दो बार पूछा भी था कि कप कम कैसे हो गए तो उसने कह दिया कि टूट गए। ऐसे ही वो चुपचाप कई चीजें उठाकर अपने घर ले जाती रही।

सर, उस नौकरानी का एक ब्वॉय फ्रेंड भी था। पुलिस से पूछताछ में उसने बताया कि मुहल्ले के एक लड़के से उसकी दोस्ती है। वो हमारे घर से चले जाने के बाद उससे फोन पर बात करती थी। सोचिए सर, उस लड़की को उसकी माँ हमारे घर इसलिए छोड़ गई थी कि उसकी जिंदगी बन जाएगी। हमने उसे सिर्फ अपने बच्चे के साथ के लिए रखा था। ये तो नोटबंदी में चार हजार रुपए न गायब हुए होते, तो हमें पता ही नहीं चलता कि क्या-क्या होता रहा घर में? सर, हम लोग जब बच्चे थे, तब हम माँ, पिताजी, दादी, बुआ, मौसी के बीच कब पल गए, पता ही नहीं चला। पर अब हम नौकरी के चक्कर में अपने बच्चों को नौकर-नौकरानियों के हाथ छोड़कर बहुत खुश

हुए जाते हैं कि डबल इनकम हो रही है, बच्चा अंग्रेजी स्कूल में पढ़ रहा है, पर सर, पहली बार समझ में आया कि उसने मेरे बच्चे के साथ भी कितना अन्याय किया होगा। मैं तो सोच भी नहीं पा रहा कि जिस नौकरानी को हम घर की बच्ची माने बैठे थे, वो कई दिनों से हमें लूट रही थी।

बस सर, यहीं पुलिस-थाने के चक्कर में फँस गया था।"

मेरा साथी चुप हो गया था। मैं खुद से बातें कर रहा था।

कैसे मेरी माँ के निधन के बाद मेरे पिता मेरा पूरा ध्यान रखते थे। कैसे वो मेरी माँ बन गए थे। एक रात के लिए भी मुझे अकेला नहीं छोड़ते थे। बहुत बार मेरी छुट्टी वाले दिन वो खुद छुट्टी ले लेते। बहुत बार मुझे अपने साथ दफ्तर ले जाते। मैं दफ्तर में उनके कमरे में एक कुरसी पर बैठकर कोई किताब पढ़ता रहता। वो मुझसे स्कूल की एक-एक बात पूछते। कभी-कभी वो मुझे पढ़ाने बैठते तो स्कूल की किताबों को किनारे कर वो नीति की बातें पढ़ाने लगते।

उन्होंने मुझसे ये कभी नहीं पूछा कि तुम्हें परीक्षा में कितने नंबर मिले। वो रोज ये पूछते थे कि तुमने अपने स्कूल का काम तो पूरा कर लिया न?

कल मैं सोच रहा था कि चाहे हम जितनी सुविधाओं में जी रहे हों, लेकिन एक सच्चाई ये भी है कि रिश्तों से कट कर हमने अपने बच्चों को नौकरों के सहारे छोड़ दिया है। ये बच्चे बड़े होकर माँ-बाप को भी नौकरों के भरोसे छोड़ दें, तो इसमें हैरानी की क्या बात होगी?

फिलहाल तो मन में खटका इतना ही है कि ऐसी नौकरानी ने बच्चे की क्या देखभाल की होगी। मेरे साथी का बहुत सा सामान मिल गया है। पर सामान से अधिक सबक मिला है।

□

तीसरा कौन?

माँ कभी-कभी मुझे कहानियाँ नहीं भी सुनाती थी। मैं बहुत जिद करता तो कहती कि मैंने इतनी सारी कहानियाँ तुम्हें सुनाई हैं, क्या तुम्हें उनमें से एक भी याद है?

मैं माँ से कहानियाँ सुनाने की जिद छोड़कर पुरानी कहानियों को याद करने में जुट जाता। मन-ही-मन याद करता कि माँ ने मुझे कल साधु वाली कहानी सुनाई थी, उससे पहले राजा वाली कहानी। उसके पहले कौन सी कहानी थी? बस मैं अटक जाता। दिमाग पर बहुत जोर डालता, याद करने की कोशिश करता और उसी कोशिश में सो जाता।

सपने में कभी चंदा मामा की कहानी याद आती, तो कभी ध्रुव तारा की। एक-एक कर मैं कई कहानियों को याद करता चला जाता। कभी मुझे याद आता कि माँ ने जली हुई रोटी की कहानी भी सुनाई थी। रोटी की कहानी याद आती और मैं सपने के भीतर सपना देखने लगता। मैं देखता कि बहुत से लोग लाइन लगाकर बैठे हैं, उन्हें रोटी का इंतजार है। थाली में ढेर सारी रोटियाँ लेकर कोई आता है और सबकी थाली में एक-एक रोटी फेंकता चला जाता है।

माँ जो रोटियाँ बनाती थी, वो गोल और फूली हुई होती थीं। पर पता नहीं यहाँ किसने रोटियाँ बेली हैं, जो सारी की सारी टेढ़ी-मेढ़ी हैं। कच्ची भी हैं। लाइन में बैठे लोग रोटी को देखते हैं। जो बहुत भूखे हैं, वो अपने मुँह के पानी में भिगो कर उसे चबा-चबा कर खा रहे हैं। पर एक आदमी रोटी तोड़ने की कोशिश कर रहा है, रोटी नहीं टूटती। वो गुस्से में उठ खड़ा होता है। कहता है, रोटी नहीं खाएगा।

सब उसे समझाते हैं, खाना है तो यही है, नहीं खाना है तो यही है।

वो उदास हो जाता है।

मेरी नींद खुल जाती है। माँ मेरा सिर सहलाते हुए सो चुकी है। मेरी समझ में नहीं आ रहा कि ये कौन सी कहानी थी। मन में सोचता हूँ क्या मैं रसोई में जाकर बची हुई

रोटियाँ उसे खिला दूँ। बहुत देर तक समझ में ही नहीं आता कि मैंने जो कुछ देखा, वो सपना था।

मैं फिर सोने की कोशिश करता हूँ।

बहुत सारी समस्याओं का समाधान सो जाना ही होता है।

आज संजय सिन्हा आपको कोई कहानी नहीं सुनाएँगे। आज आप भी याद कीजिए कि मैंने कौन-कौन सी कहानियाँ आपको सुनाई हैं। क्या आपको उनमें से एक भी याद है?

छोड़िए कहानियों को। तीन दिन पहले बॉर्डर सिक्योरिटी फोर्स के एक जवान ने एक वीडियो जारी किया था, जिसमें उसने उन्हीं कच्ची और बेगोल रोटियों की कहानी सुनाई थी। उसने बताया था कि कैसे उसके अफसर उसके हिस्से की रोटियाँ खा जाते हैं। उसने बताया था कि कैसे सेना के छोटे कर्मचारी कच्ची और बेगोल रोटियों को मुँह के पानी में भिगो कर चबा-चबा कर जीने पर मजबूर हैं।

मैं जानता हूँ रोटी के सच को उजागर करने के लिए देर-सबेर उसे सजा मिलेगी। पर मैं अपने दफ्तर में बैठकर एक बार फिर उसी सपने को याद कर रहा था कि मेरी आँखों के आगे 'धूमिल' की कविता कौंधने लगी। कविता याद करते-करते मुझे लगा कि फिर सो जाऊँ।

बहुत सी समस्याओं का इलाज सो जाना होता है।

आप भी कविता पढ़िए। मैं जानता हूँ, आप भी कुछ कर नहीं सकते। आप भी इसे पढ़कर सो जाइएगा। सो जाने से समस्याएँ दूर हो जाती हैं।

"एक आदमी
रोटी बेलता है
एक आदमी रोटी खाता है
एक तीसरा आदमी भी है
जो न रोटी बेलता है, न रोटी खाता है
वह सिर्फ रोटी से खेलता है
मैं पूछता हूँ—
यह तीसरा आदमी कौन है ?
मेरे देश की संसद् मौन है।"

□

भरोसे पर भरोसा

माँ कहानी सुनातीं कि मीरा के सामने जहर से भरा प्याला था। उन्हें मारने के लिए षड्यंत्र रचा गया था। मीरा बेधड़क जहर पी गईं।

"माँ, जहर पीकर तो आदमी मर जाता है।"

माँ मुस्कुराती। उसे पता होता था कि उसका संजू बेटा सवाल जरूर पूछेगा। संजू को सवाल पूछना ही था। उसे बड़ा होकर पत्रकार जो बनना था।

माँ संजू के सिर पर हाथ फेरती और कहती, "हाँ बेटा, जहर पीने से आदमी मर जाता है। लेकिन मीरा नहीं मरीं। मीरा को यकीन था कि उनके साथ भगवान कृष्ण हैं। उन्हें अपने भगवान पर संपूर्ण भरोसा था। इतना अधिक कि वो जहर को जहर मान ही नहीं रही थीं।"

"इसका मतलब ये हुआ माँ कि जिसे भगवान पर भरोसा होगा, वो नहीं मरेगा।"

"बिल्कुल सही, मेरे लाल। लेकिन ये भरोसा संपूर्ण होना चाहिए। मन के किसी कोने में एक रत्ती भर भी संदेह पनपा कि अगर मर गए तो फिर भगवान नहीं बचाते। ये असल में गहरी आस्था का विषय है। आम आदमी ईश्वर को मानता है। पर वो मीरा की तरह ये नहीं कह पाता कि 'मेरे तो गिरधर गोपाल, दूसरा न कोई।' जिसकी जिंदगी में दूसरा कोई नहीं होगा, उसके साथ भगवान खड़े हो ही जाएँगे। असल में भगवान का आना मन का भाव है। ये भाव उसके भीतर पनपता है, जिसे अपने भरोसे पर भरोसा होता है। जिसे अपने भरोसे पर भरोसा हो जाता है, उसकी हर मुश्किल आसान हो जाती है। उसके शरीर में जहर भी अमृत बन जाता है। असल में जहर और अमृत स्वयं में मन के भाव हैं। कोई जहर पीकर मर जाता है, कोई नहीं मरता। इसकी वजह इतनी सी है कि जब हम इस विश्वास के साथ कोई काम करते हैं कि हमारा कुछ बुरा नहीं होगा, तो फिर हमारा बुरा नहीं होता। शरीर ऐसे रसायन ही नहीं बनाता, जो जहर को जहर में तब्दील होने दें।

माँ बोलती जाती, संजू बेटा सुनता जाता।

वाह! आस्था में कितनी शक्ति है न?

माँ की कहानी चलती रहती। मैं सपने में तैरता रहता। मीरा कन्हैया संग बैठी हैं। उनके घरवाले उन्हें मारने को बेताब हैं। लेकिन मीरा मंद-मंद मुस्कुरा रही हैं। जिस जहर की एक बूँद हम चख लें, तो वहीं खड़े-खड़े गिर जाएँ, उस जहर का पूरा प्याला पीकर भी मीरा मुस्कुरा रही हैं।

पीने वाले को अपने भरोसे पर भरोसा है। पिलाने वाले को अपने पिलाने पर भरोसा नहीं। जीत भरोसे की होती है।

भरोसे पर मेरा भरोसा माँ ने बहुत बचपन में कायम कर दिया था।

फिर जैसे-जैसे मैं बड़ा होता गया, मैं महसूस करता गया कि असल में जीवन-मृत्यु, अमृत-जहर, शोक-अशोक, ये सब मन के भाव हैं। जैसा हम सोचते हैं, वैसा होता है।

दो दिन पहले किसी ने व्हाट्सऐप पर कहानी भेजी कि एक आदमी को मृत्यु दंड की सजा मिली और कहा गया कि इसे साँप से कटवा दिया जाए।

आदमी को कुरसी पर बिठाकर उसकी आँखों के सामने एक काला नाग लाया गया। उसे नाग दिखाया गया और आँख पर पट्टी बाँध दी गई।

फिर उस आदमी के पाँव में दो पिन चुभो दिए गए। आदमी दर्द से बिलबिला उठा। उसने साँप को देखा था। एकदम काला भुजंग। उसे देखकर ही ऐसा लग रहा था, जैसे वो मुँह से जहर निकालने को बेसब्र है।

आदमी को साँप दिखलाया गया, पर कटवाया नहीं गया। उसे बस दो पिन चुभो दी गईं।

आदमी थोड़ी देर फड़फड़ाया और मर गया।

बाद में उसके शरीर का परीक्षण किया गया तो पाया गया कि उसके शरीर में साँप का उतना ही विष मौजूद था, जितने से आदमी मर सकता था।

अब आप पूछेंगे कि संजय सिन्हा, ऐसा कैसे हुआ? असल में कुछ नहीं हुआ। आदमी को हकीकत में पिन ही चुभोया गया था। पर उसे लगा कि साँप ने काट लिया है। उसने जैसे ही ऐसा सोचा, उसके शरीर में वैसी ही रासायनिक प्रतिक्रिया होने लगी। उसके मन में ये बात बैठ गई थी कि साँप के काटने के बाद आदमी नहीं बचता, इसलिए वो नहीं बचा। उसके शरीर ने साँप वाले जहर का निर्माण कर दिया।

मीरा को परम यकीन था कि वो जहर से नहीं मरेंगी। उनके शरीर ने जहर की पहचान ही नहीं की।

मुझे नहीं पता कि मीरा या उस आदमी की कहानी कितनी सच्ची है, जिसे साँप दिखाकर पिन चुभोया गया था।

पर मुझे एक बात पर पूरा भरोसा है कि जैसा हम सोचते हैं, वैसे रसायन शरीर में बनने लगते हैं।

जो लोग सकारात्मक सोचते हैं, उनके साथ सबकुछ सकारात्मक होता है। जो नकारात्मक सोचते हैं, उनके साथ सबकुछ नकारात्मक होता है।

फैसला आपका, किस्मत आपकी, पर गारंटी संजय सिन्हा की कि सच्चे दिल से आप जो माँग लेंगे, जिंदगी वही देगी।

□

खुशी की रेसेपी

परसों रात मैं दफ्तर से निकलकर सीधे वर्माजी के घर चला गया था। वर्माजी सुबह से कई बार मुझे फोन कर चुके थे। उनकी बातचीत से लग रहा था कि वो काफी परेशान हैं। अब दफ्तर में बैठकर फोन पर लंबी बात नहीं हो पा रही थी, तो मैंने तय किया कि चाहे जितनी ठंड हो, कोहरा हो, मैं रात में उनसे मिलता हुआ ही जाऊँगा।

मैं देर रात उनके घर पहुँच गया। रात उनके लिए थी, मेरे लिए तो शाम ही थी। खैर, वो मेरा इंतजार कर रहे थे।

मैं उनके घर पहुँचा, दरवाजे की घंटी बजाने की जगह मैंने फोन की घंटी से उन्हें बता दिया कि मैं आ गया हूँ। वर्माजी ने दरवाजा खोला। सब लोग सो चुके थे या अगर जागे भी थे तो कोई सामने नहीं आया—चाय पूछने के लिए भी नहीं। वर्माजी मुझे लेकर सीधे ड्राइंग रूम में चले गए और उन्होंने सिर्फ औपचारिकता में ही पूछा कि संजयजी, चाय लेंगे क्या?

उनके अंदाज से लग रहा था कि घर में माहौल भारी है। मैंने सीधे मना करते हुए कहा कि आप काफी परेशान हैं, क्यों?

वर्माजी एकदम रुँआसे से हो गए। कहने लगे कि काफी दिनों से परेशान हूँ। मुझे पता नहीं, लेकिन पत्नी चिड़चिड़ी सी होती जा रही है। सीधे मुँह बात तक नहीं करती। और ये एक दिन की बात नहीं है, कई दिनों, बल्कि महीनों से चली आ रही समस्या है। धीरे-धीरे घर के माहौल में कड़वाहट सी घुल गई है। वो हर बात तंज मार कर करती है। समझ में नहीं आता कि गलती कहाँ हो रही है। संजयजी, आप तो जानते हैं कि मैं नौकरी और घर के सिवाय कहीं और आता-जाता नहीं। दफ्तर में ही इतना काम होता है कि पूछिए मत। देर रात थका हुआ घर आता हूँ, यहाँ आते ही चिड़चिड़ शुरू हो जाती है। ऐसा भी नहीं कि मेरी पत्नी की तबीयत खराब है कि उसका इलाज कराऊँ या कोई दवा किसी से पूछ लूँ। किसी से इस विषय पर बात भी नहीं कर सकता। आप तो

अपने हैं, इसलिए इस निजी समस्या को आपसे साझा कर रहा हूँ। आप कुछ बताएँ कि क्या करूँ कि उसका चिड़चिड़ापन बंद हो। वो खुश रहे।

मैंने उनकी पूरी बातें सुनीं। फिर मुझे याद आई भावनाओं पर छपी वो वैज्ञानिक रिपोर्ट, जिसकी दरअसल आज वर्माजी को जरूरत थी।

मैंने उनसे कहा कि आप बिल्कुल परेशान न हों। मेरी बताई इस बात को ध्यान से सुनिए और इसे अमल में लाइए। सारी समस्या दूर हो जाएगी।

मैं आज आपको वर्माजी की कहानी नहीं सुनाता। लेकिन आज जैसे ही मैं आपके लिए कहानी लिखने बैठा, मेरे फोन पर वर्माजी का संदेश आया।

"संजयजी, धन्यवाद। आपकी दी दवा ने जल्दी असर किया है। बाकी बाद में, अभी तो बहुत सारा धन्यवाद!"

मैं जानता था कि मेरी दवा असर करेगी।

अब सुनिए वो राज की बात। आज की पोस्ट खासकर उनके लिए है, जिनके घर में वर्माजी वाली समस्या है। वैसे जिनके घर ये समस्या नहीं, उनके लिए भी मेरी दवा कम कारगर नहीं। ये खुशी बढ़ाने वाली दवा है। इसलिए इसे ध्यान से पढ़िएगा और अमल में लाइएगा।

देखिए, मैं तो पत्रकार हूँ, मेरे पास हजारों तरह की खबरें आती है। पर हर खबर आप तक भी पहुँच पाए, ये जरूरी तो नहीं। लेकिन मैं चाहता हूँ कि जिस राज से मैं वाकिफ हो गया हूँ, वर्माजी को करा आया हूँ, उससे आप भी वाकिफ हो जाएँ।

दुनिया में दु:खी करनेवाले सैकड़ों लोगों से आप रोज टकरा सकते हैं। लेकिन खुशी देने वाले कम ही लोग मिलते हैं। ऐसे में मेरी कहानी यकीनन खुशी बाँटने वाली होती है। मैं खुशी की रेसेपी बाँटता हूँ। मैं खुद भी खुश रहता हूँ और चाहता हूँ संसार खुश रहे।

मेरी खुशी की रेसेपी आप आज पढ़ लीजिए और अपनी पत्नी, प्रेयसी या कोई भी महिला, जिसे आप चाहते हैं कि आपसे खुश रहे, उस पर आज इस प्रयोग को करके देखिएगा। ये खुशी का टॉनिक है।

अब मैं और पहेली नहीं बुझाऊँगा। अब मैं सीधे-सीधे मुद्दे पर आता हूँ।

दुनिया के कुछ महान् वैज्ञानिकों ने ये पाया है कि महिलाओं को गले लगाया जाए तो वे खुश और स्वस्थ रहती हैं। उन्होंने ये पाया है कि महिलाओं को गले लगना अच्छा लगता है। जब महिलाओं को गले लगाते हैं तो उनके मस्तिष्क से कई ऐसे रसायन निकलते हैं, जिनसे वो भावनात्मक रूप से खुद को पॉजीटिव महसूस करती हैं। इससे

उनका रक्तचाप कम होता है और दिल की गति सामान्य होती है। दिनभर में अगर आप एक बार भी अपनी प्रिय को गले लगाते हैं, तो उसके स्वास्थ्य पर बहुत अच्छा असर पड़ता है। अपने प्रियतम की बाँहों में कोई भी महिला खुद को सबसे अधिक महफूज महसूस करती है और इसके स्थायी रासायनिक प्रभाव उसके मन और तन पर पड़ते हैं।

ऐसा नहीं है कि मैं पहली बार आपको झप्पी का ज्ञान दे रहा हूँ। मैं जानता हूँ कि आप इसे जानते हैं, पहले से जानते हैं। लेकिन आप इसे अमल में नहीं लाते। आप संकोच में रहते हैं। आपको लगता है कि आपकी शादी हुए तो इतने साल बीत गए, अब भला पत्नी को क्या गले लगाना।

ऐसा नहीं है। महिलाएँ कोमल होती हैं। ताउम्र कोमल रहती हैं। उन्हें हर पल प्यार की जरूरत होती है। उन्हें स्नेह के स्पर्श की जरूरत होती है। वो अपना घर, परिवार सब छोड़कर अपने प्रिय के पास इसी उम्मीद में चली आती हैं और पूरी जिंदगी गुजार लेती हैं कि वो प्रिय की बाँहों में महफूज रहेंगी।

उनकी इस उम्मीद को जिंदगी दीजिए और अपने रिश्तों को और प्रगाढ़ कर लीजिए।

मेरी आज की कहानी में बाल की खाल ढूँढ़ने में समय मत बर्बाद कीजिएगा। ये मत कह बैठिएगा कि आपकी जिंदगी में तो कोई है ही नहीं, जिसे आप गले लगाएँ।

सबकी जिंदगी में कोई-न-कोई होता है। ईमानदारी से सिर्फ अपनी जिंदगी में जो है, उसे ही आपको गले लगाना है। उसे गले लगाइए और देखिए, खुशियाँ कैसे दस्तक देती हैं आपके दरवाजे पर।

आज इतना ही। कम लिखा, अधिक समझिएगा।

मैं तो चला महान् वैज्ञानिक के प्रयोग को अमल में लाने। आप भी कोशिश करके देखिए। छोटे-मोटे मतभेद हों तो वो दूर हो ही जाएँगे, ढेर सारी खुशियाँ मुस्कुराने भी लगेंगी।

देर किस बात की। पोस्ट पढ़ चुके हैं, आजमा कर देखिए और फिर कहिए सुप्रभात।

वर्माजी ने कल दिन में दो बार प्यार की झप्पी का इस्तेमाल किया है। पहले तो उनकी पत्नी उनकी इस हरकत पर हैरान हुईं। पर रिश्तों पर जमी बर्फ की चादर इस ठंड में भी बहुत जल्दी पिघल गई और मुझे पूरी उम्मीद है कि आज रात जब उनके घर जाऊँगा, तो मुझे वर्माजी की पत्नी के हाथों की चाय अपने आप पीने को मिलेगी।

आप भी मेरी खुशी की रेसेपी को इस्तेमाल में लाइए, क्या पता आपके घर भी मैं देर रात चाय पीने की आस लिये पहुँच जाऊँ।

□

मुहब्बत की कॉफी

कॉफी हाउस में कोने की टेबल पर एक नौजवान आकर बैठता है।

बेयरा उसे देखकर मुस्कुराता है और गुड मॉर्निंग कहता है। नौजवान चुपचाप बैठा है। वो कोई ऑर्डर नहीं करता, न बेयरा उसके पास आता है। थोड़ी देर इंतजार के बाद बेयरा एक ट्रे में दो कप कॉफी लेकर वहाँ आता है और बिना कुछ पूछे दो कप कॉफी नौजवान के सामने रख देता है और चुपचाप चला जाता है।

नौजवान चुपचाप एक कप कॉफी उठाता है और धीरे-धीरे कॉफी पीने लगता है।

अपनी कॉफी खत्म करने के बाद वो दूसरा कप उठाता है, उसे भी धीरे-धीरे पीने लगता है।

आसपास के टेबल पर बैठे लोगों की निगाह उस नौजवान की ओर जाती है।

कौन है ये ? इसने दो कप कॉफी एक ही बार में क्यों मँगाई ? अगर दो कप कॉफी ही पीनी थी, तो एक-एक कप मँगाता। कम-से-कम दूसरे कप में कॉफी गर्म तो रहती। पर कोई कुछ कहता नहीं।

नौजवान करीब आधे घंटे बाद उठता है और बिल चुका कर चुपचाप वहाँ से चल देता है।

अगले दिन ठीक उसी समय वही नौजवान वहाँ उसी टेबल पर आकर बैठता है। वो आज भी अकेला ही आया है। पर पाँच मिनट बाद एक खूबसूरत सी लड़की वहाँ आती है, वो उसके सामने वाली कुरसी पर बैठ जाती है। दोनों एक-दूसरे को देखकर मुस्कुराते हैं। बेयरा आता है, दोनों को गुडमॉर्निंग कहता है और दो कप कॉफी रख जाता है। दोनों कॉफी पीते हैं, एक-दूसरे से बातें करते हैं और फिर कॉफी हाउस से साथ-साथ निकलते हैं, एक ही गाड़ी में बैठते हैं और चल देते हैं।

जो लोग इस कॉफी हाउस में नियमित आते हैं, वो देखते हैं कि अगले दिन वो लड़का और लड़की एक-दूसरे का हाथ थामे साथ-साथ सुबह-सुबह उस कॉफी हाउस में

घुसते हैं, उसी टेबल पर पहुँचते हैं और अपनी-अपनी कुरसी पर बैठ जाते हैं। बेयरा आता है, कॉफी रखता है, दोनों कॉफी पीते हैं, एक-दूसरे से बातें करते हैं और फिर साथ-साथ चल देते हैं।

तीन दिन, तीन कहानियाँ।

चौथे दिन सुबह के सात बज चुके हैं। कुछ लोग कॉफी हाउस में आते हैं, कोने की उस टेबल की ओर बढ़ते हैं, वो कुरसी पर बैठने ही वाले हैं कि बेयरा दौड़ा-दौड़ा आता है और उनसे अनुरोध करता है कि सर, आप लोग दूसरी टेबल पर बैठ जाएँ, यहाँ कोई आनेवाला है, उसके लिए ये टेबल रिजर्व है।

बड़ा अजीब बेयरा है। पूरा कॉफी हाउस सुबह से खाली है, और ये उन्हें बैठने से रोक रहा है।

खैर, वो लोग बिना किसी बहस के दूसरी टेबल पर बैठ जाते हैं। टेबल खाली है, लेकिन कुछ ही देर में वही लड़का-लड़की साथ-साथ वहाँ पहुँचते हैं, अपनी-अपनी कुरसी पर बैठते हैं और कॉफी पीकर चल देते हैं।

मैं जानता हूँ कि इतनी कहानी पढ़कर आपके जेहन में बॉलीवुड की कोई कहानी घूमने लगी होगी। आपके दिमाग में ये बात बैठने लगी होगी कि संजय सिन्हा हिंदी सिनेमा की कोई स्क्रिप्ट लिखने लगे हैं। कॉफी हाउस की इतनी लंबी कहानी लिख दी, पात्रों से परिचय नहीं कराया, मतलब ये काल्पनिक कहानी है। पर आप भी इतनी आसानी से ये मानने वाले हैं नहीं कि संजय सिन्हा यहाँ फेसबुक पर कोई काल्पनिक कहानी लिखेंगे, आखिर आपका भी एक अनुभव है और आप जानते हैं कि संजय सिन्हा सिर्फ वही लिखते हैं, जो सच होता है।

लेकिन इतना तय है कि आपकी जिज्ञासा बढ़ गई होगी, इस सच को जानने और समझने में।

चलिए आपको और अधिक नहीं उलझाता।

मेरी आज की कहानी के दोनों पात्र एकदम सच्चे हैं।

मेरी कहानी के नायक का नाम है अनुपम और नायिका का संगीता।

दोनों के नाम के आगे डॉक्टर जुड़ा है। मतलब डॉक्टर अनुपम और डॉक्टर संगीता। दोनों मध्य प्रदेश की संस्कारधानी जबलपुर में रहते हैं और वहीं सदर स्थित कॉफी हाउस में सालों से रोज सुबह साथ-साथ कॉफी पीने आते हैं, बिना नागा।

अगर कभी दोनों में से एक नहीं आया, तो भी बेयरा दो कप कॉफी चुपचाप रख जाता

है और एक अकेला दूसरे की कॉफी भी पी लेता है। अगर दोनों किसी दिन वहाँ नहीं पहुँच पाए तो बेयरा काफी देर तक उनके आने का इंतजार करता है। फिर वो समझ जाता है कि दोनों जबलपुर से बाहर गए होंगे, तभी नहीं आ पाए, वरना चाहे सर्दी हो, गर्मी हो या फिर बरसात, ऐसा हो ही नहीं सकता कि ये जोड़ी सुबह की कॉफी पीने वहाँ न पहुँचे।

मैं पिछले दिनों जबलपुर गया था और मेरी मुलाकात वहाँ डॉक्टर अनुपम और डॉक्टर संगीता से हुई। संजय सिन्हा की इतनी कहानी पढ़कर आपको अब तक अंदाजा नहीं हुआ होगा कि ये कहानी है एक दंपती के आपसी प्यार की। पर मेरी आज की कहानी आपको कई मोड़ पर हैरान करनेवाली है, इसलिए आपको बताता चलूँ कि डॉक्टर संगीता और डॉक्टर अनुपम पति-पत्नी हैं।

बहुत साल पहले दोनों की मुलाकात इंग्लैंड के ऑक्सफोर्ड विश्वविद्यालय में पढ़ाई के दौरान हुई थी। दोनों डायबिटीज और कैंसर के कारणों पर वहाँ शोध कर रहे थे। दोनों के अपने-अपने लैब वहाँ थे और दोनों स्कॉलरशिप पर वहाँ काम कर रहे थे। डॉक्टर अनुपम सिन्हा जबलपुर के रहनेवाले हैं और डॉक्टर संगीता हैदराबाद की। विज्ञान के शोध के दौरान दोनों वहाँ मिले और मन के शोध ने दोनों को वहीं एक कर दिया। दोनों ने अपने-अपने घर वालों को बताया कि डायबिटीज और कैंसर से होनेवाली मौत की वजह का पता लगाते-लगाते दोनों ने जीने की वजह तलाश ली है। दोनों के घरवाले तैयार हो गए और फिर दोनों एक-दूजे के हो गए।

कई साल पुरानी बात है। दोनों की शादी कई साल पहले हुई थी। दोनों इंग्लैंड में साथ रहे, फिर साथ कैनेडा चले गए। वहाँ दोनों ने अपने शोध को आगे बढ़ाया। दोनों के शोध को वहाँ की सरकार ने बहुत सराहा। पर एक सुबह जबलपुर से डॉक्टर अनुपम के पिता का फोन आया कि बेटा, घर चले आओ, तुम्हारी बहुत याद आती है।

बेटे ने पिता से वादा किया था कि पापा, आप जिस दिन बुलाएँगे, हम सबकुछ छोड़कर चले आएँगे। पिता ने उन्हें कभी कुछ करने से रोका नहीं था। पिता ने कभी उनसे ये नहीं कहा था कि तुम अपना पूरा कॅरियर छोड़कर बूढ़े बाप के पास चले आओ। पर उस दिन पिता ने फोन किया था, "बेटा, तुम्हारी याद आती है।"

बेटे ने अपने छोटे से सूटकेस में अपने कुछ कपड़े डाले और अपनी पत्नी से कहा कि वो भारत जा रहा है।

पत्नी ने पूछा, "कब लौटोगे?"

"पता नहीं। पापा ने याद किया है। जब तक वो चाहेंगे, वहीं रहूँगा। पापा की सेवा

करूँगा।"

"और मैं?"

"तुम्हें चलने के लिए मैं खुद कैसे कहूँ? तुम्हारा पूरा कॅरियर है। तुम चाहो तो यहाँ आराम से रह सकती हो। सबकुछ है। मैं तो आता-जाता रहूँगा। पर मैं अपने मुँह से ये नहीं कह सकता कि तुम अपना सबकुछ समेट कर मेरे साथ हिंदुस्तान के एक छोटे से शहर में रहने के लिए चल पड़ो। मैं ये नहीं कह सकता कि अपनी रिसर्च को छोड़कर तुम मेरे बूढ़े और बीमार पिता की देखभाल करने चलो।"

"कैसी बातें कर रहे हो। हम और तुम अलग-अलग हैं क्या? हमारा कॅरियर तुम्हारे पिता की इच्छा से बढ़कर है क्या? हमने तो उनसे कितनी बार अनुरोध किया कि वो यहाँ आकर हमारे पास रहें, पर उनसे जबलपुर का प्यार नहीं छूटा। जैसे उनसे जबलपुर का प्यार नहीं छूटा, वैसे ही मैं ये भी नहीं चाहती कि आपसे उनका प्यार छूटे। आप रुकिए, मैं भी साथ चल रही हूँ।"

"सोच लो।"

"सोचना क्या है? अब तो है तुमसे हर खुशी अपनी।"

डॉक्टर अनुपम और डॉक्टर संगीता दोनों जबलपुर चले आए। दोनों अपनी कहानी मुझे सुना रहे थे और मेरी आँखों के आगे पूरी फिल्म चल रही थी। संजय सिन्हा पूरी तरह सुन्न होकर सुन रहे थे।

मेरे सामने दो वैज्ञानिक बैठे थे, जो रिश्तों की थेरेपी को जी रहे थे।

दोनों ने पता नहीं कब तय किया कि हम रोज सुबह की शुरुआत कुछ ऐसे करेंगे, मानो हम पहली बार मिल रहे हों। हम अपनी सुबह ऐसे शुरू करेंगे, जैसे हम पति-पत्नी नहीं प्रेमी और प्रेमिका हैं। हम रोज यहाँ के कॉफी हाउस में मिलेंगे और सुबह की पहली कॉफी साथ एक-दूसरे के साथ ऐसे पिएँगे, जैसे कोई नया जोड़ा एक-दूसरे को निहारते हुए पीता है।

और वहीं से शुरू हुआ रोज सुबह कॉफी हाउस जाने का सिलसिला। अब अगर दोनों कहीं बाहर नहीं गए तो हर सुबह उनकी पहली मुलाकात कॉफी हाउस में होती है। ये भी जरूरी नहीं कि दोनों साथ ही वहाँ जाएँ। कभी डॉक्टर संगीता अगर योगा करने गई हों, तो डॉक्टर अनुपम वहाँ पहले पहुँच जाते हैं और उनका इंतजार करते हैं। ठीक ऐसा ही डॉक्टर संगीता भी करती हैं। दोनों में से एक अगर शहर के बाहर हो तो दूसरा अकेला वहाँ जाता है और दूसरे की कॉफी भी वही पीता है। दोनों अगर शहर के बाहर हों तो बेयरा काफी देर तक उस टेबल पर किसी और को बैठने नहीं देता। काफी देर

बाद वो समझ जाता है कि दोनों बाहर गए हैं। हालाँकि पहले से प्रोग्राम तय हो तो वो खुद ही बेयरा को बताकर जाते हैं।

आज संजय सिन्हा की कहानी यहीं रुकती है। पर आप इसे रुकी हुई कहानी मत समझिएगा।

मुझे यकीन है कि जब भी इसकी अगली कड़ी लेकर मैं आपके पास आऊँगा, आप अपनी नम होती आँखों को कई बार पोंछेंगे, फिर कहेंगे—प्यार सचमुच झुकता नहीं। आप कहेंगे—हाँ यही प्यार है। आप कहेंगे—एक दूजे के लिए। आप कहेंगे—मुहब्बत जिंदाबाद।

□

बुढ़िया कौन ?

कल की ही बात है, मैं दफ्तर से घर के लिए निकल रहा था कि पम्मी का फोन मेरे पास आ गया। पम्मी मेरी दोस्त है। वो पहले तो मुझे बहुत फोन करती थी, पर पिछले कुछ दिनों से उसका फोन नहीं आ रहा था। जब बहुत दिनों तक किसी का फोन नहीं आता, या कोई आपको नहीं याद करता तो आपके दिमाग से भी उसकी तस्वीर मिटने लगती है। पर कल जब बहुत दिनों बाद उसका फोन मेरे पास आया, तो मैं चौंका। मुझे पम्मी की ढेरों बातें याद आने लगीं।

मैंने हैलो किया तो पम्मी के सुबकने की आवाज मुझे हैलो से पहले सुनाई पड़ी।

आगे कुछ कहने को है ही नहीं कि मेरी गाड़ी कैसे पम्मी के घर की ओर मुड़ गई। मैं पम्मी के सामने खड़ा था।

"संजयजी, बहुत परेशान हूँ।"

"क्या हुआ ?"

"बुढ़िया ने जीना मुश्किल किया हुआ है। जब से आई है, मेरी और प्रवीण की रोज ही लड़ाई होने लगी है। होने क्या लगी है, बुढ़िया लड़ाई की सौ वजहें पैदा कर देती है। मुझे यहाँ से निकलना है। आप कुछ कीजिए।"

"बुढ़िया ? ये बुढ़िया कौन है ?"

"प्रवीण की माँ और कौन। महीना भर से यहाँ आई है। लगता है अब यहीं रहेगी। मैं उसकी उम्मीदों पर कतई खरी नहीं उतर रही। मैंने उनके लिए पता नहीं क्या-क्या किया। गिनाने बैठूँ तो बहुत कुछ गिना दूँ। पर अब मुझसे नहीं होता।"

पम्मी कुछ-कुछ और बोल रही थी, लेकिन मेरे कान बंद हो गए थे।

बुढ़िया प्रवीण की माँ है, मतलब पम्मी की सास।

कल मैं ज्यादा देर तक पम्मी के पास नहीं रुका। मैंने उससे वादा किया है कि आज मैं

फोन करके उसकी समस्या का समाधान उसे बता दूँगा।

मेरे पास इस विषय में कहने को अधिक कुछ है नहीं, सिवाय उस कहानी को सुनाने के, जिसे कुछ दिन पहले किसी ने मुझसे साझा किया था।

कहानी इस तरह है—

गाँव की एक लड़की दूध बेचने के लिए रोजाना दूसरे गाँव जाती थी। रास्ते में एक नदी पड़ती थी। लड़की रोजाना दूध का डिब्बा खोलती, उसमें से एक लोटा दूध निकाल कर अलग कर लेती। फिर दूध के डिब्बे में एक लोटा पानी मिलाती और नदी के पार गाँव की ओर चल देती दूध बेचने।

नदी के किनारे पेड़ के नीचे एक संत माला फेरते, इस लड़की को रोज ऐसा करते देखते। एक दिन उन्होंने उस लड़की को अपने पास बुलाया और कहा कि तुम डिब्बे से एक लोटा दूध निकालती हो और फिर डिब्बे में पानी मिला देती हो, तुम ऐसा क्यों करती हो ?

लड़की ने धीरे से कहा कि बाबा, जिस गाँव में में दूध बेचने जाती हूँ, उसी गाँव में मेरी सगाई हुई है। जब से सगाई हुई है, मैं रोज एक लोटा दूध 'उन्हें' जाकर दे देती हूँ। दूध कम न पड़े, इसलिए मैं डिब्बे में एक लोटा पानी मिला देती हूँ।

बाबा ने लड़की से कहा कि क्या तुमने कभी हिसाब लगाया है कि तुम कितना दूध और कितना पानी कर चुकी हो, अपने मंगेतर के लिए ?

लड़की ने धीरे से कहा कि बाबा जब सारा जीवन ही उन्हें सौंप देने का मन बना लिया है, तो फिर इस बात का क्या हिसाब लगाना ? जितना दे सकी, दे दिया। जितना दे सकूँगी, देती रहूँगी।

संत के हाथ से माला छूट कर नदी में जा गिरी।

संत ने लड़की के पाँव पकड़ लिये।

"ओह ! जब मैंने अपना जीवन ही ईश्वर के नाम कर दिया, तो फिर जप में माला का हिसाब क्या रखना कि कितनी माला फेर ली।"

रिश्तों में जो लोग हिसाब लगाते हैं कि मैंने ये किया, उनके रिश्ते कर्कश हो जाते हैं। ऐसे रिश्तों में माँ का संबोधन बुढ़िया में तब्दील हो जाता है। ऐसे रिश्तों में उम्मीदों का हिसाब तो होता है, जिंदगी का नहीं।

□

डस्टबिन

कल मैंने आपको पम्मी की कहानी सुनाई थी। पम्मी मेरी सहेली है और परसों से पहले तक वो मुझे बहुत अच्छी भी लगती थी। हालाँकि मैं किसी एक घटना से किसी के बारे में कोई भी राय नहीं बनाता, लेकिन पम्मी ने मुझे दो दिन पहले फोन करके अपने घर बुलाया था और कह रही थी कि 'बुढ़िया' ने उसका जीना मुश्किल कर दिया है। पम्मी का जीना मुश्किल हो गया है, ये मेरे लिए दुःखद खबर हो सकती थी अगर पम्मी ने खुद मुझे ये बताया नहीं होता कि वो अपने पति की माँ को 'बुढ़िया' कह रही है।

माँ किसी की हो, उसे इस नाम से संबोधित करने के बाद संजय सिन्हा के पास कहने को कुछ बचता ही नहीं।

मैं चुपचाप वहाँ से चला आया था। फिर कल मैंने पूरी कहानी लिखी। मैंने लिखा कि मेरे पास पम्मी को देने के लिए कोई ज्ञान था ही नहीं। मेरे पास उनके लिए कोई ज्ञान नहीं होता, जो रिश्तों में लेन-देन का हिसाब रखते हैं। मेरे पास उनके लिए कोई ज्ञान नहीं होता, जहाँ रिश्तों के संबोधन अपना अर्थ खो चुके होते हैं।

मैं पम्मी की बातों से पहले से ही परेशान था। लेकिन कल जब मेरी पोस्ट पर कल्पना माहेश्वरीजी ने कमेंट में लिखा कि वो किसी रिश्तेदार के घर गई थीं तो रिश्तेदार ने उनसे कहा कि कोई लड़की उनके ध्यान में हो तो बताएँ।

कल्पनाजी के रिश्तेदार को अपने बेटे के लिए लिए बहू की तलाश थी। शादी-ब्याह ऐसे ही होते हैं। लोग एक-दूसरे से पूछकर, जानकर लड़का या लड़की तलाश करते हैं। यहाँ तक तो बात ठीक थी। पर कल्पनाजी ने कल अपने कमेंट में इसके आगे जो लिखा, उसे पढ़कर मैं सिहर उठा। उन्होंने लिखा है कि आजकल लड़की वाले ये भी पूछने लगे हैं कि आपके घर में कितने डस्टबिन हैं।

डस्टबिन ? कल्पनाजी खुद ही उलझ गईं। डस्टबिन से क्या मतलब ? घर में कई

डस्टबिन हो सकते हैं। हर कमरे में एक डस्टबिन हो सकता है।

पर जैसे ही कल्पनाजी को पता चला कि डस्टबिन से उनका मतलब घर के बुजुर्गों से था।

मतलब घर के बुजुर्ग डस्टबिन हो गए। कूड़ा रखने की चीज।

ओह! क्या समचुम हम सबकुछ दिनों बाद 'डस्टबिन' बन जाएँगे? हमारे बच्चे और उनके दोस्त हमें कोडवर्ड में डस्टबिन बुलाएँगे?

मैं बहुत साल अमेरिका में रहा हूँ।

मेरे एक बुजुर्ग पड़ोसी मुझसे अक्सर कहा करते थे कि उनका बेटा फलाँ कंपनी में बहुत ऊँची पोस्ट पर है। पर उस बुजुर्ग को अकेले अपने सारे काम करते देखकर मुझे कभी-कभी हैरानी होती थी कि आखिर वो यहाँ अकेले क्यों पड़े हैं। मेरे वो पड़ोसी तन्हा थे, पर खुश थे। उनकी चिंता बस इतनी ही थी कि मरने के बाद उनका क्या होगा। उनकी इच्छा थी कि घर के सामने वाली कब्रगाह में उनके लिए जगह बुक करा दी जाए, बस।

उन्होंने ही मुझे पहली बार बताया था कि अमेरिका में लोग मरने से पहले पैसे जमा करके अपने लिए कब्र की जगह खरीद लेते हैं। वहाँ के लोग मौत के बाद भी किसी पर बोझ नहीं बनना चाहते।

मुझे नहीं पता कि आज मैं क्या-क्या लिख रहा हूँ।

मुझे कल से ही समझ में नहीं आ रहा कि कल्पनाजी के कमेंट के बाद मेरे पास सचमुच कुछ लिखने को बचा भी है क्या?

मिर्जा गालिब की प्रेमिका ने एक बार उनसे पूछा था कि कैसे हो मिर्जा, तो मिर्जा ने बहुत गहरी साँस लेकर कहा था,

"जला है जिस्म जहाँ, दिल भी जल गया होगा,
कुरेदते हो जो अब राख, जुस्तजू क्या है?"

कल से मुझे लग रहा है कि सचमुच जहाँ पति की माँ बुढ़िया कही जाने लगी हो, जहाँ बूढ़े माँ-बाप डस्टबिन कहे जाने लगे हों, वहाँ अब बचा क्या है?

रिश्तों के जिस्म जल जाने के बाद राख में दिल की तलाश नहीं की जानी चाहिए, दिल भी जिस्म के साथ जल जाते हैं, इस सत्य को समझने में किसी को क्या मुश्किल होनी चाहिए?

□

रोशनी की खबर

रोज सुबह दफ्तर से मेरे पास फोन आता है। यह कॉन्फ्रेंस कॉल होती है, जिसमें हम कुछ लोग सुबह ही फोन पर खबरों के एजेंडा को तय करते हैं। दिनभर में अगर कोई बड़ी घटना नहीं घटी तो, हम एक तरह से टी.वी. पर जिन खबरों को दिखलाना चाहते हैं, उन खबरों की रूप-रेखा सुबह तय कर लेते हैं।

जब ये फोन मेरे पास आता है, तब मैं घर पर होता हूँ। फोन करनेवाला व्यक्ति दफ्तर में होता है। मतलब उसके पास मुझसे अधिक नई खबरें होती हैं। मैं फोन पर पूछता हूँ कि और क्या नई खबरें हैं?

फोन करनेवाला उधर से उत्साहित होकर बताता है कि फलाँ आदमी को पुलिस ने फलाँ जुर्म में पकड़ लिया है। फलाँ नेता पर रिश्वत लेने का आरोप लगा है।

सुबह-सुबह ऐसी नकारात्मक खबरें सुनकर मैं काफी देर तक चुप रहता हूँ। फोन करनेवाला व्यक्ति मुझसे सुनना चाहता है कि उसने जो ब्रेकिंग न्यूज मुझे दी है, मैं उस पर उसे शाबाशी दूँ। पर मैं चुप रहता हूँ।

मैं इस सत्य को जानता हूँ कि नेगेटिव खबरें ज्यादा बिकती हैं। पता नहीं क्यों, लेकिन हमारे मस्तिष्क की बनावट ही कुछ ऐसी है कि हम मशहूर लोगों के अपराध की खबरों को पढ़ना, सुनना और देखना पसंद करते हैं।

मैं जब पत्रकार बनने आया था, तब मेरे जेहन में ये बात थी कि अपनी खबरों से मैं समाज में इतना बदलाव ला दूँगा कि धीरे-धीरे बुराई खत्म हो जाएगी। जिन दिनों मैं पत्रकार बनने आया था, उन दिनों राजीव गांधी पर बोफोर्स तोप की खरीद में रिश्वत लेने का आरोप लगा था और वी.पी. सिंह जेब से एक पुर्जा निकाल कर रोज-रोज ये दावा करते थे कि राजीव गांधी के स्विट्जरलैंड का एकाउंट नंबर मिल गया है।

जनसत्ता अखबार में मुझे नौकरी मिलने के बाद ही वी.पी. सिंह प्रधानमंत्री बने थे। मुझे यकीन होने लगा था कि अब अखबार में हम बुराई की खबरें छापनी बंद कर देंगे। अब

तो सिर्फ अच्छी खबरें ही छपेंगी।

पर ऐसा नहीं हुआ।

अखबार में उसके बाद भी बुरी खबरें खूब छपती रहीं। पता नहीं कहाँ से रोज-रोज ढेर सारी बुरी खबरें हमारे सामने आ जातीं।

मेरे दफ्तर से जो व्यक्ति मुझे फोन करता है, उसे मैं कई बार समझाता हूँ कि सुबह-सुबह कुछ अच्छी खबरें सुनाया करो। मुझे बताओ कि फलाँ आदमी ने कुछ ऐसा काम किया कि वो लोगों का प्रेरणास्रोत बन गया। किसी ने कोई ऐसी नई खोज कर ली है, जिससे आदमी की जिंदगी और बेहतर बन सकती है। ये क्या खबर हुई कि बगदादी ने सौ लोगों को मार कर उसके खून से स्नान किया। किम जोंग ने अपने एक मंत्री को तोप में बाँध कर उड़ा दिया। हमारे देश के फलाँ नेता रिश्वत लेते गिरफ्तार।

मैं मानता हूँ कि बुरी खबरें भी खबरें होती हैं। लेकिन आदमी को कोशिश करके सुबह-सुबह अच्छाई के साथ शुरुआत करनी चाहिए।

बुरी खबरें मन में चाहे सनसनी जितनी मचाएँ, लेकिन सुकून नहीं दे सकतीं।

मैं अपने दफ्तर के कर्मचारी को समझा-समझा कर थक गया हूँ। पर वो बेचारा भी क्या करे?

कुछ दिन पहले एक फिल्म आई थी, 'फ्लाइंग जट'।

फिल्म चली हो या नहीं, ये अलग बात है। उसमें एक विलेन होता है, उसका नाम है राका।

राका की टाइगर श्रॉफ से लड़ाई होती है तो राका बहुत दूर जाकर किसी तारकोल के गोदाम में गिरता है और तारकोल में डूब जाता है। वो करीब तीन महीने तक उसी तारकोल में फँसा रहता है। वो तारकोल ही खाता है, तारकोल ही पीता है, तारकोल में ही साँस लेता है।

तीन महीने बाद जब वो तारकोल से बाहर निकलता है तो उसका रंग काला पड़ चुका होता है। उसका दिमाग पूरी तरह प्रदूषित हो चुका होता है। हालाँकि गुंडा वो पहले से था, पर अब वो बहुत खतरनाक राक्षस बन चुका होता है। अब वो खाना नहीं खाता, अब वो सिर्फ प्रदूषण खाता है। क्योंकि वो प्रदूषण को खाता है, इसलिए वो प्रदूषण को जन्म देता है। वो शहर में आग लगा देता है, ताकि प्रदूषण फैले और वो जी सके।

है तो ये फिल्म, लेकिन फिल्म में कल्पना यही है कि अगर कोई लगातार प्रदूषण के बीच रहे, तो एक दिन वो उसी को जीने लगता है।

मुझे लगता है कि हमें अच्छी खबरों की तलाश करनी चाहिए। अपने आसपास भी अगर कोई अच्छा काम करता है, तो उसे हाईलाइट करना चाहिए। हमें उनकी कहानियों को तरजीह देने की कोशिश करनी चाहिए, जो बहुत छोटा सा, मगर कोई अच्छा काम कर रहे हैं।

पर जिस तरह रोज सुबह-सुबह हम नकारात्मक खबरों की चर्चा पहले करते हैं, उससे तो मुझे लगने लगा है कि समय के साथ-साथ हम सब तारकोल में फँसे हुए राका की तरह हो चुके हैं।

हमें बुरी चीजें अधिक आकर्षित करने लगी हैं। हमें नकारात्मक बातें अधिक प्रिय लगने लगी हैं।

अगर ऐसा है, तो मुझे तो सोचना होगा कि क्या मैं पत्रकारिता ही करता रहूँ या फिर कुछ और सोचूँ। मुझे नकारात्मक बातें, बुरी खबरें आकर्षित नहीं करतीं। मुझे बहुत सारा अँधेरा उतना आकर्षित नहीं करता जितना कि जुगनू और उससे निकलने वाली रोशनी, चाहे कम ही सही।

□

एक अधूरी शिक्षा

क्या आप भी अपने बच्चे को 'बाबा ब्लैक शिप, हैव यू एनी वूल' और 'ट्विंकल, ट्विंकल लिटिल स्टार' वाले अंग्रेजी स्कूल में पढ़ाते हैं? क्या आप भी अपने बच्चे को अंग्रेजी पढ़ा कर 'साहब' बनाने का सपना मन में पाले बैठे हैं? क्या आपको लगता है कि आपका बच्चा सिर्फ स्कूल जाकर ही एक सफल इनसान बन जाएगा?

अगर आप ये सब करते हैं, सोचते हैं, तो मैं आज इतना ही कहूँगा कि आप भी वही गलती कर रहे हैं, जो गलती श्री रामेंद्र सरीनजी ने की थी।

श्री रामेंद्र सरीनजी से मैं कभी नहीं मिला, लेकिन हरदोई के मेरे एक परिजन अशोक कुमार शुक्ला उनसे मिले थे।

मुमकिन है कि अब तक आप भी श्री रामेंद्र सरीनजी के नाम से वाकिफ हो चुके हों, मुमकिन है कि आप अब तक उनके नाम से वाकिफ न भी हुए हों। मुझे उनके बारे में कल ही पता चल गया था, लेकिन मेरा मन कल उनके बारे में लिखने को बिल्कुल नहीं हुआ। मेरे मन में ऐसी खबरें अवसाद पैदा करती हैं और अवसाद से मैं बहुत बचना चाहता हूँ।

सरीन साहब की कहानी हमारी और आपकी कहानी से अलग नहीं।

उन्होंने जीवन में वही किया, जो हम और आप कर रहे हैं। अब आपके मन में सवाल उठ रहा होगा कि संजय सिन्हा फिर पहेली बुझाने लगे हैं, तो मैं आपकी शंका का समाधान करते हुए सीधे-सीधे मुद्‌दे पर आ जाता हूँ।

कुछ साल पहले सरीन साहब बरेली में दूरदर्शन के बड़े अधिकारी हुआ करते थे। इतने बड़े अधिकारी कि दो-चार नौकर घर पर रख सकते थे और अपने बच्चे को अंग्रेजी स्कूल में पढ़ा सकते थे। उन्होंने ये किया भी। हर महान् बाप की तरह उन्होंने भी अपने बच्चे को शहर के सबसे महँगे स्कूल में पढ़ाया। इस बात की पूरी जानकारी रखी कि

बेटा 'ट्विंकल, ट्विंकल लिटिल स्टार' वाली कविता को ठीक से रट पाया है या नहीं। उन्होंने इस बात का भी ध्यान रखा कि कहीं उनके बेटे की स्कूल की यूनिफार्म में सलवटें तो नहीं पड़ गईं। बड़े लोगों की शान होती हैं ऐसी बातें।

उनका बेटा खूब पढ़ा। स्कूल से कॉलेज, कॉलेज से विदेश में नौकरी। किसी बाप के लिए इससे बड़ी बात और क्या हो सकती है।

बाप का सपना पूरा हुआ। बेटे ने खूब पढ़ाई की। सरीन साहब ने बेटे को सबकुछ पढ़ाया, बस रिश्तों का पाठ नहीं पढ़ा पाए।

मुझे याद है, मैं तब जनसत्ता में नौकरी करता था। मेरे पिताजी मेरे छोटे भाई के पास बड़ौदा गए थे। एक शाम भाई ने फोन किया कि पिताजी की तबीयत खराब है, भाई चले आओ। मैं उस दिन किसी वजह से बड़ौदा नहीं जा पाया था। मैं बड़ौदा नहीं गया, लेकिन मेरा मन बड़ौदा में पिताजी के पास जाकर अटक गया था। वो रात मैंने बिस्तर पर कैसे काटी थी, मैं ही जानता हूँ। अगली सुबह मैं इंडियन एयरलाइंस का दफ्तर खुलने से पहले उसके काउंटर पर खड़ा था। काउंटर खुला, मैंने बड़ौदा का टिकट लिया, पर वापस लौटते हुए मुझे ऐसा लगने लगा था कि मैंने देर कर दी है।

घर आया तो पता चला कि पिताजी का निधन हो गया है।

मैं शाम तक बड़ौदा पहुँच भी गया था, लेकिन मैंने आज तक खुद को उस देर के लिए माफ नहीं किया है।

जानते हैं क्यों?

क्योंकि मेरे पिता मेरी स्कूली पढ़ाई से अधिक रिश्तों के विद्यालय में मुझे पढ़ाने में यकीन करते थे। उन्होंने हम दोनों भाइयों को रिश्तों के विद्यालय में कुछ इस तरह पढ़ाया था कि एक ऐसा वक्त भी था कि हम दोनों भाई पिता से इस बात पर नाराजगी जताया करते थे कि आप रिटायर होने के बाद उसके पास मुझसे अधिक रुकते हैं। हम दोनों भाइयों के लिए हमारे पिता संसार के सबसे महान् पिता थे और हम दोनों के सबसे अच्छे मित्र भी, यहाँ तक कि हम दोनों ने अपनी-अपनी पत्नियों को यह निर्देश दे रखा था कि किसी और से तुम्हारे रिश्ते चाहे जैसे हों, तुम उनसे चाहे जैसे अपने रिश्ते निभाओ। लेकिन तुम दोनों के व्यवहार से हमारे पिता के मन को कभी रत्ती भर तकलीफ नहीं होनी चाहिए।

दोनों बहुओं ने जब तक पिताजी रहे, उनका पूरा मान रखा।

दरअसल रिश्तों को लेकर हम दोनों भाई बहुत स्पष्ट थे। हम दोनों रिश्तों के जिस स्कूल से पढ़कर निकले थे, वहाँ कभी हमने तोतला नहीं बोला। हम दोनों की समझ एकदम साफ थी।

हम दोनों की समझ साफ थी, क्योंकि हमारे पिता की समझ रिश्तों को लेकर बिल्कुल साफ थी।

पर सरीन साहब कहीं चूक गए।

उन्होंने अपने बच्चे को सबकुछ पढ़ा दिया, पर रिश्तों का अर्थ नहीं पढ़ा पाए।

हर आदमी को एक दिन काम से रिटायर हो जाना पड़ता है। सरीन साहब भी रिटायर हो गए। इस बीच उनकी पत्नी का निधन हो चुका था।

सरीन साहब जब रिटायर हुए, तब उनका बेटा विदेश में नौकरी पा चुका था। वो विदेश में सेटल हो चुका था।

पिता ने अगर बेटे को नौकरी के पाठ के साथ-साथ रिश्तों का पाठ भी पढ़ाया होता तो बूढ़ा बाप अकेला न रहता।

काश ऐसा होता!

रिटायर्ड बाप किस काम का? बूढ़ा बाप किस काम का?

विदेश की चमकीली जिंदगी में टूटे दाँतों वाला बूढ़ा बाप बेटे के लिए डस्टबिन से अधिक कुछ नहीं रह गया था। और ये डस्टबिन? मुझे नहीं पता, लेकिन वो पिछले कई वर्षों से वृद्धाश्रम में पड़ा था। और कल अखबारों में खबर छपी की दूरदर्शन से रिटायर्ड डायरेक्टर श्री रामेंद्र सरीन का शव दारू के ठेके के बाहर लावारिस पड़ा मिला।

इसके आगे लिखने को क्या बचा? इसके आगे पढ़ने को भी क्या बचा है? संजय सिन्हा की उँगलियों ने कल इसे लिखने से मना कर दिया था। आज भी इस कहानी को लिखते हुए उनकी उँगलियाँ काँप रही हैं।

मेरी कहानी का मर्म आप ये बिल्कुल मत निकालिएगा कि मैं सरीन साहब की औलाद को कोस रहा हूँ। मैं सरीन साहब को ही कोस रहा हूँ, क्योंकि सच्चाई यही है कि अपनी व्यस्त जिंदगी में हम खुद ही अपनी संतान को बाबा ब्लैक शिप वाला पाठ तो पढ़ाते हैं, लेकिन रिश्तों का पाठ नहीं पढ़ाते। जब हमने बच्चे को पढ़ाया ही नहीं कि रिश्तों का अर्थ क्या होता है, तो हमें बच्चे को कोसने का अधिकार भी नहीं।

पहले अपनी सोच साफ करनी होती है, फिर किसी को कोसना होता है। आप भी अपने मन में झाँकिए कि आपके पीछे कोई रोने वाला है या नहीं।

जिनके पीछे रोने वाले नहीं होते, उनकी जिंदगी सरीन साहब जैसी ही गुजरती है। और इसके जिम्मेदार आप खुद होंगे, कोई और नहीं।

□

संजय का सत्य

मैं संजय सिन्हा आज जो कहानी आपको सुनाने जा रहा हूँ, उस कहानी को आप चाहें तो अपने रिकॉर्ड में कहीं रख लीजिएगा। आप मेरी आज की कहानी को अपने बच्चों को कल ये कहकर सुनाइएगा कि संजय सिन्हा ने कहानी नहीं लिखी, इतिहास का अध्याय लिखा है। एक ऐसा अध्याय, जिससे हो सकता है बहुत से लोग वाकिफ न हों।

एक ऐसा इतिहास, जिसे आज नहीं तो कल इतिहास की किताब में एक अध्याय के रूप में शामिल किया जाएगा। एक ऐसा इतिहास, जिसमें संस्कृति का पाँचवाँ अध्याय छिपा है।

आज मैं आपको रत्ती भर नहीं उलझाऊँगा। आज मैं आपको भारतीय संविधान की वो कहानी सुनाने जा रहा हूँ, जिसके रचयिता की ही इच्छा थी कि उनके जीते जी इस कहानी का प्रचार और प्रसार न हो।

लेकिन मैं, संजय सिन्हा, आज एक पुत्र की तरफ से अपने पिता से किए वादे को तोड़ने का अपराध करने जा रहा हूँ। मैं ऐसा इसलिए कर रहा हूँ, क्योंकि पुत्र की इच्छा है कि पिता का ऋण उतारने का मैं माध्यम बनूँ।

मैंने आपको बताया था कि पिछले दिनों जब मैं जबलपुर गया था, वहाँ ऑक्सफोर्ड विश्वविद्यालय में वैज्ञानिक रहे डॉक्टर अनुपम सिन्हा से मेरी मुलाकात हुई थी। अनुपमजी की कई कहानियाँ हो सकती हैं। लेकिन आज कहानी उस इतिहास की, जिसे जानने समझने और सँभाल कर रखने की जिम्मेदारी हमारी नई पीढ़ी पर है।

अनुपमजी के पिता जबलपुर में रहते थे और अंतरराष्ट्रीय स्तर के चित्रकार थे। वो शिक्षक भी थे और जबलपुर में ही शासकीय कला निकेतन महाविद्यालय के प्रिंसिपल थे।

अनुपमजी अपनी यादों को खँगालते हुए जब मुझे बता रहे थे कि कैसे 1949 में उनके पिता ने मात्र 20 साल की उम्र में भारत के संविधान की मूल कृति का अलंकरण कर

उसे विश्व का सबसे सुंदर संविधान बनाया था।

तब अनुपम बहुत छोटे थे, स्कूल में पढ़ते थे, और सुबह-सुबह वो अपने पिता के साथ स्कूल के लिए निकलते। पिता कॉलेज में पढ़ाने चले जाते, बेटा स्कूल में पढ़ने।

रोज दस मिनट के इस साथ में पिता ने पुत्र को भारतीय इतिहास की तमाम वो अनसुनी कहानियाँ सुनाईं, जो शायद अनमोल धरोहर हैं।

डॉक्टर अनुपम सिन्हा के पिता का नाम था—ब्योहर राममनोहर सिन्हा।

एक दिन राम मनोहरजी अपने पुत्र को स्कूल छोड़ने जाते हुए भारतीय इतिहास के बारे में बता रहे थे कि कैसे उन दिनों एक ओर नवोदित गणतंत्र के स्वरूप के मसौदे पर विचार-विमर्श हो रहा था और उस स्वरूप को प्रतीकों के माध्यम से प्रस्तुत करने की तैयारी चल रही थी। ऐसा कहा जाता है कि एक चित्र में हजार शब्दों के बराबर शक्ति होती है।

पिता की सुनाई कहानियों को याद करते हुए गर्व से सिर उठाकर अनुपम मुझे बता रहे थे कि कैसे उनके पापा उन दिनों शांति निकेतन में पढाई पूरी कर रहे थे और एक दिन गुरु नंदलाल बसु ने उन्हें निर्देश दिया कि राम मनोहर, तुम भारत-भ्रमण पर जाओ। पूरे देश को देखो। तुम्हें भारतीय संविधान को प्रतीकों से सजाना है, सँवारना है।

राम मनोहर सिन्हाजी गुरु के आदेश पर निकल गए।

बेटा बता रहा था कि सारनाथ, साँची, अजंता, एलोरा, बदामी, महाबलीपुरम आदि स्थानों पर रहकर पापा ने स्केच तैयार कर अंततः उन प्रतीकों को संविधान के अलंकरण में समाहित किया। संविधान के 'चेहरे' यानी प्रस्तावना पृष्ठ पर चित्रों के माध्यम से पापा ने दर्शाया कि नवोदित भारत-गणराज्य वृषभ-प्रतीक है। गौर से देखिए पृष्ठ का ऊपरी बायाँ कोना। वृषभ यानी धैर्यवान और साधुवत्। इसी पृष्ठ के ऊपरी दाएँ कोने को देखिए, आपको गज यानी हाथी की तस्वीर दिखेगी। इन चित्रों के माध्यम से हमारे संविधान को उच्च बौद्धिक स्तर का माना गया है।

नीचे के दाहिने कोने में बाघ का होना इस बात का प्रतीक है कि हमारा संविधान निर्भीक और संप्रभुतासंपन्न होगा। और अब नीचे के बाएँ कोने को देखिए। वहाँ अश्व यानी घोड़े का प्रतीक गति और शक्ति को दर्शा रहा है।

इनके अलावा आप इसी पृष्ठ पर मोर को देख सकते हैं, जो शुचिता का प्रतीक है। और साथ में हंस की तस्वीर नैतिकता का प्रतीक है। पद्म प्रतीक है नव सृजन का।

इस तरह राम मनोहरजी ने संविधान की प्रस्तावना पर चित्रों के जरिए सिर्फ अलंकरण

का काम नहीं किया, उन्होंने भारत की पुरातन संस्कृति-दर्शन-आध्यात्म का सार इसमें समाहित कर दिया।

राम मनोहरजी की तरफ से प्रस्तावना-पृष्ठ का अलंकरण और उसकी भारतीय-प्रतीकात्मकता देखकर उनके गुरु नंदलाल बसु भी आश्चर्यचकित रह गए थे और उसे यथावत् स्वीकार कर लिया गया था।

सबकुछ हो चुका था, पर एक विचित्र समस्या सामने आ गई थी। राम मनोहरजी ने इन तस्वीरों पर अपने हस्ताक्षर करने से ये कहकर इनकार कर दिया कि राष्ट्र निर्माण में ये उनका एक छोटा सा योगदान है, इसमें हस्ताक्षर क्यों करना?

कमाल की बात थी। आजकल तो छोटी से छोटी उपलब्धि को भी खींचतान कर दर्शाने और वाहवाही लूटने का जमाना है, तब राम मनोहरजी ने इसका क्रेडिट लेने तक से मना कर दिया था। पर उनके गुरु ने जब बहुत दबाव डाला तो उन्होंने कोने में सिर्फ राम लिख दिया। अगर आप बहुत गौर से इसे पढ़ने की कोशिश करेंगे, तभी आप राम शब्द भी पढ़ पाएँगे।

पिता ने संविधान निर्माण की ये कहानी बहुत बचपन में सुनाई थी, साथ ही ये भी कहा था कि इसका प्रचार-प्रसार नहीं करना। उनका मानना था कि देश की सेवा का प्रचार-प्रसार क्या करना।

खैर, पुत्र आगे की पढ़ाई के लिए ऑक्सफोर्ड विश्वविद्यालय चला गया और 2007 में पिता की इच्छा पर वतन लौट आया। 2007 में ही पिता का निधन हो गया।

पुत्र ने पिता के योगदान और त्याग की कहानी कभी किसी से साझा नहीं की। पर पिछले दिनों मेरी जबलपुर की यात्रा के दौरान जब उन्होंने संजय सिन्हा को ये कहानी सुनाई तो संजय सिन्हा खुद को भला कैसे रोक सकते थे इसे आपको सुनाने से।

संजय का काम है सत्य को सामने रखना।

आज एक बार फिर संजय ने एक ऐसे सत्य को आपके सामने रख दिया है, जो एक दिन सचमुच इतिहास का बहुत बड़ा अध्याय बनेगा। ये संजय की भविष्यवाणी है। संजय की भविष्यवाणी कभी झूठी साबित हो ही नहीं सकती।

□

सबसे बड़ा सबक

ओडिशा में भयानक तूफान आया था। मैं जी न्यूज की ओर से तूफान की तबाही की रिपोर्टिंग करने गया था। पुरी, भुवनेश्वर, कटक, एरसामा की तबाही को कैमरे में कैद करके मैं दिल्ली लौट रहा था। मेरी फ्लाइट भुवनेश्वर से दिल्ली की थी। जिस दिन शाम को मेरी वापसी थी, उसी दिन सुबह सोनिया गांधी और माधव राव सिंधिया तूफान की तबाही का जायजा लेने चार्टर्ड प्लेन से भुवनेश्वर पहुँचे थे। उन्हें भी उसी शाम भुवनेश्वर से दिल्ली लौटना था।

मुझे पता चला कि सोनिया गांधी जिस विमान से आई थीं, उसमें कोई समस्या आ गई थी और उनकी वापसी भी इंडियन एयर लाइंस के उसी विमान से होनी थी।

सोनिया गांधी की सीट सबसे आगे वाली थी। सबसे किनारे वो बैठी थीं, बीच में माधव राव सिंधिया और खिड़की की सीट पर खुशवंत सिंह बैठे थे। फ्लाइट पुरी से भुवनेश्वर आई थी और खुशवंत सिंह पुरी से ही वहीं बैठे थे। उनके ठीक पीछे की पंक्ति में तीनों सीटों पर एसपीजी के सुरक्षा कर्मचारी थे। तीसरी पंक्ति में मैं अपने कैमरामैन के साथ था।

मुझे पहले ही पता चल गया था कि सोनिया गांधी इसी प्लेन से दिल्ली जा रही हैं, इसलिए मैंने कैमरामैन को तैयार रखा था कि जैसे ही विमान उड़ेगा और सीट बेल्ट खोलने की अनुमति मिल जाएगी, मैं सोनिया गांधी के पास जाऊँगा, तुम तैयार रहना हम प्लेन में इंटरव्यू करेंगे।

मुझे याद है कि इस बारे में मैंने आपको पहले भी बताया है कि कैसे विमान के उड़ते ही मैं सोनिया गांधी की सीट के पीछे की सीट से उठा और वाशरूम गया। वापसी में मैं सोनिया गांधी के पास रुक गया और मैंने अपना परिचय देकर उनसे इंटरव्यू की बात की।

सोनिया गांधी इंटरव्यू के लिए तैयार हो गईं, हालाँकि एसपीजी वालों ने रोकने की

कोशिश की थी, लेकिन सोनिया गांधी ने उन्हें चुप करा दिया। मैं खुश था कि इंटरव्यू हो जाएगा, लेकिन तभी एयर होस्टेस भागती हुई मेरे पास आई और इंटरव्यू रोकने का अनुरोध किया। मैंने कहा कि जब सोनियाजी को आपत्ति नहीं तो आप क्यों रोक रही हैं?

वो उस समय तो वहाँ से चली गई। पर अगले ही पल वापस आई और उसने मुझसे कहा कि पायलट आपको कॉकपिट में बुला रहे हैं।

मैं कॉकपिट में गया। पायलट ने मुझे अपने पास बिठाया और समझाने लगा कि मुझे फ्लाइट में इंटरव्यू नहीं करना चाहिए।

मैंने पूछा, "क्यों?"

"क्योंकि ये कमर्शियल फ्लाइट है। इसमें बहुत से यात्री ऐसे हो सकते हैं, जिन्हें आपका कैमरा ऑन होने से, रिकॉर्डिंग करने पर आपत्ति हो सकती है। ये हर पैसेंजर की निजता का मामला है। एक जिम्मेदार पत्रकार होने के कारण आपको इस बात का ध्यान रखना चाहिए।"

"पर सोनिया गांधी तो तैयार हैं।"

"नहीं। वो आपको मना नहीं कर पाईं, ये और बात है, लेकिन उन्हें भी ये नियम पता होगा।"

"मैं कॉकपिट से बाहर निकला, सोनिया गांधी के पास पहुँचा, तो वो मुस्कुरा रही थीं। उन्होंने कहा, "पायलट ने मना कर दिया न!"

"हाँ।"

"पायलट सही कह रहे हैं। कमर्शियल फ्लाइट में हमें बहुत सी बातों का ध्यान रखना पड़ता है। सबसे महत्त्वपूर्ण है आम आदमी की निजता की रक्षा। मुझे पता था कि पायलट आपको अनुमति नहीं देंगे। खैर, कोई बात नहीं एक एक्सक्लुसिव इंटरव्यू संजय सिन्हा के नाम उधार रहा।"

मैं उदास होकर अपनी सीट पर लौट आया।

पर बाद में मैंने इस विषय पर बहुत सोचा। बाद में मैंने कई नेताओं और अभिनेताओं के इंटरव्यू विशेष विमान में किए, पर कभी कमर्शियल फ्लाइट में नहीं।

ये सच है कि आम आदमी की सुरक्षा और निजता हम जैसे पत्रकारों की वजह से कई बार खतरे में पड़ जाती है। हमें ऐसा नहीं करना चाहिए। मैं कई पत्रकारों को ये गलती करते देखता हूँ तो अफसोस होता है।

खैर, आज मुझे ये कहानी नहीं सुनानी थी।

पिछले हफ्ते हमारे मित्र शाहरुख खान अपनी नई फिल्म रईस के प्रमोशन के लिए मुंबई से दिल्ली अगस्त क्रांति एक्सप्रेस में निकले।

अपनी फिल्म के प्रमोशन के लिए उन्होंने काफी पहले से प्रचारित करा दिया कि वो ट्रेन से यात्रा करने निकलेंगे। मैं जानता हूँ कि प्रचार की कंपनियाँ सितारों और नेताओं को ऐसे ऊटपटांग आइडिया बेच कर पैसे कमाती रहती हैं।

शाहरुख खान को भी उनकी फिल्म के प्रचार वाली कंपनी ने ये पाठ पढ़ाया होगा कि आप ऐसे यात्रा करेंगे तो लाखों लोग आपसे जुड़ जाएँगे, फिल्म का एक माहौल तैयार हो जाएगा और लोग फिल्म देख लेंगे।

मुझे लगता है कि शाहरुख खान या उन जैसे किसी सितारे को इतना ध्यान रखना चाहिए कि अगर उनके ट्रेन में चलने, रेलवे स्टेशन, शॉपिंग मॉल जैसे पब्लिक प्लेस में इस तरह फिल्म के प्रमोशन करने से आम यात्रियों को बहुत परेशानी हो सकती है तो उन्हें ऐसा नहीं करना चाहिए।

बहुत साल पहले मैं अमेरिका के लास वेगास शहर गया था।

एक शाम मुझे वहाँ होटल के बाहर एक बहुत लंबी लिमोजिन कार दिखी। मैंने देखा कि वहाँ थोड़ी सुगबुगाहट सी है। मैं चुपचाप खड़ा हो गया। मैंने उत्सुकता में किसी से पूछा भी कि कौन आ रहा है, तो बताया गया कि एलिजाबेथ टेलर गाड़ी में बैठने आ रही हैं।

एलिजाबेथ टेलर अपने जमाने की बहुत मशहूर फिल्मी हीरोइन थीं। टेलर बहुत अमीर थीं और जब मैं वहाँ खड़े होकर उन्हें व्हील चेयर पर आता हुआ देख रहा था, तब मैंने ये भी देखा था कि आम अमेरिकी उन्हें श्रद्धा की निगाहों से भले देख रहे थे, हैरानी की निगाहों से नहीं। न कोई भीड़, न कोई अलग व्यवहार। हम जैसे एकाध हिंदुस्तानी भले उनकी तस्वीर उतारने को व्याकुल हुए होंगे, पर वहाँ के लोग बिल्कुल नहीं।

दरअसल वहाँ के लोग सिनेमा को सिर्फ रूपहले पर्दे पर सिनेमा मानते हैं। बाकी जीवन में सिनेमा कलाकार, राजनेता, सॉफ्टवेयर इंजीनियर या कोई व्यापारी हो, सभी एक-दूसरे की निजता की रक्षा करते हैं। वो मानते हैं कि सिनेमा के हीरो को भी अपना जीवन जीने का उतना ही हक है, जितना आम आदमी को।

उस दिन भुवनेश्वर से लौटते हुए मुझे पायलट ने पहली बार समझाया था कि आदमी की सुरक्षा और उसकी निजता से बढ़कर कुछ भी नहीं होता। फिर अमेरिका में मुझे यही पाठ एलिजाबेथ टेलर के सुरक्षा कर्मचारियों ने बताया था कि एक बीमार और

व्हील चेयर पर बैठी हीरोइन की तस्वीर तब तक नहीं उतारनी चाहिए, जब तक कि वो इसके लिए अनुमति न दे।

ये दोनों पाठ मेरे लिए पत्रकारिता की पढ़ाई के अहम अध्याय तो बने ही, जिंदगी की पढ़ाई के भी अहम अध्याय बने।

सच में, हम सबको हक है जीने का। हम सबको दूसरों की भावनाओं का खयाल रखना चाहिए।

पर इस खयाल को रखने की जिम्मेदारी दोतरफा होती है। सेलेब्रेटी को ध्यान रखना चाहिए कि उनके किसी फैसले से आम आदमी को तकलीफ न हो, आम आदमी को इस बात का खयाल रखना चाहिए कि उनके किसी व्यवहार से सेलेब्रेटी को तकलीफ न हो।

जो लोग इन नियमों को समझते हैं और उनका पालन करते हैं, उनकी व्यक्तिगत और सार्वजनिक जिंदगी की गाड़ी के पहियों की हवा ठीक रहती है। वरना मैंने एक से बढ़कर एक गाड़ियों को बीच रास्ते में फँस कर रुकते देखा है।

□

दिव्यांग कौन?

द्रास्तुइतिए। मिन्या जवूत संजय सिन्हा। या नी जन्यायु खरशो रुस्की इजिक। या ज्नायु खरशो पाहिंदी...।

कल पता नहीं कैसे मेरी जुबाँ पर रूस की सरस्वती देवी सवार हो गई थीं और मंडला में जस्टिस तन्खा मेमोरियल स्कूल में जब मुझे माइक मिला कुछ बोलने के लिए तो मेरे मुँह से यही रूसी भाषा निकली।

लोग हैरान होकर सुन रहे थे। कोई कुछ कह नहीं रहा था, लेकिन चार वाक्य मैं रूसी भाषा में बोल गया, किसी की समझ में कुछ नहीं आया। हालाँकि मैंने इतना ही कहा—हैलो, मेरा नाम संजय सिन्हा है और मैं रूसी भाषा अच्छी तरह नहीं जानता, मैं हिंदी जानता हूँ। इसके आगे मैंने ये भी कहा था कि आज पता नहीं क्यों मैं अचानक आपसे रूसी भाषा में बात करने लगा हूँ। मैंने ये भी कहा कि ओह! आप से मैं बोल तो रहा हूँ, लेकिन आप कोई प्रतिक्रिया नहीं दे रहे। आप कोई प्रतिक्रिया नहीं दे रहे, जानते हैं क्यों? क्योंकि मैं जिस भाषा में आपसे संवाद स्थापित कर रहा हूँ, आप उस भाषा को नहीं जानते।

और फिर रुक कर मुझे पूरी बात हिंदी में करनी पड़ी।

मुझे बताना पड़ा कि मैं मध्य प्रदेश के इस आदिवासी इलाके में आदरणीय विवेक तन्खाजी की कोशिशों से उनके पिता के नाम पर चल रहे इस स्कूल में उन स्पेशल बच्चों से दिल की बात करने आया हूँ, जिनकी भाषा मैं नहीं जानता, जो मेरी भाषा नहीं जानते।

कितनी बड़ी विडंबना है। मैं दिल्ली से जबलपुर, जबलपुर से मंडला पहुँचा था खास तौर पर इन्हीं बच्चों से मुखातिब होने, पर मैं सबसे मुखातिब हो रहा था, इन्हीं को छोड़कर। मैं सबसे बातें कर पा रहा था, पर जिनसे मिलने मैं आया था, उन्हीं से नहीं मिल पा रहा था। वो चुपचाप अपनी कुरसी पर बैठकर दिल्ली, जबलपुर से आए लोगों

के हिलते होंठों को देख रहे थे।

ये बच्चे सुन नहीं सकते। क्योंकि ये सुन नहीं सकते, इसलिए बोल भी नहीं पाते। हम लोग सारा दिन पता नहीं क्या-क्या बोलते और सुनते रहते हैं। खुद को सर्वांग मानते हैं और इन्हें दिव्यांग कहते हैं।

कल पहली बार मुझे लगा कि दरअसल ये दिव्यांग नहीं, हम दिव्यांग हैं।

इन्होंने तो कान और जुबान बंद होने के बाद भी उँगलियों से अपनी बात कहनी, सुननी और समझनी शुरू कर दी, पर हम तो सबकुछ होकर भी न कुछ ठीक से समझते हैं, न कह पाते हैं।

कल मुझे पहली बार इनसे बात करते हुए ये एहसास हुआ कि बेबस ये बच्चे नहीं, बेबस हम हैं।

कल मुझे पहली बार एहसास हुआ कि हिंदी, अंग्रेजी और रूसी भाषा मुझे आती हैं, काश मुझे इनकी भाषा भी आती।

मंच से अनाउंस करनेवाले व्यक्ति ने बार-बार कहा कि ये बच्चे न बोल पाते हैं, न सुन पाते हैं। मैंने मंच से कहा कि ये बच्चे दरअसल बोल भी पाते हैं, सुन भी पाते हैं। फर्क इतना है कि जैसे आज आप मेरी रूसी भाषा को नहीं समझ पा रहे, उसी तरह ये बस हमारी भाषा नहीं समझ पाते। हम इंग्लैंड जाते हैं तो अंग्रेजी सीख कर जाते हैं। हम फ्रांस जाते हैं तो फ्रेंच बोलने की कोशिश करते हैं। हम रूस जाते हैं तो रूसी सीख कर जाते हैं, ताकि हम वहाँ के लोगों से संवाद स्थापित कर पाएँ। फिर जब हम इन बच्चों के पास आते हैं, तो हम इनकी भाषा क्यों नहीं सीख कर आते, ये एक बड़ा सवाल कल मेरे सामने आकर खड़ा हो गया।

मैं, जब बहुत छोटा था और पानी को मम कहता था तो माँ मुझसे मेरी भाषा में बात करती थी। मुझे प्यास लगती तो मैं मम माँगता और माँ मुझे पानी पिला देती। माँ मुझसे कहती कि "मेला लाजा बेटा आज क्या काएगा," तो मैं खुश होकर माँ की गोद में सिमट जाता।

वहीं घर के बाकी लोग न 'मम' समझते थे, न 'लाजा बेटा'। फिर तो मेरे लिए सबसे प्रिय माँ ही थी। वो मेली भाषा में मुझे 'लाजा और लानी' की कहानी भी सुनाती थी। माँ मेरी बातें समझती थी, बाकी लोग मेरे उच्चारण के अर्थ तलाशते थे। क्योंकि माँ मेरी बातें समझती थी, इसलिए मैं माँ की गोद में तो जाता था, पर बाकी लोग जो मेरी बातें नहीं समझते थे, उनकी गोद में मैं नहीं जाता था।

विवेक तन्खा और इस स्कूल से जुड़े लोग इन बच्चों की बातें समझते हैं। पर हम जैसे

लोग जब इनसे मुखातिब होते हैं, इन्हें आई लव यू कहना चाहते हैं और हिंदी, अंग्रेजी, रूसी भाषा में इनसे कुछ-कुछ कहते भी हैं, हमें इनसे कोई जवाब नहीं मिलता।

जो लोग इन बच्चों को पढ़ा रहे हैं, वो तो इनसे खूब बातें कर लेते हैं। ये बच्चे उनके आई लव यू का जवाब भी देते हैं और उनकी गोद में दुबक भी जाते हैं।

मैंने सोच लिया है कि अगली बार जब मैं इनसे मिलने आऊँगा तो मैं भी इनकी भाषा सीख कर आऊँगा और जब इनकी भाषा सीख कर आऊँगा, तभी खुद को सर्वांग मानूँगा।

फिर संजय सिन्हा अपनी कहानियाँ इन बच्चों को सीधे सुना पाएँगे और बच्चे हवा में हाथ लहरा-लहरा कर मुझे आई लव यू कहेंगे, धन्यवाद कहेंगे।

□

भरोसा

मुझे नहीं लगता कि मेरी माँ ने कभी विमान को बहुत करीब से देखा होगा। वो कभी विमान में नहीं बैठी। पर उसे विमान की पूरी तकनीक पता थी। कैसे, मुझे नहीं पता। मैं बहुत छोटा था, तब माँ मुझे आसमान में उड़ते विमान को दिखलाती और कहती कि देखो आसमान में हवाई जहाज उड़ रहा है।

मैं देखता, चिड़िया जैसी कोई चीज बादलों के बीच से आवाज निकालती हुई चली जा रही होती थी।

मैं माँ से पूछता था, "माँ, चिड़िया उड़ती है तो कोई आवाज नहीं आती, पर इसके उड़ने में इतनी आवाज क्यों आ रही है?"

माँ एक सधे हुए इंजीनियर की तरह मुझे समझाने लगती—"बेटा, ये मशीन है। इसे आदमी ने बनाया है। इसमें दो बड़े-बड़े पंख हैं और इन पंखों के आगे दो बड़े-बड़े पंखे लगे हुए हैं। जब मशीन चलती है, पंख पर लगे पंखे घूमने लगते हैं और इन्हीं पंखों के घूमने से आवाज आती है और हवाई जहाज उड़ने लगते हैं।"

"माँ, अगर इसके पंखे बीच रास्ते में बंद हो गए तो क्या ये नीचे गिर जाएगा?"

"हाँ बेटा, लेकिन इसके पंखे कभी बंद नहीं होंगे। इन्हें आदमी ने बनाया जरूर है, लेकिन ये बहुत मजबूत लोहे से बने होते हैं। ऐसे लोहे से, जो आसमान में ठंडी, गर्म हवाओं और बादलों से टकरा कर भी बंद नहीं होते। ये विज्ञान के नियमों से संचालित होते हैं। ऐसा विज्ञान, जो धोखा नहीं देता। नहीं देना चाहिए।"

"माँ, आप तो कहती थीं कि आदमी भावनाओं से चलता है। फिर ये विमान विज्ञान से कैसे?"

"ओह मेरे लाल! आदमी को भगवान ने बनाया है। भगवान ने शरीर में आत्मा डाली है। आत्मा भावनाओं से चलती है। विमान को मनुष्य ने बनाया है, विमान कारणों से चलते हैं। दोनों के इंजन अलग-अलग हैं। ये इंजन अलग-अलग भले हों, पर दोनों होते भरोसे

के हैं। जैसे तुम बड़े होकर कभी किसी से नहीं डरोगे, वैसे ही ये विमान आसमान में किसी से नहीं डरते। ये हवा को चीरते हुए उड़ते चले जाते हैं। तुम इस विमान में आराम से उड़ सकते हो, इसके पंख भरोसे के होते हैं। जैसे ये आँधी, तूफान, बारिश, सर्दी, गर्मी में नहीं रुकते, वैसे ही तुम भी कभी मत रुकना। चलते जाना। चलने को ही जिंदगी कहते हैं।"

मैं दो दिन पहले दिल्ली से जबलपुर की उड़ान पर था।

मैं हजारों बार विमान में उड़ चुका हूँ। पर पहली बार संजय सिन्हा ने माँ के बताए उन पंखों को बीच आसमान में बहुत गौर से देखा। पहली बार संजय सिन्हा को वो सीट मिली, जो बिल्कुल पंखों के पास थी। विमान उड़ रहा था, मेरी निगाह खिड़की से बाहर पंखों पर गई। मैंने बहुत गौर से देखा, पंखे ठीक वैसे ही घूम रहे थे, जैसे माँ मुझे बताती थी। घुर्रर्रर्र।

मुझे बीच आसमान में माँ का चेहरा नजर आने लगा।

"मनुष्य भावनाओं से संचालित होता है। मशीनें कारणों से। भावना और मशीन के बीच स्थापित सामंजस्य को विज्ञान कहते हैं। दोनों को भरोसेमंद होना ही चाहिए। आदमी हो या मशीन, दोनों भरोसे के इंजन से ही उड़ सकते हैं।"

संजय सिन्हा बहुत देर तक हजारों फीट ऊपर आसमान में आदमी और विज्ञान के भरोसे के इंजन को देखते रहे, फिर उन्होंने अपने मोबाइल में भरोसे के इस इंजन को रिकॉर्ड किया।

आप हजारों बार विमान में उड़ चुके होंगे, आपने भी भरोसे के ईंधन से चलने वाले इन मजबूत पंखों को कई बार इतनी ही शिद्दत से महसूस किया होगा। आज एक बार फिर इन इंजन से घूम रहे पंखों को देखिए और महसूस कीजिए। महसूस कीजिए आदमी के बनाए भरोसे को। मशीन के भरोसे आदमी हजारों फीट ऊँचे आसमान में चैन से उड़ सकता है। आदमी के भरोसे आदमी पूरी जिंदगी चैन से जीता चला जाता है।

मशीन हो या आदमी, भरोसा नहीं टूटना चाहिए।

□

कमला जी

आप कमला जी को नहीं जानते। मैं भी कमला जी को नहीं जानता। लेकिन कमला जी मुझे जानती हैं।

कल दफ्तर में बजट का माहौल था। वित्त मंत्री अरुण जेटली संसद् में बजट पेश कर रहे थे। कल सभी पत्रकार बहुत व्यस्त रहे होंगे। मैं भी था। लेकिन मेरे केबिन में लैंडलाइन फोन की घंटी बजी तो मुझे उठाना पड़ गया। कल तो मैं किसी भी अनजान नंबर से मोबाइल पर आए फोन को नहीं उठाता। लेकिन जब लैंडलाइन पर घंटी बजी तो मुझे लगा कि किसी ने दफ्तर के भीतर से ही फोन किया होगा, तो मैंने फोन उठा लिया।

"हैलो, मैं कमला बोल रही हूँ।"

"जी बोलिए। कौन कमला?"

"आप संजय सिन्हा बोल रहे हैं?"

"हाँ, मैं संजय सिन्हा ही बोल रहा हूँ।"

"देखिए, फोन मत रखिएगा। मुझे आपसे जरूरी बात करनी है। मैं टी.वी. पर आपकी कहानियाँ सुनती हूँ। बहुत सी कहानियों में आप सास-बहू के रिश्तों की बातें करते हैं। मुझे बताइए, क्या बेटे का जन्म होना कोई गुनाह है?"

मैं एकदम बात करने के मूड में नहीं था। जेटली साहब बता रहे थे कि गाँवों के विकास पर ध्यान दिया जाएगा। रक्षा बजट बढ़ाया जाएगा। ऐसे में मैं भला किसी से फोन पर कैसे बात कर सकता था। पर कमला जी बिना रुके बोले जा रही थीं।

"संजयजी, आप रिश्तों की कहानियाँ लिखते हैं। आप माँ-बेटा-बहू के रिश्तों की कहानियाँ भी लिखते हैं। आप लोगों को मिलकर रहने का संदेश देते हैं। पर क्या आप जानते हैं कि जब कोई माँ अपने बेटे का ब्याह करती है, उसके लिए बहू लाती है तो

दुनिया की निगाहों में वो भले बेटी लाती है, असल में वो अपने लिए फाँसी का फंदा लाती है।"

मैं समझ गया था कि कमला जी बहू के हाथों सताई हुई एक सास हैं।

मैं किसी की परेशानी में चाहे उसके लिए कुछ कर न पाऊँ, पर उसका फोन नहीं काट सकता। अब मुझे न चाहते हुए भी उनकी कहानी सुननी थी। मुझे उनकी पूरी कहानी सुननी थी।

वो कह रही थीं, "मैं अपने इंजीनियर बेटे के लिए बहुत छाँट कर लड़की ले लाई थी। मेरे पति का निधन हो चुका है। मैं एक टीचर थी और दो साल पहले मैं रिटायर हो चुकी हूँ। अब मैं इंजीनियरिंग में एडमिशन का एक कोचिंग सेंटर चलाती हूँ।

जब बेटे की शादी हुई, तो मैंने सोचा कि बहू नहीं, बेटी लाई हूँ। मैंने उसे अथाह प्यार दिया। वो बिल्कुल ठीक थी। अच्छी बहू थी। पर जब वो पहली बार मायके गई और वहाँ से लौट कर आई, तो उसके बाद उसका व्यवहार बदला-बदला सा था। ऐसा लग रहा था कि उसे किसी ने कुछ सिखाकर भेजा था। मुझे पूरा यकीन है कि उसकी माँ ने ही उसे सिखाया होगा कि सास को घर से निकाल दो।

मैं कहाँ जाऊँ? हालाँकि मुझे पैसे की कमी नहीं। मेरे पास तो अपनी पेंशन ही काफी है जीने के लिए।

लेकिन मैं इस उम्र में अकेले कहाँ रहूँगी? आखिर बेटे पर विधवा माँ का भी कुछ हक है। मैंने तो बेटे की शादी की थी घर बसाने के लिए। लेकिन यहाँ तो घर उजड़ने जा रहा है। बेटा कुछ बोलता नहीं। वो जैसे ही दफ्तर से आता है, बहू एकदम गाय बन जाती है। ऐसे में मैंने एकाध बार बेटे से बात करने की कोशिश भी की, तो बेटे ने यह कहकर चुप करा दिया कि आपको कोई गलतफहमी हुई है माँ, वो ऐसी नहीं है।"

मैं कमला जी की पूरी बात समझ रहा था।

कमला जी बोले जा रही थीं, "आप कहानी लिखिए। नाम बदलकर कहानी लिखिए। आप संदेश दीजिए कि इस देश में एक कमला नहीं है। हजारों, लाखों कमलाएँ हैं। ये कहानी बहुत सी कमलाओं की है। हर उस कमला की है, जिसने अपने बेटे की शादी की है। बहू मन में लक्ष्य लेकर आती है कि सास को घर से बाहर करना है और उसे ये शिक्षा माँ से मिलती है। संजयजी, लड़की की माँ ही बेटी को ऐसी बातें सिखलाती है। वही घर उजाड़ती है। मुझे गारंटी से पता है सच। वो सुबकने लगी थीं। धीरे-धीरे वो कह रही थीं कि दिन-रात वो मुझे कोसती है कि बुढ़िया पता नहीं कब मरेगी। लानत है ऐसी संतान पर। इससे तो अच्छा था कि बेटा होता ही नहीं।

मैं चुप था।

मैं कुछ कहने की स्थिति में नहीं था। मेरे पास कई माओं के फोन आते हैं। आज तक एक भी माँ ने मुझसे अपनी बेटी की शिकायत नहीं की है। अधिकतर माँओं ने अपनी बहुओं की शिकायतें ही की हैं।

क्या सचमुच लड़की की माँओं को लगता है कि बुढ़िया मरेगी, तभी उनकी बेटी को सुख मिलेगा। मुझे इसका अनुभव नहीं है। पर जितना मैंने देखा है, उसमें यही देखा है कि सास और बहू के बीच का रिश्ता अच्छा नहीं होता।

क्यों ?

अगर ऐसा है तो यकीनन बेटों की विदाई होनी चाहिए और दामाद को घर लाना चाहिए। दामाद चाहे जैसा हो, सास को बुढ़िया नहीं बुलाता। वो चाहे जैसा हो, पर पत्नी की माँ के मरने की दुआ नहीं करता। आप इस कहानी को आगे बढ़ाने में मेरी मदद कीजिए। कमला जी को क्या करना चाहिए, ये आप ही बताइए। अलग हो जाएँ या अपनी मृत्यु का इंतजार करें। उनकी बातचीत से लगा कि वो सचमुच पढ़ी-लिखी और समझदार महिला हैं, बस रिश्तों के गड़बड़झाले में उलझ कर दुःखी हो गई हैं। मुझे भी उन्होंने शायद बेटा मान कर ही फोन किया होगा। क्योंकि ये एक माँ की ममता का सवाल है, इसलिए मैंने उनका नाम बदल दिया है। मैंने उमा जी को कमला जी बुलाया है।

क्या फर्क पड़ता है। मेरे लिए उमा जी और कमला जी में कोई अंतर नहीं। मेरे लिए अंतर होता, अगर उनका बेटा यह कहकर पत्नी की जुबाँ पकड़ लेता कि खबरदार, जो तुम्हारे मुँह से मेरी माँ के लिए फिर कभी अपशब्द निकले। अंतर होता अगर वो सुख में, दुःख में, जीवन के हर हाल में अपनी पत्नी का साथ देने के वादे को भुला देता और कह देता कि माँ बहुत नेमत वालों के साथ रहती है। माँ की लंबी उम्र होगी, तभी तुम्हारी भी लंबी उम्र होगी। तुम माँ की मृत्यु की कामना करोगी, कुछ ही साल बाद तुम्हारी मृत्यु की कामना करनेवाली भी चली आएगी।

मेरे पास बहुत सा पैसा नहीं है। कभी हुआ तो मैं संसार की सभी उमाजी और कमला जी को अपनी माँ बनाकर जीवन उनके साथ गुजार लूँगा। हालाँकि ऐसी कहानियों को सुनकर मेरा मन करने लगा है कि मैं कहीं मातृघर खोल दूँ। एक ऐसा घर, जहाँ सभी माँएँ खुश रह सकें।

□

टें बोलो दादी

जब मैं बहुत छोटा था और किसी मेले में गया था, तो वहाँ चीनी से बनी रूई के फाहे जैसी एक मिठाई लेने के लिए मचल गया था। मिठाई वाला एक मशीन में मुट्ठी भर चीनी डालता और मशीन को घुमाता, दूसरी ओर से गुलाबी रंग के फाहे निकलते, जिसे वो बुढ़िया के बाल कहकर बेच रहा था।

मैंने माँ से कहा था, "माँ, मुझे बुढ़िया के बाल दिला दो।"

माँ हँसने लगी थी। फिर उसने आगे बढ़कर दस नए पैसे की वो मिठाई मेरे लिए खरीद दी थी।

मैंने वो मिठाई बहुत देर तक नहीं खाई थी। मैं उस मिठाई को खाता। लेकिन उससे पहले बहुत देर तक मैं 'बुढ़िया' शब्द को जीना चाहता था। मुझे वो शब्द तब बहुत प्यारा लगा था। उस एक शब्द में मुझे अपनी दादी, चंदन की दादी और मुहल्ले भर के मेरे सभी दोस्तों की दादियों के चेहरे नजर आ रहे थे।

मेरे घर पर पर मेरी दादी थीं। चंदन के घर चंदन की दादी थीं। बाकी सभी दोस्तों के घर उनकी दादियाँ थीं। सबकी दादियाँ अपने-अपने संजुओं से खूब प्यार करती थीं। मेरी दादी तो मुझे चने के पकौड़े खिलाती थीं। मैं दादी से कहता, "दादी, आप भी खाओ न पकौड़े।"

दादी पोपले मुँह से हँसतीं, "तू बड़ा हो जा, फिर नए दाँत लगाऊँगी और चने के पकौड़े खाऊँगी।"

"दादी, आपके दाँत कहाँ चले गए?"

"भगवान जी ले गए। कह रहे थे कि बुढ़िया कहीं अपने संजू बेटा के पकौड़े न खा ले, इसलिए दाँत ही ले गए।"

"दादी, आपके बाल रुई जैसे क्यों हैं?"

"ये बुढ़िया के बाल हैं बेटा।"

"क्या मेरे बाल भी सफेद हो जाएँगे?"

"नहीं, मेरे संजू बेटा के बाल कभी सफेद नहीं होंगे। उसके बाल काले रहेंगे, फिर जब सफेद होने लगेंगे, तो मैं मेहँदी लगा दूँगी, गुलाबी हो जाएँगे।"

मेरे हाथ में आज गुलाबी बाल थे। बुढ़िया के गुलाबी बाल।

दादी खुद को हँसते हुए बुढ़िया कहती थीं। माँ ने कभी दादी को बुढ़िया नहीं बुलाया। माँ दादी से बहुत प्यार करती थीं। दादी भी माँ से बहुत प्यार करती थीं। मुझे याद है कि जिस दिन माँ ने संसार को छोड़ा था, दादी बिलख-बिलख कर रो रही थीं।

वो बुढ़िया रो-रोकर कह रही थी कि हे भगवान! तू इतना निर्दयी कैसे हो सकता है। इस बुढ़िया को उठाना था।

कल मैंने कमला जी की कहानी लिखी थी। मैंने लिखा था कि मैं कमला जी को नहीं जानता, लेकिन वो मुझे मेरी कहानियों के माध्यम से जानती हैं। उन्होंने मेरे दफ्तर के बोर्ड पर फोन करके एक्सटेंशन नंबर लिया था और मुझसे बात कर ली थी। उन्होंने मुझसे कहा कि उनकी बहू उनके मरने का इंतजार कर रही है। वो बहू, जिसे वो खुद अपने बेटे के लिए ढूँढ़ कर लाई थीं। उनका आरोप है कि बहू की सोच में साजिश की खाद उसकी माँ ने डाली है। एक माँ ही चाहती है कि उसकी बेटी आजाद रहे। सिर्फ अपने पति के साथ। ऐसे में सास अगर स्वस्थ है और जिंदा है तो उसके टें बोलने के लिए दुआ माँगने की सलाह भी माँ ही देती है।

शायद लड़की की माँ की बहू भी उनके लिए यही दुआ माँगती होगी।

मैंने सोचा था कि आज मैं कुछ और लिखूँगा। मैं आज राजनीति पर भी लिखने का मन बनाए बैठा था, खासकर कल बजट पेश होने के बाद मेरे मन में अपने मुल्क के हुक्मरानों के प्रति हमदर्दी का भाव पनपने लगा है। मैं सोच में पड़ गया हूँ कि क्या हमें सबकुछ यथावत् सुनते और सहते चले जाना चाहिए, या फिर कुछ और करना चाहिए।

मैं इस सवाल को फिर उठाऊँगा। पर आज तो मुझे रुक-रुक कर उस बच्चे की मासूमियत याद आ रही है, जिसे किसी ने चुटकुला के फॉर्म में बहुत पहले मुझसे साझा किया था। एक बच्चे ने अपनी दादी से कहा था कि दादी आप जरा टें बोल कर दिखाइए।

दादी ने हँसते हुए मुँह से आवाज निकाली थी—टें।

पोते ने फिर कहा था कि दादी एक बार और टें बोल कर दिखाइए। दादी ने फिर कहा था—टें।

पोता दादी के सामने बड़बड़ाने लगा था कि दादी तो अच्छा भला टें बोल लेती हैं, फिर मम्मी शर्मा आंटी से बार-बार ये क्यों कहती हैं कि पता नहीं बुढ़िया कब टें बोलेगी।

कोई भी इस चुटकुले को सुनकर हँस पड़ेगा। लेकिन मैं रो पड़ा था।

मैं वाक्य को सुनकर हैरान होता हूँ कि पता नहीं बुढ़िया कब मरेगी? पता नहीं बुढ़िया कब टें बोलेगी?

कल मैंने अपनी पोस्ट में लिखा था कि मैं एक मातृघर खोलना चाहता हूँ। मैं संसार की हर उस माँ को अपना लेना चाहता हूँ, जिनकी बहुएँ चाहती हैं कि उनकी सास मर जाएँ। मैं हर उस माँ की गोद में खेलना चाहता हूँ, जिनके बेटे अपनी माँ को छोड़ देना चाहते हैं। मैंने बहुत बार सोचा। मैं ऐसा कर सकता हूँ।

मैं कुछ भी कर सकता हूँ। पर कल से मेरा मन बदल गया है। मैं अगर कभी इन बुढ़ियाओं के लिए कुछ करना चाहूँगा, तो अब मातृघर को नाम दूँगा 'बुढ़िया का ठिकाना'।

मैं नहीं चाहता कि वृद्ध आश्रम, रिटायरमेंट होम या ऐसे कुछ सुंदर नामों से इस तरह की संस्थाएँ खुलें। इस तरह की संस्थाओं में अमीर बेटे-बहू अपनी माँ और सास को छोड़ जाते हैं, कुछ पैसे दे देते हैं और दुनिया की निगाह में उनके वहाँ रहने की तारीफ करते हैं। कहते हैं कि बड़ा अच्छा आश्रम है, वहाँ वो अपने साथियों के साथ पूजा-पाठ में समय गुजारती हैं।

नहीं। मैं अब सोच रहा हूँ कि अगर घर का नाम 'बुढ़िया का ठिकाना' रखूँगा, तो कम-से-कम वो अपनी माँ के घर का पता बताते हुए एक शर्मिंदगी से तो गुजरेंगे। ऐसे बेटों को शर्मिंदगी से गुजरना चाहिए, जो अपनी माँ को 'बुढ़िया के ठिकाना' नामक जगह पर छोड़ आते हैं। ऐसे लोग अपने बच्चों को ये नहीं बता पाएँगे कि उनकी माँ किसी बढ़िया आश्रम में भगवान की पूजा करते हुए खुश है। ऐसे लोग जैसे ही बुढ़िया का ठिकाना कहेंगे, उनके बच्चे भी समझ जाएँगे कि उन्हें अपने माँ-बाप को कब वहाँ पहुँचाना है।

कान के पास बालों में सफेदी दिखते ही वो बच्चे अपनी उस माँ को 'बुढ़िया के ठिकाना' तक पहुँचा देंगे, जिस माँ ने कुछ ही साल पहले अपनी सास को वहाँ पहुँचाया था।

आप कोई राय मत दीजिएगा। आप मत कहिएगा कि 'बुढ़िया का ठिकाना' अच्छा नाम नहीं है।

मुझे भी पता है कि ये अच्छा नाम नहीं है। पर मैं ऐसे लोगों के लिए दिल से दुआ करता हूँ कि वो पूरी जिंदगी उस शर्मिंदगी से गुजरें, जिन्हें अपनी माँ के टें बोलने का इंतजार है।

□

शिव का वरदान

मैंने नोएडा के डी.एल.एफ. मॉल से परसों एक पैंट खरीदी थी। पैंट की लंबाई दो इंच अधिक थी। दुकानदार से मैंने कम करने का अनुरोध किया, तो दुकानदार ने कहा कि आप कल आइएगा, करवा दूँगा।

मैं पैंट लेकर घर चला आया था। कल शाम मुझे जबलपुर की फ्लाइट लेनी थी। मैंने सोचा कि सुबह दुकान जाकर पैंट की लंबाई ठीक करवा लूँगा।

संजय सिन्हा के लिए सुबह-सुबह बाजार निकलना बहुत आसान नहीं है, पर मैंने तय कर लिया था कि कल नई पैंट पहनकर ही जाऊँगा।

दोपहर में ग्यारह बजे किसी तरह समय निकाल कर मैं निकल पड़ा डी.एल.एफ. मॉल की ओर। मैं कुछ दूर पहुँचा होऊँगा कि रोड के उस पार मुझे एक दर्जी नजर आया। आम तौर पर संजय सिन्हा सड़क किनारे बैठे दर्जी के पास नहीं जाते। लेकिन कल मेरे पास समय कम था और मन में ये बात भी आई कि पैंट की लंबाई ही तो कम करवानी है, तो क्यों न इसी से ठीक करवा लिया जाए। बेचारा सुबह से ऐसे ही बैठा होगा।

मुझे दर्जी पर थोड़ी दया आई थी। मैंने सोच लिया था कि डी.एल.एफ. मॉल तक जाने में इतना पेट्रोल खर्च होगा, तो क्यों नहीं पैंट छोटा करने के सौ रुपए इसे ही दे दूँ। मेरा काम भी जल्दी हो जाएगा, इसे भी कुछ पैसे मिल जाएँगे।

दर्जी मुझे सामने दिख रहा था। पर उस तक पहुँचने के लिए मुझे गाड़ी आगे से घुमा कर लानी पड़ती। लंबा यू टर्न था। करीब एक किलोमीटर दूर। मैं एक किलोमीटर आगे गया और फिर गाड़ी घुमा कर सड़क के उस पर दर्जी तक पहुँचा।

पर ये क्या ? दर्जी वहाँ नहीं बैठा था। सिलाई मशीन सामने पड़ी थी। उसकी कुरसी खाली थी।

मैंने आसपास के लोगों से पूछा कि अभी तो यहाँ दर्जी बैठा था, अब कहाँ चला गया ?

लोगों ने कहा कि अभी-अभी वो खाना खाने घर चला गया है। सुबह से ऐसे ही बैठा था। कोई ग्राहक नहीं आया तो मायूस होकर घर चला गया है। करीब आधे घंटे में लौट आएगा।

मेरे पास समय नहीं था। मैंने चुपचाप गाड़ी आगे बढ़ाई और चल पड़ा मॉल की ओर, जहाँ से मैंने पैंट खरीदी थी।

रास्ते में मैं सोचता रहा कि उस दर्जी की किस्मत में आज सौ रुपए कमाना नहीं लिखा था।

शिवजी पार्वतीजी के साथ आकाश मार्ग से गुजर रहे थे। अचानक पार्वतीजी ने देखा कि जंगल में एक गरीब लकड़हारा चला जा रहा है। बारिश का मौसम था, लकड़हारा जंगल में दूर तक नहीं गया। उसने आसपास की लकड़ियों को देखा था कि गीली हैं। लकड़ियाँ गीली थीं, इसलिए उसने लकड़ी काटी ही नहीं।

पार्वतीजी को लकड़हारे पर दया आ गई। उन्होंने शिवजी से कहा कि प्रभु आप इसकी मदद कीजिए। इसे कुछ दे दीजिए।

शिवजी ने कहा कि देवी इस लकड़हारे के भाग्य में आज कुछ भी कमाना नहीं लिखा है।

पार्वतीजी ने कहा कि आप मदद नहीं करना चाहते, इसलिए ऐसा कह रहे हैं। आप प्लीज कुछ कीजिए तो सही।

शिवजी ने लकड़हारे की राह में दस स्वर्ण मुद्राएँ गिरा दीं। पार्वतीजी ने कहा कि ये ठीक है, लकड़हारे की निगाह इन स्वर्ण मुद्राओं पर पड़ेगी और वो इन्हें उठाकर खुश हो जाएगा।

माँ जब भी मुझे ये कहानी सुनाती थी, मेरा मन ये जानने को बेचैन हो उठता था कि इतनी सारी स्वर्ण मुद्राएँ पाकर आखिर लकड़हारे का क्या होगा? वो तो सचमुच खुश हो जाएगा। माँ संजू बेटे की आँखों में झाँकती। वो थोड़ा रुकती।

मैं बेचैन हो जाता। "माँ, आगे क्या हुआ?"

माँ कहती, "बेटा, लकड़हारा अकेला उदास चला जा रहा था। वो सोच रहा था कि उसका भाग्य कितना बुरा है। आज उसे लकड़ी मिली ही नहीं। ये सोचते-सोचते अचानक उसके मन में ये खयाल आया कि वो अभागा है, पर उससे भी अभागे वो हैं, जो नेत्रहीन होते हैं। उसके मन में अचानक खयाल आया कि नेत्रहीन लोगों को जिंदगी में कितनी समस्याएँ आती होंगी। उसके मन में ये खयाल आया और वो उनकी

तकलीफ को महसूस करने के लिए आँखें बंद करके चलने लगा।

सामने स्वर्ण मुद्राएँ पड़ी थीं, पर लकड़हारा नेत्रहीन की तकलीफ को महसूस करता हुआ आगे चला जा रहा था। जब वो उस राह से पूरी तरह गुजर चुका, तो उसने आँखें खोलीं और मन-ही-मन बुद्‌बुदाया, सचमुच आँखों के बिना जिंदगी में कुछ भी नहीं।

मैं उस दर्जी को सौ रुपए देने का मन बना चुका था, जो सुबह से खाली बैठा था। पर जब तक मैं गाड़ी मोड़ कर उसके पास पहुँचा, वो खाना खाने चला गया।

अब ये सवाल उठना लाजिमी था कि भाग्य बड़ा है या कर्म?

संजू बेटा माँ से पूछता था, "माँ, क्या सचमुच भाग्य बड़ा होता है?"

माँ मुस्कुराती थी। कहती थी, "नहीं, कर्म ही बड़ा है। पर जो लोग अपने कर्म की आँखों को ऐन वक्त पर बंद कर लेते हैं, उनका भाग्य रूठ जाता है। लकड़हारा जंगल में कुछ और दूर गया होता, तो मुमकिन है कि उसे सूखी लकड़ियाँ मिल गई होतीं। सूखी लकड़िया मिली होतीं तो वो दुःखी नहीं होता। दुःखी नहीं होता तो वो अंधा होने का स्वांग नहीं करता।

वो गरीब था, पार्वतीजी की निगाह उस पर तब भी अगर पड़ती तो वो उसकी मदद करतीं। मुमकिन है तब उसे वो स्वर्ण मुद्राएँ भी मिल जातीं।

भाग्य उन्हीं का बिगड़ता है, जो कर्म से आँखें मोड़ लेते हैं।"

दर्जी रोज ग्यारह बजे खाना नहीं खाता था। पर वो कर्म से भाग कर खाना खाने चला गया। अगर वो अनुशासित होता, तो आने का, खाने और जाने का समय तय होता। मुमकिन है कई बार लोग उसके पास काम लाए होंगे, पर क्योंकि वो अनुशासित नहीं था, इसलिए वो उसके पास से लौट गए होंगे, जैसे मैं लौट गया।

अपने कर्म की आँखों को जो खुला रखते हैं, शिव का आशीर्वाद भी उन्हीं को नसीब होता है।

□

सरस्वती की साधना

कल मैं अपनी पत्नी और दोस्त की बहन सरस्वती के साथ दिल्ली में शॉपिंग के लिए निकला था। आजकल हमारे घर मेरे दोस्त की बहन सरस्वती आई हुई है। उसे दिल्ली में करोलबाग में शॉपिंग करनी थी। वो चेन्नई से सुनकर आई थी कि करोलबाग में लड़कियों के सूट और बाकी कपड़े सस्ते और सुंदर मिलते हैं। कल दफ्तर से मेरी छुट्टी थी तो मुझे गाड़ी चलाकर उन्हें करोलबाग ले जाना था।

आप में से जो लोग दिल्ली से वाकिफ हैं, उन्हें पता है कि ठीक करोलबाग मेट्रो स्टेशन के बाहर एकदम सड़क के किनारे हनुमानजी की एक बहुत बड़ी सी मूर्ति है। हनुमानजी एकदम दूर से नजर आ जाते हैं। सड़क से आते-जाते, मेट्रो से सवारी करते हुए हनुमानजी साफ नजर आते हैं। पहले के जमाने में सिनेमा या टी.वी. पर दिल्ली का परिचय देना होता था, तो कुतुब मीनार को दिखलाया जाता था। कुतुब मीनार देखते ही दिल्ली की छवि आँखों के आगे उभर आती थी।

आजकल टी.वी. सीरियल या फिल्मों में दिल्ली का कोई दृश्य होता है, तो उसमें करोलबाग के हनुमानजी की यही मूर्ति दिखलाई जाती है। कई सौ फीट ऊँची हनुमानजी की मूर्ति और बगल में ऊपर चलती हुई मेट्रो। मैं हजारों बार इस रास्ते से गुजरा होऊँगा। कुछ साल पहले, जब मेरा दफ्तर नोएडा नहीं शिफ्ट हुआ था, यही मेरे रोज का रास्ता था। मैं दिन में दो बार इस रास्ते से गुजरता था। मैं हनुमानजी की मूर्ति देखता और आगे बढ़ जाता।

कल भी मेरी गाड़ी जब उस रास्ते से गुजर रही थी, मैंने अपनी दोस्त की बहन सरस्वती से कहा कि देखो, ये दुनिया में हनुमानजी की सबसे बड़ी मूर्ति है। उसने चहकते हुए मूर्ति की ओर देखा।

मैं चुपचाप गाड़ी चला रहा था। सामने लाल बत्ती, सड़क के किनारे खड़े ऑटो रिक्शा, आते-जाते लोग, मैं सब देख रहा था। भीड़ अधिक थी, गाड़ी की स्पीड कम थी।

अचानक मैंने देखा कि सरस्वती गाड़ी की खिड़की का शीशा खोल कर दोनों हाथ जोड़कर पूजा कर रही है। मैंने गौर से देखा, हनुमानजी की उस बड़ी सी मूर्ति के नीचे एक मंदिर भी है। उस मंदिर में कई देवताओं की मूर्तियाँ हैं। वहाँ आरती चल रही थी, कई लोग पूजा कर रहे थे।

कमाल है। मैं इस रास्ते से इतनी बार गुजरा, पर कभी मेरी निगाह इतने बड़े हनुमानजी की मूर्ति के नीचे बने उस मंदिर की ओर नहीं गई। दरअसल मैंने बहुत बार सोचा था कि कभी रुक कर इस मूर्ति को ठीक से देखूँगा। और ये भी देखूँगा कि क्या सिर्फ ये प्रतीकात्मक मूर्ति है या यहाँ पूजा भी होती है। मैं न जाने कितनी बार उधर से गुजरा होऊँगा। पर कभी रुका नहीं। दूर से हनुमानजी को देखता, आगे बढ़ जाता। पर कल पहली बार दोस्त की बहन को हाथ जोड़कर पूजा करते देखकर मैंने भी उधर निगाह घुमाई। कई लोग सड़क के किनारे गाड़ी खड़ी कर पूजा कर रहे थे। वहाँ एक बड़ा सा मंदिर है। पुजारी आरती कर रहे थे। लोग पैदल आ रहे थे मंदिर में भगवान की पूजा करने।

कल मैं सोच में पड़ गया।

मेरी दोस्त की बहन पहली बार दिल्ली आई है। वो तमिल है, उसे हिंदी नहीं आती। मैंने उसे बताया था कि यहाँ सबसे बड़ी हनुमानजी की मूर्ति है। उसकी आँखों ने मूर्ति के पास से गुजरते हुए मंदिर ढूँढ़ने की कोशिश की। उसे मंदिर दिखा भी। उसने चलती गाड़ी से ही मन-ही-मन पूजा भी की और फिर चहकते हुए बताया कि आज शनिवार है, अच्छे दिन हनुमानजी के दर्शन हो गए।

मैं न जाने कितने शनिवार उधर से गुजरा होऊँगा। पर कभी इन बातों पर ध्यान नहीं दिया।

जानते हैं क्यों?

क्योंकि मेरे लिए हनुमानजी की वो मूर्ति सहज उपलब्ध है। मैं रोज उधर से गुजरता रहा और यही सोचता रहा कि मैं तो दिल्लीवाला हूँ। मैं जब चाहूँ, यहाँ गाड़ी रोक कर मंदिर ढूँढ़ लूँगा, देख लूँगा और पूजा भी कर लूँगा। पर मेरे दोस्त की बहन को पता है कि वो यहाँ कुछ दिनों के लिए आई है। फिर वो अपने संसार में लौट जाएगी। पता नहीं दुबारा दिल्ली कब आना हो। उसे लगा कि पता नहीं हम इस रास्ते से दुबारा गुजरेंगे कि नहीं, इसलिए उसने गाड़ी का शीशा खोला और मंदिर तलाशने की कोशिश की। उसे चलती गाड़ी से मंदिर दिखा। मंदिर के भीतर स्थापित देवता दिखे। वहाँ चल रही आरती दिखी। और उसने हाथ जोड़कर भगवान की पूजा भी की।

अक्सर ऐसा होता है, हमें जो सहज उपलब्ध होता है, हम उसकी परवाह नहीं करते। हम उसकी खूबियों को देखने की कोशिश नहीं करते। हम दुनिया भर के लोगों को देखने की कोशिश करते हैं, उनके भीतर झाँकने की कोशिश करते हैं। पर अपने आसपास नहीं। जो दिन-रात हमारे साथ होता है, जिसके साथ हम जिंदगी गुजारते हैं, उसे पहचाने की हम कोशिश भी नहीं करते। अब अगर मैं थोड़ा आगे बढ़कर ये कह दूँ कि हम खुद के भीतर भी नहीं झाँकते, तो आप कह बैठेंगे कि संजय सिन्हा आज फिलॉसफी झाड़ रहे हैं। इसलिए इस छोटी सी घटना में बिना किसी गूढ़ फिलॉसफी को तलाशते हुए आज मैं इतना ही कहना चाहता हूँ कि ये सत्य है कि मैंने उस मंदिर के भीतर आज तक सिर्फ इसलिए नहीं झाँका, क्योंकि मैं सोचता रहा कि ये तो मेरे लिए रोज की बात है। मेरे दोस्त की बहन ने इसलिए झाँका, क्योंकि उसके लिए ये दूर की बात थी।

हम जिंदगी में उन लोगों की परवाह ये सोचकर नहीं करते कि ये तो अपने हैं। इन्हें तो हम बाद में समझा लेंगे। हम आसपास के रिश्तों में छोटी-छोटी बातों की अनदेखी करते चलते हैं। अंग्रेजी में कहें तो हम अपने करीबियों को ग्रांटेड ले लेते हैं। हम मान लेते हैं कि अरे, कोई बात नहीं। बाद में ये हो जाएगा।

वो बाद कभी नहीं आता। जिसे इन बातों की परवाह होती है, वो वहीं गाड़ी के शीशे खोल कर हाथ जोड़कर अपना फर्ज पूरा कर लेता है।

रिश्ता चाहे भगवान से हो या इनसान से, अगर आपको कुछ कहना हो, कुछ जताना हो तो इंतजार मत कीजिए। जहाँ और जब मौका मिले, अपनी आस्था, अपनी श्रद्धा और अपना प्यार जता दीजिए। गाड़ी से उतरने का मौका मिले न मिले, हाथ जोड़कर भगवान को प्रणाम किया जा सकता है। सिर्फ कहीं बाहर जाने के पहले ही घर में बैठे माँ-बाप के पाँव छूकर प्रणाम करने की दरकार नहीं होती, यूँ भी रोज सुबह उठकर उनके पाँव छू सकते हैं। पत्नी को और बच्चों को, दिन में जब मौका मिले, आई लव यू कह सकते हैं।

ये सब करके देखिए। अच्छा लगेगा। चेहरे की चमक बढ़ जाएगी। उतनी ही, जितनी कल सरस्वती के चेहरे पर मैंने हनुमानजी के दर्शन के बाद देखी थी।

□

तेरे नाम

मुझे पता है कि एक अस्पताल के कमरे में भर्ती दो मरीजों की कहानी आपने पहले पढ़ी होगी और पढ़ते हुए अपनी आँखें पोंछी होंगी।

किसी अस्पताल के एक वार्ड में दो मरीज भर्ती थे। एक मरीज का बिस्तर खिड़की के साथ लगा था, दूसरे का खिड़की से दूर। दोनों मरीज लंबे समय तक एक ही कमरे में साथ रहे तो उनमें दोस्ती हो गई।

जो मरीज खिड़की के दूसरी ओर था, वो बहुत बीमार था। वो बिस्तर से उठ नहीं सकता था। खिड़की के पास वाला मरीज अक्सर देर तक खिड़की के बाहर देखता रहता और दूसरे मरीज को उस पार की कहानी सुनाया करता था।

वो दूसरे मरीज को बताता कि बाहर का दृश्य कितना मनोरम है। नीचे एक नदी बहती है, वहाँ ढेरों लोग रोज आते हैं। कभी कोई बग्घी में आता है, कभी कोई मोटर कार में। वो रोज एक से बढ़कर एक कहानी सुनाता।

खिड़की के दूसरी ओर वाला मरीज उसकी कहानियाँ सुनकर बहुत खुश होता। वो मन-ही-मन सोचता कि काश उसे खिड़की के पास वाला बेड मिला होता। वो भी सारा दिन बाहर देखता। उसका मन लगा रहता। खिड़की के इस तरफ तो कुछ भी अच्छा नहीं है।

खिड़की के पास वाला मरीज रोज एक नई कहानी सुनाता। वो बताता कि आज एक सुंदर लड़की एक नौजवान के साथ नौकायन करने आई है। वो अपने साथी मरीज को उकसाता कि यार तुम जल्दी ठीक हो जाओ, फिर हम लोग भी वहाँ चला करेंगे। वो कहता कि तुम्हारी दोस्ती किसी सुंदर स्त्री से हो जाएगी और तुम जिंदगी को नए सिरे से जी पाओगे।

ऐसी एक कहानी नहीं होती। सैकड़ों कहानियाँ होतीं। वो अपने साथी मरीज को रोज जीने के लिए उकसाता।

एक दिन सुबह–सुबह खिड़की के पास वाले मरीज की मृत्यु हो गई। उसका बिस्तर खाली हो गया। दूसरे मरीज ने डॉक्टर से अनुरोध किया कि उसे खिड़की के पास वाले बिस्तर पर ट्रांसफर कर दिया जाए।

डॉक्टरों ने उसकी बात मान ली। मरीज खुश था कि अब वो सीधे खिड़की के बाहर देख पाएगा। अब तक वो जिन मनोरम कहानियों को सिर्फ सुनता रहा है, उन्हें देख भी पाएगा। खिड़की के उस पार के मनोरम दृश्य की कहानियों को सुनकर उसके भीतर जीने की ललक पैदा हो गई थी। वो काफी स्वस्थ भी हो चुका था।

पर ये क्या?

जब उसे उठाकर दूसरे बिस्तर पर किया गया तो वो हैरान रह गया। नीचे नदी नहीं थी। नीचे तो बड़ा सा मलबाघर था। वहाँ अस्पताल का सारा कचरा फेंका पड़ा था। वहाँ कोई सुंदर स्त्री किसी पुरुष के साथ नौकायन करने नहीं आई थी। वहाँ कुत्ते झगड़ रहे थे।

मरीज अधिक देर तक उधर नहीं देख पाया। उसने मुँह दूसरी ओर कर लिया और समझ गया कि उसका साथी मरीज उसे अपने मन की आँखों से संसार को देखकर जीने के लिए उकसा रहा था।

मैंने आज आपको जिस अस्पताल की कहानी सुनाई है, उस अस्पताल के बाहर की खिड़की के पार हकीकत में देख पाना मुमकिन नहीं था।

पर आज संजय सिन्हा आपको जिस अस्पताल की कहानी सुनाने जा रहे हैं, उस अस्पताल के हर कमरे की खिड़की से सचमुच वही मनोरम दृश्य दिखता है, जिसकी काल्पनिक कहानी खिड़की के पास वाला मरीज अपने साथी को सुनाया करता था।

जबलपुर में कैंसर के मरीजों की सेवा में लगीं दीदी ज्ञानेश्वरी बहुत साल पहले अपनी सहयोगी अनिता की मृत्यु कैंसर से होने के बाद इतनी आहत हुईं कि उन्होंने जबलपुर में विराट हॉस्पिस खोल लिया। उन्होंने अनिता की तकलीफ को इतने करीब से देखा कि उनके जीवन का मकसद ही बन गया कि कैसे इस बीमारी के मरीजों को तकलीफ से मुक्ति दिलाई जाए।

जिन मरीजों की जिंदगी से उम्मीद का दीपक बुझ चुका होता है, दीदी के विराट हॉस्पिस में वो आते हैं, उन्हें दीदी अस्पताल की खिड़की के बाहर के मनोरम दृश्यों की कहानियाँ सुनाती हैं। वो बताती हैं कि जिंदगी के बाद भी जिंदगी है। वो मरीजों की आखिरी तकलीफ को कम करती हैं।

मैं उनके विराट हॉस्पिस में गया हूँ। मैंने मरीजों की सेवा देखी है। मैंने उन मरीजों की

आँखों में जिंदगी की चमक देखी है, जिनकी जिंदगी से रोशनी का चिराग बुझने वाला होता है, जो हर ओर से हार चुके होते हैं, दीदी ज्ञानेश्वरी और उनकी टीम उन्हें जीत की कहानियाँ सुनाती हैं।

अब दीदी ने जबलपुर में ही, नर्मदा नदी के तट पर भेड़ाघाट पर एक ऐसा अस्पताल उन मरीजों के लिए अपनी अथक मेहनत से तैयार कराया है, जिसमें कैंसर के ये मरीज खिड़की के पार उस नए संसार को सचमुच देख सकेंगे, जिसकी कहानी मन की आँखों से खिड़की के पास वाला मरीज अपने साथी को सुनाया करता था।

अस्पताल तैयार है। एक-एक वार्ड और कमरे ने दीदी ज्ञानेश्वरी की मन की आँखों से आकार लिया है। इसी हफ्ते ये शुरू हो जाएगा। संजय सिन्हा पूरी कहानी विस्तार से लेकर आएँगे, लेकिन अभी तो आप उसकी एक झलक देखिए और सोचिए कि कोई कैसे कल्पना को सत्य में बदल देने का माद्दा रखता है। कोई कैसे अपनी पूरी जिंदगी दूसरों के नाम समर्पित कर देता है।

□

बेटियाँ

मैं अब डायरी नहीं लिखता।

बहुत पहले जब माँ थी और बीमार हो गई थी, तब पता नहीं कैसे मैं डायरी लिखने लगा था। फिर धीरे-धीरे लगा कि अपनी उन यादों को क्यों समेटूँ, जो बाद में दुःख ही देती हैं। जो डायरी मैंने लिखी थी, उन्हें सँभाल कर रख दिया और डायरी लिखनी छोड़ दी।

पर मेरा कल का दिन कुछ इस तरह गुजरा कि अगर उसे पूरी तरह लिखने बैठ जाऊँ, तो वो मेरी डायरी के पन्ने की तरह हो जाएगा। कल का दिन बहुत दिनों बाद ऐसा दिन था, जिसे मैं सिलसिलेवार आपके सामने रखना चाहता हूँ। क्या फर्क पड़ता है, जो संजय सिन्हा की आज की कहानी डायरी के पन्ने सी नजर आए।

कल सुबह मेरी नींद खुली, मैंने सबसे पहले लैपटॉप ऑन किया और आपके लिए दीदी ज्ञानेश्वरी के विराट हॉस्पिस की कहानी लिख दी। फिर मैं चाय पीने के लिए अपने बेडरूम से ड्राइंग रूम में पहुँचा। वहाँ सरस्वती पहले से बैठी थी। मैं आपको बता चुका हूँ कि सरस्वती मेरे दोस्त की बहन है और वो कुछ दिनों के लिए हमारे यहाँ चेन्नई से आई थी।

ये उसकी पहली दिल्ली यात्रा थी। वो हिंदी नहीं समझती। खैर, आज भाषा की कहानी नहीं सुनानी। आज तो मैं डायरी लिख रहा हूँ।

सरस्वती ने गुड मॉर्निंग कहा और अंग्रेजी में पूछा कि आज आपने कौन की कहानी लिखी?

मैंने बताया कि जबलपुर की कहानी लिखी है।

उसने पूछा कि आप कब तय करते हैं कि आप कौन सी कहानी लिखेंगे?

मैंने कहा कि मैं कुछ तय नहीं करता। सुबह नींद खुलती है, लैपटॉप ऑन करता हूँ,

फिर अपने आप उँगलियाँ चलने लगती हैं।

वो हैरान होकर मेरी ओर देख रही थी।

खैर, सरस्वती को कल ही चेन्नई लौटना था। हमने साथ चाय पी और थोड़ी देर तक दुनिया जहान की बातें करते रहे। फिर मैं तैयार होने चला गया। मैं तैयार होकर आया तो टेबल पर नाश्ता लगा था। हमने साथ-साथ नाश्ता किया।

सरस्वती ने मुझे धन्यवाद कहा और बोली कि उसे दिल्ली में हमारा साथ बहुत अच्छा लगा। मेरी पत्नी तो पिछले पाँच दिनों से रोज सरस्वती को कहीं-न-कहीं घुमा ही रही थी। हमें भी पिछले पाँच दिनों से सरस्वती की आदत सी पड़ गई थी। रोज डिनर साथ में, ब्रेकफास्ट साथ में। बीच में शनिवार और रविवार को मैं भी पत्नी और सरस्वती के साथ घूमने निकला। उसे दिल्ली दर्शन कराया।

खैर, सरस्वती को कल जाना था। मैं उससे मिला और निकल पड़ा दफ्तर की ओर। मैंने पत्नी को बता दिया था कि तुम शाम को मेरे दफ्तर पहुँच जाना, हमें रेणुजी की बेटी की बर्थ डे पार्टी में साथ चलना है। पत्नी ने कहा कि हाँ, सरस्वती को एयरपोर्ट छोड़कर मैं सीधे तुम्हारे दफ्तर पहुँच जाऊँगी, फिर वहीं से हम बर्थ डे पार्टी में चल पड़ेंगे।

रात आठ बजे पत्नी ने फोन किया कि वो आ गई है। मैंने कुछ देर रुकने को कहा। फिर मैं भी दफ्तर से निकल पड़ा। हम दोनों साथ-साथ रेणुजी के घर गए। रेणुजी हमारी पुरानी परिचित हैं। उनकी दो बेटियाँ हैं। दोनों छोटी हैं। कल उनमें से एक का जन्मदिन था। रेणुजी ने बहुत आग्रह किया था कि संजयजी प्लीज आइएगा, तो कल मैं पत्नी के साथ वहाँ चला गया।

बच्ची ने केक काटा। सब लोग गाने लगे, हैप्पी बर्थ डे टू यू...हैप्पी बर्थ डे डियर सिमरन...।

मैं भी गा रहा था। पर मैंने देखा कि रेणुजी गा नहीं रही थीं, अपनी आँखें पोंछ रही थीं।

ऐसा क्यों, रेणुजी रो क्यों रही हैं, क्या हो गया?

हमने उनकी ओर देखा। मेरी पत्नी आगे बढ़ी और उसने पूछ लिया कि क्या हुआ? इस खुशी के मौके पर आप रो क्यों रही हैं?

अब रेणुजी बिलख पड़ीं। फूट-फूटकर रोने लगीं। पूरी पार्टी में सन्नाटा पसर गया। आखिर अचानक ये क्या हुआ?

फिर रेणुजी ने धीरे से कहा कि कुछ साल बाद मेरी दोनों बेटियाँ चली जाएँगी। इनकी शादी हो जाएगी। फिर मैं इस घर में अकेली रह जाऊँगी।

सबने रेणुजी को बहुत समझाया कि आजकल बेटी-बेटा में कोई अंतर नहीं। बेटियाँ कहीं नहीं जातीं, वो हमेशा माँ का खयाल रखती हैं।

रेणुजी ने कहा, "मैं सब समझती हूँ। पर पता नहीं क्यों आँखें भर आईं। पल भर को पता नहीं मन कहाँ चला गया था। लगा कि बेटी बड़ी हो रही है, अब तो कुछ ही दिन में...।"

मैं सोच में पड़ गया था। वापसी पर मैंने पत्नी से कहा भी कि रेणुजी भविष्य की सोचकर उदास हो रही थीं।

पत्नी ने कहा कि हाँ, बेटियों की विदाई ऐसी ही होती है। पत्नी कार चला रही थी, मैं बगल में बैठा था। कुछ-कुछ सोचता हुआ। दीदी की शादी हो चुकी थी। उस दिन विदाई होनी थी। मैंने देखा था कि पिताजी कैसे फूट-फूटकर रो रहे थे। माँ तो शादी के दिन से ही रोने लगी थी।

हमारी गाड़ी पार्किंग में लग चुकी थी। आम तौर पर मैं घर पहुँचकर अपनी चाबी से दरवाजा खोलता हूँ, पर कल मैंने घंटी बजाई। पिछले कई दिनों से मैं दरवाजा नहीं खोल रहा था। मुझे लगा कि सरस्वती तो घर पर होगी ही। मैंने घंटी बजाई, तब तक पत्नी भी पीछे से आ गई। उसने मुझे टोका कि घंटी क्यों बजा रहे हो?

"सरस्वती नहीं है क्या?"

"भूल गए? उसे आज जाना था। सुबह तुमने उसे गुड बाय भी कहा था। फिर मैं एयरपोर्ट गई थी, वहीं से तो तुम्हारे पास आई थी।"

"ओह! हाँ।"

फिर पत्नी ने दरवाजा खोला। सामने अँधेरा सा था। आगे बढ़कर उसने बत्ती जलाई। घर उदास-उदास सा था। मैंने देखा, पत्नी बाएँ हाथ से ड्राइंग रूम की बत्ती जला रही थी, और दाहिने हाथ से आँखें पोंछ रही थी। मैंने महसूस किया कि मेरी आँखें भी थोड़ी बोझिल सी हैं।

बहुत दिनों से घर में रौनक सी थी। घर में सरस्वती थी।

कल सरस्वती चली गई। कल मैं रेणुजी के दुःख को महसूस कर पा रहा था। कल मैं पिताजी का यूँ फूट-फूटकर रोना भी समझ पा रहा था। कल मैं बेटियों के होने का

मतलब समझ पा रहा था। कल मैं उनके जाने का मतलब भी समझ पा रहा था।

कल हम पति-पत्नी काफी देर तक यूँ ही खामोश बैठे रहे। हमारी कोई बेटी है नहीं, लेकिन कल हम बेटी के चले जाने के अकेलेपन को समझ रहे थे।

बेटियाँ होती ही ऐसी हैं।

□

रिश्तों की राख

मेरी कहानी के पात्र कभी भी मेरे सामने आकर खड़े हो जाते हैं।

देखिए न, आप जिस कहानी को अभी पढ़ रहे हैं, उस कहानी का पात्र मेरे सामने रात के 3.30 बजे आकर खड़ा हो गया और मुझसे कहने लगा, "दस दिन हो गए संजय सिन्हा, तुमने मंडला के होटल में बैठकर बहुत गौर से मेरी कहानी सुनी थी। तुम्हारी आँखों की चमक बता रही थी कि तुम मेरी कहानी भी लोगों को सुनाओगे। लेकिन तुम भूल ही गए। क्यों? क्या मेरी कहानी ने तुम्हें झकझोरा नहीं या फिर तुम्हारे पास कहानियों की लंबी वेटिंग लिस्ट है?"

मेरा यकीन कीजिए, मेरी सारी कहानियाँ अभी मुझसे लिपट गई हैं। कह रही हैं कि संजय, तुम पहले उस बच्चे की कहानी सुनाओ, जो अपने दोनों हाथों से मिट्टी के छोटे से कलश को छाती से चिपकाए हुए पंडितों और पुजारियों के बीच घबराया हुआ नाव में बैठा था। संजय, तुम आज उस बच्चे की कहानी सुनाओ, जिसने तुमसे भी छोटी उम्र में अपनी माँ को खो दिया था और फिर वो गंगा तक गया था माँ की अस्थियों को विसर्जित करने। माँ का अंश गंगा में समाहित करने।

दिल्ली में अभी सर्दी पड़ रही है। इस सर्दी में भी मैं इस वक्त महसूस कर रहा हूँ कि मेरा बदन पसीने से तरबतर है।

मेरी पत्नी बगल में सो रही है। लेकिन मेरी आँखों से नींद कोसों दूर है। संजय सिन्हा आज एक मिनट भी नहीं सो पाएँगे। आज आँखों के सामने उस छोटे से बच्चे की तस्वीर उभर आई है। उस तस्वीर में मेरी माँ की तस्वीर भी समाहित है।

बहुत साल पहले कुछ लोग मेरी माँ को कहीं ले जा रहे थे, तब मैंने भी ऐसे ही बाँस की सीढ़ी पर लेटी माँ को पकड़ लिया था।

"मेरी माँ को कहीं मत ले जाओ, कहीं नहीं। मेरी माँ मरी नहीं है। वो सो रही है। वो अभी जाग जाएगी। माँ, माँ, उठो। देखो ये लोग तुम्हें बाँस की सीढ़ियों में लपेट रहे हैं।

माँ, उठो। उठो माँ।"

लोगों ने बच्चे को माँ से अलग कर दिया। उसे समझा रहे थे कि शरीर नश्वर है, आत्मा अमर है। तुम्हारी माँ कहीं नहीं गई है। वो यहीं है। तुम्हारी यादों के अंश में। बच्चा समझ गया था। माँ कहीं नहीं गई। जिस तरह ऊर्जा का जन्म नहीं होता और ह्रास भी नहीं होता, उसी तरह इस संसार में न कोई जन्म लेता है, न मरता है। मनुष्य सिर्फ शरीर बदल लेता है। फिर वो हवा बन जाता है, नदी बन जाता है या वृक्ष बन जाता है। फिर वो हमारे सामने ही होता है एक अंश बनकर।

जब माँ का शरीर जल कर हवा बन गया, तो बच्चे ने चिता से बची हुई अस्थियाँ उठाईं और सबके कहने पर उसे ले गया नदी में प्रवाहित करने, ताकि माँ गंगा बन जाए। ठीक वैसे ही, जैसे गंगा माँ है।

बच्चा हाथ में माँ की अस्थियों के कलश को थामे हुए नाव से नदी के बीच पहुँचा। लेकिन पंडितों और पुजारियों ने उसे समझाया कि तुम्हारी माँ नदी तब बनेगी, जब तुम माँ के नाम पर दान दोगे। बहुत सारा दान। तुम जो भी दान दोगे, वो सब माँ के पास पहुँच जाएगा। बच्चे ने कहा कि उसके पास कुछ भी नहीं है देने के लिए। बस माँ की ये अस्थियाँ हैं, जिन्हें वो नदी में समाहित करके नदी को माँ का अंश बना लेना चाहता है। फिर वो इस नदी के पास रोज आएगा। माँ से मिलेगा।

पर पंडित उस बच्चे को ऐसा करने से रोकते रहे। कहते रहे कि बिना पैसे दिए वो यहाँ ऐसा नहीं कर सकता। वो उसे ऐसा नहीं करने देंगे। वो कहने लगे, "नदी हमारी है। तुम्हारी माँ उसमें नहीं समाहित हो सकती। तुम्हें पैसे देने ही पड़ेंगे। अगर तुम पैसे नहीं दोगे, तो माँ की अस्थियों के साथ-साथ हम तुम्हें भी बीच नदी में डुबो देंगे। फिर तुम खुद माँ में समाहित हो जाओगे।"

बच्चा डर गया था। क्या ये लोग उसे बीच नदी में फेंक देंगे।

बच्चा घबरा कर चुप हो गया था। किसी तरह नाव किनारे लगी। बच्चा नाव से कूद कर भागा। माँ उसकी गोद में छोटे से कलश में सुरक्षित थी। बच्चा भागता गया, भागता गया। उसने पीछे मुड़ कर देखने का साहस भी नहीं किया कि पंडित उसके पीछे-पीछे तो नहीं आ रहे।

आखिर थक कर बच्चा एक पेड़ के नीचे बैठ गया। वो बहुत जोर-जोर से रोने लगा। वो अकेला था। एकदम अकेला।

तभी उसने महसूस किया कि माँ उसके सामने खड़ी है। कह रही है, "तुम मत रोओ योगेश। मेरे लाल, तुम इस तरह घबरा कर नहीं जी सकते। इस दुनिया में बहुत से लोग

तुम्हें डराएँगे। तुम मत डरना। तुम मुझे सदा के लिए अमर करना चाहते हो न! तुम नदी में इसीलिए तो मुझे प्रवाहित करने गए थे। लोग अपनों की राख को नदी में प्रवाहित इसीलिए करते हैं, ताकि प्रिय जन का अंश सदा के लिए नदी में समाहित हो जाए।

सुनो मेरे लाल, तुम मुझे इसी पेड़ के नीचे सुला दो। मैं इस पेड़ में समाहित हो जाऊँगी। मैं पेड़ का अंश बन जाऊँगी। तुम पेड़ से प्यार करना।"

मंडला के होटल में आधी रात को बैठकर जब जबलपुर के 'ट्री मैन' योगेश गनोरे मुझे अपनी कहानी सुना रहे थे, तब हमारे छोटे भाई अमित चतुर्वेदी भी दिल थाम कर बगल में लेटे-लेटे सब सुन रहे थे। आम तौर पर वो बीच में अपनी प्रतिक्रिया जरूर देते हैं। लेकिन उस रात वो पूरी तरह चुप थे। योगेश गनोरे ने पहली बार मुझे बताया कि यह सब उनके जीवन में घटा है।

उन्होंने उस दिन माँ की राख को उसी पेड़ के नीचे दबा दिया।

माँ नदी नहीं बनी, पेड़ बन गई। माँ हरियाली में समाहित हो गई।

योगेश गनोरे को वहीं पहली बार पेड़ से प्यार हुआ। फिर जब वो बड़े हुए तो, उन्होंने पर्यावरण की रक्षा को अपना मिशन बना लिया। पिछले कई वर्षों से वो रोज एक पौधा लगाते हैं। आँधी हो, तूफान हो या फिर कुछ और, योगेश गनोरे ठीक दस बजे एक पौधा लगाना नहीं भूलते। जबलपुर में उन्होंने कदम संस्था की नींव रखी और अब तक वो हजारों पौधे लगा चुके हैं। उनका ये जुनून इस हद तक बढ़ गया कि अपने बेटे के निधन के बाद भी,वो पौधा लगाने के अपने प्रण से नहीं हिले। उन्होंने उस दिन भी एक पौधा ठीक दस बजे लगाया, जिस दिन उनके बेटे की मृत्यु हो गई थी।

अब मुझे कहानी रोकनी पड़ेगी। अब मुझे अपनी आँखें धोनी पड़ेंगी। धुंधली आँखों से भला क्या दिखेगा? मैं रोता नहीं, पर आँखों को कौन समझाए? संजय सिन्हा समझदार हैं, उनकी आँखें नहीं। वे भावुक हैं, वो बात-बात पर रो पड़ती हैं।

पर कहानी खत्म करने से पहले बता दूँ कि यूँ ही बात-बात में एक दिन जबलपुर के ही राजीव चतुर्वेदी ने पौधा रोपण के वक्त उनसे कहा कि आप इस कार्यक्रम को अंश रोपण का नाम दे दीजिए। आप लोगों को बताइए कि अपने प्रियजन के निधन पर आप उनकी चिता की राख नदी में न बहा कर, एक छोटा सा गड्ढा कर उसमें डाल दें और उस पर एक पौधा लगा दें।

पौधा लहलहाएगा। पहले उसमें कोपलें फूटेंगी, फिर फूल आएँगे और फिर फल। आपके प्रियजन का अंश आपके सामने होगा, सदा के लिए।

योगेश गनोरे हैरान थे। वो अपनी माँ का अंश किसी अनजान वृक्ष की जड़ में रोप आए

थे और कभी किसी से इस बात की चर्चा भी नहीं की थी, फिर राजीव चतुर्वेदी के दिल में ये बात कहाँ से आई।

दिल में बात आ सकती है। तब तो बिल्कुल आ सकती है, जब मिलने वाले दोनों दिल संग-संग धड़कते हों।

आप में से बहुत से लोग योगेशजी को जानते हैं, उनके जुनून को जानते हैं। लेकिन एक पौधे के साथ अपने प्रियजन के अंश की कहानी आपने पहली बार सुनी है। पहली बार संजय सिन्हा ने आपको ये कहानी सुनाई है।

आप भी योगेशजी की इस मुहिम के सहभागी बनिए और अपने खो गए रिश्तों को हरा-भरा होने दीजिए, सदा के लिए।

□

मजा नहीं आया

मुझे याद नहीं कि मैंने आपको ये वाली कहानी पहले भी सुनाई है या नहीं। अगर सुनाई है तो दुबारा सुन लीजिए और नहीं सुनाई तो इस कहानी को ध्यान से सुनिए और समझने की कोशिश कीजिए।

मेरा बेटा जब बहुत छोटा था तो रात में सोते हुए मैं उसे कहानी सुनाया करता था। वो मेरे साथ चिपक कर सोता और मैं उसे कोई-न-कोई कहानी सुनाता। कभी भालू की कहानी, कभी हिरण की। कभी बिल्ली की तो कभी चूहे की। कभी-कभी ऐसा होता कि मुझे नींद आ रही होती और मेरा बेटा कहानी सुनाने की जिद करता। ऐसे में मैं किसी एक कहानी को बढ़ाता रहता।

एक बार मैंने कहानी शुरू की कि जंगल में एक दिन हिरण घूमने निकला। उसके साथ भालू भी चल पड़ा। रास्ते में बिल्ली मिली तो बिल्ली ने उनसे पूछा कि मैं भी चलूँ क्या, तो हिरण ने कहा कि तुम भी चलो। फिर बिल्ली भी उनके साथ चल पड़ी। फिर चूहा मिला तो वो उनके साथ चल पड़ा। बेटा कहानी सुनता हुआ सो गया। और मैं हिरण के साथ चूहा, चींटी, हाथी, सबको चलाता रहा।

एक दिन मेरा छोटा भाई परिवार समेत अहमदाबाद से हमारे घर आया। उसका बेटा भी बहुत छोटा था।

एक रात दोनों बच्चे मेरे पास सोए। दोनों ने जिद की कि कहानी सुनाओ।

मैं कहानी सुनाने लगा, "जंगल में बहुत से जानवर रहते थे। हिरण, शेर, चीता, भालू, ऊँट, बैल, घोड़ा, हाथी, लोमड़ी...।"

दोनों बच्चे बहुत ध्यान से कहानी सुन रहे थे।

मैंने कहानी आगे बढ़ाई। एक दिन हिरण जंगल में घूमने निकला। रास्ते में उसे भालू मिला। भालू ने हिरण से पूछा, हिरण भाई, हिरण भाई, क्या मैं भी तुम्हारे साथ चलूँ? हिरण ने कहा, हाँ, चलो। दोनों साथ चले जा रहे थे। रास्ते में हाथी मिल गया। फिर

हाथी ने भी पूछा कि हिरण भाई, हिरण भाई, क्या मैं तुम्हारे साथ चलूँ? हिरण और भालू ने उसे भी साथ ले लिया। वो चलते रहे, चलते रहे। बहुत दूर चले गए तो उन्हें ऊँट मिल गया। ऊँट ने पूछा कि हिरण भाई, हिरण भाई, आप लोग कहाँ जा रहे हैं? तो हिरण ने कहा कि हम घूमने जा रहे हैं। ऊँट ने पूछा कि क्या मैं भी आपके साथ चलूँ? सबने कहा, हाँ, हाँ तुम भी चलो।

इस तरह मैं एक-एक जानवर लाता रहता और उन्हें उनके साथ घुमाता रहता।

मेरा बेटा तो कहानी सुनते-सुनते सो गया था। पर छोटे भाई का बेटा नहीं सो रहा था। मैंने कई बार उसे सुलाने की कोशिश की। लेकिन वो जागा रहा। मैंने कहानी फिर आगे बढ़ाई तो उसने मुझसे धीरे से कहा, "बड़े पापा, मजा नहीं आ रहा।"

"मजा नहीं आ रहा, मतलब?"

"कहानी में मजा नहीं आ रहा।"

"मजा आएगा। देखो अभी सारे जानवर चले जा रहे हैं। फिर उन्हें रास्ते में लोमड़ी मिली। उसने भी पूछा कि हिरण भाई, हिरण भाई, क्या मैं भी चलूँ? हिरण ने कहा, हाँ, लोमड़ी बहन, तुम भी चलो।"

"बड़े पापा, बिल्कुल मजा नहीं आ रहा।" इतना कहकर वो रोने लगा। बहुत मुश्किल हुई। उसे उसकी मम्मी के पास भेजा गया। फिर वो सोया।

लेकिन तब से हमारे घर में ये मुहावरा चल पड़ा है कि जब कोई बात अच्छी नहीं लगती तो हम कह देते हैं कि बड़े पापा, मजा नहीं आया। ये हमारे घर का कोड वर्ड बन गया।

कभी खाना ठीक नहीं बना तो सिर्फ इतना कहना होता है, "बड़े पापा...।"

कभी किसी की कोई बात बुरी लगे तो भी बस 'बड़े पापा' कह देने से उसका संदेश सामने वाले तक पहुँच जाता है।

मैंने बहुत दिनों बाद अपने भाई के बेटे से पूछा था कि तुम्हें कहानी में मजा क्यों नहीं आया था? उसने कहा कि हाथी, ऊँट, घोड़ा, सब चले जा रहे थे, कुछ हो नहीं रहा था।

"पर तुमने तो एकदम से कह दिया था कि मजा नहीं आ रहा। तुम्हारा बड़ा भाई तो चुपचाप सुनता था। उसे मजा आता था।"

"नहीं, उसे भी मजा नहीं आता था। पर वो कुछ कहता नहीं था। कह देना चाहिए।"

कल पाँच राज्यों के चुनाव के रिजल्ट आए।

जनता ने भी खुल कर कई नेताओं को कह दिया कि आपकी कहानी में मजा नहीं आया। खुल कर कह दिया।

कल जनता ने जो जवाब दिया है, उससे मुझे बहुत मजा आ रहा है। कहानी अगर आगे न बढ़े तो कह देना बेहतर होता है।

मैं तो कुछ कहता नहीं। लेकिन छोटे भाई के बेटे ने कह दिया।

छोटे भाई का बेटा जिदाबाद!

जनता जिंदाबाद!

□

माँ की मर्जी

बहुत छोटा था तो दादी कहती थीं कि मेरा संजय बेटा बड़ा होकर डॉक्टर बनेगा। पिताजी कहते थे कि नहीं ये तो इंजीनियर बनेगा। बड़े बाबूजी कहते थे कि इसे तो पुलिस अफसर बनना है। कोई मुझे वकील बनाता, कोई जज।

पर माँ कहती थी कि मेरा राजा बेटा बड़ा होकर आदमी बनेगा। एक अच्छा आदमी।

माँ की नजर में किसी भी डॉक्टर, इंजीनियर, पुलिस अफसर, वकील या जज से बड़ा आदमी होना था, एक अच्छा आदमी।

मैं मन-ही-मन सोचता था कि आदमी तो मैं हूँ ही, फिर माँ बार-बार आदमी होने की बात क्यों कहती है। पर जैसे-जैसे मैं बड़ा होता गया, माँ की चाहत का अर्थ समझता गया।

मुझे एकदम ठीक से याद है, इलेक्ट्रॉनिक मीडिया में नौकरी के लिए चुने जाने के समय मुझसे ह्यूमन रिसोर्स मैनेजर ने जब पूछा था कि इतने दिनों के अपने अनुभव में आप ने क्या-क्या सीखा है, तो मैंने सिर्फ इतना ही कहा था कि मैं आदमी बन रहा हूँ। एच.आर. मैनेजर मिनट भर को रुकी थी। फिर उसने पूछा था कि आप भविष्य में क्या लक्ष्य रखते हैं, तो मेरे मुँह से निकला था कि मैं आदमी बनना चाहता हूँ, एक अच्छा आदमी।

एच.आर. मैनेजर ने इसके आगे फिर कुछ नहीं पूछा था। उसने कहा था कि आप कल सुबह यहाँ आकर बाकी औपचारिकताएँ पूरी कर लीजिएगा।

कभी विस्तार से इस पूरे अनुभव को आपसे साझा करूँगा। ये भी बताऊँगा कि नौकरी पाने के बाद आगे उस एच.आर. मैनेजर से मेरी क्या बातें हुईं। पर आज तो संजय सिन्हा को आदमी बनने के अलावा पिता बनने का अनुभव भी आपको सुनाना है। मुझे याद है कि अपने इस अनुभव को मैंने पहले भी आपसे साझा किया है। लेकिन आज फिर वो सबकुछ याद आ रहा है, जिससे मैं कई साल पहले गुजरा था।

मेरी माँ मुझे छोड़कर बचपन में न चली गई होती, तो यकीनन वो मुझे पिता बनने का पाठ भी पढ़ाती ही। उसने अपनी कहानियों से मुझे आदमी बनने के कई पाठ पढ़ाए। पर मेरी तब की उम्र को देखते हुए वो मुझे पिता बनने का पाठ नहीं पढ़ा पाई। उसे उम्मीद रही होगी कि जैसे-जैसे उनका बेटा बड़ा होगा, कोई-न-कोई उसे पिता बनना भी सिखा ही देगा।

अफसोस। माँ के जाने के बाद फिर सबने मुझे वही डॉक्टर, इंजीनियर, पुलिस अफसर, वकील और जज बनने का पाठ पढ़ाना शुरू कर दिया। हालाँकि मैं इनमें से कुछ भी नहीं बना और पत्रकारिता को मैंने अपना कॅरियर बनाया। मैं बड़ा हो गया था। हर आदमी के मन में बड़ा होने के बाद शादी करने की इच्छा होती है। मेरे मन में भी हुई। मैंने खुद ही अपने लिए लड़की पसंद की और शादी कर ली।

मुझे नहीं पता कि राम मिलाए जोड़ी की अवधारणा कहाँ से शुरू हुई होगी, पर ये हकीकत है कि हमारी जोड़ी 'राम मिलाई' थी।

कहाँ एक हिंदी वाला लड़का और कहाँ एक अंग्रेजी वाली लड़की। पर जोड़ी रामजी ने बना दी थी तो बना दी थी। मैं आज जो कुछ लिख रहा हूँ, उसका एक-एक अक्षर संपूर्ण सत्य है। आप पढ़कर भले हँस लीजिएगा, पर वादा कीजिए कि इस पाठ को समझकर आप अपनी आनेवाली पीढ़ी को इस बारे में बताएँगे और उसे वो सब बताएँगे, जिसे तब हम किन्हीं वजहों से जानने से चूक गए थे।

शादी के बाद मेरी पत्नी ने एक दिन मुझसे कहा कि लगता है वो माँ बनने वाली है।

माँ? सोचिए मैं कितना रोमांचित हुआ होऊँगा। मेरे लिए इस शब्द से बड़ा कोई शब्द हो ही नहीं सकता था। हम फटाफट दिल्ली में खान मार्केट तक गए थे। मेरे एक परिचित डॉक्टर वहीं थे, मैंने उनसे पत्नी के संदेह की पुष्टि माँगी। डॉक्टर ने पत्नी के कुछ टेस्ट किए और चहकते हुए कहा था, "संजयजी बधाई हो। आप पिता बनने वाले हैं।"

कमाल हो गया था।

मैं डॉक्टर, इंजीनियर, पुलिस अफसर, वकील और जज नहीं बना था। माँ की कहानियों को सुनकर आदमी बन रहा था, पर पिता तो अपने आप ही बन चला था मैं। पिता, जिसके लिए किसी ने मुझे ट्रेनिंग नहीं दी थी, किसी ने मुझे कुछ नहीं बताया था। मेरी एम.ए. तक की पढ़ाई में एक भी अध्याय पिता बनने से संबंधित नहीं था। फिर भी मैं पिता बन रहा था।

मैंने मन-ही-मन सोचा कि चलो, मुझे किसी ने पिता बनने का पाठ नहीं पढ़ाया। पर पत्नी दिल्लीवाली है, उसे माँ बनना पता होगा। पर न मुझे कुछ पता था, न उसे।

दिन निकलते गए। पत्नी एक डॉक्टर के संपर्क में स्थायी रूप से चली गई। जैसा डॉक्टर कहते, वो वैसा ही करती। मतलब डॉक्टर उसे माँ बनने का पाठ पढ़ा रही थी। अब मेरा कोई रोल था ही नहीं।

9 फरवरी की रात थी।

पत्नी ने कहा कि उसके पेट में बहुत दर्द हो रहा है। मैंने देखा, पेट फूला हुआ था। मेरे पेट में जब दर्द होता था, माँ मेरे पेट को छूकर देखती थी और थोड़ी सी अजवाइन खिला देती। कहती कि गैस है, निकल जाएगी। एक दिन दीदी के पेट में दर्द हुआ। माँ ने उसे पुदीन हरा पानी में मिलाकर पिलाया, दीदी ठीक हो गई। संजय सिन्हा डॉक्टर भले नहीं बने थे, लेकिन माँ से पेट दर्द के इलाज का रामबाण नुस्खा सीख चुके थे।

पत्नी ने जैसे ही कहा कि पेट में दर्द है, मैंने उसे पुदीन हरा पानी में मिलाकर पिला दिया।

वो थोड़ी देर तक सोती रही, फिर उसने कहा कि पेट में दर्द हो रहा है। मैंने थोड़ा सा पुदीन हरा, फिर पिला दिया। वो फिर सो गई। फिर दर्द, फिर पुदीन हरा। आधी शीशी पुदीन हरा पीने के बाद भी दर्द कम नहीं हुआ तो हमारे पास कोई चारा ही नहीं रहा कि अब सुबह होते ही डॉक्टर के पास भागा जाए।

लंबी कहानी है, फिर कभी सुनाऊँगा। हालाँकि बहुत पहले सुना भी चुका हूँ, लेकिन तब परिजनों की संख्या कम थी, तो कभी-न-कभी इस पर विस्तार से सुनाना बनता है, पर अभी तो यही कि सुबह डॉक्टर रश्मि के पास गया तो डॉक्टर रश्मि ने मुझे थप्पड़ नहीं मारा, बाकी सब गत कर दी। पत्नी पीड़ा में थी, इसलिए वो भी डॉक्टर के थप्पड़ से बच गई। उस डॉक्टर ने मुझसे कहा कि ये रातभर प्रसव पीड़ा में रही हैं।

"प्रसव पीड़ा? पर पत्नी ने तो ये बताया ही नहीं।"

"हर बात बताने की नहीं होती। कुछ बातें समझने की भी होती हैं।"

"पर डॉक्टर, आपने तो कोई और तारीख बताई थी।"

"डॉक्टर सबकुछ नहीं होते। कुछ चीजें भगवान भी तय करते हैं। आपके लिए पिता बनने की तारीख उन्होंने 10 फरवरी ही तय की है।"

"पिता?"

"हाँ, आप पिता बनने जा रहे हैं। पर आपने सारी रात उसे दर्द में रखा। ये ठीक नहीं किया।"

"पर...।"

"अब बहस छोड़िए, हमें अपना काम करने दीजिए।"

पत्नी अंदर थी। मैं बाहर। सुबह से दोपहर तक इंतजार करता रहा। सोचता रहा कि इतना कुछ बनने का पाठ हम पढ़ते हैं। पर आदमी बनने, पिता बनने, माँ बनने का पाठ नहीं पढ़ते। इतना ही क्यों, सास बनने, ससुर बनने, फूफा, मौसा, बुआ, मौसी तक बनने का पाठ नहीं पढ़ाया जाता। पुराने जमाने में तो अनुभव के विद्यालय में सारी पढ़ाई घर में हो जाती थी। पर एकल परिवार में कुछ नहीं होता। कोई पढ़ाई नहीं होती।

काश कोई स्कूल खुलता, जिसमें माँ बनना, पिता बनना, एक अच्छा आदमी बनना सिखाया जाता, साथ में बाकी सभी रिश्तों के पाठ पढ़ाए जाते।

देखिएगा, एक न एक दिन ऐसा स्कूल खुलेगा।

फिलहाल तो इतना ही कि 10 फरवरी की दोपहर तक मैं पिता बन गया था। शारीरिक पिता। अच्छा पिता बनने का पाठ तो मैं धीरे-धीरे लोगों को देखकर सीखता गया।

□

अप्रेम प्रेम

मैं अपनी पत्नी और बेटे के साथ एक मॉल में शॉपिंग करने गया था। दुकान बंद होने का समय हो चुका था। ग्राहक दुकानों से निकल चुके थे। मैं भी निकल ही रहा था कि मेरी निगाह एक व्यक्ति पर पड़ी, जो अपने एक कर्मचारी को बुरी तरह डाँट रहा था। कर्मचारी करीब-करीब काँप रहा था। आसपास और कर्मचारी वहाँ खड़े थे और सभी मजे ले रहे थे।

मैंने अपने पास खड़े एक कर्मचारी से धीरे से पूछा कि उस व्यक्ति को इतनी डाँट क्यों पड़ रही है, तो उसने बताया कि वो आज दो-तीन बार बाथरूम चला गया था। किसी ने मैनेजर से शिकायत कर दी कि ठीक से काम नहीं कर रहा, बार-बार बाथरूम जाता है और वहाँ देर तक बैठा रहता है।

मैनेजर इसीलिए इसे डाँट रहा है कि ठीक से काम करना है तो करो, नहीं तो नौकरी छोड़ दो।

मैं हतप्रभ था।

मैंने पूछा कि क्या वो सचमुच कामचोर है?

उसने मेरी ओर देखा और धीरे से बोला, "नहीं सर, इसके पेट में सुबह से दर्द था, उसने मुझे बताया था। वैसे इसकी शिफ्ट दोपहर तक थी, लेकिन आज एक लड़का नहीं आया तो इसे डबल शिफ्ट में रोक लिया गया।"

मैंने मैनेजर की ओर गौर से देखा। मैनेजर दस कर्मचारियों की मौजूदगी में उसे कुछ इस तरह डपट रहा था, डपट क्या रहा था, बेइज्जत कर रहा था, मानो वो...।

मैं चाहता तो 'मानो वो' के आगे 'गुलाम' लिख सकता था। पर मुझे लगा कि भारत तो बहुत साल पहले आजाद हो चुका है। अंग्रेज भारत छोड़कर जा चुके हैं, फिर अब यहाँ कौन 'गुलाम' है?

पर वो मैनेजर उस कर्मचारी के साथ सार्वजनिक रूप से जिस तरह का व्यवहार कर रहा था, वो आपत्तिजनक था।

ऐसा नहीं है कि मैंने ऐसा दृश्य पहली बार देखा था। मैंने कई बार देखा है कि कुछ लोग चीख-चिल्लाकर ही अपने मातहतों से बात करते हैं। वो कुछ इस तरह पेश आते हैं, जैसे वो आदमी नहीं, जानवरों से डील कर रहे हों।

मैंने 11 साल जनसत्ता में नौकरी की। मैंने कभी प्रधान संपादक प्रभाष जोशी को किसी को जलील करते या डाँटते नहीं देखा। उनके नीचे स्थानीय संपादक बनवारी थे, उन्हें भी मैंने किसी को लज्जित करते नहीं देखा। फिर न्यूज एडिटर अच्युतानंद मिश्र थे, मैंने उन्हें भी किसी को जोर-जोर से डाँटते नहीं देखा। उनके नीचे डिप्टी न्यूज एडिटर सत्यप्रकाश त्रिपाठी थे, वो भी अपनी नाराजगी जताते, तो बहुत खामोशी के साथ। उनके बाद श्रीश चंद मिश्र, मनोहर नायक, शंभुनाथ शुक्ल थे। इन्हें भी मैंने अपने मातहतों पर कभी चीखते-चिल्लाते नहीं देखा। इनके नीचे हम ढेर सारे उप-संपादक थे। हम रोज गलतियाँ करते थे। हमें रोज ये समझाया करते थे। मैंने तो कई ऐसी गलतियाँ भी कीं, जिनके बदले अखबार को ही माफी माँगनी पड़ गई थी।

एक बार मुझे प्रभाष जोशी ने बुलाकर पूछा भी था कि उत्तर प्रदेश विधानसभा को मैंने बेईमान सभा कैसे लिख दिया? इस पर मैंने इतना ही कहा था कि उत्तर प्रदेश के जो ब्यूरो चीफ हैं, वो मुझसे अधिक समझदार हैं, सीनियर हैं, उन्होंने कॉपी में लिखकर भेजा, तो मुझे लगा कि सही ही लिखा होगा।

प्रभाष जोशी हँस पड़े थे। कहने लगे, ध्यान रखना चाहिए। इससे मानहानि का मुकदमा बन सकता है और फिर उन्होंने पहले पन्ने पर इस गलती के लिए माफीनामा भी छापा था।

पहली बार चीखने-चिल्लाने वाले कल्चर से मेरा पाला तब पड़ा, जब मैं इलेक्ट्रॉनिक मीडिया में आया। मैंने पहली बार देखा कि कुछ लोग दूसरे से चीख कर बातें करते हैं।

फिर तो ऐसे ढेरों लोगों से मेरा पाला पड़ने लगा। मैंने कई बार देखा कि कुछ लोग सिर्फ रौब गाँठने के लिए चीख कर बातें करते हैं। कुछ लोग सिर्फ ये दिखलाने के लिए चिल्ला कर बातें करते हैं कि उनकी सत्ता का लोहा माना जाए।

आज तो नहीं, लेकिन कभी-न-कभी इस पर विस्तार से लिखूँगा कि किस तरह के लोग अपने मातहतों पर चीखते और चिल्लाते हैं। मेरे पिता बिजली विभाग में सीनियर अधिकारी थे। मैंने उन्हें कभी अपने मातहतों पर चीखते हुए नहीं देखा। मेरे मामा मध्य प्रदेश में पुलिस महानिदेशक थे। मैंने उन्हें भी किसी मातहत पर चिल्लाते हुए नहीं

देखा। इन्हें कभी किसी से शिकायत भी होती, तो वे उस व्यक्ति से सीधे और अकेले में बात करते थे।

मैं भी एक चैनल का हैड हूँ। मेरे साथ ढेरों लोग काम करते हैं। मैं आज प्रभाष जोशी, बनवारी, अच्युतानंद मिश्र, सत्यप्रकाश त्रिपाठी, श्रीश चंद मिश्र, मनोहर नायक, शंभुनाथ शुक्ल, अपने पिता और अपने मामा का दिल से शुक्रगुजार हूँ कि उन्होंने मुझे एक विनम्र प्रबंधन का पाठ पढ़ाया।

प्रेमचंद की एक कहानी मुझे अक्सर याद आती है—बड़े घर की बेटी। प्रेमचंद ने अपनी इस कहानी में बड़े घर की बेटी के गुणों को उजागर किया है। मुझे लगता है कि बात सिर्फ बड़े घर की बेटी की नहीं, बड़े घर यानी संस्कारों से संपन्न घर में अगर आपका लालन-पालन हुआ है, तो आप में वो बड़प्पन अपने आप आ जाएगा, जिसमें आदमी को आदमी समझा जाता है।

उस दुकान में काम करनेवाला कर्मचारी चाहे जितना छोटा हो, लेकिन मैं दावे से कह सकता हूँ कि उसका मैनेजर उससे छोटे घर का था। बड़े घर के लोग चीख कर नहीं, समझाकर बात करते हैं। बड़े घर के लोग धन या पद के आधार पर अपना व्यवहार नहीं बदलते। बड़े घर के लोग अपने संपर्क में आनेवालों की जिंदगी को रौशन करने की कोशिश करते हैं। बड़े घर के लोग अपने मातहत के लिए आदर्श बनते हैं, न कि आतंक।

आदमी चाहे जैसा हो, उससे आपको काम चाहे जो लेना हो, प्रेम का साथ नहीं छोड़ना चाहिए। प्रेम से ही आदमी असंभव को संभव कर सकता है, भय से नहीं।

□

पिक्चर रह गई

कल दिल्ली से पुणे के लिए निकलना था।

इंदिरा गांधी एयरपोर्ट के टर्मिलन-3 पर पहुँचा। छुट्टी का दिन होने के कारण ट्रैफिक की उतनी मारामारी नहीं थी, जितनी आम दिनों में होती है। लिहाजा मैं समय से काफी पहले पहुँच गया।

मुझे ठीक से याद है कि मुझे गेट नंबर 28 पर पहुँचना था। सुरक्षा की औपचारिकताओं से गुजरता हुआ मैं गेट नंबर 28 तक पहुँच गया।

मुझे लग रहा था कि मैं ही समय से काफी पहले पहुँच गया हूँ, लेकिन मैंने देखा कि लोग मुझसे भी पहले वहाँ पहुँचे हुए हैं।

दिल्ली में एयरपोर्ट पर मुफ्त में अखबार मिल जाते हैं, इसलिए कई लोग दोपहर में सुबह का पेपर पढ़ रहे थे। पर अधिकतर लोग अपने मोबाइल फोन पर लगे थे। कोई गाना सुन रहा था, कोई फोन पर बात कर रहा था। कोई मेल चेक कर रहा था, तो कोई व्हाट्सऐप पर चैट कर रहा था।

सभी लोग अपने में मगन थे।

अब संजय सिन्हा की निगाहें तो लेखक वाली निगाहें बन चुकी हैं। उनको तो हर जगह अपनी कहानी के पात्र की तलाश होती है। पर यहाँ एयरपोर्ट पर भला कहानी का कौन सा पात्र मिलने वाला था?

मुझे लगा कि लोगों में कहानी तलाशने की जगह मैं खुद ही आज अपने फोन पर कोई फिल्म देख लेता हूँ। पिछले ही दिनों मैंने अपने फोन में फिट हो सकने वाला एक ऐसा ड्राइव खरीदा है, जिसमें मैं फिल्म वगैरह लोड करके रख सकता हूँ। मैंने सोच लिया कि कोई पुरानी पिक्चर देखना शुरू करता हूँ। कुछ देर यहाँ देख लूँगा, फिर दो घंटे की उड़ान में उसे पूरा देख लूँगा।

मैंने बैग से ड्राइव निकाला। फोन से उसे अटैच किया। मुझे अचानक ध्यान आया कि फोन में बैट्री आधी रह गई है। फिर तो पिक्चर देखने के चक्कर में बैट्री पूरी खत्म हो जाएगी। मैंने सोचा कि मुझे पहले फोन को चार्ज कर लेना चाहिए। फोन फुल चार्ज होगा तो पिक्चर देखने में मजा आएगा। मैं अपनी कुरसी से उठा और ऐसी जगह तलाशने लगा, जहाँ मुझे चार्जिंग प्वॉइंट मिल सके। थोड़ा इधर-उधर टहलने के बाद मुझे चार्जिंग प्वॉइंट दिखा। मैंने अपना फोन चार्जिंग में लगा दिया।

मैं खुश था कि इस बार की यात्रा में मैं एक पूरी पिक्चर देख लूँगा।

फोन काफी चार्ज हो चुका था। मतलब इतना चार्ज हो चुका था कि मैं उसे वहाँ से निकाल कर फिल्म देखना शुरू कर सकता था।

अचानक अनाउंस हुआ कि हमें गेट नंबर 28 की जगह 31 पर पहुँचना है। गेट नंबर 28 और 31 करीब-करीब आमने-सामने ही थे। मैं चाहता तो चुपचाप वहीं बैठा रह सकता था। लेकिन मैंने सबको हिलते-डुलते देखा तो मैंने अपना फोन चार्जिंग से बाहर निकाल लिया और मैं भी 31 नंबर गेट पर पहुँच गया। लोग लाइन में लगने लगे थे। मैं चाहता तो अभी भी आधे घंटे तक पिक्चर देख सकता था। अभी बोर्डिंग में आधे घंटे की देर थी। पर सब लोग पता नहीं क्यों लाइन में लग रहे थे।

खैर, मैंने सोच लिया था कि लाइन में नहीं लगूँगा। विमान में जाकर कौन सी सीट लूटनी है ? मेरे पास मेरा बोर्डिंग पास है। मैं आधे घंटे तक फिल्म देखता हूँ। बाकी को दो घंटे की उड़ान में पूरी कर लूँगा।

मैंने बैग खोला, उसमें से हैड फोन निकाला।

लाइन लंबी होती जा रही थी। मैं मन-ही-मन लोगों पर हँस रहा था। मैं पूरी तैयारी कर चुका था कि अब फिल्म शुरू करूँगा, तब तक अनाउंसमेंट होने लगा कि सीट नंबर 20 और उसके पीछे वाले पहले आगे आएँ।

कभी-कभी फ्लाइट वाले भीड़ को देखते हुए ऐसा करते हैं कि पीछे से लोगों को विमान में बैठाना शुरू कर देते हैं। अब पूरी लाइन में फिर अलग सी अफरा-तफरी शुरू हो गई। मतलब जो लाइन में जैसे है, उसे उस आधार पर विमान में नहीं जाना। सीट के आधार पर भीतर जाना है। अब पूरी लाइन नए सिरे से लगने लगी। सीट नंबर 20 और उनके पीछे वाले आगे आए।

दो मिनट बाद ही अनाउंस हुआ कि सीट नंबर दस और उसके पीछे वाले अब विमान में जा सकते हैं। मेरी सीट 9 नंबर की थी। मतलब अब मुझे जाना होगा।

मैंने फिल्म देखने के लिए जो तामझाम फैलाया था, उसे समेटने लगा।

अब सीट नंबर पाँच से...

मैं लाइन में लग गया। विमान के भीतर गया। सामान ऊपर वाले कक्ष में रखा। सोचा कि जैसे ही विमान उड़ेगा, मैं बैग ऊपर से निकाल कर फिल्म देखने लगूँगा। बाकी लोग जो फोन पर चैट कर रहे थे, जो बातें कर रहे थे, वो विमान में बैठकर भी लगे हुए थे। वो तब तक लगे रहे, जब तक कि अनाउंस नहीं हो गया कि अब सारे इलेक्ट्रॉनिक डिवाइस बंद कर दें। पर मैंने तय किया था कि बीच में बंद करने से अच्छा है, जब विमान उड़ चुका होगा, और इलेक्ट्रॉनिक उपकरणों को चलाने की अनुमति मिल जाएगी, तभी फिल्म देखना शुरू करूँगा।

विमान उड़ गया। सीट बेल्ट बाँधे रहने तक तो हिल भी नहीं सकता था।

सीट बेल्ट खोल लेने के संकेत दिखने लगे थे। पायलट एनाउंस कर रहा था कि दिल्ली से पुणे तक की दूरी 1 घंटा और 45 मिनट में पूरी की जाएगी।

ओह! इतना कम समय। उसमें भी 15 मिनट तो खत्म हो चुके हैं।

कोई नहीं आधी फिल्म ही देख लेता हूँ।

पर तब तक चाय-पानी का समय हो चुका था। नाश्ता लेकर परिचारिकाएँ निकल पड़ी थीं।

मुझे लगा कि अब कुछ खा-पी लिया जाए।

खाते-पीते, समटेते हुए विमान लैंडिंग के संकेत हो गए।

सब हो गया, बस वही नहीं हुआ, जो मैं चाह रहा था। मुझे छोड़कर बाकी सभी लोग जो अपने काम कर रहे थे, उन्होंने वो सब कर लिये। किसी ने बात की। किसी ने फोन पर गाना सुना। किसी ने फिल्म ही देख ली होगी। पर संजय सिन्हा फोन चार्ज करने, हैड फोन निकालने, पूरी तैयारी करने में फिल्म देखने से चूक गए।

मुझे मेरी कहानी का पात्र मिल चुका था।

वो मैं ही था, जो फिल्म देखने की तैयारी में फिल्म का एक दृश्य भी नहीं देख पाया।

ऐसा ही होता है। जब हम ये सोचते हैं कि एक दिन जिंदगी को जी लेंगे, तो हम कभी जी नहीं पाते। जिंदगी वही जीते हैं, जो चुपचाप अपनी खुशियों को बिना किसी तैयारी के जीने लगते हैं। जो लोग हम जैसे होते हैं, वो तैयारी में जिंदगी खत्म कर देते हैं। जो हम जैसे होते हैं, वो पूरी तो क्या, आधी फिल्म भी नहीं देख पाते। उनकी योजनाएँ धरी की धरी रह जाती हैं, विमान उतरने के संकेत हो जाते हैं।

□

कच्चा फल

इंग्लैंड की 'जेन पार्क' और अपनी 'सुनिधि चौहान' में कुछ भी कॉमन नहीं है। जेन पार्क ब्रिटिश लड़की हैं और पहली बार अखबारों में उनका नाम तब छपा था, जब 17 साल की उम्र में उन्होंने ब्रिटेन में चलने वाली एक लॉटरी से करीब साढ़े आठ करोड़ रुपए का इनाम जीत लिया था। जेन पार्क जब बालिग भी नहीं थीं, तभी एक रात में वो करोड़ों की मालकिन हो चुकी थीं।

अब आप कहेंगे कि संजय सिन्हा, आपने जेन पार्क को सुनिधि चौहान से कहाँ जोड़ दिया। आपके मन में सवाल कुलबुला रहा होगा कि सुनिधि चौहान तो बॉलीवुड की गायिका हैं और उनकी कोई लॉटरी कभी नहीं निकली।

फिर संजय सिन्हा ने दोनों को जोड़कर कहानी सुनानी क्यों शुरू कर दी? खुद सुनिधि भी जेन के साथ नाम जोड़े जाने पर हैरान ही होंगी।

पर रुकिए। जब मैं कुछ कहना चाहता हूँ तो उसके सौ मायने होते हैं।

दो साल पहले एक शो के सिलसिले में मैं मुंबई गया था और सुनिधि चौहान से मिला था। सुनिधि थोड़ी शर्मिली सी हैं और जल्दी खुलती नहीं। सुनिधि दिल्ली की रहनेवाली हैं और मेरी उनसे बातचीत शुरू में तो बहुत प्रोफेशनल प्लेटफार्म पर हो रही थी, लेकिन धीरे-धीरे वो मुझसे खुल गईं और दिल्ली और दिल की बातें करने लगीं। आज सुनिधि के बारे में ऐसा कुछ भी नहीं है, जो आप नहीं जानते। आप भी जानते हैं कि सुनिधि ने सिर्फ 13 साल की उम्र में टी.वी. के रिएलिटी शो 'मेरी आवाज सुनो' से बॉलीवुड की दुनिया में अपना कदम रखा। एक तरफ उन्होंने टी.वी. शो का खिताब जीता और दूसरी ओर उन्हें उसी साल फिल्म 'शस्त्र' में गाने का ऑफर भी मिल गया। ये सुनिधि की जिंदगी में लॉटरी निकलने की तरह था।

जिसकी भी लॉटरी निकल जाए, वो खुश होगा ही। सुनिधि भी खुश थीं। बाल उम्र में उन्हें फिल्में मिल गई थीं। घर की स्थिति बदलने लगी थी। सुनिधि दुनिया की निगाह

में सफल थीं। जब वो बीस साल की भी नहीं हुई थीं, उनकी शादी हो गई। हालाँकि ये शादी बहुत कम समय चली। साल भर में ही उनका तलाक हो गया। उसके दस साल बाद सुनिधि ने दुबारा शादी की। खैर, मुझे उनकी व्यक्तिगत जिंदगी में नहीं झाँकना।

मैं तो सिर्फ ये बता रहा हूँ कि सुनिधि से जब मैंने कहा कि आजकल रिएलिटी शो के जरिए बहुत से बच्चों को नए-नए मौके मिल रहे हैं, तो सुनिधि थोड़ी देर के लिए खामोश हो गईं। फिर धीरे से उन्होंने कहा कि वो खुद कई रिएलिटी शो में जज बनकर जाती हैं, पर उन्हें कई बच्चों को देखकर लगता है कि काश ये बच्चा इस शो में न जीते।

"कोई बच्चा क्यों न जीते?" ये मेरा सवाल था।

सुनिधि ने कहा, "कुछ बच्चे बहुत टैलेंटेड होते हैं, जब वो शो में जीत जाते हैं, तो उनकी जिंदगी एकदम बदल जाती है। पर मुझे लगता है कि उम्र के उस पड़ाव पर अगर वो न होता, तो शायद वो बच्चा उससे बेहतर करता, जो वो सेलेब्रेटी दर्जा पाकर नहीं कर पाता।"

मैं गौर से सुनिधि की आँखों में देख रहा था। वहाँ एक खामोशी बसी थी।

सुनिधि कह रही थीं कि कम उम्र में बहुत कुछ मिल जाना कुछ ऐसा होता है, जैसे कली फूल बनने से पहले ही तोड़ ली गई हो। उसका बचपन छिन जाता है। उसकी पढ़ाई रुक जाती है। लोगों की उम्मीदें बढ़ जाती हैं और सबकुछ समय से पहले हो जाता है। पर उस कामयाबी की उम्र लंबी नहीं होती और फिर...

कल अखबारों में खबर छपी थी कि इंग्लैंड की जेन पार्क अब जिंदगी से ऊब गई हैं। कम उम्र में पैसा आया तो शुरू में तो उन्होंने काफी शॉपिंग की।

धीरे-धीरे शॉपिंग से उनका मन भरने लगा और अब वो शॉपिंग के नाम से ही चिढ़ने लगी हैं। उनके सारे दोस्त उनसे छूट चुके हैं। बचपन उनसे छिन गया। और अब वो इतना परेशान हो चुकी हैं कि लॉटरी कंपनी पर मुकदमा करने जा रही हैं कि बच्चों को लॉटरी नहीं खेलने देना चाहिए।

जेन ने रिपोर्टरों से कहा कि तीन साल पहले उनकी लॉटरी निकली थी। आज वो 21 साल की हैं और लगता है कि जिंदगी में कुछ करने को है ही नहीं। उन्होंने कहा कि जैसे ही वो लॉटरी जीतीं, लॉटरी वाली कंपनी ने उनके लिए एक फाइनेंशियल सलाहकार नियुक्त कर दिया। वो जेन को शेयर बाजार, बौंड आदि में निवेश करना सीखा रहा था। पर जेन का मानना है कि उनकी वो उम्र इन चीजों के लिए नहीं थी। उन्हें ये सब बहुत ऊबाऊ लगने लगा। उनका मानना है कि उनकी जिंदगी के बेहतरीन

तीन साल इन पैसों के पीछे खत्म हो गए।

उनके जो मित्र उन्हें छोड़ गए, उसका भी दुःख उन्हें बहुत सालता है। जेन का मानना है कि तमाम लोग उनके विषय में सोचते हैं कि उनकी जिंदगी बहुत अच्छी है, आराम से कट रही है। कई लोग ये भी सोचते हैं कि काश ये लॉटरी उनकी निकली होती। पर वो ये नहीं समझते कि बचपन में इन चीजों का मिल जाना दुःख का कारण होता है और वो दुःखी हैं। उनकी पढ़ाई भी छूट गई, जिसका उन्हें दिल से अफसोस है।

ठीक यही बात सुनिधि चौहान भी कह रही थीं कि दुनिया की निगाहों में उन्होंने बचपन में ही सबकुछ पा लिया। पर कोई इस सत्य को नहीं समझता कि बचपन में निकली ऐसी लॉटरी जिंदगी की गाड़ी को किस तरह पटरी से उतार देती है।

ये सत्य है।

समय से पहले बहुत कुछ मिल जाना दुःख का सबब ही होता है। जिंदगी में सबकुछ मिलना चाहिए, लेकिन समय पर।

ध्यान रखिए, समय से पहले पका फल मीठा नहीं होता।

□

रुकना तो खुद है

मैं रोज घर से दफ्तर के लिए निकलता हूँ और नोएडा फिल्म सिटी पहुँचने से ठीक पहले सेक्टर-18 से पहले फ्लाईओवर से उतरते हुए बाएँ मुड़ने के लिए एकदम गलत टर्न लेता हूँ। मैं जानता हूँ कि ऐसा करना गलत है, किसी भी दिन दुर्घटना हो सकती है। पुलिस वाला पकड़कर फाइन भी कर सकता है। अपनी पत्नी और बेटे को मैंने सख्ती से समझा रखा है कि तुम्हें कभी मेरे दफ्तर तक आना हो तो इस तरह टर्न मत लेना। तुम सीधे जाना, तीन किलोमीटर लंबा यू टर्न है, वहीं से गाड़ी मोड़ना।

मेरी पत्नी और बेटा दोनों मेरी इस सीख को मानते हैं। लेकिन मैं खुद उस सीख का पालन नहीं करता।

एक तो मुझे खुद पर अथाह भरोसा है कि मैं जब भी गाड़ी मोड़ूँगा, तो मैं ठीक से दाएँ-बाएँ देख ही लूँगा और दूसरे ये कि पुलिस वाला मेरा क्या बिगाड़ेगा, मैं तो पत्रकार हूँ। वो मुझे रोकेगा, तो मैं धौंस दिखाकर निकल लूँगा। हालाँकि मेरे मन में हमेशा ये बात रहती है कि उस मोड़ पर बाईं ओर मुड़ना गलत है। मैंने कई बार मुड़ने के बाद देखा भी है कि सामने से आ रही गाड़ियों के ड्राइवर मुझे देखकर बुरा सा मुँह बनाते हैं कि देखो, कैसा जाहिल आदमी है, जो उल्टी तरफ से गाड़ी चला रहा है। पर क्योंकि ये पूरा टर्न सिर्फ एक मिनट का है, इसलिए मैं रोज ये गलती करता हूँ।

एक मिनट के बाद ही वहाँ से दाहिने मुड़ कर मैं सही सड़क पर पहुँच जाता हूँ और जैसे ही सही सड़क पर पहुँचता हूँ, चौड़ा हो जाता हूँ कि मैंने तो कोई गलत काम किया ही नहीं।

कल भी उसी गलत टर्न लेकर जैसे ही मैं सही सड़क पर पहुँचा, मुझे सामने से उल्टी दिशा से आती एक गाड़ी नजर आई। निश्चित ही वो व्यक्ति गलती से या जल्दी में उस सड़क पर आ गया था। मतलब मेरी और उसकी गाड़ी आमने-सामने थी। उस सड़क पर पोजिशन ऐसी थी कि मैं सही था, वो गलत था। मैं चाहता तो आसानी से उसे रास्ता

दे सकता था। लेकिन मैंने उसे रास्ता नहीं दिया। उल्टे उसके सामने गाड़ी लगा दी। वो बेचारा थोड़ा दाएँ-बाएँ करता हुआ निकलने की कोशिश कर रहा था कि मैंने अपनी गाड़ी का शीशा उतारा और उससे रुकने का इशारा किया। वो रुका तो मैंने उसे ज्ञान दिया कि ये 'वन वे' सड़क है। इस सड़क पर सिर्फ इधर से गाड़ियाँ जा सकती हैं, उधर से आ नहीं सकतीं।

उसने मुझसे सॉरी कहा और कहा कि गलती हो गई, आगे से वो ध्यान रखेगा। उसने सॉरी कहा और मैं विजयी भाव से आगे बढ़ गया।

पर मेरा मन मुझे कचोट रहा था। मेरा मन मुझसे कह रहा था कि संजय सिन्हा, तुम रोज इस सड़क तक पहुँचने के ठीक पहले एक टर्न गलत मुड़ते हो, कई लोग तुम्हें घूरते भी हैं, कई बार दुर्घटना होने से भी बची है, फिर भी तुम रोज गलत मुड़ते हो, क्योंकि तुम तीन किलोमीटर की दूरी और समय को बचाना चाहते हो। मतलब जब तुम्हारी जरूरत है, तो गलत गलत ही नहीं। जब कोई दूसरा फँस जाए, तो तुम अपने ज्ञान के सारे भंडार खोल देते हो।

ऐसा ही होता है।

हम दूसरों को कोई भी नसीहत आसानी से दे देते हैं। लेकिन कई बार खुद उस पर अमल नहीं करते। खुद तमाम गलतियाँ करके उन पर पर्दा डालने की कोशिश करते हैं। पर दूसरा कोई फँस जाए तो उसे शर्मिंदा करने में कोई कसर नहीं छोड़ते।

कबीर ने ऐसे ही कभी अपने दिल में झाँका होगा तो उनके मुँह से निकला होगा कि 'बुरा जो देखन मैं चला, मुझसा बुरा न कोय।'

आजकल चुनाव का मौसम है।

मैं कई नेताओं को रोज भाषण देते सुन और देख रहा हूँ। किसी नेता के पास अपनी उपलब्धियाँ गिनाने को कुछ नहीं। सबके पास दूसरों की पोल खोलने के लिए बहुत कुछ है। कोई ये नहीं कह रहा कि मैंने पाँच साल में क्या किया, सब ये कह रहे हैं कि फलाँ चोर है। सब ये कह रहे हैं कि हम ये करेंगे, पर सत्तर साल का अपना हिसाब किसी के पास नहीं, दूसरों का सबके पास है।

हम ऐसे ही हैं। खुद गलत मुड़ते हैं तो न लोगों की निगाहों से शर्मिंदा होते हैं, न पुलिस से डरते हैं। पर सामने कोई दूसरा दिख जाता है तो उसे उसकी गलती दिखाने लगते हैं।

झाँकना होगा, एक बार खुद के दिल में झाँकना होगा। शर्मिंदा होना होगा, एक बार तो अपने किए पर शर्मिंदा होना ही होगा। आखिर जमीर भी कोई चीज होता है। कल मेरे

जमीर ने जैसे मुझे धिक्कारा, ईश्वर करे कि वैसे ही सब का जमीर उन्हें धिक्कारे। मैंने तो तय कर लिया है कि अबसे ये गलती नहीं करूँगा।

उँगलीमाल जंगल में हर आने-जानेवाले को लूटा करता था। एक बार उसने गौतम बुद्ध को भी रोका था। बुद्ध रुक गए थे। पर उँगलीमाल को वो रुके हुए नजर नहीं आ रहे थे। उसने बुद्ध से पूछा था, "तुम रुकते क्यों नहीं, पथिक ?"

बुद्ध ने कहा था, "मैं तो रुक गया हूँ। तुम कब रुकोगे ?"

□

भुगतेंगे सब

मेरे एक साथी ने कल बहुत बुझे स्वर में मुझे बताया कि वो अपने घर से टी.वी. का कनेक्शन कटवा रहा है। मैं हैरानी से उसकी बात सुन रहा था। मेरा साथी कह रहा था कि अब वो घर पर टी.वी. नहीं देखेगा, नहीं रखेगा।

मैं जानता हूँ कि कुछ महीने पहले ही उसने पुराना टी.वी. एक्सचेंज करके नया एल.ई.डी. टी.वी. खरीदा था। उसने नया टी.वी. खरीदने के लिए लंबी-चौड़ी योजना बनाई। पूरी फाइनेंशियल प्लानिंग की और फिर जब टी.वी. खरीद लाया तो अब वो संजय सिन्हा को बता रहा है कि वो टी.वी. कनेक्शन ही कटवा देगा, टी.वी. घर पर रखेगा ही नहीं।

आखिर हुआ क्या?

मैंने उसके कंधे पर हाथ रखा और प्यार से पूछा कि बीवी से किसी चैनल को देखने को लेकर झगड़ा हो गया क्या?

"नहीं, सर। टी.वी. देखने को लेकर हमारा झगड़ा कभी नहीं होता। मैं वैसे ही कौन सा घर पर दिनभर रहता हूँ, जो टी.वी. देखने को लेकर झगड़ा होगा। समस्या मेरे पाँच साल के बेटे के साथ है।"

"पाँच साल के बेटे के साथ? ये क्या बात हुई?"

"पाँच साल के बच्चे की समझ भी होती है क्या? अरे वो तो कभी कार्टून नेटवर्क या ऐसे ही किसी चैनल को देखने की कभी जिद कर लेता होगा, बस।"

"संजय सर, मेरे बेटे ने कल यूँ ही रिमोट से खेलते हुए पता नहीं कौन सा चैनल लगा लिया और देखने लगा। उसमें कोई फैशन शो आ रहा था। लड़कियाँ रैंप पर चल रही थीं। उसमें ऐसा कुछ नहीं था, जिसके चलने से मुझे कोई आपत्ति होती। पर मेरे बेटे ने मुझसे जो कहा, वो आपत्तिजनक था।"

“यार पहेलियाँ न बुझाओ। और अगर बेटे ने गलती से कोई ऐसा-वैसा शो लगा भी लिया तो तुम आजकल के टी.वी. पर पैरेंट लॉक लगाकर उसे देखने से उसे रोक सकते हो।”

“सर, मेरे बेटे ने जब उस शो में लड़कियों को विचित्र कपड़ों में चलते हुए देखा तो वो पल भर को ठिठका, फिर उसने बड़े गौर से उन्हें देखना शुरू कर दिया। मेरी निगाह उधर पड़ी तो मैंने यूँ ही चैनल चेंज कर दिया। वो पाँच साल का बच्चा जोर-जोर से रोने लगा। कहने लगा कि वो शेम-शेम आंटियों को देखना चाहता है।”

“शेम-शेम आंटियाँ?”

“पत्नी ने कभी सिखा दिया था कि जो लोग कपड़े नहीं पहने होते, वो शेम-शेम होते हैं। कल किसी फैशन शो में लड़कियों के पेट दिख रहे थे, तो बच्चा उन्हें देखकर खुश हो रहा था और कह रहा था कि शेम-शेम आंटियाँ अच्छी लग रही हैं।”

मैं चुप था।

बात बहुत बड़ी नहीं थी। पर मेरा मित्र आहत था।

मैंने कहा कि तुम उस चैनल को पैरेंट लॉक से बंद कर दो। टी.वी. कनेक्शन हटाने जैसी कोई बात नहीं। वैसे भी तुम टी.वी. न्यूज में काम करते हो, बिना टी.वी. के तुम कैसे रहोगे?

“रह लूँगा सर। मैंने कल पैरेंट लॉक से उस चैनल को हटा दिया था। पर बच्चा जिद पकड़कर बैठ गया कि उसे वही चैनल देखना है। मैंने काफी समझाया, पर बच्चा तो बच्चा ही है। मैं जानता हूँ कि ये बहुत बड़ी बात नहीं। मैं ये भी जानता हूँ कि ये स्थायी समस्या नहीं। लेकिन मुझे लगने लगा है कि मैं उस सेठ की तरह हूँ, जो हिंदी सिनेमा में नकली दवाओं का कारोबार करता है और खूब पैसे कमाता है। एक दिन उसके बेटे की तबीयत खराब होती है और उसकी पत्नी जल्दी में जो दवा बाजार से खरीद कर लाती है, उससे उसके बेटे की मौत हो जाती है। अंत में सेठ को अपने किए का बड़ा अफसोस होता है, लेकिन तब तक उसका सबकुछ बर्बाद हो चुका होता है। हम लोग भी टी.वी. में कुछ का कुछ दिखलाते हैं। ये सच है कि टी.वी. पर प्रोग्राम का जो स्तर इन दिनों चल रहा है, उसमें सबकुछ है। पर नैतिकता नहीं। अब पाँच साल का बच्चा न तो शेम-शेम का मतलब ही ठीक से समझता है, न उसके लिए इस बात की कोई अहमियत है, लेकिन ये मेरे लिए एक संकेत है। मैं इतना तो समझ ही गया हूँ कि उसके हाथ में एक ऐसा हथियार है, जिससे वो अपना नुकसान आज नहीं तो कल कर ही लेगा। असल में टी.वी. घर-घर में पहुँच चुका है। घर-घर में क्या कहूँ, सबके

कमरे तक पहुँच गया है। मुझे नहीं पता, पर इस छोटे से बक्से का किसके मन पर क्या असर पड़ रहा है, इस पर कोई शोध नहीं हो रहा। बस यहीं से मेरे मन में खटका बैठ गया है। मैं अब टी.वी. रखना ही नहीं चाहता। बच्चा सोते हुए माँ से कहानी सुन ले, यही ठीक रहेगा। वैसे भी दिनभर सास-बहुओं के झगड़े टी.वी. पर चलते हैं। न्यूज में भी हम दिनभर बगदादी और पता नहीं क्या-क्या दिखलाते हैं। यू.पी. चुनाव में नेता लोग पता नहीं क्या-क्या और कितना अश्लील बोल रहे हैं। अब तो संसद् में भी कुत्ता और पता नहीं क्या-क्या बोला जाना टी.वी. पर दिखाया जाने लगा है। इससे नई पीढ़ी का नैतिक पतन तो होगा ही सर।"

मेरे पास अपने साथी के सवालों का कोई जवाब नहीं था। आपके पास हो तो बताएँ, अन्यथा मेरा साथी टी.वी. का कनेक्शन आज कटवा देगा और आधे दाम पर अपना टी.वी. भी बेच देगा।

असल में आर्थिक मूल्यों के आगे जिस तरह हमने पिछले कुछ वर्षों में नैतिक मूल्यों के साथ समझौता किया है, ये उसी पाप का फल है, जिसे आज मेरा एक साथी भुगत रहा है। कल हम और आप भी भुगतेंगे।

□

रिश्तों की चाय

बहुत साल पहले पटना के पी.डब्ल्यू.डी. के एक इंजीनियर साहब का नाम अखबार में छपा था कि उन्हें रिश्वत लेते हुए रंगे हाथों पकड़ा गया है। मुझे उस इंजीनियर का नाम याद है। पर यहाँ इसलिए नहीं लिख रहा, क्योंकि अब वो इस संसार में नहीं हैं और मैं नहीं चाहता कि उनके किसी रिश्तेदार को उनके किए का अपमान झेलना पड़े। खैर, इंजीनियर साहब का बेटा मेरी उम्र का था और हम दोनों पास के मैदान में साथ क्रिकेट खेलते थे।

इंजीनियर साहब के कई मकान पटना, आरा और दूसरे अन्य शहरों में थे। जब तक उन्हें रिश्वत लेते हुए पकड़ा नहीं गया था, उनकी तूती पूरे मुहल्ले में बोलती थी। लोग उन्हें बड़ा आदमी मानते थे। उनके मकान में कई किराएदार रहते थे, सबके लिए वो बहुत बड़े आदमी थे।

इंजीनियर साहब का नाम अखबार में छपा। मैंने भी पढ़ा। पर मेरे लिए तब इन खबरों का कोई मतलब नहीं था। मैं ठीक से ये समझ भी नहीं पा रहा था कि रिश्वत लेते हुए पकड़े जाने का क्या मतलब होता है।

अखबार में इंजीनियर साहब का नाम छपा। मुहल्ले में काफी गहमा-गहमी हुई। दोपहर में घर के बाहर धूप सेंकती तमाम महिलाएँ उन्हीं इंजीनियर साहब के बारे में बातें करती नजर आईं। सबकी जुबाँ पर उन्हीं का नाम था और ऐसा लग रहा था, मानो एक खबर से उस इंजीनियर और उनका परिवार पूरे मुहल्ले के लिए 'छी मानुष' हो गया। जो महिलाएँ कल तक इंजीनियर साहब की पत्नी के साथ बैठकर बातें करती थीं, वो अब उनका चेहरा देखने को तैयार नहीं थीं।

मैं भी शाम को क्रिकेट का बल्ला लेकर मैदान की ओर निकलने लगा तो पिताजी ने आवाज दी और कहा कि तुम उनके बेटे के साथ मत खेलना।

"क्यों पिताजी?"

"तुमने सुना न, मैंने क्या कहा। उसके पिताजी रिश्वत लेते हुए पकड़े गए हैं। वो अच्छे लोग नहीं हैं।"

"पर पिताजी, उनका बेटा तो मेरा दोस्त है।"

"ऐसे लोगों से दोस्ती नहीं रखनी चाहिए। उनके बच्चे गलत पैसों के बल पर तुम जैसे बच्चों पर रौब गाँठते हैं। ऐसे लोगों का साथ बुरा होता है।"

मैं समझ नहीं पा रहा था कि पिताजी कह क्या रहे हैं, मुझे क्यों इंजीनियर साहब के बेटे के साथ खेलने से रोक रहे हैं। पर पिताजी ने मना कर दिया तो मना हो गया।

शाम को हम पास के क्लब के मैदान में क्रिकेट खेलने पहुँचे तो मैंने देखा कि इंजीनियर साहब का बेटा मुँह लटकाए वहीं सीढ़ी पर बैठा है। कोई बच्चा उससे बात नहीं कर रहा था। हम सब खेल रहे थे, वो देख रहा था। कोई उससे बात करने को तैयार ही नहीं था। मेरा मन कर रहा था कि उससे बात करूँ। लेकिन पिताजी के आदेश की मैं अनदेखी नहीं कर सकता था।

इंजीनियर साहब का बेटा थोड़ी देर वहाँ रुका, फिर घर चला गया। फिर वो कई दिनों तक हमारे साथ खेलने नहीं आया।

इंजीनियर साहब शायद जेल चले गए थे। उनकी पत्नी ने भी घर से बाहर निकलना बंद कर दिया था। एक तरह से पूरे मुहल्ले ने उस परिवार का सामाजिक बायकाट कर दिया था।

कुछ दिनों बाद इंजीनियर साहब जेल से छूट कर आ गए थे। मुझे ठीक से याद है, मुहल्ले का एक भी आदमी उनसे मिलने उनके घर नहीं गया। जो आदमी पूरे मुहल्ले में सबसे अमीर था, कई मकान थे, जिसके घर के बाहर तब अंबेसडर कार खड़ी रहती थी, जब लोगों के पास राजदूत मोटरसाइकिल तक नहीं होती थी, उस इंजीनियर साहब और उनके परिवार से कोई बात करने और मिलने को तैयार नहीं था।

इंजीनियर साहब की सारी अमीरी लोगों के लिए हिकारत बन गई थी।

एक दिन मैंने सुना कि इंजीनियर साहब का पूरा परिवार मुहल्ला छोड़कर कहीं और चला गया। मेरा दोस्त चला गया था, मुझे तकलीफ हो रही थी। मुझे लग रहा था कि पिताजी को मुझे उससे मिलने से नहीं रोकना चाहिए था। पर पिताजी एकदम अड़े थे कि ऐसे लोगों से संबंध ही नहीं रखना चाहिए, जो गलत पैसे कमाते हैं, गलत पैसों की कमाई पर पलते हैं। आमतौर पर पिताजी इतने सख्त नहीं थे। लेकिन पता नहीं क्यों इस घटना को लेकर उनके मन में कोई ऐसी बात बैठ गई थी, जो उन्हें सही नहीं लग रही थी।

बहुत दिन बीत गए।

फिर हमें पता चला कि इंजीनियर साहब की पत्नी उन्हें छोड़कर अपने बच्चों के साथ मायके चली गईं। मतलब इंजीनियर साहब पूरी तरह अकेले रह गए।

एक दोपहर महिलाएँ चर्चा कर रही थीं कि इंजीनियर साहब अकेलेपन से तंग आकर पंखे से लटक गए।

फिर कभी कुछ सुनाई नहीं पड़ा उनके परिवार के बारे में।

आश्चर्य की बात ये है कि इंजीनियर साहब की मृत्यु के बाद भी किसी को उनसे या उनके परिवार से हमदर्दी नहीं हुई।

मुझे नहीं पता कि लोगों का इस तरह उस इंजीनियर या उनके परिवार का बायकॉट करना जायज था या नहीं। पर मुझे इतना पता है कि तब किसी सरकारी अफसर का भ्रष्ट होना लोगों को बहुत कचोटता था। तब भी कुछ लोग रिश्वत लिया करते थे। लेकिन पता चलने के बाद समाज उनका बायकॉट करता था। उनका पूरा परिवार हेय दृष्टि से देखा जाता था। लोग ये मानते थे कि पैसा कितना कमाया, उससे अधिक महत्त्वपूर्ण ये है कि पैसा कैसे कमाया गया।

तब एक व्यक्ति का किया उसका पूरा परिवार भुगतता था।

पर उदारीकरण के बाद से लोगों की सोच बदल गई है। अब रिश्वतखोरी, दलाली को लोग उतना बुरा नहीं मानते। पहले परिवार में कोई अगर जेल चला जाए तो लोग उससे रिश्ता तोड़ लेते थे। पर उदारीकरण के बाद से सोच बदल गई है। अब लोग लाखों, करोड़ों खाकर, बड़े से बड़ा अपराध करके, जेल जाकर शान से लौट आते हैं।

अच्छा हुआ पिताजी नहीं हैं। होते तो आज मुझे किसी के घर नहीं जाने देते। मुझे किसी से मिलने नहीं देते। कहते कि ऐसे लोगों की तो चाय भी नहीं पीनी चाहिए।

अब मैं किस-किस को छोड़ता, किस-किस की चाय नहीं पीता?

आप भी सोचिए और बताइए मुझे कि मैं क्या करता, जो आज मेरे पिता होते।

□

करना और समझना

मैं बहुत सालों से दिल्ली में हूँ। फिर भी मैं दिल्ली की सड़कों से ठीक से वाकिफ नहीं।

क्यों नहीं हूँ, इसका कोई जवाब अब तक मेरे पास नहीं था। लेकिन दिल्ली से भोपाल और जबलपुर की यात्रा पर निकलने से ठीक पहले, मुझे मेरे ही सवाल का जवाब मिल गया।

करीब 27 साल पहले मैं लोहे का एक बक्सा लेकर दिल्ली आया था, ये सोचकर कि मुझे यहाँ रहना नहीं है, मुझे अपने शहर भोपाल लौट जाना है। मैं भोपाल से दिल्ली आया था सिर्फ यही सोचकर कि कुछ दिन रहकर लौट जाऊँगा। पर किस्मत ने कुछ ऐसा किया कि मेरी शादी दिल्ली में हो गई और धीरे-धीरे न चाहते हुए भी मैं दिल्लीवाला हो गया।

पर क्योंकि दिल्ली मुझे कभी अपना शहर नहीं लगा, इसलिए मैंने दिल्ली की सड़कों को समझने की कोशिश भी नहीं की। मैं जब दिल्ली आया था, तब हाथ में पक्की नौकरी का ऑफर लेटर था। मुझे पता था कि जिस दिन मैं दिल्ली रेलवे स्टेशन पर उतरूँगा, उसके एक महीने के बाद मेरे हाथ में कुछ हजार रुपए होंगे।

मालवा एक्सप्रेस से दिल्ली पहुँचने के बाद मैं स्टेशन से सीधे बंगाली मार्केट के पास गोमती गेस्ट हाउस पहुँचा था। फिर कुछ दिनों के बाद मैं किदवई नगर एक परिचित के घर रहने गया। उसके बाद कुछ दिन अपने ममेरे भाई के साथ जे.एन.यू. के झेलम हॉस्टल में रहा। उन्हीं दिनों जनसत्ता अखबार को मुंबई से निकालने की योजना बनी और मेरे एक सीनियर इंद्र कुमार जैन का ट्रांसफर दिल्ली से मुंबई हो गया।

इंद्र कुमार जैन ने मुझसे कहा कि संजय, तुम मेरे फ्लैट में शिफ्ट हो जाओ।

इंद्र कुमार जैन काका नगर में एक आंटी के घर पेइंग गेस्ट थे और वो जब मुंबई जा रहे थे, तो अपना सारा सामान वहीं छोड़ गए। उन्होंने मुझे समझाया कि काका नगर

हमारे दफ्तर से बहुत पास है और तुम कभी ऑटो से, कभी बस से और यहाँ तक कि कभी-कभी पैदल भी एक्सप्रेस बिल्डिंग तक आ सकते हो।

मुझे बात जँच गई।

वो मुंबई चले गए, मैं उनके फ्लैट में रहने चला आया।

बस वहीं से मेरी सुविधाओं की शुरुआत हो गई। मेरा दफ्तर दो किलोमीटर दूर था। तब पाँच रुपए में ऑटो वाला वहाँ तक पहुँचा देता था। रात में वापसी के दौरान दफ्तर की गाड़ी घर छोड़ देती। इस तरह मैं दिल्ली में एक खास तरह की सुविधा को जीने लगा था।

मैंने उन्हीं दिनों भारतीय जन संचार संस्थान में दाखिला ले लिया तो मेरा दिल्ली घूमना-फिरना करीब-करीब बंद ही हो गया। घर से सुबह पैदल निकलता, इंडिया गेट पर मुझे एक बस मिलती, जो सफदरजंग एयरपोर्ट तक ले जाती। वहाँ से मुझे याद हो गया था कि 615 नंबर की बस सीधे मुझे मेरे कॉलेज तक पहुँचा देगी। मैं दिनभर कॉलेज में रहता, शाम को उसी बस से लौट आता। मतलब दो बस और एक रास्ता। बस इतना याद करना काफी था।

पर दिल्ली इतनी ही नहीं थी।

दो साल कट चुके थे। इन्हीं दो सालों में मेरी शादी भी हो गई।

शादी हुई दिल्लीवाली लड़की से। अब तो रास्ता समझने की जरूरत ही खत्म हो गई। मुझे याद है कि मेरे पास शुरू में एक स्कूटर हुआ करता था। जब हम कहीं और जाते तो पत्नी मेरी कमर को छूकर इशारा करती कि संजय तुम्हें इधर मुड़ना है, उधर मुड़ना है। हमारा ये गुप्त कोड तब तक चलता रहा, जब तक स्कूटर रहा। उसके बाद जब कार आ गई तो वो सीधे-सीधे रास्ता ही बता देती।

मतलब मैं कहीं घूमने-फिरने अकेला कभी नहीं जाता।

इस तरह दिल्ली के रास्ते मुझसे अनजान होते चले गए।

फिर मैं रिपोर्टिंग में आया तो दफ्तर की गाड़ी और ड्राइवर साथ होता। मतलब रास्ता समझने की जहमत ही नहीं थी। मैं आदेश देता, ड्राइवर पहुँचा देता। उसके बाद मेरे पास अपना ड्राइवर हो गया, तो फिर मेरे लिए रास्तों की अहमियत ही मिट गई। गाड़ी में बैठा, मुँह खोला, पहुँच गया।

पर पिछले कुछ दिनों से ड्राइवर भाई कहीं चले गए हैं।

मैं खुद गाड़ी चलाने लगा हूँ। बहुत दिनों बाद बी.एम.डब्ल्यू. कार को चलाने का लुत्फ

उठा रहा हूँ। पर समस्या वही कि रास्ते याद नहीं।

तीन दिन पहले सुबह-सुबह बेटे को आई.आई.टी. जाना था। वहाँ उसका प्रजेंटेशन था। मैंने कहा कि मैं खुद छोड़ने जाऊँगा। जाते हुए तो रास्ता बेटा बताता रहा, लेकिन लौटते हुए मैं रास्ता भटक गया। पर मैं बहुत खुश था कि मैं रास्ता भटक गया हूँ। मैं चाहता तो गूगल मैप ऑन करके रास्ते पर पहुँच सकता था, लेकिन मैं भटकना चाह रहा था।

न जाने लोधी कॉलोनी कितनी बार गया होऊँगा। ग्रीन पार्क कितनी बार गया होऊँगा। पर कभी अपने आप नहीं। हमेशा पत्नी, बेटा और ड्राइवर के साथ गया। सारी सड़कें पहचानी सी थीं, लेकिन रास्ते याद नहीं थे।

असल में मैंने कभी रास्तों को समझने की कोशिश ही नहीं की।

कल कुछ देर रास्ता भटका तो सारे रास्ते समझ में आते चले गए। अब मैं फिर कभी नोएडा से आई.आई.टी. तक गया तो रास्ता नहीं भूलूँगा।

जब मैं स्कूल में पढ़ता था तो हमारे प्रिंसिपल के कमरे के बाहर तख्ती पर एक संदेश लिखा होता था, "अगर मैं सुनूँगा, तो भूल जाऊँगा। अगर मैं देखूँगा, तो याद रखूँगा। अगर मैं करूँगा, तो समझ जाऊँगा।"

जब स्कूल में था, उस संदेश का अर्थ समझ में नहीं आया था। आज समझ गया हूँ कि हम किसी बात को समझते ही तब हैं, जब हम उसे खुद करते हैं। देखकर और सुनकर कुछ नहीं होता। सुना हुआ तो दिमाग से उतर ही जाता है, देखा हुआ भी बस याद रहता है।

मुझे दुकानें याद थीं, सड़कें देखी-देखी सी लग रही थीं। लेकिन अब सब समझ में आ गया है।

मैंने तो सोच लिया है कि मैं अब करूँगा और फिर समझूँगा।

आप क्या कहते हैं?

□

अनमोल पौधा

आज संजय सिन्हा आपको प्यार की जो कहानी सुनाने जा रहे हैं, उसे सुनना आसान नहीं है।

कहानी एक गमले की है, उसमें पड़ी मिट्टी की है, उसमें उग रहे छोटे से पौधे की है। कल मैं इस कहानी को देखकर आया हूँ, पौधा रोपने वाले पिता से मिलकर आया हूँ, उसमें रोज स्नेह का पानी डालने वाली बहन से बातें करके आया हूँ। उस गमले में उग आए नन्हे से पौधे को निहारती माँ को प्रणाम करके आया हूँ।

पिता से मिला तो मैं चुप था। बहन से मिला तो उसकी बातें सुन रहा था। माँ से मिला तो रो पड़ा।

आज कहानी को विस्तार नहीं दूँगा। दे ही नहीं पाऊँगा। आज आप मेरी कहानी को पढ़ने के तुरंत बाद उस छोटे से गमले को देखिएगा। थोड़ा गौर से देखिएगा तो आपको उसमें उग आए छोटे-छोटे पौधे दिखेंगे।

जब ये पौधे थोड़े बड़े हो जाएँगे, उन्हें गमले से निकाल कर जमीन में लगा दिया जाएगा और दुनिया इन्हें बेल के वृक्ष के नाम से पहचानेगी। पर एक पिता, एक बहन और एक माँ के लिए उस वृक्ष का नाम होगा, सजल।

अब इसके आगे संजय सिन्हा में हिम्मत नहीं है कि इस कहानी में किसी तरह की भूमिका और समाहित कर पाएँ।

सजल एक 28 साल के नौजवान का नाम है, जिसका पिछले महीने की 21 तारीख को पीलिया से निधन हो गया। सजल और उसके पिता दोनों जबलपुर में कदम संस्था से जुड़े थे। दोनों रोज एक पौधा लगाते थे। तीन दिन पहले सजल का जन्मदिन मनाया गया था। तीन दिनों के बाद सजल की तबीयत बिगड़ी और उसका निधन हो गया।

पूरे घर पर दुःख का पहाड़ टूट पड़ा।

नहीं, मैं इस कहानी के विस्तार में नहीं जा पाऊँगा। मैं जानता हूँ कि जिंदगी की कहानी चाहे जितनी बड़ी लिख दी जाए। पर मौत की कोई कहानी नहीं होती। मौत को भले दुनिया का सबसे बड़ा सत्य कहा जाता होगा। लेकिन मैं इसे संसार का सबसे बड़ा झूठ मानता हूँ। क्योंकि मैं मौत को झूठ मानता हूँ, असत्य मानता हूँ, इसलिए इस कहानी को मैं आपको सुना ही नहीं सकता।

सजल की मृत्यु हो गई।

माँ, बहन, पिता, योगेश गनोरे, राजीव चतुर्वेदी, बलदीप मैनी, सीमा चतुर्वेदी, गुरमीत सिंह कपूर, लखविंदर सिंह लाडी...जिसे भी पता चला, सब बिलख पड़े।

फिर योगेश गनोरे हिम्मत जुटा कर खड़े हुए। कहने लगे कि सजल कहीं नहीं गया है। वो यहीं है। उन्होंने बिलखते पिता से कहा कि अपने बेटे की चिता की राख को किसी नदी में मत बहाना। उसे हम एक गमले में मिट्टी के साथ मिलाकर उसमें हम एक बीज लगा देंगे। कुछ दिनों में बीज छोटा सा पौधा बन जाएगा। फिर उसे जमीन में रोप देंगे और वो एक विशाल वृक्ष बन जाएगा।

मैंने आपको पहले भी बताया है कि जबलपुर में कदम संस्था ने इसे अंश रोपण का नाम दिया है। किसी प्रियजन के इस संसार से चले जाने के बाद उनकी चिता की राख में एक बीज को रोप कर उसे रोज आँखों के सामने खिलते हुए देखने को ही नाम दिया गया है अंश रोपण।

मेरे सामने एक गमला रखा था। उसमें छोटे से पौधे को दिखलाते हुए सजल के पिता मुझसे कह रहे थे कि सजल कहीं नहीं गया है, वो यहाँ इस गमले में खिल रहा है।

बहन कह रही थी कि वो रोज इसमें अपने भाई को फिर से बड़ा होते हुए देख रही है।

माँ ने भी इतना ही कहा था और फिर बिलख कर रोने लगी। सुबकते हुए उसने कहा, "हाँ, मेरा बेटा यहीं है, यहीं इसी पौधे में।"

मेरे साथ इस गमले में खिले सजल से मिलने करीब पंद्रह लोग गए थे। सबने सजल को पौधा बनते हुए देखा।

पिता प्रेमचंद लोधी मुझसे कह रहे थे कि सजल एक महीना पहले चला गया था, फिर वो इस गमले में लौट आया है। मुझे लग ही नहीं रहा था कि सिर्फ एक महीना पहले इस घर से एक जवान लड़का चला गया है। पिता का स्वर सधा हुआ था। वो कह रहे थे बेटा चला गया था, वापस लौट आया है। बहन कह रही थी कि भैया घर वापस लौट आए हैं। माँ भी इसी तरह कुछ बुदबुदा रही थीं।

आदमी चला जाता है। उसकी यादें रह जाती हैं।

"आत्मा अमर है। यह कभी नहीं मरती। जिस तरह मनुष्य अपने वस्त्र बदलता है, ठीक उसी प्रकार आत्मा भी एक शरीर को त्याग कर नया शरीर धारण करती है।"

□

पति की पत्नी

तब मैं जनसत्ता में नौकरी करता था। एक दिन खबर आई कि एक आदमी ने झगड़े के बाद अपनी पत्नी की हत्या कर दी। मैंने खबर में हैडिंग लगाई कि पति ने अपनी बीवी को मार डाला। खबर छप गई। किसी को आपत्ति नहीं थी। पर शाम को दफ्तर से घर के लिए निकलते हुए प्रधान संपादक प्रभाष जोशीजी सीढ़ी के पास मिल गए। मैंने उन्हें नमस्कार किया तो कहने लगे कि संजयजी, पति की बीवी नहीं होती।

"पति की बीवी नहीं होती?" मैं चौंका था।

"बीवी तो शौहर की होती है, मियाँ की होती है। पति की तो पत्नी होती है।"

भाषा के मामले में प्रभाषजी के सामने मेरा टिकना मुमकिन नहीं था। हालाँकि मैं कहना चाह रहा था कि भाव तो साफ है न? बीवी कहें या पत्नी या फिर वाइफ, सब एक ही तो हैं। लेकिन मेरे कहने से पहले ही उन्होंने मुझसे कहा कि भाव अपनी जगह है, शब्द अपनी जगह। कुछ शब्द कुछ जगहों के लिए बने ही नहीं होते, ऐसे में शब्दों का घालमेल गड़बड़ी पैदा करता है।

प्रभाषजी आमतौर पर उप-संपादकों से लंबी बातें नहीं किया करते थे। लेकिन उस दिन उन्होंने मुझे टोका था और तब से मेरे मन में ये बात बैठ गई थी कि शब्द बहुत सोच-समझकर गढ़े गए होते हैं।

खैर, आज मैं भाषा की कक्षा लगाने नहीं आया। आज मैं रिश्तों के एक अलग अध्याय को जीने के लिए आपके पास आया हूँ। लेकिन इसके लिए आपको मेरे साथ निधि के पास चलना होगा।

निधि मेरी दोस्त है। कल उसने मुझे फोन करके अपने घर बुलाया था। फोन पर उसकी आवाज से मेरे मन में खटका हो चुका था कि कुछ-न-कुछ गड़बड़ है। मैं शाम को उसके घर पहुँचा। उसने चाय बनाई और मुझसे बात करने लगी। पहले तो इधर-उधर की बातें हुईं, फिर उसने कहना शुरू कर दिया कि नितिन से उसकी नहीं बन रही और

उसने उसे तलाक देने का फैसला कर लिया है।

मैंने पूछा कि नितिन कहाँ है, तो उसने कहा कि अभी कहीं गए हैं, बताकर नहीं गए। उसने कहा कि बात-बात पर झगड़ा होता है और अब ये झगड़ा बहुत बढ़ गया है। ऐसे में अब एक ही रास्ता बचा है कि अलग हो जाएँ, तलाक ले लें।

मैं चुपचाप बैठा रहा।

निधि जब काफी देर बोल चुकी तो मैंने उससे कहा कि तुम नितिन को फोन करो और घर बुलाओ, कहो कि संजय सिन्हा आए हैं।

निधि ने कहा कि उनकी तो आपस में बातचीत नहीं हो रही, फिर वो फोन कैसे करे?

अजीब संकट था। निधि को मैं बहुत पहले से जानता हूँ। मैं जानता हूँ कि नितिन से विवाह करने के लिए उसने घर में कितना संघर्ष किया था। बहुत मुश्किल से दोनों के घर वाले राजी हुए थे, फिर धूमधाम से शादी हुई थी। ढेर सारी रस्में पूरी की गई थीं। ऐसा लगता था कि ये जोड़ी ऊपर से बनकर आई है। पर शादी के कुछ ही साल बाद दोनों के बीच झगड़े होने लगे। दोनों एक-दूसरे को खरी-खोटी सुनाने लगे। और आज उसी का नतीजा था कि संजय सिन्हा निधि के सामने बैठे थे, उनके बीच के टूटते रिश्तों को बचाने के लिए।

खैर, निधि ने फोन नहीं किया। मैंने ही फोन किया और पूछा कि तुम कहाँ हो? मैं तुम्हारे घर पर हूँ, आ जाओ। नितिन पहले तो आनाकानी करता रहा, पर वो जल्दी ही मान गया और घर चला आया।

अब दोनों के चेहरों पर तनातनी साफ नजर आ रही थी। ऐसा लग रहा था कि कभी दो जिस्म-एक जान कहे जानेवाले ये पति-पत्नी आँखों-ही-आँखों में एक-दूसरे की जान ले लेंगे। दोनों के बीच कई दिनों से बातचीत नहीं हुई थी।

नितिन मेरे सामने बैठा था। मैंने उससे कहा कि सुना है कि तुम निधि से तलाक लेना चाहते हो?

उसने कहा, "हाँ, बिल्कुल सही सुना है। अब हम साथ नहीं रह सकते।"

मैंने कहा कि तुम चाहो तो अलग रह सकते हो। पर तलाक नहीं ले सकते।

"क्यों?"

"क्योंकि तुमने निकाह तो किया ही नहीं है।"

"अरे यार, हमने विवाह तो किया है।"

"हाँ, विवाह शब्द सही है। विवाह में पति-पत्नी के बीच इस तरह अलग होने का कोई प्रावधान नहीं है। अगर तुमने मैरिज की होती तो तुम डाइवोर्स ले सकते थे। अगर तुमने निकाह किया होता तो तुम तलाक ले सकते थे। लेकिन क्योंकि तुमने शादी की है, इसका मतलब ये हुआ कि हिंदू धर्म और हिंदी में कहीं भी पति-पत्नी के एक हो जाने के बाद अलग होने का कोई प्रावधान है ही नहीं।"

मैंने इतनी-सी बात पूरी गंभीरता से कही थी। पर दोनों हँस पड़े थे। दोनों को साथ-साथ हँसते देखकर मुझे बहुत खुशी हुई थी। मैंने समझ लिया था कि रिश्तों पर पड़ी बर्फ अब पिघलने लगी है। वो हँसे, लेकिन मैं गंभीर बना रहा।

मैंने फिर निधि से पूछा कि ये तुम्हारे कौन हैं?

निधि ने नजरें झुका कर कहा कि पति हैं। मैंने यही सवाल नितिन से किया कि ये तुम्हारी कौन हैं? उसने भी नजरें इधर-उधर घुमाते हुए कहा कि बीवी हैं।

मैंने तुरंत टोका। ये तुम्हारी बीवी नहीं हैं। ये तुम्हारी बीवी इसलिए नहीं हैं, क्योंकि तुम इनके शौहर नहीं। तुम इनके शौहर नहीं, क्योंकि तुमने इनसे साथ निकाह नहीं किया। तुमने शादी की है। शादी के बाद ये तुम्हारी पत्नी हुईं। हमारे यहाँ जोड़ी ऊपर से बनकर आती है। तुम भले सोचो कि शादी तुमने की है, पर ये सत्य नहीं है। तुम शादी का एलबम निकाल कर लाओ, मैं सबकुछ अभी इसी वक्त साबित कर दूँगा।

बात अलग दिशा में चल पड़ी थी। मेरे एक-दो बार कहने के बाद निधि शादी का एलबम निकाल लाई। अब तक माहौल थोड़ा ठंडा हो चुका था, एलबम लाते हुए उसने कहा कि कॉफी बनाकर लाती हूँ।

मैंने कहा कि अभी बैठो, इन तस्वीरों को देखो। कई तस्वीरों को देखते हुए मेरी निगाह एक तस्वीर पर गई, जहाँ निधि और नितिन विवाह के जोड़े में बैठे थे और पाँव पूजन की रस्म चल रही थी। मैंने वो तस्वीर एलबम से निकाली और उनसे कहा कि इस तस्वीर को गौर से देखो।

उन्होंने तस्वीर देखी और साथ-साथ पूछ बैठे कि इसमें खास क्या है?

मैंने कहा कि ये पैर पूजन की रस्म है। तुम दोनों इन सभी लोगों से छोटे हो, जो तुम्हारे पाँव छू रहे हैं।

"हाँ तो?"

"ये एक रस्म है। ऐसी रस्म संसार के किसी धर्म में नहीं होती, जहाँ छोटों के पाँव बड़े छूते हों। लेकिन हमारे यहाँ शादी को ईश्वरीय विधान माना गया है, इसलिए ऐसा माना

जाता है कि शादी के दिन पति-पत्नी दोनों विष्णु और लक्ष्मी के रूप हो जाते हैं। दोनों के भीतर ईश्वर का निवास हो जाता है। अब तुम दोनों खुद सोचो कि क्या हजारों-लाखों साल से विष्णु और लक्ष्मी कभी अलग हुए हैं? दोनों के बीच कभी झिकझिक हुई भी हो तो क्या कभी तुम सोच सकते हो कि दोनों अलग हो जाएँगे? नहीं होंगे। हमारे यहाँ इस रिश्ते में ये प्रावधान है ही नहीं।

तलाक शब्द हमारा नहीं है। डाइवोर्स शब्द भी हमारा नहीं है।

यहीं दोनों से मैंने ये भी पूछा कि बताओ कि हिंदी में तलाक को क्या कहते हैं?

दोनों मेरी ओर देखने लगे। उनके पास कोई जवाब था ही नहीं। फिर मैंने ही कहा कि दरअसल हिंदी में तलाक का कोई विकल्प नहीं। हमारे यहाँ तो ऐसा माना जाता है कि एक बार एक हो गए तो कई जन्मों के लिए एक हो गए। तो प्लीज जो हो ही नहीं सकता, उसे करने की कोशिश भी मत करो। या फिर पहले एक-दूसरे से निकाह कर लो, फिर तलाक ले लेना।"

अब तक रिश्तों पर जमी बर्फ काफी पिघल चुकी थी।

निधि चुपचाप मेरी बातें सुन रही थी। फिर उसने कहा कि भैया, मैं कॉफी लेकर आती हूँ।

वो कॉफी लाने गई, मैंने नितिन से बातें शुरू कर दीं। बहुत जल्दी पता चल गया कि बहुत ही छोटी-छोटी बातें हैं, बहुत ही छोटी-छोटी इच्छाएँ हैं, जिनकी वजह से झगड़े हो रहे हैं।

खैर, कॉफी आई। मैंने एक चम्मच चीनी अपने कप में डाली। नितिन के कप में चीनी डाल ही रहा था कि निधि ने रोक लिया, "भैया इन्हें शुगर है। चीनी नहीं लेंगे।"

लो जी, घंटा भर पहले ये इनसे अलग होने की सोच रही थीं और अब इनके स्वास्थ्य की सोच रही हैं।

मैं हँस पड़ा। मुझे हँसते देख निधि थोड़ा झेंपी। कॉफी पीकर मैंने कहा कि अब तुम लोग अगले हफ्ते निकाह कर लो, फिर तलाक में मैं तुम दोनों की मदद करूँगा।

जब तक निकाह नहीं कर लेते, तब तक "हम्मा-हम्मा-हम्मा, एक हो गए हम और तुम" वाला गाना गाओ, मैं चला।

मैं जानता हूँ कि अब तक दोनों एक हो गए होंगे। दोनों ने ही 'हम्मा-हम्मा' साथ-साथ गाया होगा।

□

संपादक का दर्द

अच्छा हुआ जो अब मैं रिपोर्टर नहीं हूँ, संपादक हूँ। अब मुझे फील्ड में नहीं जाना पड़ता। अब मैं दफ्तर में बैठकर काम करता हूँ। अब मैं लोगों को निर्देश देता हूँ कि आप इधर चले जाएँ, आप उधर चले जाएँ।

अगर मैं आज भी रिपोर्टर होता और मुझे उत्तर प्रदेश, पंजाब, गोवा में चुनाव कवर करने जाना पड़ता तो मेरी माँ आसमान में बैठकर रो रही होती। माँ कहती थी कि तुम्हें ऐसे लोगों से दूर रहना चाहिए, जिनमें वाणी दोष हो। माँ कहती थी कि गंदी बातें सुननी भी नहीं चाहिए। इस बार के चुनावों में ज़िस तरह बहुत से नेताओं ने अपने वाणी दोष का परिचय दिया है, उन्हें सुनकर माँ बहुत दु:खी होती।

किसी नेता ने दूसरे नेता को कुत्ता कहा। किसी नेता ने किसी को गधा। किसी नेता ने कुछ महीने पहले एक नेता को वेश्या कह दिया था। किस-किस की गिनाऊँ और कितना गिनाऊँ। ये सारी बातें संसद् से लेकर सार्वजनिक सभाओं में कही गई हैं, टी.वी. के माइक पर कही गई हैं। माँ होती तो मेरे हाथ पकड़कर मुझे घर में अपने पास बिठा लेती, मेरे कानों को अपनी हथेलियों से ढक देती और मुझसे कहती कि बेटा, ऐसी वाणी नहीं सुननी चाहिए। कान को पाप लगता है।

मुझे याद है आरा के रमना मैदान में इंदिरा गांधी को भाषण देने आना था। इमरजेंसी के तुरंत बाद चुनाव होने थे। माँ मेरी नन्ही उँगलियों को अपनी हथेली में समेट कर मुझे अपने साथ इंदिरा गांधी का भाषण सुनाने के लिए ले गई थी। तब इंदिरा गांधी से लोग बहुत नाराज थे। जय प्रकाश नारायण ने इंदिरा गांधी के खिलाफ आंदोलन छेड़ दिया था। हमारे शहर के रमना मैदान में रोज-रोज चुनावी सभाएँ होती थीं। ठीक वैसे ही जैसे आजकल यू.पी. में हो रही हैं। जैसे पंजाब में हुईं, उत्तराखंड में हुईं, गोवा में हुईं।

इंदिरा गांधी भाषण देने आई थीं। उनके सहयोगी बाबू जगजीवन राम उनसे नाराज होकर जनता पार्टी में जा चुके थे।

इंदिरा गांधी ने अपने भाषण में कई बार जय प्रकाश नारायण का नाम लिया था। उनकी

नीतियों और उनके आंदोलन के प्रति अपना रोष भी जताया था। लेकिन हर बार उन्होंने जय प्रकाश नारायण को जय प्रकाश नारायणजी कहकर संबोधित किया था। उन्होंने बार-बार कहा था कि जय प्रकाशजी ऐसा चाहते हैं, जो उचित नहीं। उन्होंने अपने भाषण में कई नेताओं के नाम लिये थे, बाबू जगजीवन राम का नाम भी लिया था और कहा था कि जगजीवन रामजी कांग्रेस छोड़कर ऐसी पार्टी में चले गए हैं, जो संतरे के समान है। संतरा, जिसे छीलते ही उसका एक-एक हिस्सा अलग हो जाएगा।

इंदिरा गांधी के बाद जय प्रकाश नारायण भी अगले दिन उसी मैदान में भाषण देने आए थे। बाबू जगजीवन राम भी आए थे। जय प्रकाश नारायण इंदिरा गांधी से बहुत नाराज थे। उनकी नीतियों से बहुत नाराज थे। उन्होंने अपने भाषण में इंदिरा गांधी का नाम बार-बार लिया था। पर हर बार उन्होंने भी उन्हें इंदिराजी कहकर संबोधित किया था। हर बार कहा था कि इंदिराजी ने वो फैसला लिया, जो गलत है। बाबू जगजीवन राम ने भी इंदिरा गांधी का नाम लिया था। कह रहे थे कि इंदिराजी कहती हैं कि जनता पार्टी संतरे के समान है, जिसका छिलका उतरते ही वो बिखर जाएगी। वो कह रहे थे, "इंदिराजी शायद ये नहीं जानतीं कि संतरे की एक-एक फाँक भी बहुत मीठी और स्वास्थवर्धक होती है।"

माँ ने मुझे बताया था कि संजू बेटा, इंदिरा गांधी ने इमरजेंसी लगाकर बहुत गलत काम किया था, इसीलिए ये लोग उनसे नाराज हैं। इसीलिए ये लोग उन्हें अब प्रधानमंत्री के पद से हटाना चाहते हैं। मैंने माँ से पूछा था कि माँ ये लोग करते क्या हैं, क्या ये भी पिताजी की तरह रोज दफ्तर जाते हैं, शाम को सब्जी लेकर घर आते हैं? माँ ने कहा था कि ये लोग हमारे देश के नेता हैं। जैसे पिताजी पूरे घर को चलाते हैं, ये लोग पूरे देश को चलाते हैं। हम प्रजा हैं, ये हमारे पालक हैं। ये भाषणों में हमें बताते हैं कि ये क्या करनेवाले हैं। ये हमसे पूछते हैं कि हमें क्या चाहिए। ठीक वैसे ही जैसे मैं सबसे पूछती हूँ कि आज किस चीज की सब्जी खानी है? ठीक वैसे ही जैसे पिताजी रोज पूछते हैं कि आज क्या-क्या सामान लाना है?

मैं समझ गया था।

बहुत दिनों के बाद मैं पत्रकार बन गया था। इत्तेफाक से मुझे इंदिरा गांधी से लेकर नरेंद्र मोदी तक के बहुत करीब जाने का मौका मिला है। इंदिरा गांधी के बाद से जितने भी लोग प्रधानमंत्री बने, मैं अमूनन सबसे मिला हूँ। राजीव गांधी, वी.पी. सिंह, चंद्रशेखर, पी.वी. नरसिंह राव, अटल बिहारी वाजपेयी, एच.डी. देवेगौड़ा, आई.के. गुजराल, मनमोहन सिंह और नरेंद्र मोदी से मैं मिला हूँ। मेरी नौकरी ने मुझे ढेरों मौके दिए इनके करीब जाने के। इनसे बातचीत करने के।

इनके अलावा सभी पार्टियों के बड़े–छोटे नेताओं के नजदीक जाने का मौका भी मुझे मिला है।

लेकिन जिस तरह राजनीति में सार्वजनिक रूप से लोग अब गंदी बातें करने लगे हैं, एक–दूसरे के लिए गंदे शब्द कहने लगे हैं, ऐसा पहले नहीं था। सार्वजनिक मंच से तो बिल्कुल नहीं। जिस तरह हमारे नेताओं में पिछले कुछ वर्षों में वाणी दोष पनपा है, वो पहले नहीं था। राजनीतिक दुश्मनी और बात है, पर वाणी दोष और बात। मैंने न जाने कितनी बार अटल बिहारी वाजपेयी, लाल कृष्ण आडवाणी और सोनिया गांधी के साथ अकेले बात की है, उनके साथ अकेले विमान में यात्रा की है, मैंने सबके विचार सुने हैं। पर मैंने किसी को किसी के खिलाफ अश्लील बात करते नहीं सुना। इतनी अश्लील भाषा का इस्तेमाल करते नहीं देखा है। इस बार उत्तर प्रदेश के चुनाव में तो जिस तरह की भाषा का इस्तेमाल हुआ है, उसे सुनकर माँ मेरे कानों में हमेशा के लिए रूई ठूँस देती और कहती कि बेटा भले तुम्हारे कान सदा के लिए बंद हो जाएँ, पर तुम इस तरह की भाषा को मत सुनना।

मेरे मुहल्ले में एक बार कुछ बच्चे लड़ पड़े थे और एक–दूसरे को गाली देने लगे थे तो माँ ने सबको समझाया था कि तुम्हें ऐसी भाषा नहीं बोलनी चाहिए। मैं माँ से पूछता था कि माँ जब कोई ऐसा बोले तो क्या कान बंद कर लेने चाहिए?

माँ ने कहा था कि हाँ, बंद कर लेने चाहिए। और अगर सक्षम हो तो उनके बीच जाकर उन्हें समझाना भी चाहिए। लेकिन समझाने का काम तो तुम तब करोगे, जब बड़े हो जाओगे। जब तुम बड़े हो जाना और कोई गंदी बात बोले तो उनके बीच जाना, उन्हें समझाना कि ऐसी भाषा नहीं बोलनी चाहिए।

माँ ने कहा था कि संजय तुम इनके बीच जाकर इन्हें ठीक से समझाना बेटा, लेकिन तब, जब तुम बड़े हो जाना।

मुझे लग रहा है कि मैं अब बड़ा हो गया हूँ। अब शायद वक्त आ गया है, जब मुझे इनके बीच जाकर इन्हें बताना होगा कि 'पॉटी' पेट में ही ठीक होती है, उसे 'प्लेट' में लेकर आना किसी को अच्छा नहीं लगता। 'शौच' को सोच में समाहित करना सोचदोष है।

माँ, आप भले इस दुनिया में नहीं हैं। लेकिन मैं जानता हूँ कि आप यहीं कहीं हैं, मेरे पास। माँ आप क्या कहती हैं, मैं अब जा सकता हूँ न इन्हें समझाने के लिए कि एक अच्छे अभिभावक का क्या काम होता है परिवार में? एक अच्छे नेता की कैसी भाषा होती है चुनाव में?

□

रिश्तों का संकल्प

जब दीदी की शादी हो रही थी, तब माँ उसे समझा रही थी। मैं वहीं पलंग पर बैठा था। माँ दीदी को शादी का मतलब समझा रही थी। माँ कह रही थी कि शादी एक ऐसी रस्म है, जिससे गुजर कर दो लोग एक हो जाते हैं। मैं बहुत हैरान होकर माँ की बातें सुन रहा था। ऐसा कैसे होगा कि दो लोग एक हो जाएँगे।

आपको पता ही है कि संजय सिन्हा के मन में छोटी-छोटी बातें सवाल में तब्दील हो जाती हैं। दीदी माँ की पूरी बातें ध्यान से सुन रही थी। और संजय सिन्हा का मन अगले दिन दो के एक हो जाने के जादू को देखने के लिए मचल रहा था। माँ दीदी को समझा रही थी कि विवाह जन्म-जन्मांतर का संबंध होता है। तुम इसे चाह कर भी नहीं तोड़ पाओगी। विवाह एक संकल्प है, साथ हो जाने का।

दीदी नजरें झुका कर माँ की बातें सुन रही थी।

तुम्हारी शादी का मूहुर्त निकला है सुबह सवा तीन बजे का। पंडितजी कई मंत्र पढ़ेंगे, अग्नि के फेरे लगेंगे और ध्रुव तारा को साक्षी मान कर तुम दो से एक हो जाओगे। मैं हैरान था। मैं बीच में कुछ बोलना नहीं चाह रहा था, इसलिए चुप रहा। पर दीदी ने भी माँ से नहीं पूछा कि दो कौन? शायद दीदी समझ रही थी कि दूसरा कौन होगा। मैं बहुत छोटा था और तब ये अंदाजा नहीं लगा सका था कि माँ दीदी और जीजाजी के एक होने की बात कर ही है।

माँ दीदी को बता रही थी कि विवाह में वर-वधू सात फेरों के साथ सात वचन देते हैं। हर फेरे का एक वचन होता है। यह पति और पत्नी के बीच जन्म-जन्मांतर का रिश्ता होता है, जिसे किसी भी परिस्थिति में तोड़ा नहीं जा सकता। पंडित की उपस्थिति में मंत्रों के उच्चारण के साथ अग्नि के सात फेरे लेकर और ध्रुव तारा को साक्षी मान कर दो व्यक्ति तन, मन और आत्मा से एक पवित्र बंधन में बँध जाते हैं।

दीदी अपना उत्साह छुपाए बैठी थी। पर मेरे लिए दीदी की शादी की रात जादू होनेवाला

था। सात फेरों और सात वचनों के बूते दो लोग एक हो जाएँगे। अहा! मैं भी देखूँगा दो का एक होना।

ये अलग बात है कि ऐन वक्त पर मैं सो गया था। मैंने दो को एक होते तो नहीं देखा, पर जब मेरी नींद खुली, तब मैंने देखा था कि जो दीदी कल तक अपने छोटे भाई को बात-बात पर सीने से लगा लिया करती थी, वो एक गाड़ी में बैठकर उस व्यक्ति के साथ चली जा रही थी, जिसके साथ उसका विवाह हुआ था। मैं बहुत देर तक अपनी नींद को कोसता रहा। सोचता रहा कि दो लोग एक कैसे हुए होंगे। फिर मैंने उसी दिन तय किया कि मैं भी माँ से कहकर जल्दी शादी कर लूँगा और देखूँगा कि दो एक कैसे हो जाते हैं।

दीदी की शादी के बाद मैंने माँ से अपनी शादी की बात कई बार की, पर माँ हँस देती थी। मुझे अपनी शादी की बड़ी चिंता थी। फिर माँ बिना मेरी शादी किए ही संसार से चली गई। पर मेरे मन में दो से एक होने का संकल्प छोड़ गई थी। समय बीतता गया, मैं बड़ा हो गया। जैसे ही मैं बड़ा हुआ, मैंने शादी कर ली। मेरी शादी भी हिंदू धर्म के अनुसार मंदिर में भगवान जी के आगे अग्नि के सात फेरे लेकर सात वचनों के साथ हुई। उस दिन हम दो से एक हो गए थे। सही मायनों में मैं उस दिन समझा था कि माँ जब दीदी को दो से एक होने का ज्ञान दे रही थी तो उसका क्या मतलब था।

कल मैंने आपको अपनी दोस्त निधि की कहानी सुनाई थी। निधि ने मुझे अपने घर बुलाया था और कह रही थी कि उसे नितिन से तलाक चाहिए।

मैं पूरी बात समझ रहा था, पर मैंने ये कहकर उसे समझाने की कोशिश की थी कि हमारे धर्म में विवाह को तोड़ने के लिए तलाक जैसा कोई शब्द है ही नहीं। मैरिज टूट सकती है डाइवोर्स से। निकाह टूट सकता है तलाक से। पर विवाह कैसे टूटेगा? हमारे यहाँ तलाक जैसा शब्द है क्या?

कई लोगों ने मुझे तलाक का विकल्प संबंध विच्छेद और परित्याग समझाया है। पर विवाह में इस तरह का कोई विकल्प हमें नहीं दिया गया। जहाँ विकल्प नहीं होता, वहीं संकल्प होता है। जहाँ संकल्प होता है, वहीं रिश्ते होते हैं।

□

तुम्हारा नाम क्या?

मेरा नाम संजय सिन्हा है। मेरी पत्नी का नाम दीपशिखा सेठ है।

शादी के बाद इस बात पर घर में बहुत बहस हुई कि सेठ की जगह उसका नाम सिन्हा होना चाहिए। खुद मेरी पत्नी भी चाहती थी कि वो सिन्हा कहलाए। लेकिन मैं नहीं चाहता था कि वो सेठ से सिन्हा बने।

मैंने अपनी बहनों को नाम बदलते देखा था। वो सिन्हा से वर्मा बन गई थीं। कुमार बन गई थीं। श्रीवास्तव बन गई थीं। शादी के बाद अपनी बहनों के नाम सुनकर मुझे कई बार लगता था कि वो अब मेरी बहनें नहीं रहीं।

जिस दिन दीदी की शादी हो रही थी, उस दिन उसने मुझे बहुत देर तक प्यार किया था। पर शादी वाले दिन जैसे ही उसके माथे पर लाल रंग का सिंदूर लगा, दीदी मुझे खुद से बहुत दूर नजर आने लगी। ऐसा लगा जैसे अब वो मेरी दीदी है ही नहीं। उसका रंग बदल गया था। उसकी झुकी हुई निगाहों में दूर तक मैं कहीं खुद को नहीं देख पा रहा था।

दीदी जीप में बैठकर जीजाजी के साथ उनके घर जा रही थी। पूरा घर रो रहा था। दीदी भी रो रही थी। सब एक-दूसरे को समझा रहे थे कि बेटी अपने घर चली गई।

तो क्या दीदी इतने सालों तक अपने घर में नहीं थी? क्या दीदी के नाम के साथ लगा सिन्हा उसके नाम का हिस्सा नहीं था? मैं बहुत सी बातें ठीक से नहीं समझ पा रहा था। दीदी ने नाम बदल लिया, शायद इसीलिए हमारा घर उसका नहीं रहा था।

मैंने उसी समय मन-ही-मन तय कर लिया था कि जब मेरी शादी होगी, मैं अपनी पत्नी को नाम नहीं बदलने दूँगा। वो सिंह, वर्मा, मिश्रा, चौहान, कौर, कालरा, सिद्दिकी, जो मर्जी रहे, मैं उसके साथ जिंदगी जोड़ लूँगा। लेकिन उसके पिता के सरनेम को नहीं मिटने दूँगा। मेरे मन में ये बात बैठ गई थी कि नाम बदलने का अर्थ होता है किसी का अस्तित्व खत्म कर देना।

अपने कमिटमेंट पर मैं अडिग रहा। वो सेठ थी, सेठ ही रही। पासपोर्ट पर, दफ्तर में, और हर सर्टिफिकेट पर वो सेठ रही। शादी के बाद मैरिज सर्टिफिकेट पर बाबू ने सिन्हा लिखने की कोशिश की थी, पर मैंने कहा था कि वो सेठ है।

बाबू ने कहा था कि अब तो सिन्हा हो गई हैं। मैंने उसे टोका भी था कि जब मैं सिन्हा से सेठ नहीं हुआ तो वो सेठ से सिन्हा कैसे हो सकती है? शादी दिलों का मिलन है, रिश्तों का मिलन है, नाम भला कैसे बदल सकते हैं?

बाबू मेरी ओर हैरानी से देख रहा था। बाबू ने मुझे ये समझाने की कोशिश की कि शादी के बाद लड़कियों के सरनेम बदल जाते हैं। ये सामान्य प्रक्रिया है। मेरे बहुत मना करने के बाद उसने मुझे समझाया कि ठीक है, सेठ और सिन्हा दोनों लिख देता हूँ। मतलब दीपशिखा सेठ सिन्हा। मैं हँस पड़ा। मैंने उसे समझाया कि भला किसी के दो नाम कैसे हो सकते हैं। बाबू नहीं समझा। पर वो चुप हो गया था।

फिर तो कई लोगों ने मुझे टोका।

कई लोगों को मैं समझा पाया। कई लोगों को आज तक नहीं समझा पाया हूँ।

कई साल बीत गए। फिर फेसबुक आया। मुझे बहुत खुशी हुई कि मेरी पत्नी के सभी पुराने दोस्तों ने सोशल साइट पर उसे आसानी से ढूँढ़ लिया। उसके स्कूल का पूरा ग्रुप मिल गया है। उसे ढूँढ़ने में किसी को मुश्किल नहीं आई। हालाँकि उसकी कई सहेलियों का अब तक पता नहीं चला है।

मेरे स्कूल का ग्रुप अब तक नहीं बन पाया है। स्कूल क्या कहूँ, कॉलेज का ग्रुप भी नहीं बन पाया है। अपनी क्लास के लड़कों के नाम ढूँढ़ कर मैंने उनकी तलाश कर ली है, लेकिन लड़कियों ने सरनेम बदल लिया है। पिछले तीस सालों में चेहरा बदल गया, नाम बदल गया, अब मैं किससे पता करूँ कि प्रीति साहू कहाँ है? कॉलेज में मंजू अरोड़ा मेरी बेस्ट फ्रेंड थी। पर अब उसका भी पता नहीं मिलता। निधि दुबे को फेसबुक पर ढूँढ़-ढूँढ़कर थक गया हूँ, लेकिन आज तक पता नहीं चला। सुनंदा मिश्रा अब पांडे हैं या तिवारी, कोई नहीं जानता। राम श्रीवास्तव मिल गए हैं। रवि काकोडिया भी मिल गया है। पर अलका दुबे हैं या चतुर्वेदी कौन जानता है?

मेरी पत्नी बहुत साल पहले कोशिश करती थी कि वो सेठ की जगह सिन्हा लिखने लगे, लेकिन तब मैंने उसे समझाया था कि किसी को नाम नहीं बदलना चाहिए। नाम एक पहचान है। उसे बदलने से आदमी की पहचान खत्म हो जाती है।

शुरू में मेरी पत्नी को ये थोड़ा अटपटा लगा होगा। लेकिन आज शादी के बाद उसकी अपनी पहचान जस-की-तस बरकरार है, इससे वो खुश है।

उसने एक दिन मुझसे पूछा था कि तुमने नाम क्यों नहीं बदलने दिया था?

मैंने कहा था कि इसीलिए नहीं बदलने दिया था कि ताकि तुम, तुम ही रहो, कोई और न बन जाओ।

सच में वो जस-की-तस है। जैसी 28 साल पहले थी, वैसी ही आज भी है। उसके सभी दोस्तों ने उसे ढूँढ़ लिया है। पर मेरी सहेलियाँ गायब हैं। कोई तो बताए कि मैं उन्हें कहाँ ढूँढ़ूँ और कैसे ढूँढ़ूँ? वैसे भी उन्हें ढूँढ़ कर अब क्या होगा? जब मेरी बहनें ही मेरी नहीं रहीं, तो उन दोस्तों में मुझे अब उनका असली अक्स कहाँ दिखेगा?

□

प्यार का नगमा

मैंने पहले ही आपको बता दिया है कि जब मेरी शादी हुई थी, तब मेरी पत्नी की उम्र बहुत कम थी। उम्र तो मेरी भी कम ही थी। लेकिन मैं कठिनाइयों के विश्वविद्यालय से पढ़कर निकला था। जो लोग कठिनाइयों के विश्वविद्यालय से पढ़कर निकले होते हैं, उनके लिए जिंदगी आसान हो जाती है। मेरा बचपन माँ के आँचल में बीता था और किशोरावस्था माँ की यादों में। कह सकते हैं कि उम्र के बारह वर्षों तक मैं प्यार के स्कूल में पढ़ता रहा और जब माँ संसार से चली ही गई तो फिर मेरा दाखिला कठिनाइयों के विश्वविद्यालय में करा दिया गया।

मैं जीता रहा। पढ़ता रहा। सिर्फ माँ के उन बारह वर्षों के दुलार की नींव पर मैं बड़ा होता चला गया। माँ की एक तस्वीर मैं हमेशा अपनी जेब में रखता था और जब कभी किसी बात पर रोना आता तो माँ की उसी तस्वीर को देखकर आँसू पोंछ लेता। और ऐसे ही समय बीतता गया। स्कूल से कॉलेज और कॉलेज से नौकरी।

नौकरी में आते ही संजय सिन्हा को एक छोटी सी लड़की भा गई और उन्होंने आगा-पीछा देखे बिना शादी का प्रस्ताव उसके आगे रख दिया। लड़की ने कहा भी था कि इतनी जल्दी क्या है, थोड़ी सी जिंदगी जी लो, फिर शादी कर लेना। पर प्यार में पड़े आदमी के पास जीने की फुर्सत कहाँ होती है ?

मैंने तर्क पेश किया कि आई.ए.एस. बनने की एक उम्र होती है, उसके बाद सरकार परीक्षा देने से भी रोक देती है। फिर शादी की इससे बेहतर उम्र और क्या हो सकती है ! हम दोनों नौकरी में हैं। पैसे कम मिलते हैं। पर हम दोनों अपने संघर्ष के स्कूटर को जोड़कर जिंदगी की कार बना लेंगे।

दिल्ली की छोटी सी लड़की संजय सिन्हा की बातों में आ गई और शादी हो गई।

मैं जानता था कि शादी के बाद लड़कियाँ खाना बनाती हैं। घर सँवारती हैं। पति का ध्यान रखती हैं, वगैरह-वगैरह...।

मेरी शादी में मेरा छोटा भाई दिल्ली आया था। शादी के बाद उसने मुझसे कहा कि वो अब मेरे साथ ही रहना चाहता है, दिल्ली में ही पढ़ना चाहता है। मैं खुश हो गया।

शादी के दूसरे दिन ही मैं उम्मीद से था कि मेरी पत्नी हम दोनों भाइयों के लिए बढ़िया सा खाना बनाएगी। वैसे ही जैसे माँ पिताजी के लिए बनाया करती थी। मैंने सोच लिया था कि मैं काले रंग के जूते पहनकर टक-टक की आवाज निकालता हुआ टेबल पर बैठूँगा, सामने मेरा छोटा भाई बैठा होगा और मेरी पत्नी चावल, दाल, आलू की भुंजिया, पकौड़े, और भी कुछ बनाकर परोसेगी। मैं अपने पिता की तरह दिखूँगा और मेरी पत्नी मेरी माँ की तरह।

पत्नी ने पहले दिन खाना परोसा, राजमा-चावल।

राजमा पंजाबियों का प्रिय भोजन रहा होगा। जब से मैं दिल्ली आया था, हम जहाँ भी ढाबे पर खाना खाने जाते, माह की दाल और राजमा ही खाने को मिलता।

हम दोनों भाई माँ (माह) की दाल के नाम से ही हँसने लगते थे। राजमा खाकर गैस बनती तो हम राजमा के नाम से भी हँसते ही थे।

खैर, हम दोनों भाइयों ने एक-दूसरे को देखा और खाने लगे।

अगले दिन पत्नी ने पूछा कि क्या खाओगे?

हमने कहा, "जो तुम बना दो।"

उसने पूछा कि रोटी पसंद है या... ?

"दोपहर में चावल, रात में रोटी।"

अगले दिन खाना बना चावल और कढ़ी।

मैंने अपने भाई से पूछा कि तुम्हारी भाभी आलू की भुंजिया क्यों नहीं बनाती? भाई ने कहा कि भाभी पंजाबी हैं, शायद ये भुंजिया जानती ही नहीं होंगी।

पहली बार मुझे याद आया कि सचमुच मैंने तो पंजाबी लड़की से शादी की है और उम्मीद कर रहा हूँ कि माँ वाले व्यंजन हमें खाने को मिलें।

मैंने पत्नी से पूछा कि तुम्हें आलू की भुंजिया बनानी आती है?

वो मेरी ओर हैरान होकर देख रही थी। ऐसा लगा जैसे डाइनिंग टेबल पर हम दोनों भाई बीस-बाइस साल की लड़की की रैंगिग कर रहे थे।

रुँआसी होकर उसने पूछा कि भुंजिया क्या चीज है?

हम दोनों भाई चुप हो गए। शादी से पहले मैं सोचता था कि संसार की सभी लड़कियों

को खाना बनाना तो आता ही है। उन्हें जन्म से सबकुछ आता है। पर हमने ये सोचने की जहमत नहीं उठाई कि जो लड़कियाँ कठिनाइयों के विश्वविद्यालय में नहीं पढ़ी होती हैं, उन्हें भला खाना बनाना क्यों आना चाहिए।

मेरी छोटी सी पत्नी ने पता नहीं कब राजमा और कढ़ी बनाना सीखा होगा, क्योंकि बाद में मुझे मेरी सास ने ही बताया था कि उन्होंने अपनी दोनों बेटियों को कभी रसोई में भेजा ही नहीं। मेरी सास का कहना था कि उन्होंने बेटियों को पढ़ाई में अव्वल बनाया था। उनका कहना था कि खाना बनाना तो बेटियाँ बाद में भी सीख लेंगी।

बात ठीक ही थी। मेरी सास टीचर थीं। वो खुद खाना बहुत शानदार बनाती हैं। लेकिन अपनी बेटियों को उन्होंने खाना बनाना नहीं सिखाया था, ये सोचकर कि पढ़ाई पहले जरूरी है, खाना बनाना तो आ ही जाएगा।

मेरी बहनें खूब स्वादिष्ट भोजन बनाती थीं। मेरी माँ उन्हें रोज रसोई में ले जाती थीं और उन्हें सिखाती थीं कि शादी के बाद स्वादिष्ट खाना ही अपने घर वालों के दिल तक पहुँचने का द्वार होता है।

मैंने माँ की तरफ से बहनों को मिली शिक्षा को संसार की हर माँ की शिक्षा मान ली थी।

मेरी पत्नी ने राजमा, कढ़ी और कुछ चीजें बनाना कैसे सीखा, मुझे नहीं पता। पर मेरी सास की ओर से तो उन्हें चाय बनाने का पाठ भी नहीं सिखाया गया था। मेरी पत्नी और उसकी छोटी बहन, दोनों पढ़ाई में अव्वल थीं। दोनों हिंदी और अंग्रेजी में अव्वल थीं। फिर रसोई... ?

दिन कटने लगे। मेरे छोटे भाई ने भाभी को बताया कि हम राजमा रोज नहीं खाते। हम अरहर की दाल खाते हैं। पत्नी ने अरहर की दाल बनानी शुरू की। शादी के समय मेरी पत्नी शाकाहारी थी। हम दोनों भाई मांसाहारी। मेरे भाई ने उसे चिकन बनाना सिखाया। अंडा करी उसने किसी से पूछकर सीख ली। और फिर वो ढेरों चीजें बनाने लगी।

बाद में पिताजी पटना से दिल्ली चले आए। हम साथ रहने लगे।

पहले तो नाश्ते में कुछ भी चल जाता था। पर अब हमें चाहिए था एकदम विधिवत् नाश्ता। मेरी पंजाबी पत्नी पूरी कोशिश करती कि हमें बिहारी नाश्ता मिले। पर कभी-कभी चूक हो जाती। ऐसे ही एक दिन मैंने गुस्से में नाश्ता छोड़ दिया कि रोज-रोज ये क्या खाने को दे देती हो ? नहीं खाऊँगा।

पत्नी ने आँसू पोंछे और रसोई में चली गई।

पिताजी ने मुझे पास बुलाया और समझाया कि मुझे ऐसे नहीं बोलना चाहिए। उसे जो आता है, वो अपनी तरफ से सर्वश्रेष्ठ बनाने की कोशिश करती है। जो नहीं आता है, उसके लिए नाराज होना उचित नहीं। तुम्हें उसकी खूबियों की तारीफ करनी चाहिए और जो नहीं आता, उसकी अनदेखी करनी चाहिए। रिश्ते ऐसे ही निभते हैं। रिश्तों में अच्छाई को देखने की आदत डालो। कमियों की ओर देखने चलोगे तो संसार में कोई पंसद नहीं आएगा।

मन की आँखों को ऐसा बना लो कि तुम्हें सभी की खूबियाँ ही नजर आएँ। खामियाँ देखते-देखते थक जाओगे। खूबियों को देखकर खामियाँ कम कर सकते हो, पर खामियों को देखकर उन्हें और बढ़ाते चले जाओगे। तुम्हें ये सोचना चाहिए कि वो छोटी सी बच्ची तुम्हारा, हमारा कितना ध्यान रखती है, बजाय इसके कि ये नहीं बना, वो नहीं बना। कभी मन लायक खाना न भी मिले तो बेशक बाजार जाकर मन का खाना खा लो, लेकिन इस छोटी सी बात के लिए उसे शर्मिंदा करना एकदम गलत है।

पिताजी ने बेटे का हाथ छोड़कर बहू का साथ पकड़ लिया था।

पर आज सोचता हूँ तो सारी बातें याद आती हैं। आज याद आता है कि पिताजी ने जिंदगी के पाठ को कितनी सहजता से समझाया था कि खूबियों को देखो, खामियाँ देखने निकलोगे तो थक जाओगे, खामियाँ कम नहीं होंगी।

मैंने पिताजी की बात मान ली थी।

आज मेरे घर में बजका (लौकी, बैंगन, आलू की पकौड़ी) बनता है। चावल के आटे का पिट्ठा बनता है। लाल साग बनता है। आलू की भुंजिया बनती है। वो सब बनता है, जो माँ बनाती थी।

जानते हैं क्यों ?

क्योंकि पिताजी ने सिखाया था कि खूबियों को देखोगे तो खूबियाँ बढ़ेंगी।

अब मैं सभी में सिर्फ खूबियाँ देखता हूँ। आप भी देखिए। इससे रिश्ते मजबूत बनते हैं। इससे प्यार बढ़ता है।

जिंदगी क्या है ? एक प्यार का नगमा है, मौजों की रवानी है।

□

पाप का घड़ा

सवाल—इस संसार में बहुत से लोग गलत काम करते हैं, पर उनका कुछ बुरा नहीं होता। कई लोग बहुत अच्छे काम करते हैं, फिर भी उनके साथ बुरा होता है।

क्यों ?

ये सवाल तीन साल पहले जबलपुर के एक क्लब में रात का खाना खाते हुए अमित चतुर्वेदी ने मुझसे पूछा था।

यही सवाव दो दिन पहले मेरी कई महिला परिजनों ने मुझसे जबलपुर में एक कार्यक्रम के दौरान पूछा।

यही सवाल कल मेरी पोस्ट पर अपने परिजन चंदन आनंद ने भी पूछा।

श्रीकृष्ण ने रणभूमि में गीता का ज्ञान अर्जुन को दिया था। बाद में उद्धव के अनुरोध पर उन्हें भी गीता का मर्म बताया था। और आखिर में उनकी पत्नी रुक्मिणी ने भी उनसे जीवन-मृत्यु पर सवाल पूछा तो अनुगीता के जरिए उनके संदेह को दूर करने का प्रयास श्रीकृष्ण ने किया था।

जब अमित ने मुझसे अच्छे और बुरे कर्मों के फल पर सवाल पूछा था, तब मैंने विस्तार में पूरा जवाब दिया था। मैंने अपनी वॉल पर उस बातचीत और कहानी को उड़ेल भी दिया था। मैंने टी.वी. चैनल पर भी इस ज्ञान को साझा किया।

फिर मेरी महिला परिजनों ने यही सवाल किया तो संक्षेप में कहानी उन्हें भी सुनाई। आज एक बार और आपको पाप-पुण्य की कहानी सुना रहा हूँ। आप संजय सिन्हा की इस कहानी को मन के किसी कोने में दर्ज कर लीजिएगा। आप इस कहानी को आत्मसात् कीजिएगा। जब समय मिले, अपने बच्चों को सुनाइएगा। ये कहानी जिंदगी जीने का साधारण सा फार्मूला है, जिसकी बदौलत आप अपने स्वर्ग और नर्क की रचना खुद कर सकते हैं। तो सुनिए, पहले भी सुनाई एक कहानी फिर से...

इस संसार में बहुत से लोग ईश्वर को मानते हैं। बहुत से लोग नहीं मानते। बहुत से

लोग कहते हैं उन्हें नहीं पता। बहुत से लोग आधा मानते हैं, आधा नहीं मानते। बहुत से लोग सिर्फ इतना मानते हैं कि ईश्वर नहीं है। लेकिन कोई शक्ति है।

ईश्वर के बारे में कुछ भी कह पाने वाला मैं कोई नहीं हूँ। मैंने ईश्वर को नहीं देखा है। लेकिन फिर भी बहुत से लोगों की इस दुविधा पर मैं अपनी राय रखना चाहता हूँ। ये राय उन लोगों के लिए है, जो ईश्वर पर सिर्फ इसलिए यकीन नहीं करना चाहते, जबकि वो उसकी पूजा करते हैं, उसकी उपासना करते हैं, मगर वो उन्हें अपनी मौजूदगी का अहसास नहीं कराता। ये बात मैं उन लोगों के लिए लिखना चाहता हूँ, जिन्हें संदेह है अच्छे कर्मों के बदले अच्छा मिलने और बुरे कर्मों के बदले बुरा मिलने पर। यकीनन जो लोग ऐसा सोचते हैं, उनके पास अपने अनुभव होंगे। आप में से तमाम लोगों ने कभी अच्छे काम किए होंगे, कई पुण्य किए होंगे, फिर भी आपको उसके बदले में बुराई मिली। आपके पास तमाम वो उदाहरण भी होंगे ही, जिसमें आपके जानने वाले ने कोई गलत काम किया, पाप किया। पर उसकी जिंदगी में भला ही भला होता चला गया। ऐसे उदाहरण अक्सर हमें गुमराह करते हैं। ऐसे उदाहरण हमें ये मानने को मजबूर करते हैं कि पाप के बदले बुरा होगा, और पुण्य के बदले भला होगा, इस बात की गारंटी नहीं है।

मैं गारंटी के साथ कहता हूँ कि आप जैसा कर्म करेंगे, उसका प्रतिफल वैसा ही मिलेगा। आज सिर्फ समझाने के लिए मैं आपके सामने एक उदाहरण रखने जा रहा हूँ, जिसे मैंने पहले भी अपने मित्रों से साझा किया है।

आप मान लीजिए कि जब बच्चा पैदा होता है, उसकी जिंदगी एक यू ट्यूब (U) की तरह होती है। अब U आकार के इस हिस्से में आधा 'अच्छा' भरा है और आधा 'बुरा'। इसे आप चाहें तो आधा पुण्य कह लीजिए और आधा पाप। आप इसे आधा पॉजीटिव कह लीजिए, आधा निगेटिव।

ये आपके जन्म के साथ जुड़कर आपके साथ आया है। अब आप जब कोई अच्छा काम करते हैं, तो U आकार की इस ट्यूब के उस छोर से अच्छाई इसमें भीतर जाती है, जिस आधे हिस्से में अच्छाई भरी है। जब उसमें थोड़ी अच्छाई अंदर जाती है तो दूसरी तरफ से उतनी ही बुराई बाहर निकलती है। क्योंकि U ट्यूब पूरी तरह भरी हुई है, उसमें कुछ और भरने की जगह ही नहीं है, इसलिए एक छोर से उसमें अच्छाई घुसी, दूसरी तरफ से बुराई बाहर आई। आपको लगा, हे भगवान! हमने तो भला किया, लेकिन हमारे साथ ये बुरा क्यों हो गया?

अब आप मान लीजिए आपने किसी का बुरा कर दिया। आपकी U ट्यूब के दूसरे छोर से उसमें बुराई घुसी और दूसरी ओर से लबालब भरी अच्छाई में से थोड़ा अच्छा बाहर

आया। आपको लगा, ये हुई न बात! कर्म कुछ नहीं है। देखो मैंने तो पाप किया, लेकिन मेरा भला हुआ।

अब आप लगातार बुरा करते जाते हैं, और बुराई उस ट्यूब में अंदर जाती रहती है, अच्छाई बाहर आती रहती है। आप रिश्वत लेते रहते हैं, आप चोरी करते रहते हैं, आप व्यभिचार करते रहते हैं और आपका जीवन लगातार जगमग रोशनी से चमकता रहता है। एक दिन सारी अच्छाई उस ट्यूब से निकल जाती है। और अब जो उसमें से बाहर निकलता है, वो सिर्फ और सिर्फ बुरा है। जिस दिन उस यू ट्यूब से सारी अच्छाई निकल जाती है, उस दिन के बाद सिर्फ बुरा बचता है और वही निकलता है; क्योंकि अच्छाई तो आपने डाली ही नहीं।

संजय सिन्हा की माँ ने इसे ही कर्म का घड़ा कहकर बचपन में ये समझाया था कि रावण जैसे शक्तिशाली राजा का भी तब पतन हो गया था, जब उसकी यू ट्यूब यानी कर्म का घड़ा भर गया था।

कहा गया कि रावण के पाप का घड़ा भर गया। यही कंस के साथ हुआ था। यही कौरवों के साथ हुआ। यही हिंदी फिल्मों में विलेन के साथ होता है।

तीन घंटे की फिल्म में विलेन पौने तीन घंटे मौज करता है। आखिर के पंद्रह मिनट अपने किए का फल भोगता है।

ईश्वर ने खुद को किसी आकार में परिभाषित नहीं किया है। अगर गीता को ईश्वर का कथन मान लें तो उसमें यही कहा गया है कि मैं तुम में ही हूँ। मतलब उसने भी कर्म को प्रधान माना है।

निर्भर आप पर करता है कि आप कितने दिनों तक दु:ख सहते हुए अपने पुण्य के खाते को बढ़ाना चाहते हैं। निर्भर ये भी आप पर ही करता है कि कितने दिनों तक पाप करते हुए अपने पुण्य के बैलेंस को खत्म करके फिर से दु:ख झेलना चाहते हैं।

ये मत भूलिएगा कि सबकी मंजिल एक ही है। अज्ञानी अंधविश्वास के सहारे वहाँ पहुँचते हैं और ज्ञानी तर्क के सहारे।

मैं दुहरा रहा हूँ, ईश्वर है या नहीं, ये संजय सिन्हा नहीं जानते। लेकिन आपके कर्मों का फल आपके ही सामने होगा, इसमें आप संदेह मत कीजिएगा। आपके कंप्यूटर में वायरस हो सकता है, आपके कंप्यूटर का प्रोसेसर सुस्त हो सकता है, लेकिन 'उसका' कंप्यूटर बहुत शानदार है।

मर्जी आपकी।

□

रिश्तों का संत

कल एक गांधीवादी मिले थे।

कह रहे थे कि संजय सिन्हा, रिश्तों की इतनी कहानियाँ लिखते हो, रिश्ते क्या होते हैं, समझते हो? मैं चुप था। उनकी ओर देख रहा था। उनके मन के भाव को समझने की कोशिश कर रहा था कि आखिर ये कहना क्या चाहते हैं।

लेकिन सवाल पूछकर वो भी चुप हो गए थे।

उनका सवाल आगे बढ़े, उनके सवाल का मंतव्य समझ में आए, इसलिए मैंने धीरे से कह दिया कि रिश्ते तो जिए जाते हैं। इसमें समझना क्या?

गांधीवादी मेरे जवाब से संतुष्ट नजर आए। फिर उन्होंने कहा कि जो रिश्तों की भाषा समझ लेता है, वो सचमुच जीने लगता है। उन्होंने मुझसे पूछा भी कि संजयजी, आपने रिश्तों को जिंदगी का विषय क्यों बना लिया? क्यों आपको लगने लगा कि रिश्ते हैं तो हम हैं, नहीं तो हम नहीं?

"एक के बाद एक अपने रिश्ते खोता चला गया। जिसके पास से जो चीज नहीं होती, वो उसकी अहमियत समझता है।"

"आपसे एक व्यक्तिगत सवाल पूछता हूँ, संजयजी। आपको सबसे अधिक किसकी याद आती है?"

सचमुच बहुत दुरूह सवाल था। मैं चुप ही रह गया।

गांधीवादी ने कहा कि मैं जानता था कि आप चुप हो जाएँगे। मैं जानता था कि आप किसी एक रिश्ते का नाम नहीं ले पाएँगे। पर आप यही सवाल मुझसे पूछेंगे तो मैं कहूँगा कि मैं गांधी को सबसे ज्यादा मिस करता हूँ। गांधी को कुछ और साल रहना चाहिए था। गांधी होते, तो इतनी हिंसा, इतनी लूटमार, इतने गंदे बोल नहीं होते। आज की पीढ़ी बेशक गांधी को उस रूप में नहीं समझ पाती, पर गांधी कुछ दिन और होते,

तो देश का स्वरूप कुछ और होता। उन्हें कम-से-कम सवा सौ साल जीना चाहिए था। मैं पहली बार ऐसे ज्ञानी के सामने था, जहाँ मैं सिर्फ सुनना चाह रहा था।

"आपको लगता है न कि आपकी माँ कुछ और दिन होतीं तो बहुत अच्छा होता।"

"हाँ।"

"मैं फेसबुक पर आपको पढ़ता हूँ। आपकी कहानियों को समझने की कोशिश करता हूँ। आप रिश्तों की कहानियाँ लिखते हैं।"

"जी।"

"आप गांधी को पढ़िए। उन्हें समझने की कोशिश कीजिए। आप रिश्तों की नई परिभाषा गढ़ने लगेंगे।"

"पर गांधी ही क्यों?"

"इसलिए कि गांधी को आज की पीढ़ी ने एक स्वतंत्रता सेनानी मान कर, उन्हें महान् बताकर किताबों में समेट कर छोड़ दिया है। पर गांधी रिश्तों के कितने बड़े जादूगर थे, इसे समझने की कोई कोशिश नहीं करता।"

"आप अपनी बात साफ-साफ बताइए।"

"मुझे सिर्फ इतना कहना है कि हम और आप किसी से मिलते हैं, उसे छोड़ देते हैं। हम और आप कहीं नौकरी करने जाते हैं, कुछ दिनों बाद मन भर जाता है। उसे बदलने की सोचने लगते हैं। पर गांधी एक ऐसे व्यक्ति थे कि एक बार जो उनके संपर्क में आ गया, वो उन्हीं का होकर रह गया। आप गांधी के दौर के किसी व्यक्ति को ले लीजिए, डॉ. राजेंद्र प्रसाद, पं. जवाहर लाल नेहरू, सरदार वल्लभभाई पटेल और तमाम बड़े लोग। एक बार जब वो गांधी के संपर्क में आ गए, फिर इन लोगों ने गांधी के पीछे अपना पूरा जीवन बदल लिया। वो गांधी के हो गए। पूरी जिंदगी गांधी के रहे। सुनने में बहुत छोटी सी बात आपको लग रही होगी, पर घर जाकर सोचिएगा। गांधी से जो मिला, उन्हीं का क्यों हो गया? गांधी के सिद्धांतों को मानने वाले, उनके सिद्धांतों को नहीं मानने वाले, सभी गांधी से बहुत प्यार करते थे।

और इसकी एकमात्र वजह ये थी कि गांधी से जो भी मिलता था, वो इतना समझ लेता था कि ये आदमी जो भी करता है, उसमें अपने लिए कुछ भी नहीं सोचता। ये जो भी करता है, दूसरों के लिए करता है। मानवता के लिए करता है। बस यही भाव आदमी को आदमी से जोड़ देता है। रिश्ते वहीं निभते हैं, जहाँ आप दूसरों के लिए जीने लगते

हैं। जब तक आप अपने लिए जीते हैं, रिश्ते बनते हैं, टूटते हैं। पर जब आप उसके लिए जीने लगते हैं, जिसके साथ होते हैं, तो फिर आपके रिश्ते सदा के लिए हो जाते हैं।"

मैं अब भी चुप था। मैं क्या बोलता? मैं तो घर-परिवार के रिश्तों की छोटी-छोटी कहानियाँ सुनाता हूँ। मैं भला इतने बड़े-बड़े शब्दों को कहाँ समझ पाता हूँ।

पर कल से ये सोच रहा हूँ कि सचमुच गांधी में कुछ तो रहा होगा, जो इतने बड़े-बड़े लोग एक बार उनसे जुड़ गए तो फिर उन्हीं के होकर रह गए। क्यों?

□

एक आनंद ऐसा भी

परसों घर आने में देर हो गई थी।

देर क्या, रात के दो बज गए थे। पत्नी सो चुकी थी। कॉलबेल की टन-टन से आधी नींद में उठकर उसने दरवाजा खोला।

"आज बहुत देर हो गई।"

"हाँ, हो गई। आज काम बहुत था। यू.पी. इलेक्शन ने बहुत उलझा दिया है।"

"ओह! खाना खाओगे?"

"रात के दो बजे कोई खाता है क्या?"

"तो चाय पी लो।"

"तुम सो जाओ। नींद में हो।"

गुड गर्ल की तरह बेचारी सोने चल दी। अभी बिस्तर तक पहुँची ही होगी कि मैंने फिर आवाज दी।

"सुनो, कल सुबह जबलपुर से अपने रवींद्र वाजपेयी भैया आनेवाले हैं। नाश्ता बना देना।"

"पर रात के दो बजे क्यों बता रहे हो? उन्होंने अभी फोन किया या दिन में ही बता दिया था?"

"उन्होंने तो दिन में बता दिया था, पर मैं भूल गया बताना।"

"अब आधी रात को बताने से क्या फायदा? दिन में बता देते तो कुछ सामान मँगा लेती?"

"कुछ सामान, क्या सामान?"

"सब्जी।"

"नाश्ते में सब्जी का क्या काम?"

"मैं कल सुबह सरसों का साग और मक्के की रोटी बना दूँगी। तुम सुबह अपने परिजनों को कहानी सुनाने के लिए जागोगे ही, तो सोसाइटी में ही सब्जी वाला आया होगा, तुम साग ले आना।"

"ठीक है।"

पत्नी सो गई। संजय सिन्हा जागे रहे। किताब पढ़ते रहे। टी.वी. देखते रहे।

सुबह नींद खुली। कहानी लिखने के बाद पत्नी को जगाया तो पता चला कि देर हो चुकी है। सब्जी वाला चला गया होगा।

हे भगवान! अब क्या होगा? सरसों दा साग?

पत्नी ने आँखें खुलते ही पूछा, "साग ले आए?"

"अरे साग भी कोई खाने की चीज है। भैया भले जबलपुर से आ रहे हैं, लेकिन उनकी बिटिया और दामाद तो चंडीगढ़ में रहते हैं। वो तो यही खाते होंगे। साग छोड़ दो।"

अपनी समझ से मैंने साग नहीं लाने के लिए सही बहाना गढ़ लिया था। फिर मैंने कहा कि तुम आलू के पराँठे बना देना। दही के साथ ठीक रहेगा।

पत्नी ने मेरी ओर देखा। "क्यों चंडीगढ़ में आलू के पराँठे भी तो लोग रोज खाते होंगे। आखिर ये पंजाब का खाना ही है।"

"हाँ, सही है। फिर पोहा बना देना।"

"पोहा तो जबलपुर का नाश्ता है। कुछ और सोचो।"

"इडली-साँभर, पकौड़े, स्ट्राबेरी खीर...।"

"ठीक है।"

नाश्ते की तैयारी शुरू हो गई। ठीक दस बजे दरवाजे की घंटी बजी। रवि भैया बिटिया, दामाद और नाती के साथ सामने थे।

पूरा घर खिल उठा।

भैया पहली बार घर आए थे।

सोफे पर बैठे, तब तक पत्नी तैयार हो चुकी थी। रसोई से गर्मागर्म इडली की खुशबू फैल रही थी, साथ में आलू के पकौड़े भी थे।

हम गप करने बैठ गए। तभी पत्नी ने कहा कि नाश्ता तैयार है, डाइनिंग टेबल पर आएँ।

हम डाइनिंग टेबल पर पहुँच गए।

गर्मागर्म इडली लगने लगी। मैंने इडली ली। रवि भैया ने इडली ली। दामाद ने भी इडली ली। पर बिटिया रानी खिलाने में लग गईं। कहने लगीं पहले आप खा लीजिए, मैं तो आंटी के साथ ही खाऊँगी।

पत्नी इडली बना-बनाकर लाती रही। बीच-बीच में पकौड़े भी आते रहे। हम खाते रहे। बिटिया खिलाती रही। हमने कई बार कहा भी कि तुम भी खा लो। पर वो नहीं मानी।

वो तभी मानी, जब मेरी पत्नी भी फाइनली डाइनिंग टेबल पर पहुँच गई। फिर दोनों ने साथ-साथ खाया।

पर मैंने महसूस किया कि दोनों महिलाओं को खाने से अधिक खिलाने में आनंद आ रहा था।

मेरे मन ने मुझसे फिर वही सवाल पूछा, "यार, महिलाएँ ऐसी क्यों होती हैं? उन्हें खुद खाने से अधिक आनंद खिलाने में क्यों आता है?"

□

फलस्वरूप

मैंने पाँचवीं कक्षा में पिताजी से पूछा था कि मास्टर साहब क्यों पढ़ा रहे थे कि रामस्वरूप ने चोरी की, फलस्वरूप पकड़ा गया। चोरी तो रामस्वरूप ने की थी, फलस्वरूप का क्या कसूर था?

पिताजी हँसने लगे थे। फिर उन्होंने समझाया था कि फलस्वरूप आदमी का नाम नहीं, बल्कि यह कर्म का फल है। यह संसार का इकलौता फल है, जिसका आकार, प्रकार और स्वाद आदमी के कर्म से तय होता है।

मेरी समझ में ठीक से बात नहीं आ रही थी। मैं हैरान निगाहों से पिताजी की ओर देख रहा था। पिताजी मेरी दुविधा समझ रहे थे। उन्होंने मुझे समझाने की कोशिश की कि देखो, रामस्वरूप एक आदमी का नाम है। उसने चोरी की।

"जी, पिताजी।"

"तुम जानते हो कि चोरी करना गंदी बात होती है।"

"जी, पिताजी।"

"तो रामस्वरूप की चोरी का फल था कि वो पकड़ा गया।"

"पर फल तो मीठा होता है।"

"हाँ, अच्छे काम करोगे तो फल मीठा होगा, नहीं तो कड़वा। जैसे, संजय ने बहुत मेहनत से पढ़ाई की। फलस्वरूप संजय अच्छे नंबरों से परीक्षा में पास हो गया।"

"समझ गया, पिताजी।"

मैं जब पाँचवीं कक्षा में पढ़ रहा था, तभी समझ गया था कि आदमी जीवन में जो कुछ भी पाता है, वो फलस्वरूप ही पाता है। पिताजी का पढ़ाया पाठ मेरे जेहन में बचपन में ही बैठ गया था कि ये संसार फलस्वरूप नामक सिद्धांत पर चलता है। इस संसार

में जो कुछ भी होता है, वो फलस्वरूप ही होता है।

मेरे मन में फलस्वरूप नामक कर्म सिद्धांत इस कदर बस गया था कि जब मुझे शिक्षक ये पढ़ा रहे थे कि पृथ्वी अपनी धुरी पर घूमती है, और 24 घंटे में एक चक्कर पूरा कर लेती है, तो मेरे मुँह से निकला कि पृथ्वी घूमती है, फलस्वरूप रात और दिन होता है।

अधिक विस्तार में क्या जाऊँ। पिताजी ने मुझे फलस्वरूप नामक सिद्धांत बहुत आसान शब्दों में समझा दिया था और मैं समझ गया था कि चोरी चाहे रामस्वरूप करे, कमलस्वरूप करे, मोहनलाल करे, अजय, विजय, संजय, कोई भी करे, फलस्वरूप उसे एक न एक दिन पकड़ा ही जाना है। मैं समझ गया था कि आदमी के नाम अलग-अलग हो सकते हैं, कर्मों के फल अलग-अलग नहीं हो सकते।

धीरे-धीरे मैं बड़ा होता गया। जैसे-जैसे बड़ा होता गया, समझता गया कि फलस्वरूप एक ऐसा शब्द है, जिसमें गीता का पूरा ज्ञान सिमटा हुआ है।

दरअसल ये छोटा सा शब्द जिंदगी की पूरी परिभाषा को खुद में समेटे हुए है। हम जो भी करते हैं, उसका नतीजा इसी फलस्वरूप में समाया हुआ है।

खैर, आज आप सोच रहे होंगे कि संजय सिन्हा कहाँ से एक शब्द याद करके कहानी सुनाने चले आए हैं।

दरअसल, कल देर रात पत्नी के साथ बैठकर एक टी.वी. शो देख रहा था। कहानी कुछ इस तरह थी कि एक लड़की को उसकी सहेली किसी चोरी के आरोप में फँसा देती है। लड़की को पुलिस पकड़ लेती है। मैंने पत्नी से कहा कि ये तो बहुत बुरा हुआ। उस लड़की का कोई कसूर नहीं था, जिसे पुलिस ने पकड़ लिया। अब क्या होगा ?

पत्नी ने मुझे बताया कि तुम ध्यान से पूरी कहानी देखो। जिस लड़की ने उसे फँसाया है, वो जानती है कि उसने गलत किया है। थोड़ी देर में सच सामने आ जाएगा। इस लड़की ने उसे फँसाया है, फलस्वरूप वो बड़े मामले में फँस जाएगी और वो लड़की छूट जाएगी।

मैं चौंका। "फलस्वरूप, तुमने ये कहाँ से सीखा ?"

"इसमें सीखने वाली क्या बात है ? ये तो बचपन में ही हमें सिखा दिया जाता है कि आदमी जो करता है, उसके फलस्वरूप ही फल पाता है। इस संसार में जो कुछ भी होता है, फलस्वरूप ही होता है।"

मैं बहुत देर तक सोचता रहा। मेरे पिता ने मुझे सिखाया। मेरी पत्नी के पिता ने उसे सिखाया। मतलब सबके पिताओं ने अपने-अपने बच्चों को सिखाया होगा फलस्वरूप का सिद्धांत।

फिर भी दुनिया में लोग गलत काम करते हैं। शायद उन लोगों को अपने पिता के दिए ज्ञान पर यकीन नहीं है।

□

एक और आकृति

मैं अपने एक परिचित के घर जब भी जाता हूँ, मेरे कानों में पता नहीं क्यों सन्नाटा बजने लगता है। मैं ड्राइंग रूम में बैठता हूँ, मेरे परिचित की पत्नी मेरे लिए चाय बनाकर लाती है। चाय पीते हुए मुझे दूसरे कमरे के पर्दे के पार से एक आकृति हिलती-डुलती सी नजर आती है।

मैं जानता हूँ कि वो आकृति एक महिला की है। एक दूसरी आकृति भी मुझे नजर आनी चाहिए थी, लेकिन वो नजर नहीं आती। मैं ये भी जानता हूँ कि दूसरी आकृति क्यों नजर नहीं आ रही। दूसरी आकृति बिस्तर पर है।

बहुत सालों से मैं उस घर में जा रहा हूँ।

बहुत साल पहले जब मैं उस घर में जाता था, तब वहाँ एक अंकल और आंटी रहते थे। उनके साथ उनका एक बेटा भी था, जो स्कूल जाता था। मुझे ठीक से याद है कि उनकी एक बेटी भी थी और वो भी स्कूल जाती थी। अंकल जी सरकारी विभाग में नौकरी करते थे, आंटीजी घर और बच्चों को देखती थीं। बड़ा खुशहाल घर था। मेरी नई-नई शादी हुई थी और मैं अपनी पत्नी के साथ जब कभी अंकलजी के घर जाता, तो आंटी खूब सारी चीजें बनाकर खिलाया करती थीं। अंकलजी साथ बैठते। उनका बेटा और बेटी भी साथ बैठते। बेटी पानी-चाय लाने में माँ का हाथ बँटाती, बेटा कभी पिताजी के पास आकर बैठता, कभी टी.वी. देखता।

हम पति-पत्नी पूरे परिवार से मिलकर बहुत खुश होते।

एक तरह से हमारा उनसे पारिवारिक रिश्ता सा बन गया था। उनसे हमारी दोस्ती का आधार सिर्फ इतना था कि मैं जब दिल्ली आया था, तब मैं कभी उनके पड़ोस में रहा था। पहले नमस्ते-नमस्ते हुई, फिर धीरे-धीरे अंकल और आंटी मुझे भी बेटे की तरह प्यार करने लगे। इस तरह जब मैं वहाँ से चला गया और मेरी शादी हो गई, तब भी मेरा उस घर में आना-जाना लगा रहा।

अंकलजी बहुत कम बोलते थे। आंटी बहुत बातें करती थीं।

सबकुछ ठीक चलता रहा। कई साल बीत गए। एक दिन आंटी ने फोन किया कि बिटिया की शादी है, संजय बेटा, तुम जरूर आना।

मैं बिटिया की शादी में गया। बिटिया ब्याह करके अमेरिका चली गई।

कुछ दिनों बाद फिर फोन आया कि बबलू की शादी है।

"बबलू इतना बड़ा हो गया?"

"समय बीतते देर थोड़े न लगती है, बेटा?"

बहुत धूमधाम से बबलू की शादी हुई। मैं अपनी पत्नी के साथ शादी में गया था। फिर तो उस घर में हमारी दोस्ती बबलू और उसकी पत्नी से भी होती चली गई। शादी के कुछ ही दिनों बाद मैं एक दिन आंटी के घर यूँ ही मिलने चला गया था, तो आंटी मुझे उदास सी दिखीं। आंटी से मैंने उदासी का सबब पूछा तो कहने लगीं कि बबलू की शादी ठीक नहीं हुई। बहू मन लायक नहीं मिली।

"क्या हुआ बहू को?"

"कुछ नहीं, बस झगड़ालू है। मेरी कोई बात नहीं सुनती।"

"अंकलजी की बातें?"

"अंकलजी कुछ कहाँ बोलते हैं बेटा? वो तो ठहरे संत आदमी। चुप रहते हैं। पहले भी कहाँ बोलते थे?"

"फिर आप भी बहू से कम बोला कीजिए। उन्हें घर चलाने दीजिए। आप बहू को सिर्फ प्यार कीजिए। जो खाने का मन हो, बता दीजिए या फिर बनाने में मदद कीजिए, बस। इसके आगे उनकी जिंदगी में आप अगर नहीं झाँकेंगी, तो आपकी बहू आपसे बहस नहीं करेगी। आपकी सारी बातें मानेगी।"

"ऐसा कहीं होता है क्या? कल की आई लड़की को पूरा घर सँभालने के लिए दे दूँ? फिर तो वो मुझे घर से ही निकाल देगी।"

"नहीं निकालेगी। आप बस कम बोलेंगी तो आपकी जिंदगी आसान हो जाएगी।"

बात आई-गई हो गई। मेरा आना-जाना चलता रहा।

मैं कभी जाता तो बहू से मिलकर चला आता। शुरू में तो नहीं, लेकिन जल्दी ही बहू ने मुझसे अपने घर की बातें साझा करनी शुरू कर दीं। कभी कहती कि सास के साथ रहना सजा है। वो सारा दिन मुझे कोसती हैं। सारा दिन मेरी खामियाँ ढूँढ़ती हैं। मेरा तो

इस घर में दम घुटने लगा है।

मैं उसे भी समझाता कि सास-बहू के झगड़े हर घर की कहानी है। इसे गंभीरता से मत लो।

"कैसे न लूँ? लड़कियाँ शादी इसलिए थोड़े न करती हैं कि गुलाम बनकर रहें।"

मैं बहू की पूरी बातें सुन रहा था। समझने की कोशिश कर रहा था। पर मेरी समझ में इतना ही आ रहा था कि बहू भी अपनी सास की तरह बहुत बोलती है। उसे भी ज्यादा बोलने की बीमारी है। मैंने कई बार देखा कि बबलू कम बोलता है। अधिकतर मौकों पर चुप रहता है।

इस बार जब मैं उस घर में गया तो बहू ने बताया कि अंकल आजकल कमरे से बाहर भी नहीं निकलते। वो चुपचाप लेटे रहते हैं। उनका वजन बहुत कम हो गया है। पर माताजी एकदम टनाटन है। दिनभर कमरे में रहती हैं। खाने के समय बाहर निकलती हैं और बाकी समय कमरे में टी.वी. देखती हैं।

मैंने यूँ पूछ लिया कि अंकलजी से तुम्हें कभी तकलीफ नहीं हुई।

"न, कभी नहीं। उन बेचारों ने तो कभी कुछ बोला ही नहीं। वो तो माताजी ने उन्हें कभी बोलने ही नहीं दिया। उनके लिए मुझे अफसोस होता है। बेचारे कमजोर हो गए हैं। पर माताजी का मुँह देखते ही मुझे गुस्सा आ जाता है।"

मैं 25 साल पीछे चला गया था।

अंकल कम बोलते थे। आंटी ज्यादा बोलती थीं। अंकल अच्छे हैं। आंटी बुरी हैं।

मैं 25 साल आगे चला गया हूँ। बबलू का भी एक बेटा है। बबलू कम बोलता है। बबलू एक अच्छा ससुर साबित होगा।

बबलू की पत्नी बहुत बोलती है। वो एक बुरी सास साबित होगी।

आज मुझे ड्राइंग रूम से उस कमरे में जो एक आकृति अभी दिख रही है, 25 साल बाद भी शायद वैसी ही एक आकृति दिखेगी। दूसरी आकृति तब भी शायद बिस्तर पर लेटी होगी।

तब भी कोई संजय सिन्हा बबलू के बेटे से, उसकी बहू से मिलकर इसी ड्राइंग रूम में बैठकर चाय पी रहे होंगे। ये होनी है। ये होकर रहेगी।

हालाँकि, ऐसा न हो, इसके लिए मेरे पास एक उपाय है। और वो उपाय ये है कि अगर बबलू की पत्नी आज से, अभी से कम बोलने की प्रतिज्ञा कर ले।

जो लोग अधिक बोलते हैं, जो लोग दूसरों में सिर्फ खामियाँ ढूँढ़ते हैं, जो लोग दूसरों से ऐसी उम्मीद पाल लेते हैं, जैसी खुद पूरी नहीं कर सकते, वो लोग जिंदगी में एक समय के बाद सिर्फ आकृति में तब्दील होकर रह जाते हैं। आज वो आकृति आंटी की है। कल बबलू की पत्नी की होगी।

□

पृथ्वी की ट्रेन

मैं ईश्वर से प्रार्थना करता हूँ कि मैं रिश्तों पर लिखना बंद कर दूँ। आप भी प्रार्थना कीजिए कि संजय सिन्हा रिश्तों पर लिखना बंद कर दें। अगर मैं डॉक्टर होता तो मैं खुद के लिए ये दुआ माँगता कि अब मैं डॉक्टरी छोड़ दूँ। किसी भी काम का एक समय के बाद बंद हो जाना उसकी पूर्णता की निशानी होती है। जैसे हर बुरी चीज का अंत होता है, वैसे ही हर अच्छी चीज का भी अंत हो जाना चाहिए।

काश ऐसा होता!

काश हम फख्र से कह पाते कि अब दुनिया में किसी को डॉक्टर की जरूरत नहीं। संसार के सारे मेडिकल कॉलेज बंद हो जाते। ऐसा हो सकता है, लेकिन तब, जब डॉक्टर ऐसी दवा की खोज कर ले, जिसे खाने के बाद मनुष्य सदा के लिए निरोगी हो जाए। दुनिया रोग मुक्त हो जाए।

मेरा रिश्तों पर लिखना भी बंद हो सकता है, क्योंकि मैं दुआ करता हूँ कि लोग रिश्तों को जीना शुरू कर दें। लोग रिश्तों को महसूस करना शुरू कर दें। लोग 'जियो और जीने दो' के सिद्धांत को समझ जाएँ। सुनने में ये चार शब्दों का एक वाक्य भर है। लेकिन ठीक से समझने की कोशिश करेंगे तो इसी में जीवन का सार छिपा है।

इस समय दुनिया की सबसे बड़ी समस्या ये है कि हम खुद तो जीना चाहते हैं। पर दूसरों को नहीं जीने देना चाहते।

स्वर्ग और नर्क वाली कहानी मैं खुद आपको सौ बार सुना चुका हूँ। लेकिन आज एक बार फिर सिर्फ इसलिए सुना रहा हूँ, ताकि आप इस पर मनन करें। मैं चाहता हूँ कि इस प्रयोग को आप आज घर पर आजमा कर देखें। शुरुआत घर से ही करनी होगी। अगर आपने घर पर इस प्रयोग को करके देखा तो मेरा यकीन कीजिए, घर अगर नर्क है, तो स्वर्ग में बदल जाएगा। घर स्वर्ग में बदल जाएगा, फिर संजय सिन्हा को रिश्तों पर लिखने की दरकार नहीं रहेगी।

अगर सभी इस प्रयोग को करके देखें तो दुनिया ही स्वर्ग हो जाएगी। फिर किसी को कहीं 'रोड शो' करके अपनी शक्ति का प्रदर्शन नहीं करना पड़ेगा।

आप प्रदर्शन कीजिए, पर अपने प्रेम का प्रदर्शन कीजिए। शक्ति के प्रदर्शन की जरूरत ही नहीं रहेगी।

लंबी बातें क्या करूँ, सीधे उसी कहानी को दुबारा सुना देता हूँ, जिसमें छिपा है जीने का राज।

आपने सुना ही होगा कि एक आदमी मरने के बाद जब ऊपर पहुँचा तो उसे स्वर्ग और नर्क दोनों में कुछ दिन गुजारने का मौका दिया गया। बस उसे ईश्वर ने इतनी छूट दी कि वो चाहे तो पहले स्वर्ग में रह सकता है या फिर नर्क में। मतलब बारी-बारी से दोनों जगहों पर उसे रहना होगा।

आदमी ने पहले नर्क को चुन लिया।

वहाँ उसने देखा कि अप्सराएँ नृत्य कर रही हैं। लोग मजे में बैठे हैं। पर जैसे ही भोजन का वक्त हुआ, सभी के हाथों में दो-दो फीट के चम्मच बँध गए। अब कोई दो फीट के चम्मच से खा तो सकता नहीं, तो बस यूँ समझिए कि खाने के लिए लूट-मार मच गई। सारा खाना बर्बाद हो गया, किसी के मुँह में कुछ नहीं गया।

आदमी ने अब स्वर्ग जाकर देखना चाहा कि वहाँ क्या होता है।

वो स्वर्ग गया। वहाँ भी अप्सराएँ नाच रही थीं। टेबल पर खाने की ढेरों चीजें लगी थीं। जैसे ही खाने का वक्त हुआ, वहाँ भी सबके हाथों पर दो- दो फीट के चम्मच बँध गए।

पर वहाँ के लोग इससे जरा भी दु:खी नहीं हुए। वो जानते थे कि इस चम्मच से वो खुद नहीं खा सकते। सबने वहाँ एक-दूसरे को खिलाना शुरू कर दिया। पूरा माहौल उल्लास से भर गया। जब भोजन हो गया तो सबने एक-दूसरे को धन्यवाद कहा और फिर आपस में मिलकर बैठ गए।

सारी परिस्थितियाँ वही थीं, जो नर्क में थीं। अप्सराएँ और भोजन तक। हाथ पर बँधा चम्मच भी वही। पर सिर्फ दूसरों के बारे में सोचने के चलते एक स्वर्ग था, दूसरा नर्क।

कितनी बड़ी विडंबना है कि जो कहानी मैंने आज आपको सुनाई है, उसे आप पहले भी कई बार सुन चुके हैं। इस कहानी को आप पहले भी समझ चुके हैं। पर हम कहानियों को मनोरंजन के लिए सुनते और पढ़ते हैं।

काश! हमने इसके संदेश को जीना शुरू किया होता।

एक बार कोशिश करके देखिए। आज ही देखिए। आप खुद के लिए नहीं, दूसरों के लिए सोचना शुरू कीजिए। जैसे ही आप ये करेंगे, दूसरा आपके लिए सोचने लगेगा। आप उसके मुँह में खाना डालेंगे, वो आपके मुँह में खाना डालेगा। बहुत छोटी सी कोशिश से दुनिया स्वर्ग हो सकती है।

आप ऐसा करेंगे तो आपके रिश्ते मजबूत होंगे। रिश्ते मजबूत होंगे तो संजय सिन्हा रिश्तों को छोड़कर कुछ और लिखेंगे।

प्लीज कुछ कीजिए। मुझे भी किसी और विषय पर लिखने का मौका दीजिए। पर पहले अपनी जिंदगी को स्वर्ग बनाने की कोशिश कीजिए।

ऐसा कहते हैं कि पृथ्वी पर भगवान ने इतना दिया है कि हर एक की जरूरत पूरी हो सकती है। पृथ्वी बहुत बड़ी है।

लेकिन किसी का लालच पूरा करने के लिए पूरी पृथ्वी भी छोटी पड़ जाती है। याद रखिए, पृथ्वी एक ऐसी ट्रेन की तरह है, जिस पर हम सब आते हैं, फिर चले जाते हैं। हमें चले ही जाना होता है। जैसे पटरी पर चलने वाली ट्रेन हमारी नहीं होती, सरकार की संपत्ति होती है और हम सिर्फ मुसाफिर होते हैं, वैसे ही पृथ्वी भी भगवान जी की ट्रेन है। हम सिर्फ मुसाफिर हैं। मुसाफिर अगर आपस में प्रेम से मिलकर यात्रा करेंगे तो यात्रा सुगम हो जाएगी।

□

भीष्म आज भी

कई बार आँसुओं की अपनी विवशता होती है, जब वो छलक भी नहीं पाते और भीतर रह भी नहीं पाते।

कल मेरे सामने टेबल पर हैदराबाद के धर्म राजू की मौत की खबर पड़ी थी। आप धर्म राजू को नहीं जानते। आप धर्म राजू की पत्नी पोचम्मा को भी नहीं जानते।

मुमकिन है, कहीं अखबार के किसी कोने में एक छोटी सी खबर पर आपकी नजर पड़ी भी हो, आपने खबर पढ़ी भी हो। लेकिन आपने ये सोचने की जहमत नहीं उठाई होगी कि 80 साल के धर्म राजू और उनसे कुछ वर्ष छोटी उनकी पत्नी पोचम्मा के सामने ऐसी क्या विवशता आ गई होगी कि दोनों ने जहर खाकर अपनी जान दे दी।

संजय सिन्हा के सामने ऐसी कई खबरें आती हैं। हजारों साल पहले भी संजय के सामने ऐसी ही एक खबर आई थी, जब बाणों की शैया पर लेट कर एक बुजुर्ग ने खुद के लिए मृत्यु की कामना की थी। उस बुजुर्ग का नाम था—भीष्म।

भीष्म के सामने संपत्ति और जमीन के बँटवारे को लेकर उनके पौत्र जब पहली बार आमने-सामने हुए थे, तब भीष्म की आँखों के आँसू भी उसी विवशता में उलझे से नजर आए थे। न तो वो छलक कर बाहर आ पाए थे, न भीतर रह पाए थे।

आखिर भीष्म ने खुद के लिए मृत्यु को चुना था।

आँसू जब न छलक पाते हैं, न भीतर रह पाते हैं, तब सबकुछ बहुत धुँधला सा दिखने लगता है। धुँधला क्या, आँखों के आगे अंधकार-सा छा जाता है। और मन कई बार ऐसे सिसकता है, मानो अँधेरा सिसक रहा हो।

हैदराबाद के धर्म राजू ने पूरी जिंदगी बहुत मेहनत कर बहुत सारा धन जुटाया था। इतना कि खुद के बाद भी कई-कई पीढ़ियाँ उस धन के सुख को भोग सकती थीं।

बहुत थोड़े से धन से तन का पेट भर जाता है। लेकिन बहुत सारा धन भी मन का पेट

नहीं भर पाता। धर्म राजू के आगे की पीढ़ियों का मन भी बहुत बड़ा हो गया था। उतना ही बड़ा, जितना भीष्म की अगली पीढ़ी का था। जितना दुर्योधन का था।

भीष्म के मन का अँधेरा भी अपने पौत्र के लोभ को देखकर सिसकने लगा था।

भीष्म जानते थे कि उनके पौत्रों के मन का पेट कभी नहीं भरेगा। फिर जो होगा, उसे देख पाना भी उनके बस में भी नहीं होगा।

हैदराबाद के धर्म राजू के सामने भी वैसी ही विवशता आ खड़ी हुई थी।

उनके बेटे और उनके पौत्र संपत्ति को लेकर एक-दूसरे से उलझ गए थे। सबको और चाहिए था। किसी के पास कमी नहीं थी, पर सबको और चाहिए था। दूसरों का भी चाहिए था।

धर्म राजू और उनकी पत्नी पोचम्मा ने बहुत बार कोशिश की थी कि सब आपस में सुलह कर रिश्तों को जीने की कोशिश करें।

धर्म राजू और उनकी पत्नी ने कई बार अपने बच्चों को पास बिठाकर समझाने की कोशिश की थी कि मनुष्य के मन में जब तृष्णा और आकांक्षाएँ अपने पंख फैलाने लगती हैं, तो मनुष्य उनमें खो जाता है और फिर उसे पता भी नहीं चलता कि कब उनमें गोता लगाते हुए उसकी साँसें थम जाती हैं।

हजारों साल पहले ऐसा ही कुछ भीष्म ने भी अपने बच्चों को समझाने की कोशिश की थी। पर न उनके बच्चे माने थे, न धर्म राजू के बच्चे माने।

आखिर में भीष्म ने मृत्यु का वरण कर लिया था। इच्छा मृत्यु का।

कल धर्म राजू ने भी अपनी पत्नी समेत मृत्यु का वरण कर लिया था। इच्छा मृत्यु का।

मैं अपनी धुँधलाती आँखों से खबर को देख रहा था। बहुत छोटी सी खबर थी। शायद इतनी छोटी कि टी.वी. पर दिखलाने योग्य भी नहीं।

पर मैं जानता हूँ कि खबर छोटी है, लेकिन हम सबकी जिंदगी की खबर है। हम सब के मन में तृष्णा और आकांक्षाओं के पंछी कई बार फड़फड़ाते पंखों से ऐसे ही गोते लगाते हैं।

□

प्रेम का ऊत्तक

घर की बॉलकनी के एक कोने में कबूतर ने एक छोटा सा घोंसला बनाया था। उस पूरे घोंसले को बनते हुए मैंने खिड़की से देखा था। वहाँ दो कबूतर रहते थे। एक कबूतर कभी आता, कभी जाता, पर दूसरा कबूतर वहीं रहता। वो हिलता-डुलता भी नहीं।

मैं कई बार खिड़की से उसे देखता, वो भी मुझे देखते हुए देखता। मुझे लगता कि मुझे देखकर वो उड़ जाएगा, वैसे ही जैसे छत पर जब कबूतर आते हैं और मैं वहाँ जाता हूँ तो वो उड़ जाते हैं।

मैंने बहुत पहले माँ से पूछा था कि माँ, छत पर जो कबूतर आते हैं, मेरे जाने पर उड़ क्यों जाते हैं, तो माँ ने कहा था कि वो डरते हैं।

अगर कबूतर डरते हैं तो फिर बॉलकनी में बैठा ये कबूतर क्यों नहीं डरता? एक तो उड़ भी जाता है, दूसरा बिल्कुल नहीं उड़ता। वो चौकस निगाहों से मेरी ओर देखता भले है, पर उड़ता नहीं।

मैंने फिर पूछा था कि माँ, छत वाले कबूतर तो डरपोक हैं। लेकिन ये कबूतर किसी से क्यों नहीं डरता?

माँ ने खिड़की से झाँक कर देखा, फिर कहा कि ये अपने अंडों पर बैठी है।

"बैठी है या बैठा है?"

"ये मादा है। इन अंडों की माँ।"

"मादा?"

माँ संजू बेटे के सवालों को समझ रही थी। वो समझ रही थी कि अपने जिस बेटे का नाम उसने संजय रखा है, वो एक जवाब से संतुष्ट नहीं होनेवाला। उसके मन में अब सैकड़ों सवाल उठ खड़े हुए होंगे। लिहाजा माँ ने खुद ही स्पष्ट करना शुरू कर दिया।

"बेटा, यहाँ कबूतर ने अंडे दिए हैं। ये कबूतर उन अंडों की माँ है। कुछ दिनों में अंडों

से कबूतर के छोटे-छोटे बच्चे निकलेंगे। ये माँ उन्हीं की रक्षा में यहाँ बैठी है। ठीक वैसे ही जैसे मैं तुम्हारी देखभाल करती हूँ, पक्षी भी अपने बच्चों की देखभाल करते हैं।"

"पर माँ, क्या पक्षियों में भी पुरुष और औरत होते हैं?"

"हाँ बेटा। इन्हें नर और मादा कहते हैं। ये दोनों होंगे, तभी तो प्रकृति का चक्र चलेगा।"

"पर माँ, ये डरती क्यों नहीं?"

"ये माँ है। माँएँ डरती नहीं। वो अपने बच्चों से बहुत प्रेम करती हैं। उनका प्रेम उनके भय को खत्म कर देता है।"

प्रेम पर माँ की तरफ से पढ़ाया गया ये पहला पाठ था। जो प्रेम करते हैं, वो डरते नहीं। माँ प्रेम करती है, अपने बच्चों से। माँ मादा होती है। ठीक वैसे ही जैसे मेरी माँ मादा है और किसी से नहीं डरती। ये कबूतर भी किसी से डरने वाली नहीं। ये मुझसे डर कर नहीं उड़ती, क्योंकि ये मादा है और माँ है।

नर-मादा। पुरुष-औरत।

माँ ने चंद शब्दों में मेरे बाल मन में ये बात बैठा दी थी कि औरत जब प्रेम में होती है, तब वो किसी से नहीं डरती। औरत अपनी जान की परवाह नहीं करते हुए भी अपने प्रेम की रक्षा करती है। यही प्रकृति है। मैं जब डरता था, तब माँ की गोद में जाकर दुबक जाता था। मैं जानता था कि माँ की गोद से बढ़कर संसार में दूसरी कोई महफूज जगह नहीं। ठीक वैसे ही, जैसे इस कबूतर की गोद में इसके अंडे पूरी तरह महफूज हैं।

जैसे-जैसे मैं बड़ा होता गया, मैं समझता गया कि ईश्वर ने औरत को प्रेम के ऊत्तक से बनाया है, क्योंकि वो प्रेम के ऊत्तक से बनी होती हैं, इसलिए वो संवेदनशील होती हैं। दुनिया भर के मर्द भले उन्हें कमजोर मानें, लेकिन वो अधिक शक्तिशाली होती हैं। क्योंकि वो प्रेम करना जानती हैं, इसलिए वो झुकना जानती हैं, वरना माँ जब मुझे माँ पार्वती के काली रूप की कहानी सुना रही थी तो उन्होंने ही मुझे बताया था कि कैसे स्वर्ग लोक के सारे देवता भी घबरा गए थे। कैसे उन्होंने शिव को बालक बनकर पार्वती को मनाने का आग्रह किया था। पार्वती ने अपनी पुत्री की रक्षा में काली का रूप धरा था और उनकी शक्ति से त्रिलोक हिल उठा था। कहानी सुनाते हुए माँ ने कहा था कि शिव ने जब बटुक रूप धर कर काली को 'माँ' कहा था, तभी उनका क्रोध थमा था।

प्रेम और शक्ति दोनों मन की चरम स्थिति हैं। और ये दोनों गुण महिलाओं में नैसर्गिक रूप से होते हैं।

आज मैं महिलाओं पर चाहे जितना लिख दूँ, कम होगा। पर महिलाओं पर लिखते हुए मेरे मन में थोड़ा लालच होता है, क्योंकि इस बहाने मैं अपनी माँ को और याद कर लेता हूँ। माँ मेरी जिंदगी की पहली महिला थी।

माँ के पास इतने वर्षों तक रहकर मैंने ये समझ लिया था कि किसी समाज का विकास औरतों के विकास से सीधे-सीधे जुड़ा होता है। बड़ा हुआ तो कहीं पढ़ा कि एक आदमी अगर शिक्षित होता है, तो सिर्फ एक आदमी ही शिक्षित होता है। लेकिन जब एक औरत शिक्षित होती है, तो पूरी पीढ़ी शिक्षित होती है।

माँ, बहन और पत्नी के रूप में मैंने महिलाओं के प्रेम, उनकी शक्ति और उनकी शिक्षा को बहुत करीब से महसूस किया है।

हो सकता है कुछ लोग मेरी बात न मानें, लेकिन मैं यकीन के साथ कह सकता हूँ कि जिस दिन दुनिया औरतमय हो जाएगी, संसार से नफरत और हिंसा मिट जाएगी।

आज विश्व महिला दिवस है। आज ये सोचने का दिन है कि हम महिलाओं को सिर्फ हैप्पी वीमेंस डे बोल कर अपने कर्तव्य का निर्वाह कर लेंगे या दिल से ये स्वीकार करेंगे कि औरत देवी होती है, प्रेम और शक्ति की।

□

यकीन का शक

मेरे एक मित्र की पत्नी अपने पति के मोबाइल पर नजर रखती हैं। वो कभी नहाने जाएँ, टहलने जाएँ तो उनकी कोशिश रहती है कि किसी तरह फोन में वो झाँक पाएँ। हालाँकि आजकल अधिकतर फोन पासवर्ड वाले होते हैं और उनमें झाँक पाना आसान नहीं होता। लेकिन मेरे मित्र की पत्नी अपनी कोशिशों को रुक-रुक कर अंजाम देती नजर आती हैं।

बहुत पहले मेरी एक परिचित महिला किसी मरीज से मिलने अस्पताल गई थी और वहाँ कई तरह की बीमारियों से पीड़ित मरीजों को देखकर लौटी थी। वहाँ उसने यूँ ही कई डॉक्टरों और कई मरीजों के रिश्तेदारों से बातचीत की थी। उसने कई बीमारियों के लक्षण को वहाँ जाना था। घर लौटने के बाद पता नहीं क्यों उसने ब्रेन ट्यूमर के बारे में कंप्यूटर पर पढ़ना शुरू किया। पढ़ते-पढ़ते उसे लगा कि ब्रेन ट्यूमर के ढेरों लक्षण उसमें भी मौजूद हैं। कभी-कभी सुबह सिर में दर्द का होना। कभी-कभी किसी काम में चिड़चिड़ापन का होना, वगैरह-वगैरह। काफी पढ़ने के बाद उस महिला को यकीन हो गया कि उसे भी ब्रेन ट्यूमर है।

उसने दिल्ली के मैक्स अस्पताल में अपनी जाँच कराई तो सचमुच ब्रेन ट्यूमर निकला।

खैर, उसका इलाज हुआ। लेजर विधि से ऑपरेशन हुआ। मैं उस महिला से मिलने गया तो उसने बताया कि उसकी जागरूकता से उसकी बीमारी समय से पहले पकड़ी गई और वो बच गई।

मेरे एक और मित्र की पत्नी ने अपने पति के मोबाइल में बहुत ताक-झाँक की और उन्हें शक हो गया कि उनके पति का कहीं चक्कर चल रहा है। धीरे-धीरे शक गहरा हो गया। मेरे मित्र की पत्नी ने एक-दो बार अपने पति से पूछा। पर पति ने साफ मना कर दिया कि ऐसा कुछ नहीं है। पर पत्नी नहीं मानी। एक हद तक वो जासूसी पर उतर आई। इस चक्कर में आपस में उनके रिश्ते बिगड़ने लगे।

परेशान होकर एक दिन पति ने कह दिया, "हाँ मेरा उस महिला से रिश्ता है। अब बताओ क्या करना है?"

महिला को काटो तो खून नहीं। उसने शक तो किया था। लेकिन वो आगे के सत्य के लिए खुद को तैयार नहीं कर पाई थी। काफी रोना-धोना हुआ। मुझे देर रात घर बुलाया गया। मुझे पूरी बातें बताई गईं।

मैंने अलग ले जाकर पति से बात की। पति से पूछा कि क्या सचमुच तुम्हारा चक्कर है? पति ने कहा, "संजयजी, बिल्कुल चक्कर नहीं है। हम दोनों यूँ ही दफ्तर के साथी हैं। हम दिनभर साथ काम करते हैं। बात करने का इतना मौका भी नहीं मिलता। मैं अपने दफ्तर की पूरी कहानी घर आकर पत्नी को बताया करता था। ऐसे ही पत्नी ने मन में बिठा लिया कि हमारा कोई चक्कर है। हमने कभी एक-दूसरे को दशहरा, दीवाली पर शुभकामना संदेश भी भेजा तो पत्नी को नागवार गुजरने लगा। फिर उसने झगड़ा शुरू कर दिया। घर में झगड़ा हुआ तो मेरा मन दफ्तर के काम से उचटने लगा। दफ्तर में उस महिला ने पूछा कि आजकल आपका ध्यान कहीं और रहता है, तो मैंने बता दिया कि हाँ आजकल पता नहीं क्यों झगड़ा चल रहा है। इस तरह हमने पहली बार व्यक्तिगत बातचीत की। फिर हमारी बात रोज होने लगी। इस तरह हम जो एक-दूसरे के करीब नहीं थे, करीब होने लगे। हालाँकि अभी भी ऐसा कोई रिश्ता नहीं है, लेकिन जिस तरह हमारे घर में शक का माहौल है, उसमें उस महिला से भले कोई रिश्ता न बने, लेकिन घर में रिश्ता टूट जरूर जाएगा।"

बहुत मुश्किल से उस दिन वो घर बचा था।

बाद में मैंने अपने दोस्त की पत्नी को समझाया था कि संसार का कोई भी रिश्ता टूट सकता है, अगर उसमें ईमानदारी न हो तो। पर ईमानदारी से भी बड़ी शर्त होती है खुद पर भरोसे की।

आदमी जैसा सोचता है, वैसा उसकी जिंदगी में होने लगता है। मेरी परिचित को लगने लगा था कि उन्हें ब्रेन ट्यूमर है, तो उन्हें ब्रेन ट्यूमर निकला। मेरे मित्र की पत्नी को संदेह हुआ कि उनके पति का कहीं कोई चक्कर है, तो न होते हुए भी वहाँ एक रिश्ता बनने लगा।

लिखने बैठूँगा तो न जाने कितने उदाहरण सामने आ जाएँगे। पर आज इतना ही कहकर मैं टहलने निकलने वाला हूँ कि जो लोग नकारात्मक बातें सोचते हैं, उनके साथ नकारात्मक घटनाएँ ही घटती हैं। जो लोग सकारात्मक बातें सोचते हैं, उनके साथ सकारात्मक घटनाएँ घटती हैं। सारी शक्ति मन में होती है। जैसा हम सोचते हैं, वैसा

होने लगता है। एक से बढ़कर एक बीमारी में मैंने लोगों को मन के भाव से ठीक होते हुए देखा है। छोटी सी बीमारी में भी मन के भाव से मैंने लोगों को बहुत बीमार होते हुए देखा है।

याद रखिए कि ईश्वर ने जो आँखें दी हैं, उसमें लेंस की जितनी शक्ति है, उतना ही देखने की जरूरत हमें जिंदगी में पड़ती है। उससे अधिक बड़े लेंस से देखेंगे तो अपनी ही हथेली पर हजारों बैक्टीरिया कुलबुलाते नजर आने लगेंगे, फिर खुद से ही नफरत होने लगेगी।

रिश्तों में भरोसा रखिए। अधिकतर भरोसे नहीं टूटते। भरोसे वहीं टूटते हैं, जहाँ संदेह का कीड़ा रेंगने लगता है।

कुछ बातों को नहीं जानना जानने से बेहतर होता है।

□

गुरु की याद

पलकधारी प्रसाद फिजिक्स के शिक्षक थे। क्लास में आते और सभी बच्चों से कहते कि जिनका मन पढ़ाई करने का नहीं, वो आराम से क्लास से बाहर चले जाएँ।

मैं क्लास में बैठकर सोचा करता था कि मास्टर साहब ऐसा क्यों कहते हैं। उन्हें तो सबको पढ़ाना चाहिए। सभी बच्चों को रोक कर पढ़ाना चाहिए। पर मास्टर साहब आते ही ये कह देते और कुछ बच्चे हँस कर क्लास से बाहर निकल जाते। मुझे सारे नाम तो नहीं याद, लेकिन अतुल और उदय ये दोनों अक्सर बाहर निकल जाते। दोनों कभी टाउन हॉल की तरफ घूमकर आते, कभी चाट-पकौड़े खाकर आते। उन्होंने एक-दो बार मुझसे भी कहा था कि संजय तुम भी इनकी क्लास छोड़कर घूमने चला करो। ये बहुत अच्छे मास्टर हैं, आराम से घूमने देते हैं। न कोई सजा देते हैं, न डाँटते हैं। बस कह देते हैं कि जिन्हें बाहर जाना हो, चले जाएँ। हमें तो बहुत मजा आता है।

पलकधारी प्रसाद पूरी क्लास में घूम-घूमकर पढ़ाते थे। कभी आर्कमीडिज का सिद्धांत, कभी न्यूटन के नियम। पास्कल का सिद्धांत पढ़ाते हुए तो वो जिंदगी के उदाहरण ही दिया करते थे। मैं उनकी बातों को ठीक से सुनने और समझने की कोशिश करता। वे अक्सर कहा करते थे कि बहुत दिनों के बाद जब तुम लोग बड़े हो जाओगे, तो जो लोग मेरी क्लास अटेंड करते हैं, वो हो सकता है मुझे न याद करें, लेकिन ये तय है कि जो मेरी क्लास में नहीं रहते या जिनका ध्यान कहीं और रहता है, वो मुझे जरूर याद करेंगे।

वो ये कहा करते थे कि उनकी क्लास में वही बैठे, जिसका तन और मन दोनों क्लास में हो। तब ये बातें मेरी समझ में नहीं आईं, लेकिन ऐसे ही सब चलता रहा।

पिताजी का ट्रांसफर हो गया, मेरा स्कूल बदल गया।

धीरे-धीरे मैं बड़ा हो गया। स्कूल से कॉलेज चला गया। पलकधारी प्रसाद मास्टर कभी याद आए, कभी नहीं याद आए। लेकिन पिछले दिनों उदय से मुलाकात हुई। मैंने उसे नहीं पहचाना, लेकिन उसने मुझे टी.वी. पर देखा था और पहचानता था। उसी ने मुझे याद दिलाया कि वो उदय है, वही उदय, जो पलकधारी प्रसाद मास्टर साहब की क्लास छोड़कर निकल जाता और टाउन हॉल तक घूमकर आता था।

उदय से मिला तो उसने सबसे पहले पलकधारी मास्टर को याद किया। फिर उसने कहा, "यार, मास्टर साहब सही कहते थे कि जो उनकी क्लास में पढ़ता है, वो भले उन्हें न याद करे, पर जिसने उनकी क्लास को छोड़ा, वो उन्हें बहुत याद करेगा। मैं भी उन्हें बहुत याद करता हूँ। उस समय को कोसता हूँ, खुद को कोसता हूँ कि मैंने उनकी क्लास क्यों छोड़ी।"

मैं हैरानी से उसे देख रहा था।

उदय कह रहा था, "अगर उस वक्त उनकी क्लास अटेंड करता तो मैं भी ठीक से पढ़ाई करके आगे पहुँच जाता। तुम तो दूसरे स्कूल चले गए। मैं वहीं रहा। मैंने उनकी क्लास अटेंड नहीं की। पढ़ने में मन ही नहीं लगता था। किसी तरह थर्ड डिविजन से मैट्रिक की परीक्षा पास की। फिर किसी ढंग के कॉलेज में दाखिला नहीं मिला। जहाँ दाखिला मिला, वहाँ और आजादी थी घूमने की। दिन कटते रहे। फिर एक दिन पिताजी नहीं रहे। बहुत दबाव पड़ा काम करने का। बहुत जूते घिसे। समझ में नहीं आ रहा था कि कहाँ जाऊँ, क्या करूँ। बाद में बहुत सिफारिश से बाबू की नौकरी मिली, वो भी स्कूल में।"

मैं चुप था। उदय बोले जा रहा था। फिर उसने बताया कि अतुल भी कुछ खास नहीं कर पाया। वो भी पलकधारी मास्टर को बहुत याद करता है।

मैं कई साल पीछे लौट गया था। सोच रहा था कि सचमुच मैं पलकधारी मास्टर को उतना नहीं याद करता, जितना उदय याद करता होगा। पलकधारी मास्टर बिल्कुल सही कहते थे।

आज मैं कोई कहानी नहीं सुना रहा। आज मैं सिर्फ इतना कहना चाह रहा हूँ कि हमारा भविष्य सचमुच हमारे हाथ में होता है। हम में से बहुत से लोग जो जिंदगी के रास्तों पर कहीं पीछे छूट जाते हैं, उसमें उनके खुद के निर्णय की बहुत बड़ी भूमिका होती है। तब हम समझ नहीं पाते। लेकिन जब बाद में पता चलता है, तो देर हो चुकी होती है।

हमारा और आपका तो जो होना था, हो चुका। अपने बच्चों को जरूर समझाइएगा कि

वो पलकधारी मास्टर की क्लास छोड़कर कहीं न जाएँ। जो बच्चे पढ़ाई से जी चुराते हैं, वो बाद में अपने स्कूल और अपने मास्टरों को बहुत याद करते हैं।

मैंने बहुत बाद में पलकधारी मास्टर से पूछा था कि सर, आप ऐसा क्यों कहते थे?

उन्होंने क्या कहा था, फिर कभी बताऊँगा। आज तो आप अपने बच्चों तक मेरा संदेश पहुँचा दीजिएगा। ये संदेश जरूर पहुँचाइगा कि पढ़ाई से बढ़कर जीवन में कुछ भी नहीं।

□

उड़ने की तैयारी

हवाई अड्डे पर विमान में चढ़ते और उससे उतरते हुए सबकी निगाहें विमान के परीक्षण पर पड़ती हैं।

कल विमानतल पर मेरी निगाह प्लेन के परीक्षण पर पड़ी तो मुझसे नहीं रहा गया। मैंने एक इंजीनियर से पूछा कि क्या हर उड़ान से पहले विमान की पूरी जाँच होती है?

पहले तो इंजीनियर ने हैरानी से मेरी ओर देखा। फिर उसने कहा, "हाँ, हर उड़ान से पहले।"

"पर हर उड़ान से पहले क्यों?"

"क्योंकि ये उड़ते हैं।"

इंजीनियर ने चार शब्दों में संजय सिन्हा के सवाल का जवाब दे दिया था।

जब मैं छोटा था और भगवान जी ने माँ को अपने पास नहीं बुलाया था, तब माँ मुझे रोज एक कहानी सुनाया करती थी। उस दिन माँ ने मुझे बाज की कहानी सुनाई थी। आसमान में बहुत ऊपर उड़ने वाले बाजों की कहानी।

एक बार बाजों का एक समूह किसी द्वीप पर पहुँच गया। वहाँ खाने-पीने की ढेरों चीजें थीं। बाजों के समूह ने तय किया कि अब वो वहीं रहेंगे। अब उन्हें खाने के लिए बहुत ऊपर तक नहीं उड़ना पड़ेगा। आराम से जीवन कट जाएगा।

बाजों का जीवन मजे में चलने लगा।

जब बहुत दिन बीत गए तो एक बूढ़े बाज ने कहा कि हमें अब इस जगह को छोड़ देना चाहिए। यहाँ रहकर हमें आराम से खाने की आदत पड़ गई है। ऐसे में हम उड़ना भूल जाएँगे।

पर बाज नहीं माने। उन्होंने कहा कि जब आराम से यहाँ भरपेट भोजन मिल रहा है तो फिर मेहनत की ज़रूरत ही क्यों?

बूढ़ा बाज अकेला वहाँ से उड़ कर पुरानी जगह चला आया।

कई दिन बीत गए। एक दिन एक भेड़िया वहाँ पहुँच गया, जहाँ बहुत से बाज रहते थे। भेड़िया चालाक था। उसने देखा कि यहाँ के बाज खा-खा कर मोटे हो गए हैं और वो उड़ना भूल गए हैं। भेड़िया बाजों के पीछे भागता, बाज उड़ नहीं पाते थे और भेड़िया के पंजे में आसानी से आ जाते।

एक दिन बूढ़े बाज को उन बाजों की याद आई और वो उस द्वीप पर ये देखने के लिए पहुँचा कि उसके बाकी के साथी किस तरह रह रहे हैं।

वहाँ आकर उसे बहुत हैरानी हुई कि बाजों की संख्या बहुत कम हो गई थी। बचे हुए बाजों ने कहा कि दादा आपने सही कहा था, हमें तभी यहाँ से चले जाना चाहिए था। अब हम बिल्कुल नहीं उड़ पाते।

माँ की कहानी खत्म होती, संजू बेटे की आँखों के आगे बहुत मोटे-मोटे बाज घूमने लगते, जो जमीन पर चल रहे हैं, उड़ नहीं पा रहे। वो मन ही मन सोचता कि ओह! बाजों को इतनी आसानी से रोज खाना नहीं मिलता तो वो कभी उड़ना नहीं भूलते। उन्हें उड़ना भूलना नहीं चाहिए था।

इंजीनियर ने विमान तल पर सिर्फ इतना ही कहा था कि विमान की जांच हर उड़ान से पहले होती है, क्योंकि वो उड़ते हैं।

संजय सिन्हा हवाई अड्डे से लौट रहे थे। सोच रहे थे कि उनके पास जो गाड़ियाँ हैं उनकी जांच साल में एक बार होती है। पर विमान की जाँच तो हर रोज कई-कई बार होती है। हर उ़ड़ान से पहले।

असल में जिन्हें उड़ना होता है, उन्हें बहुत तैयारी करनी होती है। बार-बार खुद को कसौटी पर कसना पड़ता है। जो परीक्षण से नहीं गुजरते, वो न उड़ पाते हैं, न दौड़ पाते हैं।

जिसे जितनी ऊँचाई पर उड़ना होता है, उसे उतने कठिन परीक्षण से गुजरना पड़ता है, बार-बार।

□

माँ बनना

कल रात दफ़्तर से निकल कर अपनी साली के घर चला गया।

लिखने को मैं लिख सकता था कि अपनी पत्नी की छोटी बहन के घर चला गया। ये भी लिख सकता था कि 'आभा' के घर चला गया। पहले नाम लिख देता फिर पूरी भूमिका बताता कि आभा मेरी पत्नी की छोटी बहन है और मेरी शादी से पहले एक बार मुझसे सिर्फ इस कारण मिलने आई थी कि वो जाँच कर पाए कि उसका होनेवाला जीजा उसकी बड़ी बहन के योग्य है या नहीं।

मुझे याद है, वो मेरे घर आई थी और उसने मेरा पूरा इंटरव्यू लिया था।

शादी के समय मेरी उम्र बहुत अधिक नहीं थी, बस कानूनी रूप से मैं बालिग हो गया था। पर मेरी साली की उम्र तब 17 साल थी। वो दिल्ली विश्वविद्यालय के हिंदू कॉलेज से अंग्रेजी में ऑनर्स कर रही थी।

मैं बहुत हैरान था। जिस लड़की से मैं शादी करने जा रहा था, उसने अपने होने वाले पति के सामान्य ज्ञान की परीक्षा नहीं थी, पर छोटी बहन होने वाले जीजा का टेस्ट लेने आ पहुँची थी।

कई सवाल पूछे गए थे।

एक सवाल मुझे याद है। उसने मुझसे पूछा था कि मान लीजिए आपके घर में कोई स्विच खराब हो जाए तो आप क्या करेंगे?

मैंने फटाक से कहा कि मैं उसे ठीक करने की कोशिश करूँगा।

उसका मुँह उतर गया था। उसने कुछ कहा नहीं, पर वो उदास हो गई थी।

मैं समझ नहीं पाया कि गलती कहाँ हुई।

खैर, उसने तब कुछ नहीं कहा। दो दिन बाद ही मेरी शादी हो गई। मैंने बाद में अपनी साली से पूछा था कि तुम्हारा मुँह क्यों उतर गया था मेरे उस जवाब से?

तो उसने कहा कि उसे ये बाद अटपटी लगती है कि घर में स्विच खराब हो जाए, पंखा काम न करे, रेडियो बजना बंद हो जाए तो मर्द उसे बिना जाने खोल कर ठीक करने बैठ जाते हैं। उन्हें इस काम के लिए मैकेनिक को बुलाना चाहिए, न कि खुद हर चीज में हाथ डालने की कोशिश करनी चाहिए।

मैं बहुत हैरान था। अपने घर में तो हम रेडियो भी खोल कर ठीक करने की कोशिश करते थे। ये अलग बात है कि अपनी इंजीनियरिंग से अपन ने दो चार रेडियो को कबाड़ में बदल दिया था।

साली के सवाल का जवाब देते हुए मेरे मन में था कि वो इस बात से खुश होगी कि इतिहास पढ़ने वाले मर्द भी घर में इंजीनियर बनने का शौक रखते हैं। पर उसे यही पसंद नहीं था।

मेरा कोई साला नहीं है, लेकिन मुझे यकीन है कि मेरे ससुर जी ने कई रेडियो, टेपरिकॉर्डर और बहुत से सामान घर में खुद खोल कर खराब किए होंगे, तभी दोनों बहनें घरेलू इंजीनियर से चिढ़ती थीं।

खैर, शादी से पहले हुई परीक्षा और शादी में समय कम था, इसलिए मैं फेल होकर भी पास हो गया था।

शादी के बाद मैंने अपनी साली को कभी साली नहीं कहा। तब मुझे ये शब्द गाली जैसा लगता था। मैंने उसे साली नहीं कहा, तो उसने भी मुझे जीजा नहीं बुलाया। मैंने उसे आभा बुलाया उसने मुझे संजय बुलाया।

अब आप सोचेंगे कि जब मैं उसे साली बुलाता ही नहीं, तो फिर मैंने आज की कहानी की शुरूआत इस बात से क्यों की कि कल मैं अपनी साली के घर चला गया।

बात इतनी सी है कि सीधे-सीधे आभा लिख देता तो आप सवाल पूछते ही कि आभा कौन?

इसीलिए मैंने ये छोटा सा परिचय आपको देने की कोशिश की है।

अब आइए कल की बात पर, जहाँ मेरी कहानी छिपी है।

बात-बात में आभा ने मुझे एक चुटकुला सुनाया। था तो वो चुटकुला ही, पर मेरे लिए सचमुच बड़ा मार्मिक था।

खाने की टेबल पर उसने कहा कि एक बार एक बच्चे ने अपनी माँ से पूछा, "माँ, माँ कैसे बनते हैं?"

माँ हैरान।

बच्चे ने आगे पूछा, "आपको कैसे पता चल जाता है कि मुझे कब भूख लगी है? मुझे कब प्यास लगी है? मेरा मन कब क्या कर रहा है? यहाँ तक कि आपको बिना बताए ही मेरे पेट दर्द का पता भी चल जाता है। माँ को सब पहले से कैसे पता चल जाता है?"

माँ मुस्कुराई। फिर उसने कहा, "बेटा, माँ बनने से पहले कई टेस्ट देने पड़ते हैं। कठिन परीक्षा से गुजरना पड़ता है। इसीलिए माँ को बच्चे के बारे में सब कुछ पहले पता चल जाता है।"

बेटा कुछ देर चुप रहा। फिर उसने कहा, "समझ गया। जो लोग उस टेस्ट में फेल हो जाते हैं, वो पापा बन जाते हैं।"

अब था तो ये चुटकुला ही, पर मैं बहुत देर तक इस बारे में सोचता रहा।

सचमुच माँ बनने से पहले एक लड़की को बहुत सी कठिन परीक्षाओं से गुजरना पड़ता है। पिता बनने के लिए कोई परीक्षा नहीं होती।

संजय सिन्हा को कल मिला ज्ञान–जो सबका बोझ सह पाए, जो सबको समझ पाए, वही माँ है।

ऊपर आसमां अंतहीन है। नीचे माँ अंतहीन है।

मेरा जन्म

मैं बिना अपनी आँखें खोले कल आनेवाले संसार को देख पा रहा था।

वो रात काले-काले बादलों से भरी हुई थी और बारिश रुकने का नाम नहीं ले रही थी। सारी रात बारिश होती रही। बिजली की कड़क और उफनती गंगा के हाहाकार के बीच माँ सारी रात प्रसव-पीड़ा में भी मुस्कुरा रही थी। डॉक्टरों ने तो कहा था कि होने वाला बच्चा शायद न रहे, क्योंकि माँ की तबीयत ठीक नहीं रह रही थी, लेकिन माँ को अपने ईश्वर पर अगाध भरोसा था। उसने सातवें महीने से ही डॉक्टर के पास जाना बंद कर दिया था और घर में ऐलान कर दिया था चाहे जो हो, मैं इस बच्चे को जन्म दूँगी। घर में ही बच्चा होगा, किसी डॉक्टर की दरकार नहीं होगी।

एक सरकारी मकान मेरे जन्म के लिए तय किया गया था। डॉक्टरों ने मेरे स्वास्थ्य पर बेशक सवाल खड़े किए हों, लेकिन माँ के विश्वास के आगे भला डॉक्टरों के विज्ञान की कहाँ चलने वाली थी? डॉक्टर और घर के लोग चाहे जो कहते रहे हों, पर माँ अड़ गई थी।

कहती थी, "आप सभी लोग जितना डरा रहे हैं, उससे तो मेरा हौसला और प्रगाढ़ होता जा रहा है। क्या हो जाएगा? विनाश हो जाएगा? और क्या विनाश की चरम सीमा से ही निर्माण का जन्म नहीं होता? मत भूलिए कि जब सब सब कुछ खत्म हो जाता है, लगता है कि प्रलय का समय आ गया है, तभी जीवन की हलचल भी सुनाई देती है और आप सबके कहने के बाद भी मुझे अपनी कोख में जीवन का संगीत सुनाई दे रहा है।"

माँ जब ऐसी बातें करती तो फिर सबके होंठ सिल जाते। माँ कहती, संसार को भगवान् चलाते हैं, जीना-मरना आदमी के हाथ में नहीं होता।

जिस शहर में मेरा जन्म होने जा रहा था, वहां गंगा सारी रात छटपटा रही थी और माँ भी।

दो बहनों पर मैं कौन पैदा होऊँगा माँ को नहीं पता था। किसी को नहीं पता था। माँ के लिए शायद ये जानना इतना महत्त्वपूर्ण रहा भी नहीं होगा कि होने वाली संतान लड़का है या लड़की। पर इतना तय है कि तीसरी संतान होने के बावजूद मैं उम्मीदों की संतान था, भरोसे की संतान था। और इसी उम्मीद को साथ उस तारीख को अंजोरा होते ही मेरा पहला रुदन भी गूँजना था। मेरे लिए बहुत आसान नहीं था कि मैं माँ के शरीर को छोड़ कर उस नाभि को कट जाने देता।

मैं तो जन्म से ही लालची था। माँ की गोद मुझे कितनी मिलती, ये मुझे भी नहीं पता था, पर माँ छूट न जाए, इस आशंका में मैंने सारी रात उस जीव द्रव में तैरते हुए गुजार दी। फिर लगने लगा कि ये बादल तब तक नहीं थमेंगे, गंगा तब तक उफनती रहेगी, जब तक कि मैं खुद बाहर आने का ऐलान न कर दूँ।

हुआ भी वही।

जन्म के समय झमाझम हो रही बारिश जन्म लेते ही थम गई, गंगा शांत हो गई, माँ बेसुध हो गई। सिर्फ मेरी आवाज़ ही मुझे सुनाई दे रही थी। पल भर बाद ही घर में कोलाहल गूँजा। बधाई हो, बधाई हो।

मेरी दिलचस्पी इन बातों में नहीं थी कि कौन क्या कह रहा है। मैं तो बेचैन हो रहा था माँ की छाती से लगने के लिए, जहाँ से मुझे अमृत धारा मिलने वाली थी।

मैं तो अपनी छोटी-छोटी आँखें खोलकर उस माँ को पहली बार देख लेने को बेचैन हो रहा था, जिसके बारे में मुझे उसकी कोख में आने से पहले ही बता दिया गया था। जिसका मालिक सूर्य था, जिसका स्वामी मंगल था, उससे भी भगवान् ने कुछ छीन लिया था। उसने उससे उसका चंद्रमा छीन लिया था। मैं चंद्रमा की मलीनता लेकर पैदा हुआ था।

ज्योतिषियों ने कुंडली बनाते वक्त ही कह दिया कि माँ का साथ नहीं रहेगा।

माँ का साथ नहीं रहा।

मैं चाहूँ तो सारी जिंदगी मां के बारे में लिखता रह सकता हूँ। लेकिन आज तो मैं जश्न में डूबा था। आज मैं संसार का सबसे भाग्यशाली प्राणी था। आज मैं माँ की गोद में था। आज मैं माँ की छाती से चिपका हुआ था।

पूरे परिवार में मेरे होने की हलचल थी। कोई थाली बजा रहा था, कोई नाच रहा था। कोई लड्डू बाँट रहा था, कोई नेग ले रहा था, कोई नेग दे रहा था। कोई कह रहा था अबकी तो कंगन से कम पर बात नहीं बनेगी।

सोहर की मधुर लय से घर गूँज रहा था। दुनिया के करोड़ों बच्चों की तरह ही मैं भी धरती पर आया था। उस दिन ही आया था जिस दिन अनगिनत बच्चे और आए होंगे। हर घर में सोहर की वैसी ही गूँज रही होगी, लेकिन मैं तो जीवन के रंग में रंगे जाने को बेताब था।

आज मैं माँ के रंग में रंगे जाने को बेताब था। आज मैं उन बहनों के रंग में रंगे जाने को बेताब था जो अपनी नन्ही हथेलियों से तालियाँ बजाती हुई इस कमरे से उस कमरे में ये कहते हुए दौड़ रही थीं, बाबू आया है, घर में बाबू आया है।

मैं सब देख रहा था, सुन रहा था। माँ की आंखों से अविरल आँसू बह रहे थे। खुशी के आँसू।

यही है जीवन। जन्म पर जश्न।

मैं जानता था कि मैं जन्म से ही शापित हूँ। चंद्रमा की मलीनता का शाप। मैं जानता था कि जिस माँ की कोख में मैं नौ महीने रहकर जीवन का रस पी आया हूँ, जिस माँ की छाती से चिपककर मैं जीवन का रसपान कर रहा हूँ, मेरे लिए उसी की अवधि सीमित है।

पर शापित कौन नहीं होता है? शापित तो वो भी होता है जो सपनों की नींव पर अनंत काल की योजनाएँ बनाता है, ये भूल कर कि वक्त का एक थपेड़ा भी उसे निगल जाने के लिए काफी होता है। ये सारी बातें मुझे करनी थीं, लेकिन अभी नहीं।

अभी तो मुझे बात करनी थी उन बहनों की जो बेकरार थीं अपनी गोद में मुझे उठाने के लिए। अभी तक उन्हें मौका नहीं मिला था अपनी हथेलियों में मुझे उठा लेने का।

मैं बेकरार था अपनी बहनों की बाँहों में समाने के लिए। वैसे भी आज कोई ज्ञान की बात करने को तैयार नहीं था। आज कोई बुद्धि की बात करने को तैयार नहीं था। आज तो मामला हृदय का था।

बात सही थी भी, जन्म पर कोई विषादयोग के विषय में बात नहीं करता है। ज्ञान बुद्धि का मामला हो सकता है, लेकिन मोह तो हृदय का ही मामला है। दोनों के कार्यक्षेत्र अलग-अलग हैं। दोनों का प्रभाव अलग है। जब दोनों का प्रभाव अलग है तो फिर आज मैं भी क्यों करूँ ज्ञान की बात? आज तो मुझे सिर्फ और सिर्फ मोह नजर आ रहा है।

फेसबुक पर मौजूद मेरे परिजनों का प्यार नजर आ रहा है। उनका हृदय नजर आ रहा है। उनकी बधाइयाँ नजर आ रही हैं।

मुझे गोद में उठाने के लिए मचलती मेरी बहनों की नन्हीं हथेलियाँ नजर आ रही हैं। दादी, बुआ, मौसी, चाची, चाचा सब नजर आ रहे हैं।

सबके पास आऊँगा। लेकिन अभी तो मुझे दो पल माँ की छाती से और लगे रहने दो। बस दो पल और।

□□□